源氏物語を読むための25章

河添房江
KAWAZOE Fusae
松本大
MATSUMOTO Ooki
編

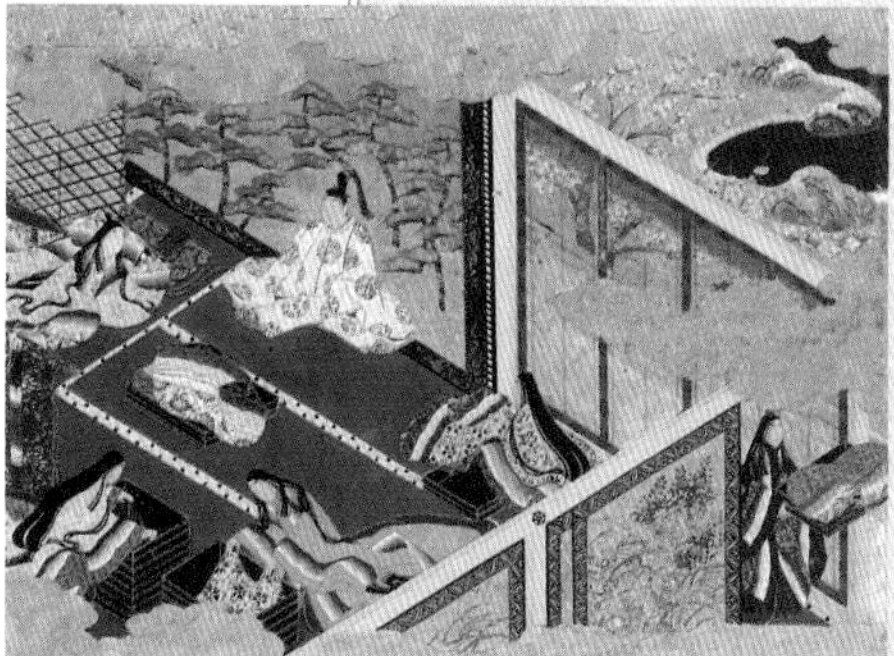

武蔵野書院

はじめに

本書は研究者のみならず、『源氏物語』をより専門的に読んでみたいと思う大学生・大学院生や中高の教員、一般の方々に向けて、研究のおもしろさを伝えるガイドブックを目指したものです。

『源氏物語』は日本古典文学の最高峰といわれ、汲めども尽きぬ魅力をたたえた作品です。後代にも大きな影響をあたえて、文学の領域のみならず、絵画・演劇・芸能など広く文化全般に及んでいます。作家による現代語訳も近代から何度も試みられ、世界でも数多くの言語に翻訳されています。『源氏物語』はいまや世界文学の一つといっても過言ではありません。

一方、この物語は中世以来の膨大な研究史を抱えて、また毎年、夥しい数の論文や研究書が量産され、専門の研究者でもその全貌をつかむことは困難になっています。まして『源氏物語』の世界に足を踏み入れたばかりの方々が何を読んだらよいのか、迷いが生じるのは当然のことでしょう。

かつては『國文學　解釈と教材の研究』『国文学　解釈と鑑賞』といった国文学専門の月刊雑誌があり、「源氏物語をどう読むか」などテーマ別に研究史が整理され、今後の課題など示す特集がしばしば組まれていました。それが『必携』シリーズや『源氏物語を読むための基礎百科』といった形になることもありました。しかし、そうした専門誌が廃刊となり、世に『源氏物語』の論集や入門書は溢れているものの、その後の研究状況や今後の研究の可能性など把握しにくい状況になっています。しかし、それぞれのテーマで新たな世代による斬新な研究成果も、今日まで着実に積み上げられてきた筈です。

そこで本書では、研究者のみならず、学生や一般読者の関心に資するような25のテーマを設けて、実績のある先生方に執筆をお願いしました。テーマは、本文・注釈・書誌学をはじめ、仏教・儒教など思想、史実や先行作品との関わり、和歌や漢詩文などの引用、花鳥風月など自然、音楽・匂いなど五感に関わるもの、建築・庭園や衣装、通過儀礼など生活や風俗、噂・名・メディアなど語りとの関係、皇女や女性などジェンダーと関わるもの、絵画や現代語訳、国語教育など享受や教育のほか、重要なものを取り上げました。

本書の構成は、『源氏物語』の展開に沿って読みやすいように、一つの巻を中心にテーマ別で論じたものを巻順に並べた25章（桐壺巻～浮舟巻）となっています。そのテーマを設定することで、いかに『源氏物語』の巻々が新しくみずみずしく読めてくるのか、その可能性について具体的な事例を示しました。また各章にテーマの概要と研究の展望を配して、これまでの軌跡を総括しながら、研究の最前線を示す書籍を目指しています。最後に物語全般に関わる「参考文献・データベース・サイト一覧」を加えて、『源氏物語』についての調査・研究をスタートさせる際に有益なものを示しました。各サイトについてはＵＲＬを読み込めるＱＲコードも付けたので、ご活用ください。

本書が専門の研究者はもとより、学生や一般読者に源氏研究の魅力を伝えて、未来に向けて複眼的な思考を促す手引きともなれば、編者としてこれに勝る幸いはありません。最後に、ご執筆の先生方をはじめ、構成など様々なアイディアを提供してくれた共編者の松本大氏、編集作業を迅速に進めてくださった武蔵野書院の前田智彦社長に心から謝意を表します。

二〇二三年八月

河添房江

目次

歴史的研究の課題と展望

今井上

概要——准拠論の隆盛

個性ゆたかな登場人物たちと複雑な人間関係、そしてなにより起伏に富んだ筋書、そこに『源氏物語』の魅力があるのは間違いないが、しかのみならずこの物語にはもう一つ別の、次のような楽しみ方もある。すなわち『源氏物語』には、白居易の『長恨歌』に代表される中国文学や、和歌や先行する物語、さらには古伝承や神話のかずかずも貪欲に取り込まれていて、読者からすると、物語の背後にある多様な典拠をさぐりだし、作者がそれらをいかに自然に、どのように工夫をこらして作品世界のうちに溶け込ませているか、それを味わうこともまた、この物語ならではの楽しみと言ってよい。

そうした**典拠の一つに、歴史上の事件や出来事、実在の人物の事蹟があり、こうした歴史的な素材を『源氏物語』研究の分野では、他と区別して「准拠」**と呼ぶことが、現在、一般的になっている。物語に踏まえられた史実を明らかにしようとする研究は、戦後、ひじょうに盛んとなり、こんにちでは個別の論文や研究書にあたらずとも、注釈書の頭注欄や脚注欄、文庫本の付録などにも、紫式部の念頭にあったとおぼしい史実が列挙されている。物語の准拠として取りざたされる史実も増加の一途をたどっているが、さればこそ、そこにはさまざまの、看過できない問題も生じはじめているように思われる。本章では、虚構と史実の関係をどう考えてゆくべきか、その課題と展望を、桐壺と紅葉賀、ふたつの巻に即してあきらかにしたい。

読む――「紅葉賀巻の朱雀院行幸」と「桐壺巻の三歳源氏内裏退出」

説明の都合上、まずはじめに紅葉賀巻を取り上げたい。(1) 当該巻は、次のように幕を開ける。

朱雀院の行幸は、神無月の十日あまりなり。世の常ならず、おもしろかるべきたびのことなりければ、御方々、もの見給はぬことを口惜しがり給ふ。上も、藤壺の見給はざらむをあかず思さるれば、試楽を御前にてせさせ給ふ。 (紅葉賀①三一一)

〔訳〕桐壺帝が朱雀院に行幸なさるのは十月の十日過ぎのことである。格別の、素晴らしいものになるのが間違いない今回の催しであるから、きさきたちは、その見物がかなわないことをくちおしがりなさる。桐壺帝も、藤壺がご覧になれないのを残念にお思いになったので、その予行演習を清涼殿の前庭でさせなさることにした。

桐壺帝が光源氏をともなって、太上天皇のもとに行幸するのは十月十日ごろのことと決まった。そのことを語って幕を開ける**紅葉賀巻は、『源氏物語』のなかでも史実との関わりがとりわけ濃厚な巻**とされ、それは、現代の代表的な注釈書が、右の巻頭部分に次のような注をほどこす点にも明らかであろう(以下では、次に掲げる注釈書を一括してAとする)。

・この行幸については、古来さまざまの准拠説が行なわれている。そのうちの一つ、『花鳥余情』の延喜十六年(九一六)三月七日説によれば、行幸は天暦四年の消失以前の事となる (玉上琢彌『源氏物語評釈』)

・この行幸は、延喜十六年三月七日、宇多法皇五十の賀のための朱雀院行幸を念頭に置いて書かれたものと思われる

・朱雀院が最もよく利用されたのは延喜・天暦（九〇一～九五六）ごろ。准拠としてその時期の史実が指摘される。

（『新潮日本古典集成』巻頭解説）

とくに醍醐天皇による宇多法皇の四十賀（延喜六年十一月七日）や五十賀（同十六年三月七日）などが有力

（『新編日本古典文学全集』）

・河海抄など古注釈は、醍醐帝主催の宇多法皇四十賀・五十賀を准拠として指摘する

（『新日本古典文学大系』）

紅葉賀巻の行幸は、史実（ここでいえば延喜年間のふたつの行幸）にもとづいて描かれたという理解であり、そこからはさらに、**著名な「延喜天暦准拠説」**（『**源氏物語**』**は、紫式部の同時代を舞台として描かれているのではなく、それより百年ほど前を物語の舞台として設定しているのだという考え方**）**も導き出されてくる**。読者もおのずと、そうした過去の時代を想起しながら、物語を読み進める必要があるというわけであるが、じつはこのような理解がひろくいきわたったのは、それほど古いことではない。

右に掲げた諸注釈書以前に出版され、それぞれに多くの読者を獲得した注釈書――島津久基『対訳源氏物語講話』、吉澤義則『対校源氏物語新釈』、池田亀鑑『朝日古典全書』、山岸徳平『日本古典文学大系』（以下では、これらをBとする）――をひもといてみるとどうであろう。これらの書に紅葉賀巻の行幸は、史上の延喜六年の行幸に准拠して描かれたとか、十六年の行幸がそのモデルであるといったたぐいの注は見出されず、あくまでそれは虚構の、物語のなかの出来事として扱われている。AとB、両グループには注釈態度に大きな違いが認められるのであったが、さて両者のあいだには、はたして何があったのであろう。

ここで鍵を握るのは、右にもその名が見える、『河海抄』という書物である。四辻善成（一三二六―一四〇二）によってあらわされたこの注釈書は、一九六〇年代以降、にわかに注目を集めることとなった。次のような言説を見たい。

・「河海抄」なかりせば、「源氏」読解の基準は、帰するところを知らず、我々は混迷のうちに彷徨せざるを得ないで

あろうとさへ思ふ。…「河海抄」がなかったら、私は「源氏」研究に手をつける気さへ起さなかったかも知れない。（石田穣二「朱雀院のことと准拠のこと—源氏物語の世界」「学苑」二三八、一九六〇。のち『源氏物語論集』一九七一、桜楓社）

・（『源氏物語』の――稿者注）第一部では古代の物語のもつさまざまな約束が作者の壮大な意図のもとに駆使されて、物語の骨組みをしっかりしたものにしている。私はそれを河海抄に導びかれて知った。

（清水好子『源氏物語論』一九六六、塙書房）

右の著者たちが、やがて、Aとして掲げた注釈書の校注者たちにもなってゆくわけで、彼らによって〈再発見〉された『河海抄』に、紅葉賀巻の朱雀院行幸は、延喜六年と十六年の行幸に准拠する旨の注記があり、さらにこの書を見てゆくと、『源氏物語』に「准拠なき事一事もなき也」とか「桐壺御門は延喜」などといった見解まで見える。BからAへ――物語の朱雀院行幸は特定の史実にもとづいて描かれたといった趣旨の注記が登場する背景には、一九六〇年代の『**河海抄**』**の再評価、それを発端とした**『**源氏物語**』**の古注釈書ブームといった研究史上のトピックがあったの**であり、こんにちでは、そうした理解を前提にさらなる准拠探しが行われている。作者が紅葉賀巻を書く際には康保三年の臨時楽も参考にしたかもしれないし、寛弘二年の相撲節会も影響を与えた可能性がある、あるいはさらにさかのぼって嵯峨天皇の御代とのかかわりをもっと考えるべきである、というように。

物語と史実の関係に注目する『源氏物語』の歴史的研究は、このようなかたちで拡張の一途をたどってきたのであったが、しかしここであらためて次のように問い直してみたい。紅葉賀巻冒頭にAのような注記がほどこされるようになったのは、明治生まれの研究者たちから大正・昭和に生まれた人々へと研究のバトンが渡されることによって、古い理解はあらためられ、物語の理解は一段とふかまったことをしめしており、現代の読者も『河海抄』の手引きによって、作者が真に意図したところ、当時の読者の読み取りにようやく近づくことができた――わたしたちは研究の現状をそのように把握し、そのめざましい進展に目をみはっていれば十分なのか、と。

というのもこの物語を本格的に読んでみようとか、新たに研究してみようという人たちが、Aのいずれでもよい、現行の注釈書を手にしたとき、そこに想像するのはどのようなことであろう。紅葉賀巻を開いてみるとすぐそこに「この行幸は、延喜十六年三月七日、宇多法皇五十の賀のための朱雀院行幸を念頭に置いて書かれた」といった注記があり、かつ他の注釈書を参照してみても同様の説明がなされている。そうであるからには、延喜六年と十六年、二つの行幸についてはその実態がかなり詳しく把握でき、それが物語の記述とも細部まで一致する、ゆえに、作者紫式部が、史実にもとづいて物語の朱雀院行幸を描いたことは明らかであるとみなされ、それが各注釈書に反映されることとなった。読者が思うのは、そうした考証の過程にほかなるまい。紙幅の制約のために、その結論部分だけが欄外に掲げられたと考えるわけだが、しかしながらその実、紅葉賀巻の朱雀院行幸の〈准拠〉は、右のような手つづきに基づき、史実と物語の突き合わせを経て導きだされたものでは、ない。

それは一見、奇異なことに思われるかもしれないが、しかし考えてみれば、ある意味当然のことで、紅葉賀巻の物語が重点的に描くのは、行幸にさきがけておこなわれた清涼殿前庭での試楽のさまと、それにのぞんだ人々のこころの諸相——藤壺を意識しながら青海波を舞う光源氏の妖しいまでの美しさと、それを御簾のかげから複雑なまなざしでみつめる藤壺、二人の関係を何も知らぬまま源氏の麗姿と藤壺の懐妊をただ喜ぶ桐壺帝、といった皮肉な関係——であり、その後におこなわれた朱雀院行幸の場面は、さほどの具体的記述もないままに、今回も源氏の青海波が格別であったことなどを語って、かなりあっさりと幕を閉じてしまう。延喜六年の行幸にせよ、十六年のそれにせよ、史上の朱雀院行幸に関しては、たとえば宇多法皇から藤原仲平を介して横被の被物があったこと（延喜六年）や、試楽の際には天皇が南殿に出御して法皇の賀料たる陸奥の馬五十匹を御覧になったこと（同十六年）など、その実態をそれなりに明らかにできるのに対して、物語の朱雀院行幸はそうしたことについての記述を欠いているために——ゆえに、それは算賀行幸であったとか、そうでなかったといった基本的な点での甲論乙駁が、今もつづいているわけだが

――、史実と一致するかしないかといったことどもについては、ほとんど議論しようがないのである。

にもかかわらず、なぜ、物語の朱雀院行幸は、延喜年間の行幸に基づいて描かれたといった結論が下されえたのかといえば、詰まるところそれは、六〇年代以降の古注釈書ブームのなか、なかんずく評価された『河海抄』に、いったいこの物語に「准拠なき事一事もなき也」とか「桐壺御門は延喜」に准ずるとある、かつ紅葉賀巻冒頭には、延喜年間の二つの行幸を准拠として考えるべき趣旨の注も見える（厳密に言えば、『河海抄』おいてはその結論部分までは示されず、秘説として『珊瑚秘抄』に詳述される）、そのことが決定的な意味を持っていたと言わざるをえないのではないか。『河海抄』を〈再発見〉した時代の研究者たちの口吻、そこにこもる熱気が思い起こされるところであり、またそのように考えなければ、朱雀院への行幸じたいは、その前後の例に限っても、昌泰二年正月の事例や天慶九年八月の例、あるいは天暦元年三月のそれなど、他にも複数の例があり、かつそのことは、一連の議論の発端として、以後の研究に絶大な影響を与えた清水好子『源氏物語論』でも気づかれていたはずなのに、それらは検討の対象としてはじめからふるいにかけられ、延喜六年と十六年の例だけが物語の准拠として集中的に分析されるというように、議論がはじめからどこか予定調和的に展開していったことの理由も、容易には説明できないであろう。

そしてそうであれば、これもまた当然のこととして、ひとたびその立場を離れたとき、物語の朱雀院行幸と史上のそれと、内実において明確に重なる点が必ずしも多くない両者を――というより、延喜六年の行幸は十月二十六日であったからまだしも、十六年のそれにいたっては三月七日の行事であったから、その催行の月日、季節さえまるで食い違う――、物語の准拠と認定して結びつけようとする如上の議論は、にわかに揺らぎはじめるほかない。清水前掲書は、「朱雀院の行幸は、神無月の十日あまりなり」、そう物語にあるだけで「当時の読者」は「やはり自然に延喜天暦の昔を思ったであろう」と言うけれども、**そのような「当時の読者」がほんとうにいたのだろうか**、作者が読者に特定の時代背景や史実を確実に想起させようとするなら、せめてもうすこし手がかりがなくては、いくらなんでも酷ではないか。いな、そのような手がかりなどなくても、作者の意図をあうんの呼吸で察知する「物を知る人」のために書かれた、それが『源氏物語』なのだと言うけれども、その「物を知る人」というのは、はたして何なのか。あるいは『河海抄』のように物語の記述のいちいちに、その素材となった史実を探り、想起するような読み方こそ「本当の読み方」であり、「当時の読者」の読み方だともいう（玉上琢彌『日本古典鑑賞講座　源氏物語』一九五七、角川書店）が、『河海抄』や『花鳥余情』などの古注釈書は『源氏物語』の時代から三百年から四百年以上ものち、社会も文化もすっかり変わってしまった時代にあらわされた、ゆえに平安時代の文化や制度についてもさまざまな誤解を避けがたく犯してしまっている書物にほかならず、そこに『源氏物語』の書かれた当時の読み方が温存されているというのは、さすがに**『河海抄』を買いかぶりすぎていないか**[2]――そうした疑問がつぎつぎとわき起こってくるはずであり、しかしそれらの問題を正面から問うことなく、むしろ置き去りにして、『源氏物語』の准拠探索は、清水らの仕事を受け継ぎ、昭和の後半、そして平成、令和と、半世紀以上にわたって推し進められてきたのである。

それらの議論のなかで、この物語の〈作者〉が古今のありとあらゆる史実に通じた存在として神格化されてしまったのはもちろん、〈読者〉も、物語の限られた記述から、もはや延喜天暦期の出来事には限らない、さまざまの時代の、多種多様の出来事を特段の手掛かりもないのに、ただしく想起できる超人的存在に変貌させられてしまったわけで、はたしてそうした議論や想定に無理がなかったか、それらのことが、この分野に関しては根本から問い直されるべき時期に来ていると思われる。紅葉賀巻の朱雀院行幸に関して言えば、それが延喜六年や十六年の行幸に基づいて書かれたといった見方は、Aに掲げた注釈書や、その前提となった研究書が登場する以前にはけっして一般的ではなかったこと、そのAの中にも頭注欄では物語の朱雀院行幸は延喜年間の二つの行幸に基づいて描かれているとしながらも、巻末付録において「醍醐天皇の延喜六年あるいは十六年の朱雀院行幸という史実をそのまま准拠と認めるにはなお慎重でありたい」と、正反対の理解を示す注釈書（『新編日本古典文学全集』）があること、それらも視野に入れて、その是非を問い直してみる必要があろう。そしてかかる問題をはらむのは、かならずしも紅葉賀巻だけではない。

＊

つづけて、これもよく知られた桐壺巻の例を見てみよう。(3) 光源氏三歳の夏、それまでも病がちであった桐壺更衣はついに命を落とすこととなったが、彼女が最後までその行く末を案じていた源氏も、里邸につくやいなや絶命した母のあとを追うようにして、宮中から退くこととなる。その次第は物語に、左のように描かれていた。

（更衣の死を）聞こしめす（帝の）御心まどひ、何事も思しめし分かれず、籠りおはします。御子（光源氏）はかくてもいと御覧ぜまほしけれど、かかる程にさぶらひ給ふ、例なきことなれば、まかで給ひなむとす。

（桐壺①二四）

〔訳〕更衣の死去の報を受けた桐壺帝の惑乱は、何もお考えになれぬほどで、ひとりこもってしまわれた。そうした折でも、御子の光源氏だけは別で、おそばにおいて御覧になりたいとの思いはまさるばかりだが、こうした折に宮中にとどまりなさるのは先例のないことだから、源氏は退出なさることとなった。

桐壺帝は、更衣亡きいま、彼女をしのぶ唯一の形見として源氏をいよいよ手放しがたく思うのであったが、しかし「かかる程にさぶらひ給ふ」ことは「例なきこと」ゆえ、すべては諦めるほかなかったというのであり、この点に関してもAに掲げた注釈書には、もれなく、史実をふまえた次のような説明が見える。いわく「延喜七年（九〇七）以後は、七歳以下の子供は親の喪に服するに及ばないということになった。若宮三歳で母の喪により宮中を退出するのが通例だというところから、この物語の時代は延喜七年以前ということになる」（『新潮日本古典集成』）、「延喜七年に、七歳以下は服喪に及ばぬと定められた。この三歳の源氏が亡き母更衣の里邸にいたとあるのは、それ以前の時代を描いていることになる」（『新編日本古典文学全集』）、と。

かかる理解は、**『河海抄』を受け継ぎその補訂を目指した『花鳥余情』の著者、一条兼良の説に従ったもの**であり、兼良の『源語秘訣』は、延喜七年二月二十八日付の、明法博士惟宗善経と惟宗直本による次のような勘申をひく。

勘申、東宮聞食姨喪、雖未成人、可有御服以否、又假令無御服者、例行神事不停止否事。右蒙上宣偁、上件両事、臨時有疑、宜勘申者。喪葬令云、姨服一月、假寧令云、職事官遭一月喪、給假十日、又条云、無服之殤、一月服、給假二日者、今案件文、七歳以下服、親死日給假法也、七歳以下不可着親服、令条無文、名例律云、七歳以下、雖有死罪不加刑、又職制律云、可着服人、聞喪匿不挙哀者、其罪徒罪以下也、由是案之、死罪之重、不可加刑、何況徒罪以下、無可更論、既無罪者、不可有御服、又神祇令云、散斎之内、不得弔喪問病人、據檢此文、弔喪問病為穢、然則既無御服行諸神事者、有何妨哉、仍勘申。

延喜七年、当時五歳であった保明親王が、姨の喪に服すべきか否かが問題になったことがあったが、それについて二人の明法博士が下したのは右のような結論――かなりいりくんだ議論なので要点のみかいつまめば、七歳以下のものが喪に服す必要はない、というものであった。Aの注釈書は、この兼良の説に従って、先のような注記をほどこすわけだが、さてその当否はとりあえずいま別にして、ここでも考えておきたいのは、先の紅葉賀巻の場合と同様、いや、それにもましてと言うべきであろう、物語の本文に「かかる程にさぶらひ給ふ、例なきことなれば」とある、わずかそれだけのところから、律令の喪葬令を中心に、假寧令、名例律、職制律、神祇令、それらすべてを参照し、「無服の殤」や「挙哀」のことも考慮したうえで、二人の明法博士がようやくたどり着いた結論、すなわち延喜七年の勘申をただちに想起し、なるほどこの物語は、いつの時代ともわからぬ架空の世界を描いているのではなく、また延喜年間を舞台にしているとぼんやりと考えるだけでも足りなくて、もっと厳密に、桐壺巻は延喜七年以前を舞台に描かれていると意識したうえで読み解く必要がある、そのように察知しうる読者がどれほどいたのかということにほかならない。

かりにこの保明親王の事例がよほど有名で、さまざまな書物に引用され、『源氏物語』のその他の部分にも言及されているなどということがあるのならともかく、そうした形跡はなく（だからこそ、『河海抄』さえ見逃していた、この埋もれていた事例を見つけた際、兼良はたいへんな手柄として、息子冬良への秘説としたのであろう）、こんにち兼良の『源語秘訣』のみが、右の勘申を伝える。となればいよいよ、この桐壺巻の文脈に当該の勘申の内容を想起し、重ね合わせることができた読者など、ほとんどいなかったのではないかとの思いが禁じえないところであって、さすがにこの事例については、准拠研究の立場からも不審が抱かれるのであろう。当時の女性読者や低俗な読者は、当該の勘申を想起したうえで物語を読むなどということはできなかったかもしれないが、先例と故事に日々、徹底的にこだわって生きている男性貴族たちには確実に理解されたであろうし、作者が真に相手にしているのは、そうした読者たちであると論じられてきたのであった。

しかし考えておくべきは、当時の男たちが常に故実や先例を意識せずにおれなかったのは、それが彼らの出世や家の浮沈にまでかかわる重大事だからであって、『源氏物語』じしんの言葉を借りれば、しょせん「人にあざむかれ」「はかられ」ることを承知で、「つれづれをなぐさめ」るべく手にする、「はかなしごと」「すずろごと」にすぎない「物語」（螢巻）に対して、つねに史実と故事と先例を意識しながら読むことを心がけ、思いつかなければ法律関係の文書まで漁って、百年も前の事例を掘り起こし――つまりは後世の義成や兼良のような、あるいは現代の研究者たちのような、ことごとしい読み方を実践してやまない読者など、どこにもいなかったのではないか。

そして先に、桐壺巻の光源氏宮中退出のくだりに、延喜七年の勘申を参照する必要がそもそもあるのか、その当否はとりあえず別にして、と述べたが、じつは、光源氏が母の死に際して宮中に「さぶらひ給ふ、例なきことなれば、まかで給ひなむとす」ることを述べた一節に、当該の勘申を持ち出すこと、それじたいが、おそらく無用の議論なのであった。というのもこの時代、里邸に母を喪った皇子女たちは、その年齢にかかわらず、自分たちもすみやかに宮中を離れる、そうした習慣のあったことをいくつかの書物から明らかにしうるからであり、ここではその一例として

『栄花物語』月の宴巻が伝える、村上天皇中宮安子の薨去とその子女たちの動静について確認しておこう。

応和四（九六四）年のこと、村上天皇の後宮に重きを成した安子は、じしん最後の子となる選子を身ごもり、里に下がっていたが、四月にはいると「御悩みなほおどろおどろしうなりまさらせ給へば」（『新編日本古典文学全集』①四三）、おもだった宮たちも、それを機に宮中を退くこととなる。一方、輔子、資子といった内親王や、まだ六歳で幼かった守平親王はどうしたかというと、「女宮たちはなほしばしとてとどめ奉らせ給へり。五宮をも御もののけおそろしとて、とどめ奉らせ給ひつ」（四三）というように、父帝は、かれらの退出をまずはとどめたのであったが、結局、安子は選子を出産したのち薨去、その部分は次のように語られる。

かくいふことは応和四年四月二十九日、いへばおろかなりや、思ひやるべし。内裏の宮たちも昨夜ぞ出でさせ給ひつる。このたびの宮、女におはしましける。（四五）

つまり、輔子や守平といった、当初安子に同行しなかった「内裏の宮たち」も、母の死によって、ついに宮中を退出するほかないこととなったのであり、そうした彼らが宮中に還御したのは、六月十七日に法性寺においておこなわれた安子の四十九日の法事の、さらにのちのこと。かくして桐壺巻の、母を喪ってなお、子たる光源氏が宮中に「さぶらひ給ふ、例なきことなれば、まかで給ひなむとす」というのも、まさにこれとおなじこと、いくら帝が御子を手元にとどめたいと思っても、母を喪った子がそのまま宮中に留まるというのは許されることではないので、源氏も宮中を去ることとなったということを述べているのにほかなるまい。桐壺巻の読解に、延喜七年の勘申を持ち出さねばならぬ必要は、けだしどこにもないはずで、じつはこの文脈についても、Aの注釈書が登場する以前には、原文に「かういふ忌服の時に皇子が宮中においでになるといふ先規が無いので」とか、「喪中に禁中に居残るといふ前例はないから」といった解釈をほどこすのみで、物語の舞台は延喜七年以前であるなどといった解説はいっさいくわえない注釈書が、少なくなかったのである。(4)

研究の展望――准拠の引き算

かつて本居宣長は、『源氏物語』の和歌的表現に関して、『河海抄』などの古注が大量の和歌を列挙していることについて、それらの指摘には「引歌ならぬところ多し。引歌とは古き歌によりて言へる詞にて、必ず其歌によらでは聞こえぬ所なり」（『玉の小櫛』湖月抄の事）と、それを批判した。『河海抄』や『花鳥余情』に、ほんとうに作者がその和歌を念頭に置いていたかどうかはっきりしない古歌が複数掲げられている状況を問題視し、文脈の理解に無用の古歌を間引くべきこと、いわば〈引き算〉の必要を述べたのであり、これに倣って言えば、いま私たちに求められているのは、まさに〈**准拠**〉**の引き算**ではあるまいか。

作者紫式部が物語を書くときに念頭に置いていたかどうかはっきりしない史実、また読者である我々がそれを思い浮かべたところで物語の理解が大きく更新されるわけでもない〈准拠〉のかずかずについて、「必ず其准拠によらでは聞こえぬ」のか否かを、吟味してみること、そこから、今後の研究の展望もひらけてくると思われるのである。本稿に取りあげた事例に即して言えば、紅葉賀巻の行幸が、かりに歴史上の朱雀院行幸にもとづいてかかれていたとして、それを明らかにしたことで物語の読みがどう具体的にどう変わるのか（裏返して言えば、想起できなかったからと言って、どこに重大な読み誤りが生じるのか）、桐壺巻が延喜七年以前を舞台にしていることが明らかになったとして、それが何を意味しているのか、作者が七年以前に時代を設定した意図は何なのか、従来の研究は、それらのことについて、ほとんど何も語ってこなかった。が、そうした問題意識を欠いたまま、今後も、大量の〈准拠〉を指摘しつづけていったとして、その先に何があるのか。

中世の古注釈書、ことに「河海花鳥」を厳しく批判することで、自らの注釈態度を明らかにした宣長には、准拠に関する次のような評もあった。

おほかた此准拠といふことは、ただ作りぬしの心のうちにあることにて、必ずしも後にそれを、ことごとしく考へあつべきにしもあらず

（『同右』准拠）

この言は、准拠に関する論議がともすると、「作りぬしの心のうちにあること」を、私たち現代の研究者がかなり恣意的に、それこそ**物語の記述とほんのわずかの一致点でもあれば、いくらでも想定できてしまう危うさ**に警鐘を鳴らしたものとして、なお古びていないはずである。研究史を振り返ってみた時、『源氏物語』の歴史的研究が抱える問題点は、右にとどまらないが、課題をいくつも指摘しうるということは、その可能性もまた多く残されているということに他ならない。史実と虚構の交叉する、その瞬間に鋭く探りを入れ、この物語固有の魅力を明らかにするべき『源氏物語』の歴史的な研究が、たんなる准拠探しに終わってよいはずがなく、従来の研究を批判的に継承したうえでの、新しい視点の提示や工夫がさらに模索される必要があろう(5)。

注

（1）以下の紅葉賀巻に関する記述と分析については、今井上「紅葉賀の行幸─平成の『源氏物語』研究の源流をさぐる─」（『危機下の中古文学２０２０』武蔵野書院、二〇二一）にもとづき、当該論文に盛り込めなかった指摘を加える。

（2）『河海抄』や『花鳥余情』に示された誤った理解が検証されることさえなく、こんにちでもそのまま踏襲されてしまっていることの問題点については、その一端を、今井上「『源氏物語』の死角─賀茂斎院考」（『国語国文』二〇一一・八）でも指摘した。

（3）以下の桐壺巻に関する記述と分析については、今井上「三歳源氏の内裏退出」（『源氏物語　表現の理路』笠間書院、二〇〇八。初出は二〇〇六）で述べたところを、本章のテーマに合わせて書きあらためた。延喜七年の勘申の詳細な説明も同論を参照されたい。

(4)この桐壺巻の事例は、紫式部はかくも細かな、百年も前の勘申にまで目配りして物語を書いているのだから、この史実を踏まえていた可能性もあるし、あの人物の事績も物語に取り込んでいる可能性があるといった形で准拠研究が拡大してゆくさいのよりどころの一つとされてきただけに、もしそれが崩れるとなると、そこに生じる波紋は小さくない。
(5)関連する論文が稿者にいくつかあるが、近時のものとしてまずは「『源氏物語』研究の現在―「歴史的研究」の来し方行く末―」(『国語と国文学』二〇一八・五)、「シンポジウム　源氏物語を〈読む〉―研究の現在　総括」(『中古文学』一一〇号、二〇二二・一一)を参照されたい。

「長恨歌」との比較から桐壺更衣の人物像を読む

古屋明子

概要——国語教育と『源氏物語』桐壺巻

国語教育と『源氏物語』桐壺巻について、まずは教科書に着目して述べていく。高等学校「古典探究」の教科書調査[1]（一社で複数教科書を出版している場合は延べ数）によると、前半（高校二年生相当）では十四社中全社が桐壺巻と若紫巻を採択しており、その中で一社のみが夕顔巻（廃院の怪）も採用している。その内容に目を向けると、全社が光源氏の誕生と若紫との出会いを挙げており、その中で六社が藤壺の入内を、一社が桐壺更衣との別れも採り入れている。これらの採択巻の状況は旧教科書「古典B」と同様であり、多くの、特に文系選択の高校生が『源氏物語』を冒頭部分から光源氏の誕生、若紫との出会いまでを中心に読んでいるということになる。また、後半（高校三年生相当）の採択巻に目を向けると、十社中全社に共通して採られているのが御法巻、九社に共通して採られているのが若菜上巻・御法巻であり、『源氏物語』では第二部の六条院の崩壊、出家や死に関わる各人物の苦悩を中心に読ませようとしていることが分かる、さらに、七社に共通して採られているのが「須磨・若菜上・御法・橋姫／浮舟（両方またはどちらか）」であり、光源氏不遇の時代や女三の宮の降嫁と紫の上の苦悩、紫の上の死という光源氏と紫の上の物語を中心に採られていることが分かる。

これらの高等学校の教科書「古典探究」における『源氏物語』の採択巻を見ても、『源氏物語』全体を読み通すと、光源氏や紫の上だけでなく他の人物像についても考えることは、「我が国の言語文化の担い手」(2)として『源氏物語』を深く理解する上で大きな意義があると考える。

読む――一 『源氏物語』桐壺巻の高等学校での授業実践

『源氏物語』桐壺巻を学ぶ高校二年生に対する指導目標や学習の手引きについて、三社(大修館書店・第一学習社・東京書籍)の教科書・指導書を比較する。まず、三社に共通する指導目標が、各場面の描写・要旨による登場人物・人間関係把握を通して『源氏物語』全体への興味・関心を高めるということである。ここには、長編作り物語の白眉である『源氏物語』の読解を通して中古物語文学への理解を深めるというねらいがある。次に、学習の手引きであるが、大修館書店(精選古典B改訂版)・東京書籍(精選古典B新版)は帝の寵愛の様子・光源氏の境遇(一の皇子との違い)について、第一学習社(改訂版古典B―古文編)は桐壺更衣の心情と状況・光源氏の誕生前後における周囲の態度の変化について問うている。これらの問いから、桐壺巻では桐壺帝・桐壺更衣・光源氏という各人物の理解が求められていることが分かる。また、東京書籍では物語の書き出しも問題にしており、前期物語や歌物語とは異なった『源氏物語』の構想に着目させている。

これらの学習の手引きを踏まえて高等学校における桐壺巻の授業では、本文の読解を中心に人物の行動や心情を基に人物像を捉えさせるものが多い。主人公光源氏登場の際の境遇の一つとして桐壺更衣や他の女御・更衣の各人物像を追究するもの(3)、登場人物間(桐壺更衣と周囲の人々)や人間と組織・制度・社会・思想(桐壺帝のあり方、桐壺更衣と弘徽殿女御側、皇位継承等)、登場人物(桐壺帝)の内面やそれぞれの「対立構造」に着目しながら桐壺帝の人物像を考えるもの［グループ学習］[4]、現代語訳・音声・絵巻・映像を用いて「桐壺更衣を死に追いつめたのは誰か」という課題をジグソー法（「帝」「弘徽殿女御」「他の女御・更衣たち」「上達部・上人」のエキスパート班とジグソー班）で追究するもの[5]、更衣の死の場面で「いとかく思ひたまへましかば」と反実仮想の省略されている部分を考えるもの等がある。[6]

筆者も高校の桐壺巻の授業では、『源氏物語』という作品と作者を紹介した上で、冒頭の一文より書き出しの特異性や帝と女御・更衣らの関係に着目させた後、光源氏と「一の皇子」を比較しながら光源氏の美質と特異な境遇を読み取らせるようにした。

二　『源氏物語』桐壺巻の大学での授業実践

大学における桐壺巻・若紫巻の授業では、本文の他に多くの資料を活用して『源氏物語』の世界観に触れさせるものが多い。『伊勢物語』『源氏物語』の垣間見の六場面の絵を用いて本文と読み比べた絵解きや動画作り、桐壺巻冒頭の現代語訳・本文・英訳・注釈から二つを選び読み比べるアクティブ・ラーニングを行い深い学びに結び付けていくもの[7]、平安後期から江戸後期に描かれた源氏絵（桐壺巻は高麗人の観相の場面と桐壺帝が光源氏と藤壺を引き合わせる場面）を読み解きながら、古典に親しむ態度を身に付けるもの[8]、漫画「あさきゆめみし」（桐壺・若紫）の部分読みを通して漫画家の創意にせまるもの[9]等がある。

一方、伊井春樹は人物像を通して物語の世界が語られることが必要であると言い[10]、原岡文子や吉海直人も「人物と表現（言説や視点、語り等）」に着目した新しい人物論を提唱している[11]。**筆者は『源氏物語』の人物像の追究を通して学生が古典に親しみ、自己のより良い生き方を探ることに大きな意義があると考える。**[12]

そこで、大学生の『源氏物語』読解の授業において、『源氏物語』を第二部まではあるが通読すること、様々な人物像について考察することの二点を目標として掲げた。**桐壺更衣の人物像にせまるために、教材・副教材（ビジュ**

アル・テキストも含む）の工夫、本文における人物像の比較、「長恨歌」との読み比べによる人物像の比較、桐壺更衣の和歌等の読解、個人・協働各学習の技法の五方法により大学で授業を行った後、**人物造型の理由を考察することで『源氏物語』の世界観に触れる**ことができるようにした。

『源氏物語』桐壺巻は、『無名草子』にも「『桐壺』に過ぎたる巻やはべるべき。」（新編全集、一八九頁）と述べられ、巻自体が一つの特色ある世界を形成し物語全体を映す小宇宙として、作品の表現・方法・主題・構成・構造・意識・思想等々あらゆる問題を単純ではあるが明瞭に完結した姿で提供している、(13)と言われている。そのような桐壺巻の先行研究は膨大にあるものの、桐壺更衣の人物像に関する研究は他の登場人物のそれに比べて少なく、人物論としてよりも役割論の傾向が強い。(14)また、語り手が語らないという言説構造に着目して理想的女性、紫のゆかりの描写方法を示すテクスト論的読解もある。(15)そこで、「悲劇のヒロインとして固定化」(14)されてきた桐壺更衣を現代の大学生がどのように受け止めるかについて筆者は興味があるので、**桐壺更衣に関する問題点について相反する二つ以上の論を先行研究として提示した上で、学生に考察させた。**

1．女御と更衣について

高等学校では帝の妃の位に上から中宮―女御―更衣というものがあり、その位は女性の父親の権勢により決まると学習してきた。増田繁夫によると、延喜式等より現実では「更衣」とは天皇の妻であり女官以上の待遇を受けている人の通称で一つの殿舎を局に賜る女御とは大きな格差があるのに対して、『源氏物語』の桐壺更衣は桐壺の局を賜る等破格の待遇を受けている、(16)とする。

これを踏まえて授業では、まず桐壺更衣の更衣という身分に着目して弘徽殿女御の身分と比較しながら、女御と更衣の間には大きな格差があることを理解するようにさせた。それ故桐壺更衣を寵愛する桐壺帝の行為は平安貴族の身分制社会において非常識の極みであり、有名な冒頭の一文よりこれから波瀾万丈の物語が始まるということも再確認した。

2．桐壺更衣の人物像について

（1）形容される古語より

神尾暢子によると、桐壺更衣は内的な「心ばせ」、外的な「さまかたち」等作者が抽象的な美女、理想的な女性として設定しており、「にほひやかなり」「なだらかなり」「うつくしげなり」「らうたげなり」等周囲の人々の主観世界で把握される女性であるとともに、消極的で脆弱な女性美を印象づける用語選択でもあり、源語展開の端緒を体現する、類例のない絶対的女性である、(17)とする。

授業では、桐壺更衣を形容する語は、桐壺帝を初めとする周囲の人々の見解であることに注意しながら、まず、桐壺更衣を形容する古語「にほひやかなり」「めでたし」「なだらかなり」「あはれなり」「情（あり）」「なつかし」「らうたげなり」の意味を一つ一つ確認し、弘徽殿女御の「かどかどし」にも注目させた。

（2）本文の楊貴妃より

玉上琢彌は、楊貴妃は太液芙蓉や未央柳に喩えることができたが更衣は喩えるものがないことを、唐絵に満足せず大和絵を生んだ心、漢詩文だけに満足せず違ったものを仮名文で作ろうとする作者の精神である、(18)とする。また、神尾暢子は、楊貴妃や葵の上が「うるはし」と評価されるのに対して、源語で急増した形容詞「なつかし」を楊貴妃以上の女性美表現と設定したところに作者の主張が看取される、(17)とする。

授業では、日中の文化比較には言及せず、楊貴妃の「うるはし」と比較しながら、桐壺更衣の花に喩えられない美しさに着目させた。

（3）「長恨歌」の楊貴妃より

三谷邦明は、長恨歌では書かれなかった楊貴妃の栄華と重なった苦悶を桐壺更衣の内部としたところに源氏物語の出発点があったとし、長恨歌と伊勢集の影響を強く受けている桐壺巻は、両者の共通点である哀悼・追憶の悲愁を描いた作品である、とする。[19] 一方、三田村雅子は、「楊貴妃のためし」という物言いは帝の目には可憐なだけの女と見えた更衣にひそむ権力の野望と妖婦性を強調する解釈の可能性があり、亡き父按察使大納言の遺言や母北の方の回想より、桐壺更衣も彼女なりの誇りと意地と家の遺志を背負って度重なるいやがらせにもしぶとく耐えてきたに違いない、とする。[20] 藤井貞和も、「楊貴妃のためし」は「長恨歌」全体を表し、詩人白楽天は帝の楊貴妃への溺愛がやがて国難を呼び入れた次第を綴ったのであり、それなくしては哀話のイメージすら醸し出されることがなかった、とする。[21]

また、河村幸枝によると、「楊貴妃の例」には日本的な政治のかけひきが示され、人物造型と物語の展開に深くかかわる政治は「長恨歌」の引用により語ることができることは確かであるが、当時流行した長恨歌説話は、美化、浪漫、神仙の方向へ流れたと推測され、伊勢が宇多帝に献上した和歌十首はどれも、玄宗と楊貴妃が死別した後の互いに呼び合う想いを悲しく美しく歌い上げたものばかりなので、『源氏物語』の作者は「楊貴妃の例」といえばこの伊勢の和歌に詠まれた楊貴妃を思い浮かべると計算したのではないか、とする。[22] 高橋亨も、「楊貴妃の例」は白居易「長恨歌」をはじめとする長恨歌説話によるもので、「楊貴妃の例」とは玄宗皇帝の異常な寵愛が原因となって国家が争乱の危機に至ったことであり、長恨歌の引用の意味は、恋愛が権力と不可分に結びついていることの表現の方法であり、長恨歌を国が乱れる負のイメージと捉える周囲の人々と恋と死別の叙情の相で捉える帝とが語られるのは同時代の一般的な長恨歌の享受のしかたである、とする。[23]

授業では、河村の論に基づき、「長恨歌」の楊貴妃引用により政治性と浪漫性が表されることに着目させた。

（4）白居易の「李夫人」、陳鴻の「長恨歌伝」あるいは「漢書外戚伝」の李夫人より

新間一美によると、美女の平生の美と病時のやつれを対比して描く表現は、漢書外戚伝の李夫人の描写にも見られるので、桐壺更衣像は楊貴妃のみではなく、李夫人の姿を加えて造型されている、とする。[24] 田中隆昭によると「長恨

歌伝」の影響も指摘されており、[25] 玉上琢彌も、貴妃は皇后に次ぐ高い地位、群小を圧する身分であり、「才智明慧善巧便佞」（「長恨歌伝」）の強引なゆき方をする楊貴妃の身分と性格は弘徽殿の女御に似ている、[18] ともいう。

授業では、田中の論に基づき、「長恨歌伝」の楊貴妃引用により政治性が強調されることを述べるに留めた。

（5）桐壺更衣の和歌より

小町谷照彦によると、間近に迫っている死を予感して、なお帝のために生きたいという願望、もはや二度と会うことはあるまいという別離の悲哀、思うままに心中を吐露できない周囲への配慮など、錯綜し重層した感情が描かれている、[26] とする。武谷恵美子も、更衣の迫り来る死を自ら悲しむのではなく、今を最後として帝と別れねばならないことこそが悲しいのであり、帝の心を真直に受けとめる更衣の激しくもはかない歌である、[27] とする。また、秋本宏徳も、帝の言葉は極めて贈歌に近く更衣の歌は返歌であり、悲嘆に取り乱す帝を眼前にして行為の心中を占めているものは、故大納言の遺言や皇子の将来のこと（政治的な思惑）よりも、帝への思い（や幼い皇子を残す心許なさ、母としての自然な感情）である、[28] とする。以上よりこの歌の解釈の一つ目は、帝の言葉を受けて、帝との別れの悲しみを詠んだ歌であるということになる。一方、藤井貞和は、和歌の「生かまほし」との思いに、我子の立太子を見とどけえない無念、桐壺更衣一家の王権への意志が見られる、[29] とする。秋山虔も、帝と桐壺更衣との宿縁は、近代的な意味での純愛などと言う言葉では説明しきれず、大納言家の家門の意志、執念に支えられて、この更衣は宮廷世界に突き出された、[30] とする。以上より解釈の二つ目は、皇子の立太子、すなわち、大納言家再興を見届けられない無念を詠んだ歌ということになる。

授業では、独詠か贈答か様々な説があるという程度の説明に留め、更衣が何を思って生きたい、無念であると言ったのかという点について、先の二つの解釈を紹介しながら考えさせた。

研究の展望

現代のテレビや映画でも『源氏物語』は取り上げられ、「源氏物語絵巻」等の受容古典、漫画や現代語訳等、より分かりやすく描かれた『源氏物語』はたくさんある。現代にも十分通用する人生論の書でもあると筆者は思うので、人物像の解釈を取り上げているのだが、より興味・関心を引き、より分かりやすく、より考えやすくなるように、教材や副教材、導入・展開・まとめ、ワークシートやＰＰＴ、発問や板書の工夫等大いに精進していきたいと考える。『源氏物語』と絵巻や英訳等その受容作品、また、『源氏物語』に影響を与えた古典等を活用しながら学生がグループで創作するような活動でないと大学生の協働学習とは言えないかもしれない。今回は、『源氏物語』の人物を読むことを主眼に、『源氏物語』第一・二部を巻順に読みながら人物像を考察するために、学生の言語活動を以下のように様々に考えて行った。

①桐壺巻「桐壺更衣」・「長恨歌」との読み比べ／②帚木巻「空蝉」・和歌を解釈する／③若紫巻「藤壺」・胸中をセリフにする／④葵巻「六条御息所」・生霊になった理由を考える／⑤賢木巻「六条御息所と光源氏」「藤壺と光源氏」「朧月夜と光源氏」・地の文と和歌を現代語訳し、「ざっくり賢木巻」を書く／⑥須磨巻・明石巻「明石の君」・紫の上との比較（形容する古語の違い）／⑦若菜上巻「紫の上」・女三の宮との比較（形容する古語の違い）／⑧若菜下巻「紫の上」「光源氏」「女三の宮」「柏木」・各人物の心情（形容する古語の違い）／⑨柏木巻「柏木」と「光源氏」・各人物の心情（形容する古語の違い）／⑩御法巻「紫の上」と「光源氏」・各和歌の心情等より各人物像を書く

今回の授業を通して、各巻とそこに影響を与えた古典の読み比べを通して人物像を探る手法は、学生の興味・関心を高め、理解を深めることが明らかになった。政治性がより表れた「長恨歌伝」との読み比べも有意義であるし、今

後は**各巻で読み比べのできるより質の高い副教材**を追究していきたい。

現在、世界各国の三二言語に翻訳されている『源氏物語』を日本の大学生が読む意義はとても大きいと考える。『源氏物語』だけで、平安文化や仏教・儒教・道教等の思想が分かり、人物の心情や人生観、生き方について深く考えることができる。本文の古典文法を基に更に深く読解することもできる。紫式部の深い教養に驚嘆しながら、影響を与えた国内外の様々な古典を読み解く楽しみもある。とかく研究者の研究対象になりがちな『源氏物語』をもっと楽しく気軽に大学生に読んでもらうことが生涯学習につながっていく。そして、国際社会で活躍しながら我が国の文化の一つである『源氏物語』を誇り高く語ってほしいと願う。そのために、大学で楽しく、かつ、深く考察できる更に質の高い授業作りを行っていきたい。

注

(1)後半十社の採択巻は、東京書籍「夕顔・賢木・須磨・若菜上・御法・橋姫・浮舟」、大修館書店「葵・須磨・薄雲・若菜上・御法・橋姫」、大修館書店「葵・須磨・若菜上・御法・橋姫」、数研出版「葵・須磨・藤裏葉・若菜上・御法・浮舟」、文英堂「葵・須磨・明石・御法」、明治書院「葵・須磨・若菜上・御法・浮舟」、筑摩書房「葵・須磨・薄雲・若菜上・御法・橋姫・総角」、第一学習社「夕顔・葵・須磨・藤裏葉・若菜上・御法・橋姫」、第一学習社「夕顔・葵・藤裏葉・若菜上・御法」、桐原書店「若紫・葵・若菜上・御法・浮舟」となっている。

(2)高等学校「学習指導要領［平成30年告示］国語編」第3節国語科の目標（文部科学省、二〇一八）。

(3)世羅博昭「『源氏物語』の学習指導（その三）―「桐壺」の巻の授業を取り上げて―」（『『源氏物語』学習指導の探究』渓水社、一九八九）。

(4)信木伸一「対立構造に着目した物語の読みの授業―源氏物語「桐壺」の授業から―」（広島大学国語教育会「国語教育

研究」37号、一九九四・三)。
(5)荒居勝弘「思考力・判断力・表現力の育成を目指した国語科の授業の展開―アクティブ・ラーニング型の授業を通して―」栃木県総合教育センター「教師のための教材研究のひろば」(「栃木県教育研究発表大会」国語部会、二〇一六・一)。
(6)兼坂壮一「男子校における源氏物語講義―純愛物語?としての桐壺の巻―」(「高校国語教育臨時増刊号」三省堂、二〇一六・一二)。
(7)河添房江「『源氏物語』で「深い学び」はいかにして可能か―桐壺巻・若紫巻における古典教育と研究の協働―」(「中古文学」第106号、二〇二〇・一一)。
(8)板東智子「教養教育における古典授業の開発(1)―7枚の源氏絵で読む源氏物語―」(山口大学教育学部研究論叢」第70巻、二〇二一・一)。
(9)松岡礼子「マルチモーダル・アプローチを活かした文学の学習指導」「大阪教育大学紀要 総合教育科学」第69巻、二〇二一・二)
＊「マルチモーダル」複数の、複数の形式の、複数の手段による(デジタル大辞泉)
(10)伊井春樹「人物論研究の意義―史的展開と女三宮・柏木像をめぐって―」(『源氏物語研究集成 第5巻 源氏物語の人物論』風間書房、二〇〇〇)。
(11)座談会(出席者原岡文子・吉海直人 司会上原作和)「作中人物論の回顧と展望」(室伏信助監修 上原作和編集『人物で読む源氏物語 第一巻 桐壺帝・桐壺更衣』勉誠出版、二〇〇五)。
(12)古屋明子「古典探究 『源氏物語』」(『有名古典の言語活動―「言語文化」「古典探究」における実践例―』明治書院、二〇二二)。
(13)三谷邦明「桐壺―源氏物語の方法的出発点として―」(『源氏物語講座 第三巻』有精堂出版、一九七一)。
(14)吉海直人「研究史―人物論覚書」(室伏信助監修 上原作和編集『人物で読む源氏物語 第一巻 桐壺帝・桐壺更衣』勉誠出版、二〇〇五)。

(15)斉藤昭子「女を語ること・桐壺巻の『恋』と紫のゆかりの方法」(鈴木泰恵/高木信/助川幸逸郎/黒木朋興編『〈国語教育〉とテクスト論』ひつじ書房、二〇〇九年)。
(16)増田繁夫「女御・更衣・御息所の呼称―源氏物語の後宮の背景―」(山中裕編『平安時代の歴史と文学　文学編』吉川弘文館、一九八一)。
(17)神尾暢子「作品作者の美的規定―更衣桐壺との美的創造―」(『王朝語彙の表現機構』新典社、一九八五)。
(18)玉上琢彌「桐壺巻と長恨歌と伊勢の御―源氏物語の本性(その四)―」(『源氏物語評釈　別巻一』角川書店、一九六六)。
(19)三谷邦明「桐壺―源氏物語の方法的出発点として―」(『源氏物語講座　第三巻』有精堂出版、一九七一)。池田勉「源氏物語「桐壺」の作品構造をめぐって」(『日本文学研究資料叢書　源氏物語I』有精堂出版、一九六九)。
(20)三田村雅子「〈方法〉語りとテクスト　実例『源氏物語』」(「国文学　解釈と教材の研究」36巻10号、一九九一・九)。
(21)藤井貞和「光源氏物語の端緒の成立」(『源氏物語の始原と現在』三一書房、一九七二)。
(22)河村幸枝「桐壺更衣哀史と長恨歌―「楊貴妃の例」その政治性と浪漫性―」(解釈学会編「国語・国文・国語教育解釈特集中古」40巻7号、一九九四・七)。
(23)高橋亨「闇と光の変相―源氏物語の世界」(『源氏物語の対位法』東京大学出版会、一九八二)。
(24)新間一美「李夫人と桐壺巻」(阪倉篤義監修『論集日本文学・日本語　2中古』角川書店、一九七七)。新間一美は、「長恨歌」は反魂香《はんごんこう》(焚《た》けば死人の魂を呼び返しその生前の姿が煙の中に現れるといわれる想像上の香。返魂香とも)で有名な漢の武帝の寵姫李夫人の故事をもととして書かれたことはよく知られている、とする。(「桐と長恨歌と桐壺巻―漢文学より見た源氏物語の誕生―」「甲南大学紀要　文学編」48号、一九八三・三)
(25)田中隆昭「源氏物語の歴史の引用から長編物語の創造へ―『長恨歌』『長恨歌伝』引用から始まる日本の虚構の宮廷史―」(『源氏物語引用の研究』勉誠出版、一九九九)。
(26)小町谷照彦「源氏物語の和歌」(『源氏物語講座　第一巻』有精堂出版、一九七一)。

(27)武谷恵美子「桐壺更衣考─別るる道のかなしきに─」(『筑紫女学園短期大学紀要』30号、一九九五・一)

(28)秋本(桜井)宏徳「桐壺更衣の和歌」(『成蹊国文』第34号、二〇〇一・三)。

(29)藤井貞和「神話の論理と物語の論理─源氏物語遡行─」(『日本文学』22巻1号、一九七三・一)。

(30)秋山虔「桐壺更衣」(『源氏物語の女性たち』小学館、一九八七)。

3 帚木巻×仏教

仏典精査の研究を基礎づける

松岡智之

概要

『源氏物語』と仏教との関係を考えるには、物語の文章の背後に仏典の言葉の存在を探ることが出発点になる。しかし、仏典の探索をどこまで行ってよいのか。現在、WEB上の「**SAT大正新脩大藏經テキストデータベース**」などによって、広範に検索できるだけに、疑問・不審を感ずる人もいるであろう。これに関して、**室町時代中期の古注釈『花鳥余情《かちょうよせい》』**の説をもとに、作者紫式部の仏教知識は学問研究の次元に及ぶと指摘した阿部秋生の論がある。この阿部論が、『源氏物語』の仏教的要素を深く探究することの有効性を保証すると、私は考える。

『源氏物語』と仏典との関係を探究する際、基礎知識を得られるのが、池田亀鑑編『源氏物語事典 下巻』（東京堂出版、一九六〇）「所引詩歌仏典索引」、阿部秋生ほか校注訳『新編日本古典文学全集 源氏物語』①～⑥（小学館、一九九四～一九九八）各冊の「付録 漢籍・史書・仏典引用一覧」である。さらに、高木宗監『源氏物語における仏教故事の研究』（桜楓社、一九八〇）に詳細な検討がなされる。各仏典の概要を知るには、鎌田茂雄ほか編『大蔵経全解説大事典』（雄山閣出版、一九九八）などが便利である。高木宗監には、「『源氏物語』と『法華経』三周説法」（『源氏物語と仏教』桜楓社、一九九一）もある。

仏教に関わって関心の高い**出家**の問題は、阿部秋生『光源氏論 発心と出家』（東京大学出版会、一九八九）、**宿世**については、多屋頼俊『多屋頼俊著作集 第五巻 源氏物語の研究』（法蔵館、一九九二）、佐藤勢紀子『宿世の思想 源氏物語の女性たち』（ぺりかん社、一九九五）、**女性の極楽往生、成仏**に関しては、小林正明「女人往生論と宇治十帖」（『国語と国文学』第六四巻第八号、一九八七・八）が基本文献となる。

仏教思想や仏典引用の観点からのすぐれた研究論文を収める研究書を掲げる。重松信弘『源氏物語の仏教思想 仏教思想とその文芸的意義の研究』（平楽寺書店、一九六七）、岩瀬法雲『源氏物語と仏教思想』（笠間書院、一九七二）、斎藤暁子『源氏物語の研究 光源氏の宿痾』（教育出版センター、一九七九）、同『源氏物語の仏教と人間』（桜楓社、一九八九）、丸山キヨ子『源氏物語の仏教 その宗教性の考察と源泉となる教説についての探究』（創文社、一九八五）、三角洋一『源氏物語と天台浄土教』（若草書房、一九九六）、同『宇治十帖と仏教』（若草書房、二〇一一）、塚原明弘『源氏物語ことばの連環』（おうふう、二〇〇四）、白土わか著 加治洋一校註『日本の仏教と文学 白土わか講義集』（大蔵出版、二〇一二）、荒木浩『かくして『源氏物語』が誕生する 物語が流動する現場にどう立ち会うか』（笠間書院、二〇一四）、佐藤勢紀子『源氏物語の思想史的研究 妄語と方便』（新典社、二〇一七）、柳井滋著 桜井宏徳編『柳井滋の源氏学 平安文学の思想』（武蔵野書院、二〇一九）、笹川博司『源氏物語と遁世思想』（風間書房、二〇二〇）、中哲裕『源氏物語の主題と仏教』（新典社、二〇二二）。

読む —— 一 雨夜の品定めと『法華経』三周説法

帚木巻《ははきぎのまき》の「**雨夜《あまよ》の品定め**」において、左馬頭《さまのかみ》が、木工・絵画・書道の喩えを用いて論じ始める「よろづのことによそへて思せ」（帚木①六九）〔さまざまなことに重ね合わせてお考えください〕の語句について、『花鳥余情』の著者

一条兼良《かねら》は、次のように解説した。〈1〉
64よろつの事によそへておほせ（略）第八段又馬頭か詞也雨夜の物語はしめは女のしな心むけのよしあしきを物にもたとへすありのまゝにかきたり此段よりは又木のみちゐ所てかきこの三の芸にたとへて人のまことありいつはりある事をのふ此下段にはそのはしめの事すき〳〵しくともきこえんとておの〳〵むかしありし事ともをたかひにかたり出すかくのことく三段にかきわけたること葉のつゝきひとへに法華経の三周説法のすかたをかたとれり三周とは法説一周喩説一周因縁説一周也法説一周は方便品也此品は直に妙法の道理をとき給て上根の声聞舎利弗にたいしてさとらせしむこれを法説といふ次は喩説一周は譬喩品也此品のはしめには法説の述成授記ありこれまても舎利弗に対しての説法也その次の段に三車一門のたとへをかりて三乗つゐに一乗に帰するおもむきをのへて中根の声聞須菩提迦旃延迦葉目蓮にさとらせしむ信解品薬草喩品までも喩説の述成授記也次に因縁説一周は化城喩品は過去久遠却に大通智勝仏といふ如来の法花を説給ふをきゝし人の中比退屈の思をなして小乗を修行せしかいま又尺尊の説法をきゝて回心向大の声聞となれる因縁をときて下根の千二百人に次第に授記し給ふかの法理を直にとくとたとへをかりていふと過にしかたの因縁をとくとこの三周のすかたいまの物語の作りさまにあひにたるなり世俗文字の業狂言綺語の誤をあらためて讃仏乗の因転法輪の縁とせる心なり下の詞に中将いみしう興してのりの師の世のことはりときゝかせん所の心ちすといへるこのことはりをおもひてかけるなるへし

兼良は、雨夜の品定めを十八段に分ける。その第八段にあたるとした上で、技芸三種の喩えを含めた女性論全体が、**一乗思想**を説くために『**法華経**』の用いた「**三周説法**」の形式を踏襲すると解説する。兼良の注を三つに分け、現代語訳を示すと、次のようになる。

〈1〉ここから第八段である。ここもまた左馬頭の発言である。〈雨夜の物語〉は、初めは女性の身分・人柄の良否を、何かに喩えることもせず、そのままに書いている。この段からは、また別途、木工制作、絵所、書道の三種の技芸に喩えて、人間には誠実さもあり虚飾もあることを述べている。（さらに）この段よりも後の段では、「そのはじめのこと、すきずきしくとも申しはべらむ」（帚木①七〇）と（左馬頭が）言って、めいめいが昔あった出来事のあれこれを、互いに言葉にして語っている。

〈2〉このように三段階に分けて書いた、文章の進め方は、まったくもって『法華経』の三周説法の形式を踏襲している。三周とは、法説一周・喩説一周・因縁説一周（の三周）である。法説一周は「方便品《ほうべんぼん》」である。この品（章）は、直接的に妙法の道理を（釈尊が）講説なさって、上根の声聞の舎利弗に対して、真理を明確に理解させる。これを法説という。次は、喩説一周は、「譬喩品《ひゆほん》」である。この品の初めには法説の述成（＝弟子の理解を釈尊が承認すること）および授記（＝成仏の予言）があり、ここまでも舎利弗に対しての説法である。その次の段落に〈三車一門〉の喩えを用いて、三乗は最終的に一乗に収斂するという趣旨を述べて、中根である須菩提・迦旃延・迦葉・目蓮に真理を明確に理解させる。「信解品《しんげほん》」・「薬草喩品《やくそうゆほん》」までも喩説の述成および授記である。次に因縁説一周は、「化城喩品《けじょうゆほん》」は過去久遠劫に大通智勝仏という如来が『法華』をお説きになるのを聞いた人が、その後に真理を求める心を失って、小乗の修行をしていたその人が、さらに新たにまた釈尊の説法を聞いて、それまでの修行を翻して大乗の教えに向かう声聞となった来歴を説いて、下根の（声聞の）千二百人に順番に授記なさる。

〈3〉この法理を直接的に解説することと、比喩を用いて述べることと、過去の由来を説明することという、この三周の形式は、いまある物語の作り方と類似しているのである。世俗の文学の、言葉を飾るあやまちを転換して、仏の教えを讃仰する種となり、仏法を広める契機とする意図である。後続の文の中に「中将、いみじく信（興）じて（略）法《のり》の師の、世のことわり説き聞かせむ所の心地する」（帚木①七一）と言っているのは、この道理を念頭に置いて書いたのであろう。

『法華経』は、西暦紀元一～三世紀頃にインドに成立した。初期大乗経典の一つ。五世紀初め（四〇六年）の鳩摩《くま》羅什《らじゅう》の漢訳を後に増補した、八巻・二十八品の『妙法蓮華経』が東アジアで広く読まれた。『妙法蓮華経』の八巻に収められた二十八品を列挙すると次の通りである。

第一巻　序品（1）　方便品（2）
第二巻　譬喩品（3）　信解品（4）
第三巻　薬草喩品（5）　授記品（6）　化城喩品（7）
第四巻　五百弟子受記品（8）　授学無学人記品（9）　法師品（10）　見宝塔品（11）
第五巻　提婆達多品（12）　勧持品（13）　安楽行品（14）　従地湧出品（15）
第六巻　如来寿量品（16）　分別功徳品（17）　随喜功徳品（18）　法師功徳品（19）
第七巻　常不軽菩薩品（20）　如来神力品（21）　嘱累品（22）　薬王菩薩本事品（23）　妙音菩薩品（24）
第八巻　観世音菩薩普門品（25）　陀羅尼品（26）　妙荘厳王本事品（27）　普賢菩薩勧発品（28）

『法華経』の主たる内容は、一乗主義・仏陀の永遠性・種々の菩薩の活動の三点である。『法華経』では、真理の認識「仏知見」を得て、六道輪廻を解脱することの価値は前提である。『法華経』以前には、ブッダの悟りに到達し得るか否かは各人の能力・資質によると考えられたが、一乗主義は全ての人（衆生）に仏知見を得る可能性があるとして宗教上の平等を主張する。「三周（三周説法）」は、純粋理論を解説する法説、比喩を用いて説く喩説、実例によって理解を促す因縁説の三種の方法によって一乗主義思想を説いた形式を指す。

「雨夜の品定め」の女性論が、論自体を述べる第一段階、技芸の比喩を用いる第二段階、体験談を披露し合う第三段階と展開するのは、『法華経』の三周説法を真似たためであり、それを示唆するのが「法《のり》の師の、世のことわり説き聞かせむ所の心地する」（帚木①七一）〔法師が、世界の道理をよくわかるように言い聞かせる場所（説経所）のような感じがする」の語句であると、一条兼良は解説した。

阿部秋生は、こうした『花鳥余情』の注釈をふまえて次のように論ずる。(2)

○「三周説法」とは（略）法華經を素讀みにした時に目にふれる文言でもなく、説法の筋道でもない。法華經の説法の構造を、前後照應して検討してみた上で、改めて咀嚼しようとする時――（略）研究といふ態度で扱った時、つまり文學研究における構想論・構造論的研究の如き研究の結果として初めて出て來るものである。

○専門的知識を前提としなければならない三周説法といふ型を物語の中に導入して「雨夜の品定め」の基本的構造を固めてゐた（略）ことは（略）作者が法華經に關して（略）專門的知識を有つてゐたのだと考へなければならない（略）。單に法華經の中の印象的なある場面とか、有名な文言の二、三を引用してゐる（略）こととは（略）かなり違つてゐる（略）。とすると、この物語の作者、紫式部は、おそらく天台宗の專門家である學匠について、本格的に法華經の勉强をしたことがあるものとみておかねばならぬのではないか。

経典中の語句ではなく、『法華経』研究の次元にあらわれる概念を物語制作に応用したのだとすれば、作者の仏教知識は、学問研究の次元に及んでいたはずであるという。**阿部の右の指摘は、『源氏物語』を仏教の面から追究する際の基礎・土台であり、この論があるからこそ、安心して、仏典の細かい字句までを材料にとって考察できる。**

二　三周説法依拠説の弱点

「雨夜の品定め」が三周説法の型に拠るとの説は、阿部秋生が校注訳者の一人である『新編日本古典文学全集　源氏物語』頭注が載せるのはもちろん、『新潮日本古典集成　源氏物語』も、「法の師の、世のことわり説き聞かせむ所」（一―六一）の頭注でこの説を紹介し、「おそらく当っている」と述べる。

阿部の論が仏典を深掘りする研究を保証するには、『花鳥余情』の説が成り立つことが前提である。ただし、この

『花鳥余情』説には、少なくとも二点の弱点がある。一点目は、『法華経』三周説法と『源氏物語』帚木巻「雨夜の品定め」とが論として十分釣り合わないことである。「雨夜の品定め」は、一面で「中の品」論である。もし、中級貴族の階層にこそ素敵な女性がいるという中の品論で「雨夜の品定め」が一貫し、それが総論↓比喩説↓具体例の三段階に進行したならば、『花鳥余情』説に疑問の余地はなかったが、実際にはそのようでない。比喩説に移る前に、左馬頭は「今は、ただ、品にもよらじ、容貌《かたち》をばさらにも言はじ」（帚木①六五）〔もうこうなっては、まさに身分は無関係であろう、外見（が関わりないこと）は言うまでもない〕と中の品論を破綻させ、「ただひとへにものまめやかに静かなる心のおもむき」（同前）〔もっぱら一途に誠実で落ち着いた性格〕の女性こそが「つひの頼みどころ」（同前）〔最後まで信頼できる相手〕であると述べる。技芸の比喩説では、木工では実用に即した機能美、絵画では身近な風景を抒情的に描くことの価値、書道では基本的な骨法によることの優位性を主張する。具体的な体験談も、中の品の女性の魅力には収斂しない。全ての衆生にブッダになる可能性があることを三様に説く『法華経』三周説法と、中の品に着目して始まりながら、花より実の論に移り、具体例の多様さに拡散した「雨夜の品定め」（ただし光源氏の脳裡に「中の品」の魅力を印象付ける）とは、論述として十分釣り合わない。

　第二は、「雨夜の品定め」の『法華経』三周説法依拠説が、現代人には、一見してこじつけと思える説と『花鳥余情』の中で並立していることである。先の「よろつの事によそへておほせ」の項よりも前に、次の注がある。

　24とり〳〵に事わりて中のしなにそをくへき（略）中のしなとは中臈のしなゝる人の官つかさもそれほとに相当したるをいふ儒道には過不及といひて中庸の道を至極とす仏教には又非空非有を中道といふ中は二教のたとふる所なるによりてことはりて中のしなをとるといふなり

「中の品」とは、どのような人をさすのかと、光源氏が問いかけたのに対し、頭中将が、成り上がりの人も、元来上流であったのが零落した人も、「とりどりにことわりて中の品にぞおくべき」（帚木①五九）〔それぞれの事情を判断して（どちらも）中の品と認めるのがよい〕と答えているところであり、『花鳥余情』の注が「中のしなをとる」つまり魅力的な女性のいる階層は中流貴族であると認めると述べるのは、注全体として物語の文脈に合わない。現代語訳をすると次のようになろう。

「中の品」とは、中程度の官位を有する人が、官職もその位階に相応している場合を言う。儒教では「過不及《かふきゅう》」を問題にして中庸の方途を採ることを最上とする。また、仏教では「非空非有《ひくうひう》」を中道という。「中」は、二つの教え（儒教・仏教）がともに説き教えるところであるから、判定して「中の品」がよいと、言うのである。

儒教では過剰でもなく不足でもないことが「中」であり、仏教では「空」でもなく「有」でもないことが「中」であることと、もと下級貴族の成り上がり者と、もと上流貴族の零落者とをともに「中の品」と認めることとの間に飛躍があり、兼良の真意をつかみがたい。ここでの儒教・仏教への言及の仕方は、江戸時代の国学者たちが、中世の文学研究は、儒教・仏教の徳目にひきつけて牽強付会の価値づけをするが、文学には文学の価値を認めるべきであるとして非難したあり方に、まさに当てはまる。こうした、いかにもこじつけと思える説と並列しているがゆえに、「雨夜の品定め」の三周説法依拠説は、信頼性を損ねている。

「雨夜の品定め」が緊密な一貫性に欠けるために『法華経』の三周説法と十分に対応しないこと、いかにもこじつけと思える説と『花鳥余情』の帚木巻注釈の中で並列していること。こうした弱点がありつつも、「雨夜の品定め」の構成が大枠において、『法華経』の三周説法の型を模倣していて、従って、紫式部の仏教知識は、仏典の研究の次元に及んでいるとする、阿部秋生の主張を認めて、研究の基盤としたいと、私は考える。

研究の展望 —— 注目される注釈的研究と法会をめぐって

近年、注釈的研究において指摘されたことの中から、注目すべき説を二点取り上げる。まず、匂兵部卿巻に、薫が自身の出生への疑いから思いめぐらす叙述がある。

（薫）「いかなりけることにかは。何の契《ちぎ》りにて、かう安からぬ思ひそひたる身にしもなり出《い》でけん。善巧太子《ぜんげうたいし》のわが身に問ひけん悟《さと》りをも得てしがな」とぞ独りごたれたまひける。（匂兵部卿⑤二二三）

〔訳〕（薫）「いったいどのようなことであったのだろうか。どのような前世からの約束で、これ程にも不安な思いから離れられない身に、よりによって生い立ったのだろうか。善巧太子が、自身に問うて答えを得たという明らかな知恵を（自分も）手に入れたいことだ」と、ひとり言をおっしゃった。

右の「**善巧太子**」は、青表紙諸本の「**せんけうたいし**」[3]に、「善巧太子」の漢字を宛てた形である。「善巧太子」がいかなる人物に該当するか判然とせず、河内本に拠って「**瞿夷《くい》太子**」とも考えられたが、藤井貞和は、仮名文献で撥音を「う」と表記する可能性を考慮して、『大般涅槃経』などにあらわれる「**善見太子**」と解することを提案した。[4]

次に、正篇に戻って、葵巻で、逝去した葵の上を哀悼する光源氏が唱えた「法界三昧普賢大士《ほふかいざんまいふげんだいじ》」（葵②四九）は、第一に「普賢の徳をたたえる」（『新全集』頭注）意である。これについて、大場朗は、源信『**普賢講作法**』[5]の「周遍法界普賢大士」と接続することにより、「葵の上の代苦と随順、（略）阿弥陀の仏前への導きを（略）祈願」[6]し、普賢菩薩の名を葵の上に届けるための唱誦であったと論じ、場面の文脈に即した理解を深めた。

また近年、小峯和明『中世法会文芸論』（笠間書院、二〇〇九）などの刺激を受け、平安文学研究においても、法会への関心が高まっている。『妙法蓮華経』八巻を八座に分けて講ずる法会である**法華八講**は、『源氏物語』でも、末澤明子「『源氏物語』の法華八講」[7]など、研究対象になってきた。

法会を理解するには、式次第を知ることが重要である。前述葵巻の「法界三昧普賢大士」に関連して、源信『普賢講作法』に「南無周遍法界普賢大士　十反」[8]とある。法会の中で、導師は十回「南無周遍…」を唱える。普賢講の式次第を知ることにより、物語の光源氏が唱えた詞章の重みを理解しえる。

法華八講などについても、まず現代の次第ではあるが、法儀基準作成委員会編『新編天台宗方式作法集』（天台宗宗務庁教学部、二〇〇一）などを参照したい。横道萬里雄『体現芸術として見た寺事の構造』（岩波書店、二〇〇五）などにより、法会の構造を把握することも、仏教を超えた、宗教とテキストとの関係が想定につながろう。仏教に関する制度の歴史的問題に言及し得なかったが、岡野浩二『平安時代の国家と寺院』（塙書房、二〇〇九）が、『源氏物語』研究においても、指針となるであろう。

『源氏物語』が学問次元の仏教知識の上に成り立つとの説は、若干の難点を顧慮しても大筋で成り立つ。本章は、このことをふまえて、注目すべき論点を紹介した。『源氏物語』の読者は、存分に仏教面から深く考え、読み味わってほしい。

注

（1）引用は、伊井春樹編『源氏物語古注集成 松永本 花鳥餘情』（桜楓社、一九七八）による。

（2）阿部秋生『源氏物語研究序説』上下（東京大學出版會、一九五九）。五二五頁、五二七〜五二八頁。中哲裕「寛弘年間道長の道心と源氏物語—道長の御嶽詣で・木幡三昧堂・法性寺を中心に—」（『源氏物語の主題と仏教』新典社、二〇〇二、一七三頁）も参照されたい。

（3）『源氏物語大成 校異篇』一四三三頁九行。

（4）藤井貞和「薫の疑いは善見太子説話に基づくか」（『タブーと結婚「源氏物語と阿闍世王コンプレックス論」のほうへ』笠間書院、二〇〇七）。

（5）比叡山専修院 叡山學院編『恵心僧都全集』（比叡山図書刊行所、一九二七〜一九二八）第五巻。

（6）大場朗「源氏の祈り—葵巻「法界三昧普賢大士」の思想と信仰を手がかりにして—」（「中古文学」第八四号、二〇〇九・一二）八四頁。

（7）末澤明子『王朝物語の表現生成 源氏物語と周辺の文学』（新典社、二〇一九）
（8）注（5）前掲書、五二三頁。

4 帚木巻×噂・名・メディア

噂から読む、『源氏物語』の物語観

水野雄太

概要——物語と噂

本書において、『源氏物語』を読むために用意された25個の視角のうち、本章で扱われる噂はいささか特殊な位置を占める。なぜならば、噂は「物語とは何か」という物語学の根源的な問いかけに、直結する視座であるからだ。さっそくだが、帚木巻の冒頭から『源氏物語』における噂を具体的に見てみよう。

光る源氏、**名**のみことごとしう、言ひ消《け》たれたまふ咎《とが》多かなるに、いとど、かかるすき事どもを末の世にも聞きつたへて、軽びたる**名**をや流さむと、忍びたまひける隠ろへごとをさへ語りつたへけん人のもの言ひさがなさよ。さるは、いといたく世を憚りまめだちたまひけるほど、なよびかにをかしきことはなくて、交野の少将には、笑はれたまひけむかし。（帚木①五三）

〔訳〕光源氏と、その名ばかりが大げさにもてはやされているが、実際には「光」であることなど否定されてしまいなさるような過ちが多いということなのに、それに加えてこのような色恋沙汰の数々を後の世にまで聞き伝えて、光源氏自身が「軽々しい浮き名を流すことになりはしまいか」と秘密になさっていた隠しごとまでも語り伝えた人の、なんとまあ口さがないことよ。そうはいっても実際には、光源氏が実にひどく世間をはばかってきまじめに振る舞いなさっていたころ、色めかしくおもしろい話はなくて、交野の少将のような生粋の色好みからは、一笑に付されてしまいなさったことだろうよ。

引用内には二つの「名」の語が見える。古語の「名」には、現代でもそのまま使われる「名前・呼び名」といった意味から、「噂・評判」といった意味までもが含まれる。まず一つ目の「名」は「光る源氏」という「名前・呼び名」を示す意で用いられているが、「光る源氏」という「名」は類いまれなる美質から世間の人々にもてはやされて語られた「あだ名」であり、本質的には噂が通称として結晶化したものだと言えよう。二つ目の「名」は「流す」という動詞に続いていることから、一つ目よりも「噂・評判」の意に近い用法だと言える。ここでは光源氏を賛美する「名」と、その光源氏自身が伝播を恐れる軽々しい浮き「名」という、二つの噂が同時に取り上げられているのである。

この場面には光源氏について語っている人物を二人指摘することができる。一人は帚木巻冒頭を語る物語の語り手。もう一人は、光源氏が恐れた「軽びたる名」を伝播させた「語りつたへけん人」である。物語の語り手は「語りつたへけん人」について「もの言ひさがなさよ」と非難しているが、ということは光源氏の「軽びたる名」は物語内部の世間で伝播した結果、物語の語り手にまで語り伝えられているということになる。光源氏について語る人物を複数設定することで、帚木巻冒頭は光源氏の「名」が物語内部の人々から物語の語り手まで、広く伝播していることを物語っている。「光る源氏」という「名」が人々の間で流通していたことは冒頭の記述から明白だが、光源氏が伝播を恐れた「軽びたる名」も、やはり人々の間で流通していたのである。

そしてその「軽びたる名」は、物語の語り手を通して物語外部の読者たちにまで伝播してゆくことになる。帚木巻の冒頭と対応関係にある夕顔巻の巻末では、「かやうのくだくだしきこと（このように長ったらしくてくどいこと）」＝〈帚木巻から夕顔巻の物語〉を語ってきた語り手が、「もの言ひさがなき罪避りどころなく」（夕顔①一九六）と自省している。この語り手は、帚木巻冒頭の語り手から「もの言ひさがなさよ」と非難されていた「語りつたへけん人」その人である。帚木巻冒頭の語り手は、「語りつたへけん人」の口さがなさを非難しながらも、結局はその人の語った噂をそのまま帚木巻から夕顔巻の物語として語り伝えたのであり、光源氏の恐れていた「軽びたる名」は『源氏物語』そのものにまで昇華されているのであった。(1)

このように見ると、**『源氏物語』において物語とは噂そのものである**ということになる。だからこそ、「物語に内在する〈うわさ〉は、しばしば自己言及的に「物語（＝うわさ）」そのもののありようを語っている」(2)のであり、噂について考えることは「物語とは何か」を考えることそのものだと言えるのである。

では、噂という視座から「物語とは何か」という根源的な問いにどのような手つきで近づいてゆけばよいのか。『源氏物語』内部に描かれた噂に注目し、その内容について分析することはまず必要な手続きだろう。が、物語を噂というメディアとして捉え直すうえで、最低限マクルーハンの「メディアはメッセージである」(3)という言葉は忘れないでおきたい。メディアはメッセージを伝える媒体であるが、メディアの形式そのものが何らかのメッセージを発している、というのはメディア論においてはすでに常識である。となれば、噂の内容だけではなく、噂というメディアの特徴自体に着目しながら『源氏物語』を読む必要があるだろう。『源氏物語』のなかで、噂が何を語っているかだけではなく、噂がどのようなものとして位置づけられているかを見定めることが重要である。そうした意味で、**安藤徹『源氏物語と物語社会』**（森話社、二〇〇六）は必読の先行研究である。同書は『源氏物語』自体の精密な読解はもちろん、哲学や社会学の成果と『源氏物語』とを交錯させることで、『源氏物語』における噂や、噂が流通する物語社会の特質を鋭く浮かび上がらせている。さらに、同書全体で八〇〇以上にもなる膨大な文末脚注は、『源氏物語』の噂や隣接諸学の理論に習熟するための最良の読書案内としてはたらくはずだ。

なお、本章のテーマの一つである「メディア」は非常に広範な概念であり、本章でそのすべてに触れることは到底叶わない。噂にとどまらない多様なメディア、かつ『源氏物語』内外におけるメディアの問題を手広く論じたものとして、**立石和弘「メディアと平安物語文学」**（小森陽一ほか編『岩波講座 文学2 メディアの力学』岩波書店、二〇〇二）がある。また、文学にとどまらない隣接諸学のメディア論の入門書としては、**門林岳史ほか編『クリティカルワード メディア論—理論と歴史から〈いま〉が学べる』**（フィルムアート社、二〇二一）が簡便である。

読む——噂としての『源氏物語』、あるいはメディアとしての『源氏物語』

帚木巻が噂を主題とした一巻として構造化されていることは、**水野雄太「『源氏物語』帚木巻論—巻末贈答歌と「名」をめぐる物語」**（『学芸国語国文学』五一、二〇一九・三）ですでに論じた。冒頭における光源氏をめぐる噂、雨夜の品定めで男たちの口から語られる女たちの噂、そして我が身の「名のうさ」を詠んだ巻末の空蟬の歌など、帚木巻を読み解くうえで噂・名という観点を欠かすことはできない。が、本章では噂・名に加えてメディアもテーマとして挙げられているので、物語のなかで噂がどのように主題化されているかは前稿に譲ることとする。今回は、噂がどのような機能を持つものとして描かれているか、そして噂というメディアとして物語を捉えることで、物語の見え方がどのように変わるかを中心に考えよう。

帚木巻のなかに描かれた噂の記述として注目したいのは、次の箇所である。

この近き母屋《もや》に集ひゐたるなるべし、うちささめき言ふことどもを聞きたまへば、わが御上なるべし。「いといたうまめだちて、まだきにやむごとなきよすが定まりたまへるこそ、さうざうしかめれ」、「されど、さるべき隈《くま》にはよくこそ隠れ歩《あり》きたまふなれ」など言ふにも、思すことのみ心にかかりたまへれば、まづ胸つぶれて、かやうのついでにも、人の言ひ漏らさむを聞きつけたらむ時、などおぼえたまふ。ことなることなければ、聞きさしたまひつ。式部卿宮《しきぶきやうのみや》の姫君に朝顔奉りたまひし歌などを、すこし頬《ほほ》ゆがめて語るも聞こゆ。くつろぎがましく歌誦《ず》じがちにもあるかな、なほ見劣りはしなむかしと思す。
（帚木①九四―九五）

〔訳〕この近くの母屋に女たちが集まっているのだろう、ひそひそと言うことを光源氏がお聞きになると、光源氏ご自身についての話であるに違いない。「本当にひどくきまじめに振る舞って、若いのに高貴な方が妻としてお決まりになっているなんて、物足りないわ」「だけど、しかるべき忍びの通い先にはうまくお隠れになって通っていらっしゃるそうよ」などと言うにつけても、光源氏はある人への恋慕ばかりが心を占めていらっしゃるので、まずどきりとして、このような折にでも、あの秘密を人が言い漏らしているのを聞きつけたとしたらその時には……などとお思いになる。別段のこともないので、途中で聞くのをおやめになった。式部卿宮の姫君に朝顔の花を差しあげた折の歌などを、少し歪曲して歌語りにするのも聞こえる。気軽にかまえて歌をすぐ口にだすではないか、仕える女房がこれでは女主人も実際に逢ったらきっとがっかりするだろうよ、とお思いになる。

方違えを口実に、女主人の空蟬目当てで紀伊守《きのかみ》邸を訪れた光源氏は、空蟬の女房たちが自身について噂しているのを耳にする。この女房たちは、光源氏が高貴な妻（葵の上）を得たことを「さうざうしかめれ」と評していることからわかるように、色恋沙汰を好む質《たち》であるようだ。そうした女房たちは、光源氏にも隠れた通い所があることを噂し、具体的なエピソードとして式部卿宮の姫君との交渉を語る。

この記述を読んでまず気がつくことは、帚木巻の冒頭との照応である。一人目の発話者である女房の「いといたうまめだちて」という言葉は、帚木巻冒頭の語り手が語った「いといたく世を憚りまめだちたまひける」という言葉に酷似している。さらに、その女房に対して別の女房が「隠れ歩きたまふなれ」と光源氏の隠れた色恋沙汰について伝聞推定（助動詞「なれ」）をもとに語り、式部卿宮の姫君との色恋沙汰を語っているが、この女房のありようは帚木巻冒頭の「すき事ども」を語った「語りつたへけん人」その人、もしくはそこから噂を聞き、さらに語り伝えた人と重なってくる。とすればこの記述は、「語りつたへけん人」から語り伝えられてきた噂が、帚木巻冒頭の語り手まで伝播したという、帚木巻冒頭の構造を物語内部に再現したものだということになる。

『源氏物語』の大部分における語り手が女房としての性質を帯びていることは、現在では常識と見なされている。それでもなおこの記述が重要なのは、「語りつたへけん人」から語り継がれ、『源氏物語』の一部にまでなっている帚木巻から夕顔巻までの物語が、物語内部の口さがない女房による噂話と同列にある、ということを明かしてしまっているからである。しかもその噂話は、光源氏本人をして「頬ゆがめて」語られていると認定されてしまっており、事実から乖離している。そのような噂話と本質的に変わらない物語は、いったいいかにして正当性／正統性を保証されるのか……。

『源氏物語』は、自らの本性が噂であるということを自ら暴露することによって、自らになんら正当性／正統性がないことを証し立てているようだ。物語が噂というメディアとして捉え直されることで、〝正伝〟としての物語などないという『源氏物語』の物語観があきらかになったと言ってもよい。しかし、噂によって自らを相対化してゆくような方法は、もとより『源氏物語』が自家薬籠中とするところのものだったのではないか。そもそも帚木巻自体が、桐壺巻に語られた物語とは異質な噂として語られはじめたのであったし、竹河巻の冒頭で「紫のゆかり」と「悪御達《わるごたち》」という二つの語り手が並べられ、その物語の「いづれかはまことならむ（どちらが真実なのだろうか）」（竹河⑤五九）と『源氏物語』の語り手がいぶかって見せていたのを思い起こしてもよい。『源氏物語』は、自らに正当性／正統性などなく、むしろ噂として複数化し、流動化するものだということをあきらかに自認している。

さらに言えば、噂というメディアとしての物語を前にしては、オリジナル／コピーといった対立さえももはや意味をなさない。ボードリヤールによれば、メディアはオリジナルなきコピーとしてのシミュラークル、つまりは現実に依拠しない「ハイパーリアル」を増殖させるものとしてある。(4) 光源氏と式部卿宮の姫君とのやりとりが歪曲されたうえで噂として流通していたように、噂は事実を語るものというよりも、語ったものを事実化してしまうメディアである。噂の出どころに起源＝オリジナルがあろうがなかろうが噂は語られ、語られるなかで起源があるかのように信じこませる。だからこそ、噂は事実と異なってもうち捨てられずに流通し、物語を複数化・流動化させてゆくのだ。

噂がそうしたものだからこそ、帚木巻冒頭では光源氏の「すき事ども」を噂として語るという方法がとられたのである。語ったことをたちまち事実化してしまう噂というメディアは、好色人としての光源氏像を語りはじめるにあたっては格好の手段であった。いかに桐壺巻で語られた光源氏のありようと、帚木巻での光源氏のありようが乖離していようとも、それが噂として語られ、流通すればすなわちそれは事実として位置づけられる。桐壺巻と帚木巻との間にある違和についてはかねてからよく指摘されているが、[5] そうした違和を乗りこえて好色人としての光源氏の物語を始発させるにあたって、噂というメディアはふさわしいものとして選びとられたのだと言えよう。『源氏物語』では物語が噂であることによって〝正伝〟たりえないことが認識されているのみならず、そうした噂＝物語のありようが方法として駆使されているのであった。

次に、先の引用と関連して、朝顔巻で光源氏と式部卿宮の姫君の贈答歌が語られた直後にある、語り手の言葉を見てみよう。

何のをかしきふしもなきを、いかなるにか、置きがたく御覧ずめり。青鈍《あをにび》の紙のなよびかなる墨つきはしもをかしく見ゆめり。人の御ほど、書きざまなどにつくろはれつつ、そのをりは罪なきことも、つきづきしくまねびなすには**ほほゆがむ**こともあめればこそ、さかしらに書き紛らはしつつおぼつかなきことも多かりけり。

（朝顔②四七六）

〔訳〕なんの趣向があるわけもないが、どうしたのだろうか、（光源氏は）文を置くことができずに御覧になるようである。青鈍の紙の柔らかな墨の色はかえって趣深く見えるようだ。（手紙というものは）人のご身分や書き方によってとりつくろわれ、書かれた当初には問題がないことも、もっともらしく語り伝えると歪曲してしまうこともあるようなので、差し出がましく書きつくろっていて、不審な箇所も多くなってしまった。

ここでもやはり、光源氏と式部卿宮の姫君の和歌は語り伝えられるなかで「ほほゆが」められたことが明かされる。そして注意されるのは、歪曲を伴いながら語り伝えられることと関連して、「書き紛らはしつつ」と書く行為に触れている点である。語られるだけでなくどこかで書きとめられ、それが物語の語り手の目にふれ、それを物語の語り手が語るという経緯のもとに、光源氏と式部卿宮の姫君の贈答は語られたのである。とすれば右の引用は、噂として語り伝えられ歪曲されたエピソードが、どこかで書きとめられ、それが書かれた物語としての『源氏物語』の一部になったという経緯を物語っているということになる。ここに、噂による流動化を内部に含みこみながら書かれたテクストとして生成する、『源氏物語』のありようをかいま見ることができるのではあるまいか。

噂と書かれたものの関係を考えるにあたってもう一つ興味深いのは、右の引用で「ほほゆが」めて語られた光源氏と式部卿宮の姫君のやりとりが、文を介して行われている点である。帚木巻で噂されていた光源氏の「朝顔奉りたまひし歌」が、手紙に書かれたものであったかどうかは明記されていないが、朝顔とともに贈られたのであれば、これも和歌に花を添えて文として贈ったと考えるのが自然であろう。帚木巻・朝顔巻を問わず、人々の噂によって歪曲されることになった和歌は、もとは紙に書きつけられたものであった。噂の起源には紙とそこに書かれた文字があったのである。

このような光源氏と式部卿宮の姫君のやりとりや、須磨巻の記述を分析するなかで、陣野英則は語り以前に「紙に書かれた歌と言葉があること」に注目し、『源氏物語』の基層に口承の世界を想定するような音声中心主義的な把握を相対化すべきだと述べている(6)。研究状況への提言としては非常に重要だと思われるが、本章の立場からすれば、むしろ起源としての「紙に書かれた歌と言葉」でさえも、噂の前では起源としての正当性／正統性をまったく保持できていないということが重要である。たとえ起源として物質的な紙とそこに書かれた文字があったとしても、噂はその起源を暴力的にねじ曲げてゆくのだ。

こうした事態が、書かれた物語としての『源氏物語』のなかに見いだされることは、『源氏物語』が自らをいかなるものとして認識しているかを考えるにあたって、きわめて重要なのではないか。たとえ書かれたものとして『源氏物語』が起源としてあったとしても、それは噂として語られるなかで絶えず流動化してゆくのではないのか。事実、『源氏物語』享受の貴重な証言である『更級日記』の冒頭には、「その物語、かの物語、光源氏のあるやうなど、ところどころ語るを聞くに、いとどゆかしさまされど、わが思ふままに、そらにいかでかおぼえ語らむ」(7)という記述を見いだすことができる。起源としての書かれた『源氏物語』があったにもかかわらず、人々の間で断片的に物語の内容が語られている。かつそれは日記の作者が「そらにいかでかおぼえ語らむ」と漏らした通り、書かれたものが手元にない以上すべて口頭で語ることは不可能であり、ということは断片的に語られている『源氏物語』は、すでに起源としての書かれたものと同じものではありえない。書かれた『源氏物語』もやはり光源氏の文のように、噂のなかで流動化してゆくのである。もっとも先に見たように、その書かれた『源氏物語』も噂として流動化した情報を書きとめるなかで生成した設定になっており、やはり『源氏物語』は自らが噂のなかで複数化・流動化してゆくことをよくわかっているということになる。物語内部／外部を問わず、噂は『源氏物語』を不断に流動化してゆくのだ。

以上に見てきたように、『源氏物語』はさまざまな噂＝語りによって複数化・流動化されることを拒んではいない。雑多な語り（手）がテクストにかかわることで、『源氏物語』はこれまでもこれからも不断に複数化・流動化してゆくことだろう。『源氏物語』は、人々が自らと関与することを前提としているという意味で、メディア性を持ったものとしてあるのだ。

研究の展望――『源氏物語』のメディア性を支えるもの

『源氏物語』が、人々が関与することを前提とするメディア性を持っているのだとして、人々はどのような回路を通して『源氏物語』に関与した／してゆくのか。その答えにかかわる視座として、和歌を挙げておきたい。本章で扱った、噂によって歪曲された言葉はどちらも和歌であった。その和歌を噂として語ったのは物語内部の女房や語り手だが、物語外部の現実世界でも和歌は盛んに噂されていた。「歌語り」と呼ばれる、既存の和歌とともにその和歌が詠まれた背景や状況を語る行為が、歌物語の代表格である『大和物語』生成の基盤にあったとされる通り、和歌は噂されることで物語となった。人々は、和歌を回路として物語の生成に関与していたのである。このことは、『源氏物語』のメディア性が和歌によって担保されている可能性を感じさせる。

かつて本章稿者は、土方洋一の提唱する「画賛的和歌」(8)という考え方に導かれながら、詠歌主体が容易に特定できず、作中人物ではなくその周りに近侍している女房、語り手、あるいは読者が詠んでしまったかのように感じられる歌が『源氏物語』のなかにあることを論じた(9)。そうした和歌が見られる場面においては、作中人物／女房／語り手／読者の間にある境界があいまいになり、読者は語り手や作中人物に自らを一体化させ、共同的な感覚を持ちながら物語を読むことになる。このことから、**和歌は物語内部の人物と物語外部の読者とをつなぐメディアとして機能するのではないか**との見通しが立つ。物語のなかの和歌にどのような表現機構があり、読者は和歌を介してどのように物語に関与していたのかを、今後も考えてゆく必要がある。

また、本章でも考えてきた通り、噂は物語の生成・流通と不可分の関係にある。物語内部に描かれた、噂として生成・流通する物語のありようと、現実世界での『源氏物語』の生成・流通はどのように関連するのか。物語外部も視野に入れて考える必要があるだろう。

陣野英則「物語作家と書写行為――『紫式部日記』の示唆するもの」（**『源氏物語の話声と表現世界』勉誠出版**、二〇〇四）で、陣野は『紫式部日記』のなかで『源氏物語』に言及した箇所を分析し、紫式部は「『源氏物語』を産み出した自己ではなくて、（「書きかへ」などをも含めた）伝播・流布に携わった者としての自己に焦点をあてて」いるうえ、「絶対的な原本の不在も示唆されていた」ことから、「物語作品の起源は明確にされず、きわめてしたたかな書き方によってうやむやにされている」と論じている。このような『紫式部日記』の記述と、本章で述べてきた自らを噂として描くような『源氏物語』のありようはあきらかに関連している。従来、噂についての研究は書くことへの目配せが甘くなりがちだったが、物語を複数化・流動化させるという点では、物語を書くこと、あるいは書写することと共通する点も多い。書かれた物語の生成・流通という観点を視野に入れながら、噂として自らを描く『源氏物語』のありようについて考えてみるべきではないか。

本章冒頭で述べたように、噂は「物語とは何か」という問いに直結しうる視座である。語り、書記、作家、生成、流通といった、物語の本質にかかわる問題領域と交錯させることで、『源氏物語』の研究をさらに切り拓くことができると思われる。

注

（1）このことは、本居宣長が早くに『源氏物語玉の小櫛』で指摘している。

（2）安藤徹「物語と〈うわさ〉」（『源氏物語と物語社会』森話社、二〇〇六）。

（3）マーシャル・マクルーハン『メディア論―人間の拡張の諸相』（栗原裕、河本仲聖訳、みすず書房、一九八七←原書一九六四）。

（4）ジャン・ボードリヤール『シミュラークルとシミュレーション』（竹原あき子訳、法政大学出版局、一九八四←原書一九八一）。

（5）和辻哲郎「『源氏物語』について」（『日本精神史研究』岩波文庫、一九九二←一九二二・一一）。なお、和辻は桐壺巻と帚木巻冒頭との違和から、成立上の仮説として『源氏物語』成立以前に巷間に流布した光源氏に関する物語群があったことや、それを題材とした紫式部の手になる短い『源氏物語』があったことを提示している。本当にあったのか否かはたしかめようがないが、噂のシミュラークル機能は、読者をして現存しないオリジナルの想定に向かわせるものでもある。

(6)陣野英則「語り手の言葉に先立つ手紙―「須磨」および「朝顔」巻の例から」(『源氏物語論―女房・書かれた言葉・引用』勉誠出版、二〇一六)。

(7)藤岡忠美ほか校注・訳『新編日本古典文学全集　和泉式部日記　紫式部日記　更級日記　讃岐典侍日記』(小学館、一九九四)の二七九頁。

(8)土方洋一「源氏物語における画賛的和歌」(『源氏物語のテクスト生成論』笠間書院、二〇〇〇)。同「『源氏物語』と「和歌共同体」の言語」(寺田澄江ほか編『源氏物語の透明さと不透明さ』青簡舎、二〇〇九)や同「仮名表現の可能性―『源氏物語』作中歌の書記形態」(助川幸逸郎ほか編『新時代への源氏学5　構築される社会・ゆらぐ言葉』竹林舎、二〇一五)も参照。

(9)水野雄太「物語文学の言葉は誰のものか」(『物語研究』二一、二〇一八・三)

5 空蟬巻×本文

本文とは何か

新美哲彦

概要——一　本文とは何か

我々が本を読む時、何を読んでいるのか。文字の羅列を読み解いていくわけであるが、**印刷された本それ自体は、あるいは写本それ自体は、インク**(墨)**の染みが付いた紙のまとまりに過ぎない。**[1]**そのインクの染みが付いた紙のまとまりから意味を読み解いていくためには、読み手のリテラシー**(読み書き能力)**が必要となる。**我々が知らない言語の本を読み解くことはできないし、あなたがいまこの本を読んで理解できているのは、あなたが日本語の書記言語(漢字仮名交じり文)を知っているからである。

そのインクの染みのうち、「(2)頭注、脚注、割注、傍注などの注釈の部分を除いたもとの文章。(3)書物のうちで、絵、図、また、序文、跋文などを除いた、主になっている文。」(日本国語大辞典)を本文と呼ぶ。

この章では「本文」を中心に話していこうと思う。

ただし、**本の中の本文以外の部分が重要でないわけでは、もちろんない。**注釈なしに読めない(あるいは読みにくい)作品は、『源氏物語』をはじめたくさんあるし、それは逆に、注釈というレンズを通して作品を見てしまっているということでもある。また、絵巻や絵本などのように、本文以上に挿絵が重要な作品、本文に描かれる情報以外の情報を挿絵が与える作品もある。題も時には内容以上に重要で、素的な題だからその作品を手に取るということもある。『松浦宮物語』のように、序文や跋文にしかけが施され、読者を迷宮に誘う作品もある。また、本自体の装訂・紙質・書写態度・字そのものなどの情報も、その本の意味を読み解く重要な情報に満ちている。

その本文だが、例えば『源氏物語』は千年以上前の作品であるが、成立当時の本文が、タイムカプセルに入って、そのまま現代に届けられたわけではない。**さまざまな人たちが書写し、保管し、伝承し、注釈を付してきたからこそ、現在、われわれは『源氏物語』を読むことができる**わけである。

その写本の本文は、漢字は少なく、ひらがなが多く、濁点も読点もないことが多い。意味のまとまりを示す改行も、会話を示す鉤括弧もない。それを、現代の研究者が、句読点、濁点を付し、ひらがなに漢字を宛て、改行し、会話には鉤括弧を付し、読みやすくした文（校訂本文）をわれわれは読んでいる。

二　諸本とは何か

本文は、近世以前の作品の場合、基本的には書写することで伝えられていく。われわれが他人のノートを借りて写す時でもそうだが、すべてを正確に写すということは難しい。また、すべてを正確に写そうという意識があるかも時代や状況によって異なる。誤写もあるし、漢字仮名の表記が変わることもあるし、わかりにくいところをわかりやすい文にしてしまうこともある。なかった本文を付加してしまうこともある。このように、多くの古典作品の場合、**一つの作品に複数の写本や版本**（**伝本**）**が存在する。それを「諸本」と呼ぶ。**

諸本の存在は、実は古典作品に限らない。有名なところでは、芥川龍之介著『羅生門』。初出の「帝国文学」（一九一五・一一）では「下人は、既に、雨を冒して、京都の町へ強盗を働きに急ぎつゝあつた。」となっていた結末部分は、第1短編集『羅生門』（阿蘭陀書房、一九一七・五）では「下人は、既に、雨を冒して京都の町へ強盗を働きに急いでゐた。」に変更され、さらに短編集『鼻』（春陽堂、一九一八）では、現在教科書でおなじみの「下人の行方は、誰も知らない。」となっている。

ただし、近現代の作品であれば、本文の変更には、基本的には作者のみしか関われないが、作者が不明であることが多い、**平安時代から鎌倉時代にかけての作り物語**（**虚構の物語**）**の場合、成立以降もさまざまに本文が改変されていく**。

例えば諸本間の異同が多いことで知られる『住吉物語』だが、比較的入手しやすい新日本古典文学大系では、古活字十行本と野坂家本で、物語を読むことができる。冒頭、主人公の姫君の母宮がなくなる個所、古活字十行本では母宮の最期の言葉は

「我《われ》なからん跡までも、此幼《おさな》ひ物、人なみ〳〵ならんふるまひ、せさせ給ひそ。異君達《ことぎんだち》におぼしおとすな」

のみだが、野坂家本では

「我はかなくなりなば、此幼き者、うしろめたうなん侍る。我なからんあととても、並み〳〵ならむふるまひせさせ給ふな。いかにも帝に奉らせ、宮仕へせさせんことを思し立べし。異君達に思し劣るべからず」

と、文が長くなる上、帝への入内を望む母宮の希望が語られる。古活字十行本と野坂家本では、そもそも登場人物にも差異が見られ、物語内の和歌の数も、古活字十行本が四十三首であるのに比べて、野坂家本は百二十首近い。『狭衣物語』も諸本によって異同が大きいことで知られている。極端なことを言ってしまえば、**存在する諸本の数と同じ数だけの物語世界が拡がっている**のだ。段階的に成立してきたと考えられる『うつほ物語』などの例も含めて考えれば、**作り物語の本文というのは、成立以降も流動的であるのが本来的なのだろう**。

これは現代において、作者が明確な文学作品は作者以降は表記の差異などの細かい異文しか生まれないのに対して、

作者が明確でないインターネット上の話がバリアント（異文）を生みだしながら流布していくのに近い。

三　『源氏物語』にはどのような諸本があるか

『源氏物語』の諸本に話を移そう。『源氏物語』の場合、作者が明確である（と考えられている）ことや、早い段階で藤原定家や源光行・親行親子が証本（信用できる本）を作成したことなどの理由により、『住吉物語』や『狭衣物語』ほどバリエーションに富んだ諸本は存在しない。

だが、『紫式部日記』に拠れば、**そもそも『源氏物語』成立時点で、紫式部が公にするのをはばかる草稿本や書き換えた浄書本などという、複数の『源氏物語』が存在していた。**現存していたならば『源氏物語』の草稿研究が可能となろうが、これら複数の『源氏物語』のうち、どの本が流布していったのか、あるいは複数の『源氏物語』が、その時々の書写によって本文の混態を起こしつつ流布していったのかはさだかではない[2]。

同時代の書写としては、『紫明抄』に「侍従大納言行成卿一筆本[3]」を俊成が見たとあり、そのころまで藤原行成筆とされる『源氏物語』が存在していたと知られる。なお、『河海抄』の時点で「行成卿自筆の本も悉く今世に伝はらず[4]」とある。

他に重んじられた古写本として名が残る本に、道長の孫である堀河左大臣俊房本（鳳来寺蔵『源氏物語』奥書等に記載[5]）、その妹の従一位麗子本（『新勅撰和歌集』詞書等に記載）、紫式部の夫宣孝の曾孫為房の子である冷泉黄門朝隆本（鳳来寺蔵『源氏物語』奥書等に記載）などがあるが、すべて現存しない。

その後、**鎌倉時代に至って、定家本、河内本《かわちぼん》という、後の世に重んぜられる二つの証本が登場することになる。**藤原定家（応保二（一一六二）年～仁治二（一二四一）年）が定家本を[6]、源光行（長寛元（一一六三）年～寛元二（一二四四）年）・親行（生没年未詳）が河内本を作成した頃、『源氏物語』の本文は、定家が「尋求所々雖見合諸本猶狼藉未散不審」（『明月記《めいげつき》』嘉禄元（一二二五）年二月十六日条）、親行が「和語旧説真偽舛雑」（鳳来寺蔵『源氏物語』奥書）[7]と述べるように、さまざまな本文が混在する状態であったようだ。このような状況からは、『源氏物語』という文学作品の権威が低く、本文の自由度が高かった平安時代から、俊成の有名な『六百番歌合』判詞「源氏見ざる歌詠みは遺恨ノ事也」[8]に見られるように、『源氏物語』の権威が向上した鎌倉時代になり、信頼できる本文を人々が求め始めた、という事情も透けてくる。

この二種類の証本のうち、定家本は、藤原定家による本である。『明月記』嘉禄元年二月十六日条に記される書写本＝「青表紙本」という図式が流布していたが、片桐洋一、加藤洋介[9]が異なる根拠によって論証したごとく、**定家は、明らかに複数回『源氏物語』を書写しており、おそらくその都度、校訂していたと考えられる。**[10]**その定家監督書写本**[11]**を淵源とする諸本のグループを定家本系統**（定家本系）**と呼ぶ。**

鎌倉時代には、定家本系の本文はそこまで流布しなかったようだが、室町期に書写される多くの諸本は定家本系である。冷泉為相（弘長三（一二六三）年～嘉暦三（一三二八）年）・為秀（生年未詳～応安五（一三七二）年）、今川了俊（嘉暦元（一三二六）年～応永二一（一四一四）年か）、正徹（永徳元（一三八一）年～長禄三（一四五九）年）という流れの中で、徐々に定家本が権威を付与されていく一方で、二条家の学統を引く宗祇（応永二八（一四二一）年～文亀二（一五〇二）年）・牡丹花肖柏（嘉吉三（一四四三）年～大永七（一五二七）年）、その流れを汲む三条西実隆（享徳四（一四五五）年～天文六（一五三七）年）を筆頭とする三条西家流によっても、定家本系『源氏物語』の書写が行われている。近世になるとこのような状況はさらに進み、版本はすべて定家本系となる。

河内本は、源光行・親行父子による本で、一三世紀中頃作成、二十一部の本によって校訂し、ほとんどわからないところがなくなったとある（鳳来寺蔵『源氏物語』奥書等）。

河内本における特徴としては、句点の存在が挙げられる。句点については親行自身が「或以義理之相叶切句点」

〈鳳来寺本奥書等〉と述べており、これは句点の施された仮名写本としては早い例である。句点は、「いつらくそたち古本に、いつらく・そたちと句を切たる、僻事なり。くそたちとは今時こそたちといふ詞也」〈『河海抄』手習〉という注に見られるように、本文の解釈に踏み込むもので、親行が合理的な本文（わかる本文）を求めていた様子がうかがえる。その**河内本を祖本とする諸本を河内本系統（河内本系）と呼ぶ**。

鎌倉期には河内本がよく書写されたようで、注釈書の引用する本文は河内本系であることが多い。室町前期にも花山院長親《かざんいんながちか》〈正平五（一三五〇）年〜正長二（一四二九）年〉が、将軍義持《よしもち》〈至徳三（一三八六）年〜正長元（一四二八）年〉の命によって献じた耕雲本は河内本を主体とするし、一条兼良〈応永九（一四〇二）年〜文明十三（一四八一）年〉も河内本を書写している。しかしその後、定家本系が権威を持つに従い、河内本は廃れていく。

『源氏物語』の諸本分類を近代に入ってから本格的に行った池田亀鑑は、定家本系統〈池田亀鑑は「青表紙本」と呼ぶ〉、河内本系統以外に、別本という大分類を建てた。ただし別本は系統ではなく、**定家本・河内本以外の本文はすべて別本**と呼んでいる。この別本群の中には、定家本や河内本成立以前の、平安時代の本文を遺す諸本もあるかと考えられている。

なお、池田亀鑑が「青表紙本中最も信頼すべき一証本」(12)と述べ、現在の注釈書のほとんどの巻における底本となっている定家本系の大島

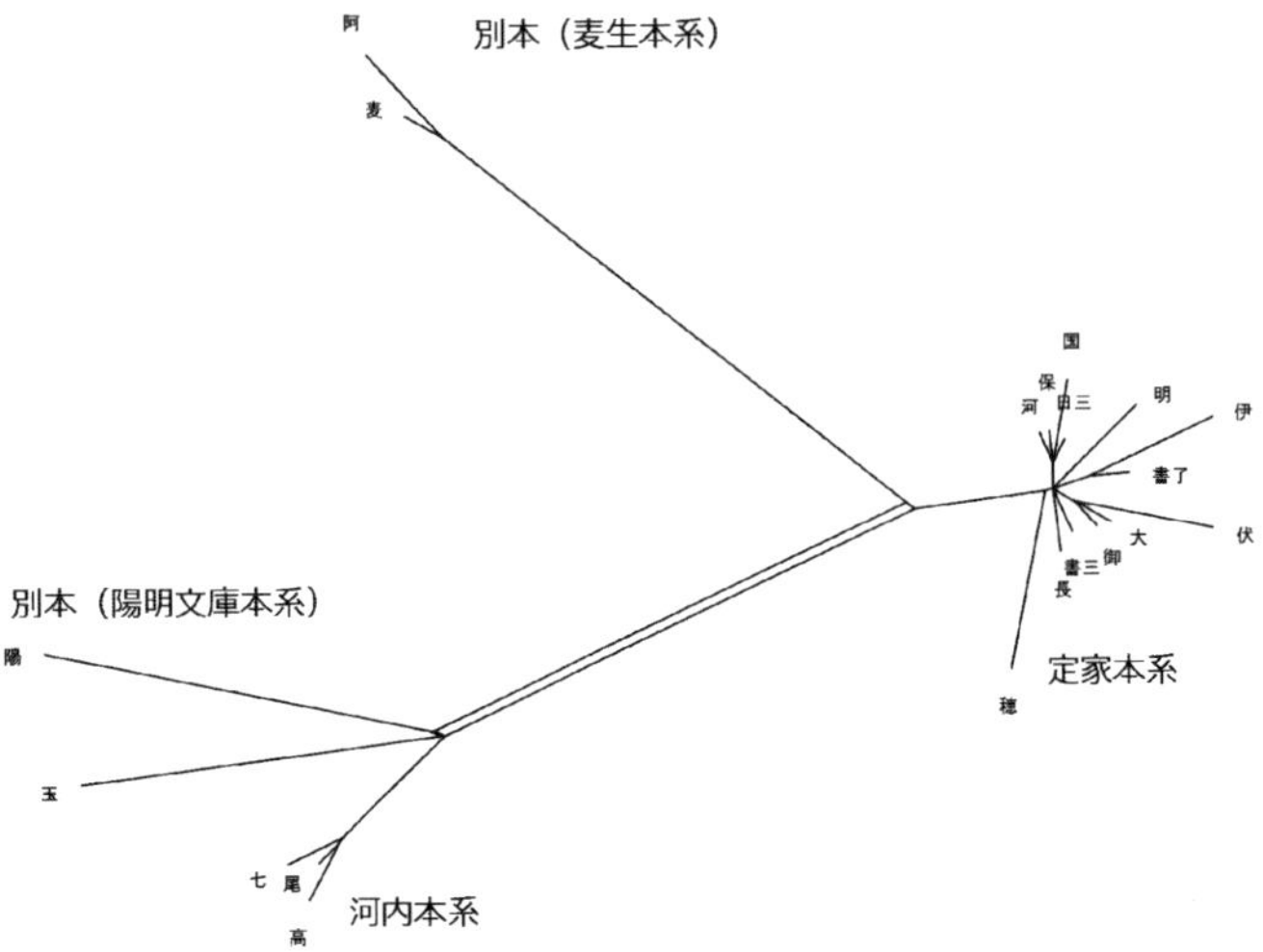

図1・空蟬巻諸本の関係図

本だが、飛鳥井雅康筆本ではなく、さらに「「宮河」印のある室町後期頃写の一筆十九冊の残欠本を、永禄六（一五六三）年頃に道増・道澄を含めた複数で補写して揃い本とした、吉見正頼旧蔵本[13]」であることや、室町期の写本の影響を受けていること[14]が明らかとなっている。

このような諸本の位置関係は、異同が細かく、脱文や異同数などで簡単に整理できないこともあり、図示しにくいのであるが、生物系統学などでも実績を挙げているプログラム[15]を利用した諸本分類も行われている。例えば、本項で扱う空蟬巻の諸本は、そのようなプログラムを利用すると図1のような位置関係になる。右側に定家本系が固まり、上と左に別本が分かれ、下に河内本系三本があるという関係。

このように位置関係を可視化することで、別本群も、陽明文庫本系と麦生本系の2系統に分かれることがわかる。

また、諸本数が多い定家本系であるが、空蟬の巻では図2のように4種類にグルーピングができそうである。さらに興味深いのが、つい「三条西家本系」とまとめがちな三条西家の関わる『源氏物語』本文であるが、日本大学蔵三条西家本（日三）と書陵部蔵三条西家本（書三）は離れており、日大蔵本の訂正補入を入れたデータ（日三訂）はその間に位置する。つまり、**三条西家の本文は訂正補入を繰り返しながら変化している**ようなのだ。

図2・定家本系諸本の関係図

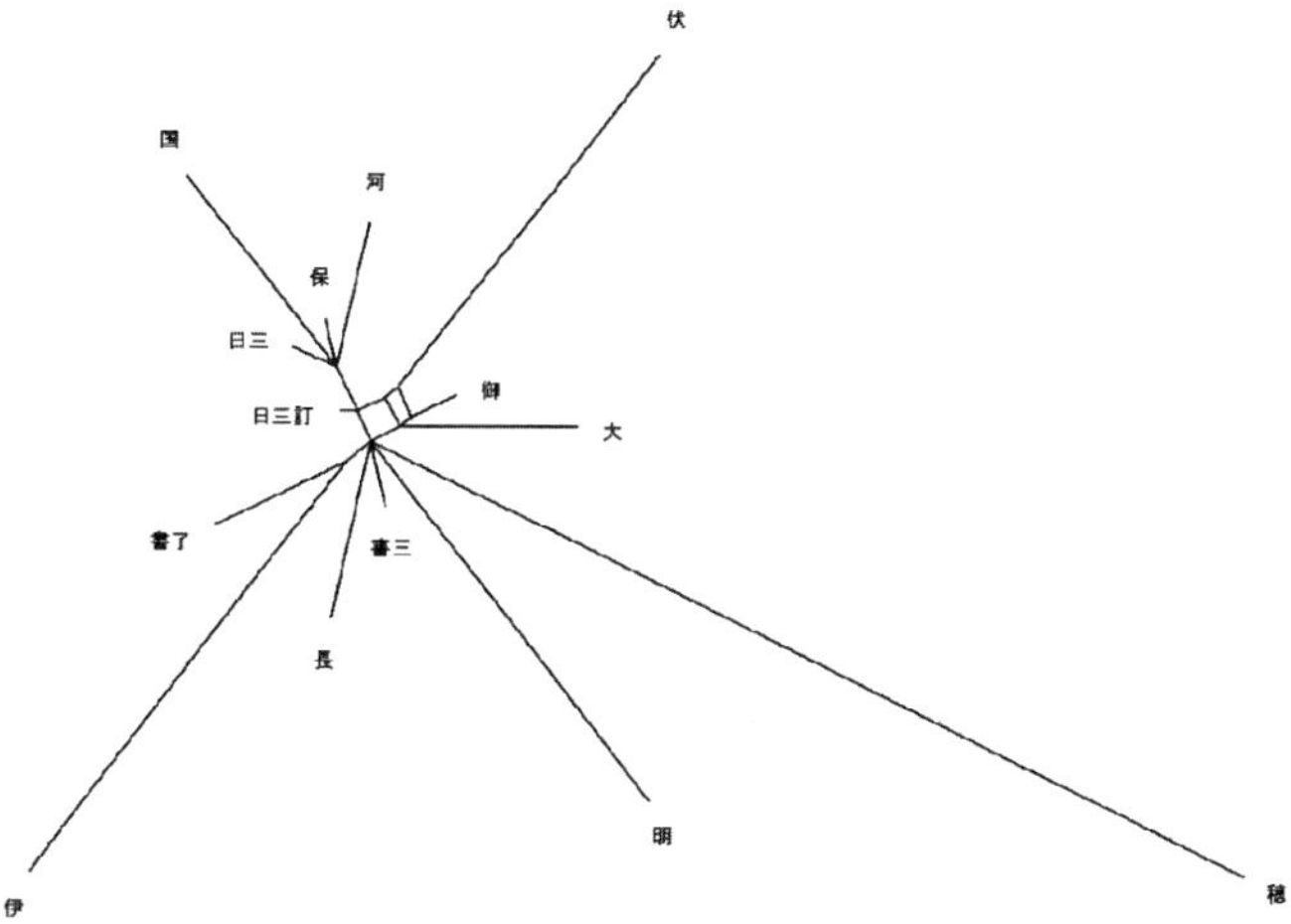

読む —— 異文による内容の変化・空蟬巻

では、本文の差異によってどのような違いが生まれるかを見ていこう。使用するのは、池田亀鑑が作成した校本、『源氏物語大成』と、加藤洋介が『源氏物語大成』を増補修正した『河内本源氏物語校異集成』（風間書房、二〇〇一）および「源氏物語校異集成（稿）」[16]である。『源氏物語大成』で異同の大きな部分を確認し、『源氏物語大成』未収伝本の異同の確認を加藤洋介の資料で行った。

本文の差異①：冒頭部分

空蟬巻冒頭、帚木巻末尾の場面に続き、空蟬に拒否され、独り寝をする光源氏で始まる。定家本系の新編日本古典文学全集では「寝られたまはぬままに」（空蟬・117）で始まる本文だが、新編日本古典文学全集が底本とする大島本は「ねられたまはぬまゝには」[17]、別本の桃園文庫旧蔵本は「ねられたまはぬまゝになげきがちにて」と光源氏の落胆を強調する。光源氏の小君への言葉も、定家本系で「今宵なむ初めてうしと世を思ひ知りぬれば」となっている本文は、河内本系や別本の陽明文庫本では「世を思ひ」がなくすっきりしている。空蟬への光源氏の手紙も、定家本系では「絶えてなし」と少々強めの表現だが、河内本系では「絶えて程へぬ」、別本は「なくて程へぬ」（陽明文庫本・飯島本）、「絶てほどへぬ」（麦生本・玉里文庫本）、長めの文の「たへてなくてほどへぬ」（桃園文庫旧蔵本）、次の文に続く形をとる「たえてほどへぬれば」（阿里莫本）と、バラエティに富む。

本文の差異②：民部のおもとの部分

空蟬に逃げられた光源氏は軒端の荻と契り、退出する際、老い御達に、背の高い、いつも笑われている女房に間違われる。印象的な場面であるが、その女房は定家本系では「民部のおもと」（空蟬・127）と呼ばれているのに対して、河内本系では「せうのおもと（一本・けふのおもと）」、別本では「小輔のおもと」（陽明文庫本）、「せうのおもと」（玉里文庫本）、「みんぶの少納言のおもと」（飯島本）、「少将のおもと」（桃園文庫旧蔵本）と、呼称が変わる。

本文の差異③：結末部分

結末近く、光源氏は、小君を通じて空蟬に歌を届ける。定家本系では、末尾の和歌の書かれる「この御畳紙の片つ方に」（空蟬・131）に対応して「さしはへたる御文にはあらで、畳紙に手習のやうに」（空蟬・129）と書かれるが、河内本系（別本の麦生本・阿里莫本も同じ）では「畳紙に」が「たゞ」となっており、その上の「さしはへたる御文にはあらで」を強調する文になっている。

さらに末尾、定家本系では「空蟬の羽におく露の」（空蟬・131）歌ですとんと終わるが、河内本系では歌の後に「とてやみにけり」という一文がつく。

本文の差異④：定家本系の脱文と見られる部分

定家本系に見られる脱文と考えられる箇所は複数あるが、(18)空蟬巻にも一箇所ある。空蟬に逃げられ、軒端の荻とちぎる場面で、空蟬のことを思う光源氏の心中は、定家本系では「かく執念《しふね》き人はありがたきものを、と思すしも、あやにくに紛れがたう思ひ出でられたまふ」（空蟬・126）だが、河内本系や別本の陽明文庫本・玉里文庫本・桃園文庫旧蔵本では「かうしうねき人のこゝろはありがたきものを、とおもほすにしも、あやにくにまぎれがたう思いでたまふ。れいにゝずはしたなき心ちして、よふかくいで給」（河内本を校訂）とだいぶ長い。おそらく「いで給ふ」が重なることによる目移りで、定家本系が脱文したかと思われる。

異同を少々挙げただけだが、**諸本によって印象や登場人物名、結末などが変化している**ことがわかるだろう。また、現在、すべての注釈書が定家本系を底本とするが、定家本系にも脱文などの傷があることも了解される。もちろん**傷のない伝本はない**。定家本系も例外ではないというだけのことである。

定家本系統は、鎌倉期書写の巻を有する御物本、池田本や横山本などと、室町期の書写である正徹本や三条西家本などに大別されるようである。(19) 三条西家の関わる本文も、先述したように、徐々に変化している。室町期の校訂（証本作成）の実態は、ある程度研究が可能だろう。定家本系の最善本とされてきた大島本の問題点も先述したように明らかになっており、室町期写本としての大島本の研究も重要となってこよう。また、それらの研究の進展に伴い、鎌倉期の定家本系の実態も浮かび上がってこよう。

研究の展望——これからの本文研究

近年、ディープラーニングによる写本解読が精度を増している。人がすべてのデータを作成している以前の例では、プログラムの利用は限界があったが、今後、他分野の研究者との共同研究などにより、**ＡＩや解析プログラムを使用した巻ごとの、あるいは全巻を通した諸本系統図も可能になってこよう。**

また、物語の内容に関して言えば、**近世から近現代にかけて、『源氏物語』の読解はあまりにも定家本に偏りすぎていた観がある。**原典に戻りたい、紫式部の描いた世界を読みたいという欲求は非常によく理解できるが、定家本にしても河内本同様校訂本文であり、そもそも紫式部の時点で複数の『源氏物語』がある上に、作り物語には本文が流動的であるという性質がある。他系統の『源氏物語』世界の沃野がほとんど手つかずであることを考えれば、**河内本『源氏物語』の注釈書や、陽明文庫本のような鎌倉期の別本『源氏物語』の注釈書も作成されるべき**であろうし、また、そうすることによって初めて定家本『源氏物語』の内容を相対化することができるのではないだろうか。

本文研究をすることは、それら写本が作られた時代における『源氏物語』を研究することでもある。写本の伝来や書写を巡ってさまざまな人間（公家や大名、連歌師、国学者などなど）の関わりも判明してこようし、諸本の比較からは、それぞれの本の、異なる『源氏物語』世界も垣間見られよう。『源氏物語』は大部の物語であり、写本数も膨大であるので二の足を踏むかもしれない。しかし、すべてを見尽くす必要はない。さまざまな切り口で本文の豊穣な世界を切り取り、切り開くことは可能であろう。

注

(1)現代のようにディスプレイで読むのであれば、それは光の明滅に過ぎない。

(2)古注釈書にも、「諸本不同　草書中書清書有差乎」(『弄花抄』)や「抑物語証本一様ならざるか」(『河海抄』)などと書かれる。

(3)玉上琢彌編・山本利達・石田穣二校訂『紫明抄　河海抄』(角川書店、一九六八)。

(4)注(3)参照。

(5)池田亀鑑『源氏物語大成』巻七(中央公論社、一九五六)。

(6)いわゆる「青表紙本」もこの中に含まれよう。ただし、「青表紙本」という名称には問題がある上に、定家による『源氏物語』証本作成は一度だけではない(新美哲彦「定家本『源氏物語』研究の現在／今後」(『新時代への源氏学』7「複数化する源氏物語」竹林舎、二〇一五を参照)。それぞれの定家監督書写『源氏物語』間の異同がどの程度かは定かではないものの、現在知られる限りでは、一つのグループを形成していることから、ひとまず、複数の定家監督書写『源氏物語』総体を示す名称として「定家本」を使用する。

(7)注(5)参照。

(8)久保田淳・山口明穂校注『六百番歌合』(新日本古典文学大系38、岩波書店、一九九八)。

(9)片桐洋一「もう一つの定家本『源氏物語』」(『源氏物語以前』笠間書院、二〇〇一)、加藤洋介「青表紙本源氏物語の目移り」(『国文学』640、一九九九・四)。

(10)新美哲彦「揺らぐ「青表紙本／青表紙本系」」(『源氏物語の受容と生成』第一部第一章、武蔵野書院、二〇〇八)。

（11）定家自身が全冊書写するのではなく、定家が書写を監督しているので定家監督書写本と呼ばれる。
（12）池田亀鑑「青表紙本の形態と性格」『源氏物語大成』巻七（中央公論社、一九五六）
（13）佐々木孝浩「「大島本源氏物語」に関する書誌学的考察」『大島本源氏物語の再検討』（和泉書院、二〇〇九）
（14）加藤洋介「大島本源氏物語の本文成立事情」『大島本源氏物語の再検討』（和泉書院、二〇〇九）、新美哲彦「大島本『源氏物語』と東海大学蔵伝明融筆『源氏物語』の比較から見えるもの」『源氏物語　本文研究の可能性』（和泉書院、二〇二〇）、佐々木孝浩の一連の考察など。
（15）今回はSplitsTree4 内の Persimony Splits を使用。詳しくは新美哲彦「『源氏物語』諸本分類試案―「空蝉」巻から見える問題―」（『源氏物語の受容と生成』第一部第三章、武蔵野書院、二〇〇八）参照。
（16）加藤洋介「源氏物語校異集成（稿）」http://www2.kansai-u.ac.jp/ok_matsu/index.html
（17）諸伝本本文には、読みやすさを考え、適宜、句読点濁点を振った。
（18）加藤洋介「青表紙本源氏物語目移り攷」（『国語国文』第70巻第8号、二〇〇一・八）。
（19）『源氏物語』は大部であり、現在揃いであっても、巻によって書写時期や本文系統が異なることが多いので注意が必要である。

6 若紫巻×書誌学

書物が教えてくれること

佐々木孝浩

概要——一　書誌学とは何か

「書誌学」は書物自体を研究対象とする学問である。その物質的あるいは形式的な側面に注目して情報を抽出するのだが、製作や集積、伝来などといった書物の周辺的な事柄も対象となる。書物に保存された文字や図絵などのテキストも対象に含まれるものの、テキストの解釈や鑑賞という側面にはあまり踏み込まないので、一般的な文学研究とはかなり切り口が異なる学問であるといえよう。

同じく書物を対象とし、区別が付きにくいものに「文献学」がある。その範囲には様々な認識があるが、一般には書物に保存される本文（テキスト）を主たる対象とし、同一作品の本文を比較検討することによって、失われた「原型」や著者自筆の「原文（原本）」を復元することを目的とする学問とされている。書誌学がまずは**眼前に存在する書物そのものの分析**に主眼を置くのに対して、文献学は現存する書物を通して**かつて存在したであろう本文を追求す**るものであり、その本質的な性格は随分異なるのである。

以上はあくまでも基本的な説明であり、文献学は書物自体の研究や、文学的な本文解釈研究などを指して使用されることも少なくないので注意が必要である。本稿では、書物の物質的な側面に注目する書誌学的な研究を、『源氏物語』の写本を対象として行い、得られた情報を文学研究に応用する方法を示してみたい。

二　研究史——『源氏物語』本文研究の問題点

書誌学研究者の立場から、『源氏物語』の本文研究の歴史を眺めると、幾つかの大きな問題が横たわっているようにみえる。この物語の内容や表現に関する研究に比して、**書誌学的・文献学的な研究があまりにも貧弱**であるように見えるのである。

そうなった理由は明白である。乱暴な物言いをすれば、池田亀鑑《いけだきかん》によって『校異源氏物語』五巻（中央公論社、一九四二）と『源氏物語大成』八巻（同、一九五三〜六）が編纂されたからである。『源氏物語大成』（以下「大成」と略称）は、『校異源氏物語』（以下「校異」と略称）に若干の増補を加えて「校異篇」とし、「索引篇」・「研究篇」・「資料篇」・「図録篇」をも付して刊行したものである。この物語の研究者で「大成」の世話になっていない者は皆無であろう。

「校異」は、近代国文学の確立に貢献した芳賀矢一《はがやいち》の、一九二二年の東京帝国大学退官を記念する事業を委嘱された、後に東京大学教授となる池田亀鑑が、紆余曲折の末に思い立って編纂したものである。池田は家族や教え子らの協力をも得て、約三百点、約一万五千冊の写本を調査し、約五十万コマのフィルム画像を調達して本文の比較を行い、芳賀の退官の二十年後に芳賀博士記念会編として「校異」を上梓した(1)。

近代的な本文研究の初期段階において、あまりにも壮大で便利な編纂物が登場したために、伝本や本文に関する研究が下火になってしまったのも致し方ないことであった。同様の傾向は『校本万葉集』（校本万葉集刊行会、一九二四〜五）でも認められることである。

池田は約三百点の調査を通して、『源氏物語』の本文を「青表紙本」・「河内本」・「別本」に三分類した。前二者は中世期より認識されていた系統であり、池田の工夫はこれらに属さない様々な性質の伝本を、「別本」の名のもとに纏めたことにある。池田は「別本」について、「系統の明らかでない種々様々の孤立した伝本が、何の秩序もなく雑然と詰め込まれてゐる」（「大成」巻七第二部第五章第一節）と記している。「校異」を早期に完成させるための方便とも評せるが、便利な括りであることは確かである。

池田は当初「河内本」系統の所持本を底本として校合《きょうごう》作業を行い、一九三一年には校本をほぼ完成させていたが、急遽底本を「青表紙本」の伝本に変更した。そうでなくても遅れている完成が、さらに遅れることを厭わない決断をしたのは、池田が「青表紙本中最も信頼すべき一証本」と認める伝本と出会ったからであった。

一九三〇年頃に売却のために佐渡から東京に持ち込まれた本は高額であったので、池田は知友の蔵書家の財界人大島雅太郎に購入を依頼した。所蔵者に因み「大島本」と呼ばれるこの本は、池田に預けられて校本作成に利用されたのである。「浮舟」冊を欠く袋綴装の五三冊本で、旧蔵者吉見正頼（一五一三～一五八八）が永禄七（一五六四）年に、「桐壺」は聖護院道増筆、「夢浮橋」は聖護院道澄筆であることなどを記した奥書がその両冊に存している。その他「関屋」冊にのみ、「文明十三年九月十八日／依大内左京兆所望染紫毫／者也／　権中納言雅康」との飛鳥井雅康（一四三六～一五〇九）の奥書がある。池田はこの奥書をもとに、首尾両冊を除く五一冊は、文明一三（一四八一）年に雅康が西国の大守護大名である大内政弘（一四四六～一四九五）のために書写したものと判断したのである。

しかし書誌学的に見ると池田の理解は非常識といわざるをえない。「夢浮橋」冊の奥書ならばともかく、途中の冊にある奥書の情報を全体に及ぼすなどということは、決して許されないことである。池田は、道澄が「夢浮橋」を新写して、雅康筆の「夢浮橋」と取り換えられた際に、奥書丁のみを「紙数の少ない関屋」末尾に移したと考えたのである（巻七第二部第一章第三節）。しかし薄い冊など他に幾らもあり、「関屋」末である理由は全く理解できないのである。

そもそもこの池田説は最初から破綻している。「関屋」冊と他の五〇冊の筆跡を比較すると、「関屋」と同筆と思われるものは一八冊に過ぎず、他の三二冊は異筆である。将軍足利義尚の歌道師範でもあった飛鳥井雅康の真筆資料は多数現存している。それらと比較しても、「関屋」の奥書はおろか、書入や貼紙を含めても「**大島本**」**には、雅康筆と認められるものは一文字も見出せない**のである。

影印本『大島本源氏物語』(角川書店)の刊行が一九九六年であることも関係するとは考えられるものの、こんな根本的な事実が長らく指摘されなかったことに驚かざるをえない。「大成」の影響力の大きさを痛感させられると共に、それ故に『源氏物語』の書誌学的研究が健全に発達しなかったことを思い知らされるのである。

その後「大島本」は財団法人古代學協會の所蔵となり、京都文化博物館に寄託されている。同館学芸員であった藤本孝一は、「大島本」の五一冊が一筆でないことに気付いたが、池田説から自由になれず、雅康とその「右筆的な家令」による書写と推定した。(2) それればかりでなく、「若紫」冊の末尾四行のみ筆跡が異なり、その四行が定家父俊成の筆跡に似ているとして、「大島本が親本とする定家本(青表紙)の親本は、俊成本」との説も提示したのである。

この説も、同一の筆跡が「宿木」冊の本文や、多くの冊の朱筆書入れや附箋にも認められることからも、成り立たないことは明らかである。そもそも問題の筆跡は、「大島本」が書写された室町時代の書流について知識のある者がみれば、雅康と同時代の歌人・古典学者である三条西実隆を祖とする「逍遥院流(三条流とも)」に属するものであることは、容易に理解できるものなのである。(3)

「大島本」は池田の評価により絶大な地位を獲得し、小学館の『日本古典文学全集』と『新編 古典文学全集』や新潮社の『新潮日本古典集成』、岩波書店の『新日本古典文学大系』と『岩波文庫』の新版などの主たる底本として利用されている。しかしそれらは「大島本」の真の姿を認識して利用されてはいないのである。そのような本文を学術的に安心して使用してよいのだろうか。池田の認識が受け継がれ続け、藤本説が付加された背景に、**日本における書誌学研究のみならず、筆跡や書風の研究を軽視する風潮**が存しているように思われてならないのである。

読む――大島本「若紫」を定家手沢本と比較する

池田が「青表紙原本」と呼ぶ写本の「若紫」帖が二〇一九年に発見された。同本のマスコミへの紹介と影印『定家本 源氏物語 若紫』（八木書店、二〇二〇）の解説を担当したのが藤本孝一で、成り立たない自説に拘ったばかりでなく、その説を守るために確認されていない別な定家本の存在まで想定してしまったのは残念なことであった。しかしながらこの「新出本」の発見は、『源氏物語』の専門家により藤本説が否定される契機ともなった。殊に新美哲彦の「新出「若紫」巻の本文と巻末付載「奥入」―定家監督書写四半本『源氏物語』との関係を中心に」（『中古文学』第一〇六号、二〇二〇・一二）が、中古文学会の学会誌に査読を経て掲載されたことの意義は大きいといえよう。

同論文において新美は、「定家本」と「大島本」の研究史を簡潔に振り返った上で、「若紫」の「大島本」と「新出本」の本文の誤写や誤脱箇所を確認して、他本を含めて本文の比較を行い、「新出本」は「大島本」と近い関係にあるものの、「大島本」には同じ「青表紙本」であっても、やや異なる本文を有する室町期写本と接触した痕跡が認められることなどを論証している。

ようやく本格的に「大島本」の真の姿に向き合うべき時が訪れたのである。「大島本」は確かに多くの巻が池田のいう「青表紙原本」の本文を受け継ぐと考えられる貴重な存在であるけれども、少なからず劣化したものであることをきちんと認識し、「原本」の手掛かりがない巻については、「原本」を受け継ぐものかどうかを確認し、それが認められた場合には、「原本」の復元を意識した本文校訂が必要なのである。それは既存の「大島本」を底本として校訂された本文とは異なる部分が少なくないはずである。(4)

前出の新美論文などでも、「新出本」と「大島本」の本文の比較は行われているけれども、「大島本」の素性を理解するために、書誌学的な観点から同様の作業を改めて行ってみたい。

「大島本」の本文に訂正的な書入れが多いことはよく知られている。書入れには墨と朱があり、朱を墨でなぞった部分も存在する。それらには本文同筆もあれば異筆もあり、判別がむずかしいものも少なくない。書入れを擦消した箇所も散見されるのである。書入れの状況は巻によっても異なり、非常に混沌としている。

そのような本を翻刻したり校合に利用する際に、書入れをどう扱うのかは大きな問題である。「大成」の凡例（「校異」と同文）の「體裁・本文」の五項目目には、「一　本文ハ誤謬ト認メラレルモノニ至ルマデ、スベテ原本ノママトシタ」とし、同九項目目には、「一　原本ノ本文中ニ存スル書入ハ、他本トノ校合或ハ註釋的記載デアルコトノ明カナモノヲ除イテ、スベテ補入・ミセケチ・並列等ノ形式ヲ、一定ノ符號ヲ用ヰテ青表紙本ノ校異中ニ示シ、朱ヲ以テ施サレタモノハソノ旨ヲ附記シタ」と、「大島本」を中心とする底本の姿をできるだけ忠実に再現できるようにしたことが理解できる。また、続く「異文ノ掲ゲ方」では、本文と書入れの様々な状態に対応できるように、涙ぐましい工夫がなされているのである。

そうした工夫は、底本の価値を認めたからこそ編み出されたものであろうが、「體裁・本文」の五項目目の意一文を読むと、なんとも不安な気持ちになる。そこには、「但シ、若紫一七二頁十行、原本ニハ「僧部」トアルガ、ソノ誤字ヲ正シテ「僧都」ニ改メ、青表紙本ノ校異中ニ原本ノ形ヲ掲ゲタ」とある。原則を曲げているのである。正直な姿勢と評せるものの、雅康が「僧都」を「僧部」に書き誤り、またそのような本を大内政弘に贈ったりするものだろうか。凡例の中にすら、「大島本」の評価を疑わせる要素が潜んでいるのである。

「大島本」「若紫」の冒頭半葉を書入れを無視し、改行もそのままに翻字すると次のようになる。「大成」①一五一の部分である。

1　わらはやみにわらひ給てよろつにまし
2　なひかちなとまいらせ給へとしるしなく

3 てあまた丶ひおこり給けれはある人
4 きた山になむなにかし寺といふ所に
5 かしこきをこなひ人侍るこその夏も
6 世におこりて人〳〵ましなひわつらひ
7 しをやかてと丶むるたくひあまた侍
8 りきし丶こらうしつる時はうたて侍
9 をとくこそ心みさせたまはめなとき□□
10 れはめしにつかはしたるにおいか丶まりて

僅か一〇行だが、文意を取りがたい箇所が三カ所もある。1行目「わらはやみにわらひ給て」は、冒頭の別筆注記に「瘧病」とある通り「わらはやみ」は病名だが、その病で笑ったとしか解釈できないだろう。8行目の「し丶こらうし」は意味不明である。9行目末尾の二文字は墨線で雑に消されており、下の文字は「め」のようにも見えるがはっきりしない。善本と呼ばれるような本は、本文を訂正する際にこんな見た目の悪い消し方はしないものである。書き出しからして、「大島本」「若紫」冊は胡散臭い本なのである。

書入れを反映するとどうなるであろうか。1行目「わらひ」の「わ」と「ら」の間に、朱で補入記号を加え、右傍に朱で「つ」を加えている。これにより「瘧病」に患った（苦しんだ）と正しく理解できるのである。このような解釈に苦しむ本文が書かれた理由を推測すると、書写者が「わらはやみ」を知らなかったとしか考えようがない。「若紫」には「わらはやみ」の語は三カ所に存している。二カ所目は一〇丁裏三行目（大成一五八頁五行目）で、ここは「大島本」には「わらはやみましなひに」とあり、筆者がどう理解していたか不明である。問題は一二丁表二行目（大成一五九頁六行目）で、ここも本行には「わらはやみにわらひ侍る」とあり、やはり「わ」と「ら」の間に補入記号があり、右傍に「つ」と記されている。この補入は墨なのだが、藤本が影印では判らない「本文の文字の擦消・塗抹等で不明な箇所」を文章で説明した「本文様態注記表」(5)により、「つ」の補入は後に墨でなぞったことがわかる。二カ所にわたって同じ誤りをしており、書写者がこれを病名と理解していなかったことは明白である。池田の認識では、『紫明抄《しめいしょう》』や『河海抄《かかいしょう》』などにも注釈のある病を雅康が知らなかったことになるのである。

8行目「し丶こらうしつる」では、「う」を朱で見消ちして、右傍にやはり朱で「か」と訂正している。これにより病気をこじらせる意味の動詞「ししこらかす」と理解できる。かなり珍しい語だが、『河海抄』でも加注されており、やはり雅康が知らないはずはない語であろう。

9行目の墨滅の箇所は、藤本の「本文様態注記表」では「丶面」を朱で見消し、右脇に「こゆ」と朱書。後年、墨で「丶面」を塗抹し「こゆ」をなぞる」と説明されている。当初は「き丶面／れは」とあったことになるが、全く意味不明である。「大成」では「こゆ」を見消して、あらためて「こゆ」と加えたとみている。消された文字の二つ目は「ゆ」には見えないのだが、「きこゆれは」という特段珍しくもない表現を書き誤っているのも妙である。ともかくも訂正の仕方が極めて汚いのである。

冒頭一〇行の問題のある三カ所を確認しただけで、この**書写者が『源氏物語』を写すには教養不足の人物**であることは明らかである。朱筆によって読むに堪える本文となりえているのだが、その朱筆は藤本が俊成風と評する筆跡なのである。さすがに本文末尾四行は墨書であるが、改丁された部分であり、何らかの理由で書き改めたか補ったものであると考えられるのである。

それでは次に「新出本」の当該箇所を翻刻して、差異のある箇所を明示しておきたい。「／」「」」は「新出本」の改行と改頁の箇所で、「大島本」で漢字になっている箇所に傍線を加え「（　）」内にその漢字を示し、「（　）」内に「大島本」の状態を示した。

1 わらはやみにわつらひたま（給）ひてよろつに／まし
2 なひかちなとまいらせたま（給）へとしるし／なく
3 てあまた丶ひおこりたまひ（給）けれはある／人
4 きたやま（山）になむなにかしてら（寺）といふ所／に
5 かしこきをこなひ丶と（人）侍るこその夏／も
6 世におこりて人〳〵ましなひわつらひ
7 しを／やかてと丶むるたくひあまた侍
8 りきし丶こら／かしつる時はうたて侍る
9 をとくこそ心みさせ」たまはめなときこゆ
10 れはめしにつかはしたるに／おいか丶まりて

〔訳〕瘧《おこり》の病にお罹りになって、あれこれとまじない・加持などを奉仕おさせになったけれど、効果なくて幾たびも発病なさったので、ある人が、「北山にあるなんとか寺という所に、優れた行者がいらっしゃいます。去年の夏も広く発病して、人々がまじなっても難儀していたのを、たちどころに治した例が多くございました。こじらせてしまった時はいやなものでございますから、早くお試しになられてみて下さい」などと申し上げるので、呼び寄せるために人を遣わしたところが、「老いて腰が曲がって…」。

一目見て「新出本」は漢字の使用が少なく、「大島本」で漢字が増えていることが理解できる。散文・韻文を問わず、書写の古いものは漢字が少なく、時代が下るほどに漢字が増える傾向があることは常識的なことであるが、この点でも「大島本」は「青表紙原本」の忠実な書写ではないのである。

8行目の「し丶こらかし」は途中で改行となっているが、行頭の「可」を字母とする「か」が「う」に見えなくもないことは注目される。また9行目「心み」の「み」は「見」とすべきか悩む書きぶりで、その点は「大島」本と共通しており、両者の近しい関係を窺わせる。

しかしながら、「大島本」は「新出本」を直接転写したとは考え難いのも確かである。先に言及した「僧部」との誤写の箇所であるが、「新出本」では「そうつ」（二九丁裏三行目）と仮名書きされている。「大島本」は二九丁表六行目末尾に「僧」とあり、改行してはっきりと「部」と書いている。このような誤りは親本に「僧都」となければ生まれないものであろう。

「大島本」で一〇行分を検討したのみであるが、「大島本」は書写者の能力により本文の劣化が起きており、それが別人の補訂によって、読みうるレベルとなっていること、本文は近しい関係にあるものの、「大島本」は表記レベルでかなり変更されていることなどが確認できるのである。こうした確認を積み重ねることにより、「青表紙原本」の情報がない巻の校訂のあり方も検討されるべきであろう。

研究の展望——新しい校訂本文の構築に向けて

書物としての「大島本」は、その装訂からしても飛鳥井雅康が大内政弘のために書写したものとは考え難い。室町時代に公家が身分の高い武家のために書写した本は、巻子装でなければ、両面書写が可能な高級紙を使用する綴葉装（列帖装とも）で仕立てられるのが普通なのである。(6)

またそのような本は、筆跡も優美なものが多く、書物全体から品格が感じられるものである。道増と道澄を除く、「大島本」の三〇を超えると思われる筆跡は、高級な綴葉装写本の筆跡などと比較すると、少し劣るものであると判断せざるをえない。ではその書写者はどのような人物なのかということが追究されるべきであるのだが、これまで雅康筆と盲信されてきたためにその検討もなされてこなかったのである。

書写年代が永禄七（一五六四）年頃であることが明らかな「桐壺」と「夢浮橋」を基準に考えると、一人の人物が書写した一九冊は、書写の時期が先立つことは確かである。その上限は文明一三（一四八一）年となるが、一六世紀のものであるように思われる。残る筆跡がばらばらな三二冊は、「桐壺」「夢浮橋」冊と年代的な差は感じられないので、やはり永禄七年頃と考えてよいと思われる。

となると、永禄七年に首尾両冊に奥書を加えた、当時の所蔵者であった吉見正頼の周辺の人物が、書写を行ったと考えるのが自然である。正頼は、源頼朝弟範頼を祖とする石見国津和野の領主の吉見氏の生まれで、大内義隆の姉を正室としているように、大内氏に属する石見国の有力国人であったが、陶晴賢の謀反で義隆が没した後は毛利氏に仕えた武将である。永禄七年当時は長門国府の長府に滞在していたことは史実的にも明らかであるので、その周辺の人物たちが候補となる。

そこで浮かび上がってくるのが、大内氏時代より文芸活動を盛んに行っていた、長門二宮忌宮《いみのみや》神社の大宮司家竹中家の人々である。同家の数名が長府滞在中の道増・道澄と連歌会や和漢聯句会で同座していたことが確認できるのだが、幸いにも同家の人々の自筆和歌短冊や懐紙などが少なからず現存しており、彼らの筆跡を「大島本」と比較することが可能なのである。

断定するまでにはいたらなくても、「大島本」の中には竹中家の人物と似た筆跡を複数確認することができるのは確かであり、当時の長府周辺の人物が「大島本」の書写を担当した可能性は追究されるべき価値を有するものと判断できる。藤本氏に俊成風と誤認された筆跡は、道増・道澄と正頼を除いた人々の筆跡が、ほぼ飛鳥井流に属すると思われる高い書風の共通性を示す中にあって、唯一逍遥院流に属するものとして目立つものである。竹中氏の人々の筆跡を調査すると、分家筋にあたる串崎武光がその有力候補として浮かび上がってもくるのである(7)。

筆者の特定については今後も慎重に研究を進める必要があるが、先の「若紫」で確認した誤写を行う、やや稚拙な筆跡の人物として、和歌が詠める程度の教養を有する地方武士が相応しいことは確かであろう。そのような人物たちが書写したとの前提を踏まえて、教養不足による誤写が生じている可能性を考慮しつつ、「大島本」の校訂を行うとどのような本文が生まれてくるのであろうか。「大島本」以外の伝本を用いて本文を検討することも大切であろうが、これまで「大島本」による校訂本文を利用してきた膨大な先行研究を無にしないためにも、**「大島本」の本質を理解した校訂本文は絶対に必要**なはずであろう。

「河内本」や「別本」の本文を研究するためにも、書誌学的な知見は必要である。これまでないがしろにされてきたために、**『源氏物語』の本文研究について急ぎ行わなければならないことは非常に多く残されているのである。内容研究を健全に行うためにも、書誌学を活かした本文研究が行われることを期待したい。**

注

(1)『校異源氏物語』編纂については、上原作和「方法としての池田亀鑑―『校異源氏物語』の成立と桃園文庫」(『源氏物語本文のデータ化と新提言』Ⅲ、科研費報告書、二〇一四)を参照いただきたい。

(2)藤本孝一は「大島本」に関する説を何度も繰り返し発表しているが、その代表として「大島本源氏物語の書誌的研究」(『大島本源氏物語別巻』角川書店、一九九七)を参照いただきたい。

(3)池田・藤本の説に対する見解を含めた稿者の「大島本」に対する認識は、「「大島本源氏物語」に関する書誌学的考察」(『斯道文庫論集』第四二輯、二〇〇七・二)に発表したが、補注を加えた最終稿を『日本古典書誌学論』(笠間書院、二〇一六)に収載した。

(4)現在の学術的な流布本といえる『新編 日本古典文学全集』の「若紫」の本文について、「大島本」に校訂を加えた箇所で「新出本」と一致するのは約半数であると、上原作和「定家本「若紫」の本文史」(『物語研究』第二一号、二〇二一一・三）で報告されている。

（5）注（2）所掲論文。

（6）このことについては、注（3）の拙稿と拙著の序編・第一章一「和本の装訂の種類」を参照いただきたい。

（7）「大島本」の書写者についても、注（3）拙稿の他、佐々木孝浩「長門忌宮神社大宮司竹中家の文芸―未詳家集断簡から見えてくるもの―」（『中世文学』第五七号、二〇一二・六）、同「「大島本源氏物語」の再検討―新発見の定家監督書写本「若紫」帖との比較を中心に―」（『斯道文庫論集』第五五輯、二〇二一・二）、同「「大島本源氏物語」の「若紫」末尾四行の筆者について―「大島本」書写環境の再検討―」（『同』第五六輯、二〇二二・二）を参照いただきたい。

（補記）『源氏物語』に関する研究の蓄積は膨大であり、本稿に関係する論考も少なくないが、紙幅の関係などもあり殆ど紹介できなかった。よろしくご了解いただきたい。

若紫巻の源氏絵

稲本万里子

概要——源氏絵とは何か

日本美術のなかで最も多く、そして長きに渡って絵画化された物語は、『源氏物語』である。平安時代以来、多くの絵師によって、絵巻や冊子、扇面、色紙、屏風に描かれてきた。その圧倒的な数から源氏絵と呼び慣らわされている。

源氏絵は、『源氏物語』成立直後には描かれていたと推測されるが、初期の作品の多くは失われ、現存する最古の遺品は平安時代に制作された「源氏物語絵巻」である。徳川黎明会と五島美術館に絵の大部分が所蔵されているところから、徳川・五島本「源氏物語絵巻」と称されている。(1)徳川・五島本は、最初に薄墨で下描きの線を引き、次に下描きの線を塗りつぶすように絵具を厚く塗り、最後に人物の輪郭や顔の目鼻を濃い墨線で描き起こす「つくり絵」という技法と、屋根を取り払い、壁や柱や長押なども一部を描かず、高い視点から覗き込むような「吹抜屋台」という建物の描法、ふっくらとした下ぶくれの顔に、細い目と柔らかに煙るような眉、くの字形の鼻、小さな口が描かれる「引目鉤鼻」と呼ばれる顔貌表現が特徴である。(2)

徳川・五島本に次ぐ最古の遺品は、鎌倉時代に制作された「源氏物語絵詞」である。これは、浮舟巻を書写した冊子のところどころに五枚の白描の絵が挿入されている作品である[3]。第一図の画面下方に描かれた馬の口取りの顔が十三世紀に流行した似絵の手法に近似することや、馬の巧みな描法から、専門絵師の関与が想定されている[4]。また天理大学附属天理図書館蔵「源氏物語絵巻」（以下、天理本）は、若紫巻詞書・絵各四段の巻末に末摘花巻詞書・絵各一段を加えた彩色の絵巻である。雅味のある画風から、鎌倉時代末とも南北朝時代ともいわれ、制作年代の位置づけが難しい作品であるが、若紫巻だけで四段もの場面を選択していることや、これと一連のものと思われる「源氏物語絵巻」澪標巻がメトロポリタン美術館に所蔵されていることから、当初は、財力のある権力者によって制作が企てられた大規模な絵巻であったと考えられる。

室町時代に入ると、絵所預に任じられた土佐光信以降、土佐派の絵師は代々源氏絵を描き続けた。ハーバード大学美術館に所蔵される「源氏物語画帖」（以下、ハーバード本）は、詞書・絵ともに五四枚揃（蜻蛉の絵のみ後補）の画帖で、近年、千野香織らによって、土佐光信の手になると考えられていた「源氏物語絵合冊子表紙絵」（天理大学附属天理図書館）との近似から、また、他の光信作品との画風の類似から、光信工房によって制作された源氏絵として紹介された作品である[5]。この画帖は、『実隆公記』の記事から、周防国大内氏の有力家臣である陶興就の求めにより、三条西実隆らが染筆したことが明らかになっている[6]。その他、室町時代の扇面画として、浄土寺本「源氏物語扇面散屏風」、藤岡家本「源氏物語扇面貼交屏風」、永青文庫本「源氏物語扇面貼交屏風」などが知られるが、出光美術館に所蔵される海北友松下絵「扇面流屏風」の七面、九州国立博物館に所蔵される「扇面画帖」の二十五面の扇面が、これに先行する作品として近年紹介された[7]。やまと絵を描く土佐派に対して、漢画を専門とする狩野派もしだいに源氏絵を手がけるようになった。そのほか、土佐光吉と光則の門人であった住吉如慶が興した住吉派や、俵屋宗達、岩佐又兵衛とその門人である岩佐派の絵師たちによって描かれた源氏絵が残されている。

徳川・五島本については、古くから研究がおこなわれてきたが、様式研究の集大成となったのは、秋山光和による研究であった。[8] 光学的手法を用いた研究も、古くは美術研究所（現東京文化財研究所）において、近年では東京文化財研究所・徳川美術館・五島美術館による共同研究として、おこなわれた。[9] 源氏絵にかんしても、秋山をはじめ、田口榮一、佐野みどりによって、数多くの作品が紹介されている。[10] 二〇二四年刊行予定の『源氏絵研究の最前線』[11]は、最新のＡＩ研究の成果[12]を含む論文集である。

読む――若紫巻の垣間見と源氏絵の垣間見

それでは、若紫巻において光源氏が北山で美しい少女を垣間見る有名なシーンであり、絵としても数多く描かれた場面を見てみることにしよう。

日もいと長きにつれづれなれば、夕暮のいたう霞みたるにまぎれて、かの小柴垣のもとに立ち出でたまふ。人々は帰したまひて、惟光朝臣とのぞきたまへば、ただこの西面にしも、持仏すゑたてまつりて行ふ尼なりけり。簾すこし上げて、花奉るめり。中の柱に寄りゐて、脇息の上に経を置きて、いとなやましげに読みゐたる尼君、ただ人と見えず。四十余ばかりにて、いと白うあてに痩せたれど、つらつきふくらかに、まみのほど、髪のうつくしげにそがれたる末も、なかなか長きよりもこよなういまめかしきものかな、とあはれに見たまふ。

きよげなる大人二人ばかり、さては童べぞ出で入り遊ぶ。中に、十ばかりやあらむと見えて、白き衣、山吹などの萎えたる着て走り来たる女子、あまた見えつる子どもにも似るべうもあらず、いみじく生ひ先見えてうつくしげなる容貌なり。髪は扇をひろげたるやうにゆらゆらとして、顔はいと赤くすりなして立てり。

「何ごとぞや。童べと腹立ちたまへるか」とて、尼君の見上げたるに、すこしおぼえたるところあれば、子なめりと見たまふ。「雀の子を犬君が逃がしつる、伏籠の中に籠めたりつるものを」とて、いと口惜しと思へり。このゐたる大人、「例の、心なしのかかるわざをしてさいなまるるこそいと心づきなけれ、いづ方へかまかりぬる、いとをかしうやうやうなりつるものを。烏などもこそ見つくれ」とて立ちて行く。髪ゆるるかにいと長く、めやすき人なめり。少納言の乳母とぞ人言ふめるは、この子の後見なるべし。

（若紫①二〇五―二〇七）

〔訳〕春の日も暮れがたくて、所在ないものだから、夕暮のたいそう霞んでいるのに紛れて、例の小柴垣のあたりにお立ち出でになる。供人たちはお帰しになって、惟光朝臣と垣の内をお覗きになると、すぐそこの西面の部屋に、持仏をお据え申して、お勤めをしている、それは尼であった。簾を少し巻きあげて、花をお供えしているようである。中の柱に身を寄せて坐り、脇息の上に経巻を置いて、じつに大儀そうにして読経していたこの尼君は、普通の身分の人とも見えない。四十すぎぐらいで、ほんとうに色が白く気品があり、ほっそりとしているけれども、頬はふくよかで、目もとのあたり、髪の見るからに美しく切りそろえてある端も、なまじ長いのよりも格別当世風で気がきいているなと、君は感じ入ってご覧になる。

こざっぱりした女房が二人ほど、それから女童が出たり入ったりして遊んでいる。そのなかに、十歳くらいかと見えて、白い下着に山吹襲などの着なれた表着を着て、走って来た女の子は、大勢姿を見せていた子どもたちとは比べものにならず、成人後の美貌もさぞかしと思いやられて、見るからにかわいらしい顔だちである。髪は扇を広げたようにゆらゆらとして、顔は手でこすってひどく赤くして立っている。

「何事ですの。子どもたちといさかいをなさったのですか」と言って、その尼君が見あげている顔だちに、少し似たところもあるので、これは娘なのかなと君はご覧になる。「雀の子を犬君が逃がしてしまったのです。伏籠の中にちゃんと入れておいたのに」と言って、いかにも残念そうにしている。そこに坐っている女房が、「まあ、あのうっかり者が、そんな悪さをしてお叱りを受けるなんて、ほんとうにいけませんね。雀はどこに行ってしまったのでしょう。ほんとうにかわいらしくだんだんなってきておりましたのに。烏などが見つけたら大変です」と言って、立って行く。髪がゆったりとして、とても長く、見た目に無難な人のようである。少納言の乳母

と人が呼んでいるらしいこの人は、この子の世話役なのであろう。(13)

若紫巻の垣間見をまとめると以下のようになる。まず、季節と時刻は、三月の末(若紫①一九九)の夕暮れで、たいそう霞んでいるとある。かの小柴垣とは、光源氏が僧都の坊に女性たちの姿を見た際に、「すぐこのつづら折りの下に同じ小柴垣ながらきちんと結い廻らしてこぎれいな家屋や廊舎などを建て並べて木立もじつに風情がある」(若紫①二〇〇)と描写されていた小柴垣である。光源氏は、人びとを帰して惟光と覗くと尼君に目が留まる。尼君は西面の部屋にいるとあるが、阿弥陀堂であれば東面しているため、南面する建物の西側であろう。(14)簾を少し巻きあげてとあるが、少し巻きあげるとは下から少し巻きあげることなので、本来ならば尼君の顔はよく見えていないはずである。尼君は、中の柱に身を寄せて坐わり、脇息の上に経を置いて、大義そうに読経している。その姿は普通の身分の人とは見えないと、光源氏は感じ入ってご覧になっている。尼君のいる建物と垣間見の方向を図示してみた(図1)。

光源氏は、次にふたりの女房と、女童のなかでひとりの少女に注目する(本稿では、この少女を若紫と表記する)。若紫は、白い下着に山吹襲などの着なれた表着姿である。光源氏は、他の子どもたちとは比べものにならず、成人後の美貌もさぞかしだろうと思う。また、尼君と似たところがあるので、娘なのかなとご覧になっている。こざっぱりとした女房ふたりのうちひとりが少納言の乳母であり、若紫との会話のあと立って行ってしまう。犬君は、若紫と少納言の乳母の会話に出てくるだけで、この場面には登場しない。少納言の乳母が立って行ってしまったあと、残されたのは、尼君と若紫、坐っているもうひとりの女房ということになる。

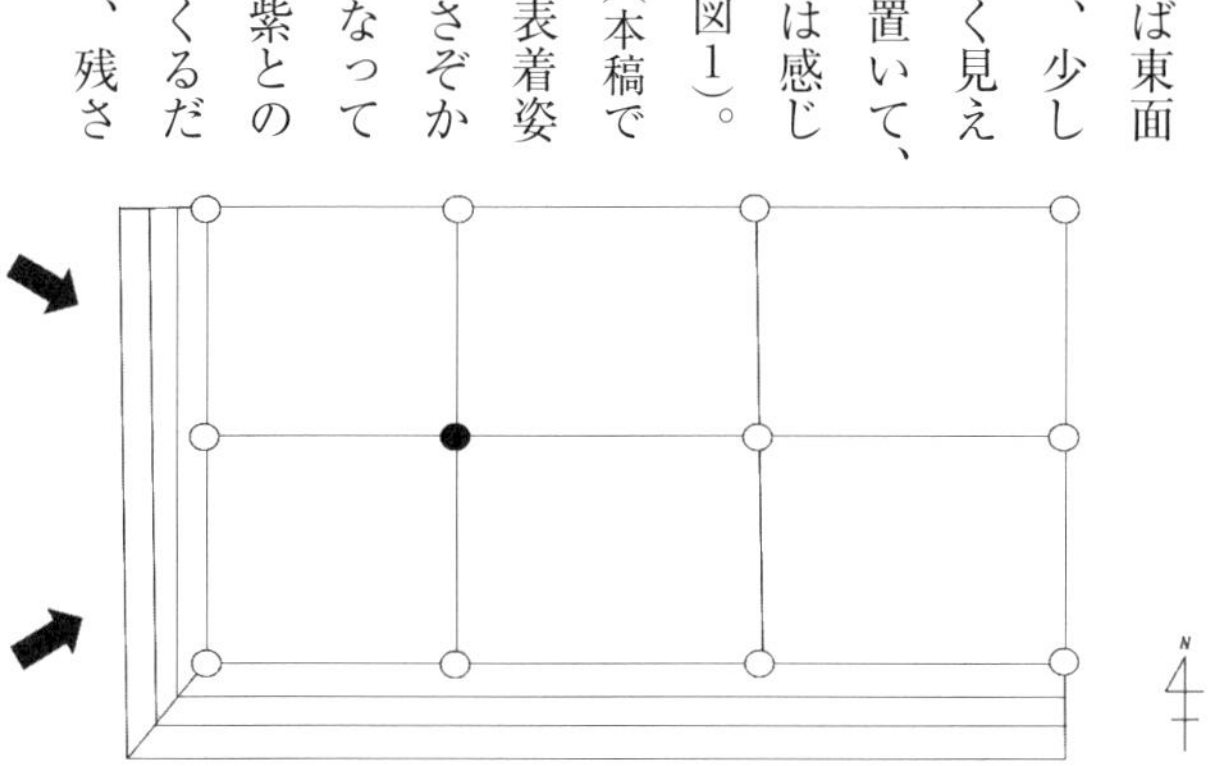

図1　若紫巻の垣間見

この垣間見の場面を描いた絵を見てみよう。取りあげるのは、京都国立博物館に所蔵される土佐光吉・長次郎筆「源氏物語画帖」（以下、京博本と称す）である。この作品は、詞書・絵ともに五十四枚揃の画帖であるが、『源氏物語』五十四巻の場面がすべて揃っているわけではない。桐壺〜早蕨巻は一巻から一場面ずつ選択されているが、宿木〜夢浮橋巻の六場面はなく、代わりに夕顔、若紫、末摘花、賢木、花散里、蓬生の六場面が加えられているため、これらの六場面は重複している。(15) 晩年の光吉が柏木を描き終わったところで絵筆がとれなくなり、弟子の長次郎が残りを描いたと考えられている。(16)

図2　土佐光吉筆「源氏物語画帖」若紫
京都国立博物館

重複六場面のひとつである若紫の絵のうち、光吉の絵（図2）を見てみよう。画面右上に若紫のいる建物を、左下に光源氏と従者を配する構図であるが、建物が左奥に続き、奥行を感じさせる構成になっている。簀子に立つ少納言の乳母と犬君、室内の尼君の傍らに立つ若紫の視線は、左手の桜の花咲く山へと飛んでいく雀の子を追っている。そのようすを光源氏は、小柴垣の外から夢中になって覗いているようである。

それでは、若紫巻の垣間見と、描かれた垣間見を比べてみよう。尼君のいる建物は、一角しか見えていない。御簾はなく、中の柱も見えない。尼君は脇息に肘をついているが、脇息の上に経典は置かれていない。物語には表記がないものの、白い単衣に白から赤のグラデーションの衣を襲ね、薄桃色の袿姿である。若紫は、物語では白い下着に山吹襲とあるが、絵では赤い単衣に白の袿姿で、外を向いて立っている。少納言の乳母は、緑の単衣に黄色の袿姿で、外を向いて簀子に立っている。物語には登場しないはずの犬君は、丹の単衣に白の袿姿で、外を向いて簀子に立っている。光源氏は、身なりをやつして（若紫①二〇〇）とあるだけで、具体的な描写はなかったが、絵では白の下襲に丹の狩衣姿で、薄赤色の袴を穿いている。[17]赤の下襲に緑の狩衣姿の従者は、物語によれば惟光のはずであるが、絵の従者は惟光にしては年を取り過ぎているようである。描かれた簀子の位置から、ふたりは南面から覗いていることになる。左上方に続く廊は、阿弥陀堂に続く廊か、水桶があるので厠に続く廊であろうか。桜は、山の桜はまだ盛りであった（若紫①二〇〇）とあるように満開で、瀧の淀みも水かさが増して（若紫①二一五）とあるように、瀧は山肌を流れ落ちている。雀の子は、会話文にのみ出てくるが、絵では女性たちが手を伸ばす先に飛んでいるようすが描かれている。

若紫巻の垣間見と源氏絵の垣間見を比較して明らかになるのは、女性たちが立ちあがって雀の子を追っている情景は、物語にはないということである。それではこの、雀の子を追うという図様はいつ頃、どのような状況のもとで成立したのだろうか。京博本に先立つ天理本には、室内に尼君と若紫、ふたりの女房、簀子ではふたりの女童が雀の子を逃がした図様が採用されている（図3）。室内だけを見れば、物語に添って描かれているようである。簀子の図様は、若紫と少納言の乳母の会話に出てくる出来事を描いたものであろう。[18]ところが、ハーバード本になると、一転して雀の子を追っている図様になる（図4）。尼君は見えないものの、脇息の上に経典が置かれているところは物語に添っている。浄土寺本はハーバード本と同じく尼君が描かれず、藤岡家

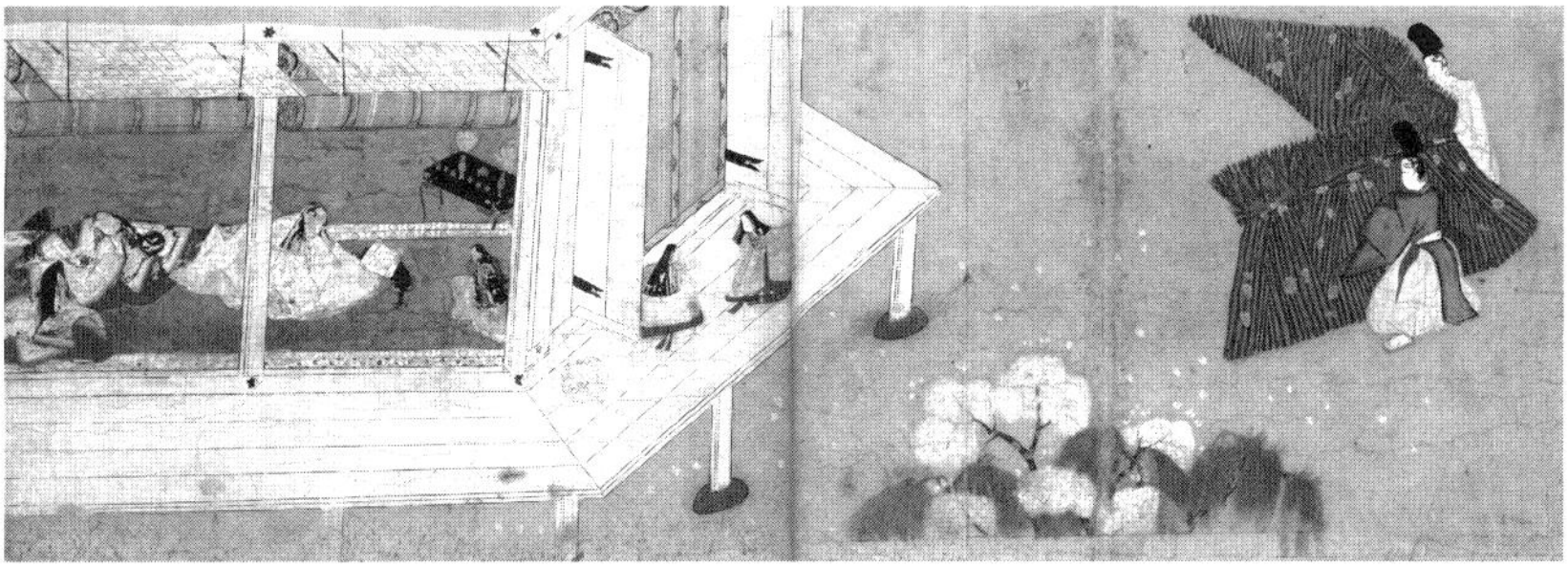

図3　「源氏物語絵巻」若紫巻絵第二段　天理大学附属天理図書館

本と永青文庫本では京博本と同様に尼君が描かれ、ここにこの図様の完成を見ることができる。すなわち、天理本以前に雀の子を逃がした図様が成立し、ハーバード本以前に雀の子を追っている図様が成立したということになる。河添房江は、この時期の梗概書には装束の描写が軽視されていることや、北山であれば雀や花を詠むという連歌寄合に添った叙述がなされていることを論じている。[19] 確かにハーバード本の情景選択には連歌寄合との関係が指摘されている[20]が、雀の子を追う図様の成立を梗概書や連歌寄合との関係以外に求めることもできるだろう。

高岸輝の土佐光信研究によれば、斜め約四十五度の斜線と水平線によって京の街路の碁盤の目を表現し、牛車に乗る夕霧たちの一行が角を曲がっていくようすを描いた匂宮巻の図様は、都市空間の安定した秩序をあらわす「洛中洛外図屏風」の一部を切り取ったものと論じられている。[21] とするならば、ハーバード本の若紫の図様も、「洛中洛外図屏風」の一部を切り取ったものと考えることはできないだろうか。「洛中洛外図屏風」に描かれた吹抜屋台ではない建物の場合、簀子に人物を描く必要があった。そのため、簀子や、室内でもなるべく簀子に近い場所に女性たちを描いた若紫の図様が生まれたのであろう。

それでは、なぜ雀の子を逃がした図様ではなく、雀の子を追う図様が生まれたのだろうか。垣間見の舞台になった北山は、梗概書では鞍馬に比定されているが、今西祐一郎によれば、そもそも西園寺公経が現在の鹿苑寺の地に西園寺を建てたのは、そこが若紫巻の北山の地であり、『源氏物語』の世界を再現[23]しようとしたからであったという。[22] この西園寺家の北山第を入手し、鹿苑寺に改

図４　土佐光信筆「源氏物語画帖」若紫
ハーバード大学美術館　@Harvard Art Museums

めたのが足利義満であった。ハーバード本が制作された頃、三条西家の本家筋である正親町三条家の実望（一四六三〜一五三〇）は、三条西実隆（一四五五〜一五三七）とほぼ同世代であり、孫同士で婚姻を結ぶ親しい間柄であったと考えられる。実望の娘が西園寺実宣（一四九六〜一五四一）と結婚したことから、[24] 実隆にとって北山といえば、梗概書による鞍馬とともに、西園寺家の北山第も思い起こされたであろう。雀の子を追う図様は、今はなき西園寺家の北山第の追憶の表象ではないだろうか。そして、追憶の意味を失ってもなお、この図様は若紫巻の定型になったのである。

正親町三条家、三条西家系図

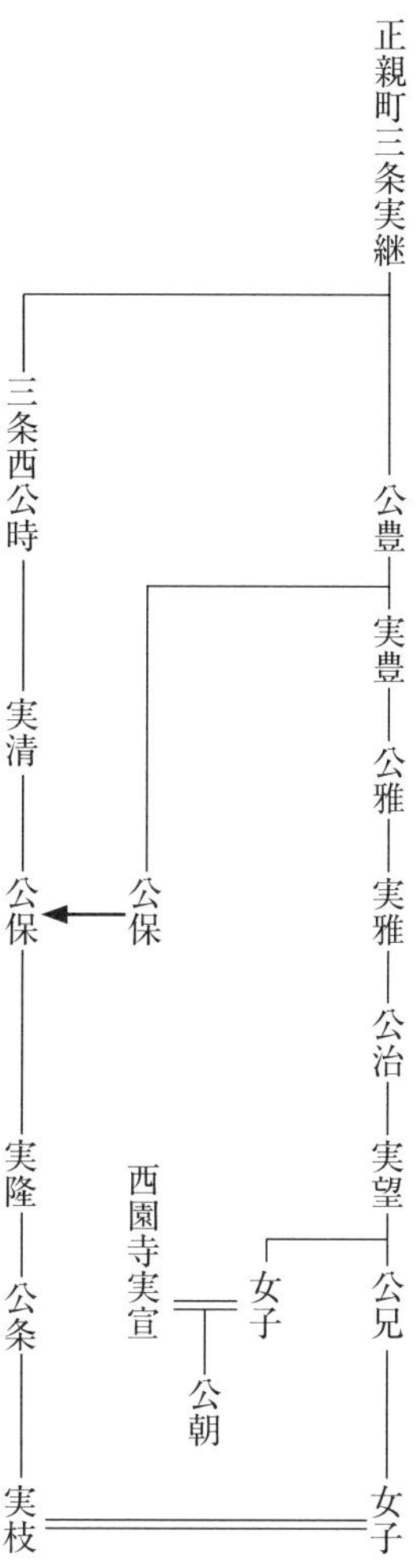

研究の展望――源氏絵研究のアプローチのひとつとして

美術史研究の基本は、作品を調査し、技法や表現法から絵師や制作年代を特定し、絵画史的位置づけをおこなう様式研究である。源氏絵の場合、先述した秋山、田口、佐野の研究に加えて、最近の動向として、住吉如慶と如慶周辺の絵師による源氏絵研究[25]や、狩野光信様式の源氏絵研究[26]などが発表されている。

美術史研究に新たな転機をもたらしたのは、千野によって紹介されたNew Art History（新しい美術史学）である。この方法論を援用することにより、ジェンダー・クラス・レイスの視点から制作者の権力・幻想・欲望を読み解く研究や、作品が当時の観者に及ぼした作用や、現代の観者に及ぼす作用を読み解く研究がおこなわれるようになった。(27)徳川・五島本においては、雲居雁の造形を中心に、新たな解釈が提示されている。(28)ジョシュア・モストウは、薫が八宮の姫君たちを垣間見る橋姫段を取りあげ、垣間見とは、男性のまなざしによる女性の支配であり、女性を性的欲望の対象にすることであると論じた。(29)垣間見の絵を繰り返し見せられることによって、観者である女性には、男性が凝視《ゲイズ》の主体であり、女性は欲望の対象であるという恋愛の型《パターン》が刷り込まれるのである。さらに池田忍は、宿木第二段と宿木第三段に描かれた寄り添う男女の姿を「強制的異性愛の鋳型《マトリックス》」と呼び、このような絵の鑑賞を通して、異性愛セクシュアリティが構築されることと、それが摂関家を中心とする貴族社会において、セクシュアリティのコントロールによる権力闘争と深く関わっていたことを論じている。(30)

本稿で試みたように、物語と絵の比較にも研究の余地がある。若紫巻の垣間見の場面以外にも、橋姫巻の垣間見の場面についても、同様の方法を用いて考察することが可能であろう。物語と絵の比較は、源氏絵研究のアプローチのひとつとして機能するのである。

注

(1)江戸時代に絵の作者を藤原隆能と伝えていたことから、「隆能源氏」と呼ばれることもあるが、藤原隆能であるとの確証はない。また「国宝源氏物語絵巻」という名称も、今後、他の「源氏物語絵巻」が国宝に指定される可能性があるため、呼称としてはふさわしくない。

(2)徳川・五島本をはじめとする源氏絵の技法と表現法、形態、流派については、稲本万里子『源氏絵の系譜―平安時代から現代まで』(森話社、二〇一八・九)を参照されたい。

(3)徳川黎明会に所蔵される前半部は、詞書二三枚と絵三図、さらに蜻蛉巻の詞書七枚が六曲一双屏風に貼り交ぜられていたが、現在は巻子装に改められている。後半部は、絵二図を含む冊子の形で大和文華館に所蔵されている。絵は、しなやかな墨線のみで描かれた白描画で、浮舟が入水へと追いつめられていく経緯を表わす場面が順を追って描かれていることが指摘されている。堀内祐子「「白描絵入源氏物語冊子」(所謂「浮舟帖」)に関する一考察」(『大和文華』七九、一九八八・二)。

(4)池田忍「鎌倉時代「白描絵入源氏物語冊子」の歴史的位置をめぐって」(『國文學』五三―一、二〇〇八・一)。

(5)千野香織・亀井若菜・池田忍「ハーヴァード大学美術館蔵「源氏物語画帖」をめぐる諸問題」、堀内祐子・野口剛・稲本万里子他「ハーヴァード大学美術館蔵「源氏物語画帖」解説」、笠嶋忠幸「ハーヴァード大学美術館蔵「源氏物語画帖」詞書の書風と制作年代」(『國華』一二二二、一九九七・八)。

(6)メリッサ・マコーミック「ハーヴァード大学美術館蔵「源氏物語画帖」と『実隆公記』所載の「源氏絵色紙」」(『國華』一二四一、一九九九・三)。

(7)山根有三「新出の扇面流貼付屏風について(上)―貼付の室町時代大和絵扇面画を中心に―」(『出光美術館館報』五八、一九八七・九)。同「新出扇面流貼付屏風―室町時代大和絵扇面と海北友松下絵・海岩蘆図屏風について」(『國華』一一二八、一九八九・一一)。武田恒夫・片桐弥生「新出和様扇面図帖について(上)(下)」(『國華』一一二四、一一二五、一九八九・六・七)。片桐弥生「出光美術館蔵「扇面画帖」の源氏絵A類について」(『日本文化研究』九、一九九七・三)。

(8)秋山光和「源氏物語絵巻に関する新知見」(『美術研究』一七四、一九五四・三)、「源氏物語絵巻の構成と技法」と改稿され『平安時代世俗画の研究』(吉川弘文館、一九六四・三所収、二〇〇二・一〇復刊)。その他、秋山光和「源氏物語絵巻について」(『日本絵巻物全集』一、角川書店、一九五八・六。『新修日本絵巻物全集』二に再録、角川書店、一九七五・八)、同『王朝絵画の誕生―『源氏物語絵巻』をめぐって』(中央公論社、一九六八)などを参照されたい。

(9)秋山光和「東洋古美術品に対する光学的鑑識法の適用―絵画」(『光学的方法による古美術品の研究』吉川弘文館、一九五五)、『光学的方法による古美術品の研究 増補版』吉川弘文館、一九八四)に再録。東京文化財研究所美術部編『光学的手法による国宝・源氏物語絵巻調査報告書』(独立行政法人文化財研究所東京文化財研究所、二〇〇四・三)。

(10)秋山光和『源氏絵』(『日本の美術』一一九、至文堂、一九七六・四)。同「源氏絵の系譜」(『図説日本の古典 『源氏物語』』七、集英社、一九七八)、『日本絵巻物の研究』上(中央公論美術出版、二〇〇〇)所収。田口榮一「源氏絵の系譜―主題と変奏―」(秋山虔・田口榮一監修『豪華〔源氏絵〕の世界 源氏物語』学習研究社、一九八八・六、一九九九・七新訂版)。佐野みどり「源氏絵研究の現況」(『國華』一三五八、二〇〇八・一二、佐野みどり監修・編著『源氏絵集成』藝華書院、二〇一一に再録)。

(11)二〇一七年から二〇二一年に開催した八回の源氏絵データベース研究会における研究発表の成果を収録した論文集である。稲本万里子編著『源氏絵研究の最前線』(勉誠社、二〇二四・九刊行予定)。

(12)稲本万里子・加藤拓也・小長谷明彦「深層学習による「幻の源氏物語絵巻」の流派推定に関する考察―ＡＩ技術による「絵師の流派」概念の再構築―」(『人工知能学会論文誌』三六―六、二〇二一・一一)。

(13)新編日本古典文学全集本を元に一部表記を変更した。

(14)このあと、南面には光源氏が入るとある(若紫①二一一)。阿弥陀堂は上方にあるようである(若紫①二一四)。

(15)重複六場面については、稲本万里子「京都国立博物館保管「源氏物語画帖」に関する一考察―長次郎による重複六場面をめぐって―」(『國華』一二二三、一九九七・九)。

(16)武田恒夫「土佐光吉と細画―京都国立博物館源氏物語図帖をめぐって―」(『國華』九九六、一九七六・一二)。

(17)物語に反して、女性たちと光源氏が華やかな装束で描かれていることについては、既に河添房江によって指摘されている。「源氏絵に描かれた衣装―院政期から近世まで―」(『比較日本学教育研究部門研究年報』一四、二〇一八・三、河

添房江『源氏物語越境論』岩波書店、二〇一八に再録)。

(18)伊井春樹は、天理本の犬君が雀の子を逃がしてしまうシーンと、尼君が少女に説教するシーンには異時同図法が用いられ、天理本以降、逃げた雀を目で追うという奇妙な構図に変化したと論じるが、本稿では、簀子のシーンは会話のなかの出来事を描いたものであると解釈したい。伊井春樹「源氏物語絵詞—場面の象徴化」(『國文學』二〇〇八・一二)。

(19)河添房江前掲論文注(17)参照。

(20)千野香織・亀井若菜・池田忍前掲論文注(5)参照。

(21)髙岸輝『中世やまと絵史論』(吉川弘文館、二〇二〇)。

(22)今西祐一郎「若紫巻の背景—「源氏の中将わらはやみまじなひ給ひし北山」—」(『國語國文』五三—五、一九八四・五)。今西はまた、公経にとって閑院流の祖である藤原公季ゆかりの地に別業を構えるということは、自らが閑院流の正嫡たることを認めさせようとする行動ではなかったかと述べている。今西祐一郎「公季と公経—閑院流藤原氏と『源氏物語』—」(『國語國文』五三—六、一九八四・六)。三田村雅子は、公経が公季ゆかりの地を入手し、北山だと主張することによって、自己の家格の卓越性をアピールするとともに、『源氏物語』世界を統括し、継承する存在であることを示そうとしたと解釈している。三田村雅子『記憶の中の源氏物語』(新潮社、二〇〇八)。

(23)西園寺家の北山第については、山岡瞳「鎌倉時代の西園寺家の邸宅」(『歴史文化社会論講座紀要』一四、二〇一七・二)参照。

(24)西園寺公朝の生年が永正十二(一五一五)年であるところから、結婚は実隆と実望が存命中のことと考えられる。

(25)藤田紗樹「住吉派「源氏物語絵巻 桐壺」について」(『名古屋市博物館研究紀要』四二、二〇一九・三)。同「近世前期における白描物語絵制作の一様相—名古屋市博物館蔵「白描源氏物語画帖」と「伊勢物語手鑑」の制作をめぐって—」(『名古屋市博物館研究紀要』四四、二〇二一・三)。

(26)三宅秀和「東京富士美術館所蔵の源氏物語図屏風について—狩野光信様式の源氏絵として—」(『群馬県立女子大学紀

要」四一、二〇二〇・二）。同「狩野光信様式の達成と永徳画との関わりについて」（佐野みどり先生古稀記念論集刊行会『造形のポエティカ 日本美術史を巡る新たな地平』青簡舎、二〇二一）。

(27) 稲本万里子「源氏絵における〈男〉の視点と〈女〉の視点」（高橋亨編『平安文学と隣接諸学』一〇　王朝文学と物語絵』竹林舎、二〇一〇）において既に論じた。

(28) 池田忍『日本絵画の女性像―ジェンダー美術史の視点から』（筑摩書房、一九九八）。稲本万里子「「源氏物語絵巻」の詞書と絵をめぐって―雲居雁・女三宮・紫上の表象―」『交渉することば』（河添房江・神田龍身・小嶋菜温子・小林正明・深沢徹・吉井美弥子編『叢書 想像する平安文学』四）勉誠出版、一九九九）。稲本万里子「夫妻の情景―「源氏物語絵巻」夕霧段、御法段を中心に」（服藤早苗・倉田実・小嶋菜温子編『王朝びとの生活誌―源氏物語の時代と心性』森話社、二〇一三）。

(29) ジョシュア・モストウ「視線のポリティクス―平安時代女性の物語絵の読み方」（池田忍訳）鈴木杜幾子・千野香織・馬渕明子編著『美術とジェンダー―非対称の視線』（ブリュッケ、一九九七）。

(30) 池田忍「王朝絵画の制作と享受―表象と主体の構築におけるジェンダー」（『國文學』四五―一四、二〇〇〇・一二）。

図3は、『週刊 絵巻で楽しむ源氏物語五十四帖』（朝日新聞出版）より転載。

8 紅葉賀巻×注釈

ようこそ、注釈の世界へ

松本　大

概要――注釈とは何か

注釈とは、基本的には、**解らないもの**（もしくは、解りにくいもの）**を、解るようにする**（解らせようとする）行為を指す。そして、その注釈をまとめたものが、注釈書ということになる。言い換えると、解るために使用する道具が、注釈・注釈書ということになる。

このように注釈の性質を捉えると、注釈が存在する部分には、そこに何かしらの解らない部分、もしくは解りにくい部分が存在していることを意味する。解らない要因は様々に考えられるが、最も大きな要素は、時間の経過、つまり、時代の移り変わりと指摘出来る。言語をはじめ、社会構造、生活習慣、一般常識や共通の教養などなど、時代の変遷とともに、多種多様な変化が発生する。その変化に伴って、ある段階では当然のごとく解っていたものが、解らなくなってしまうことがある。また、時間の経過が大きくなればなるほど、解らない部分も増す傾向にある。これが文学作品上で起こると、端的に言ってしまうと、書いてある内容が理解出来ない、という危機的状況に陥ってしまう。これは、作品内容の把握を最大の目的とする読者にとっては、大きなマイナスでしかない。そこで読者は、こういった事態を回避すべく、注釈という便利な道具を補助的に使用するのである。

『源氏物語』の現存する最古の注釈書は、平安末期に作成された藤原伊行『源氏釈』とされ、これ以後、多くの注釈書が生み出されていった。注釈行為自体は、様々な点で変化を見せながらも、現代に至るまで脈々と続けられてきたものであり、そして今後（次代）も必ず行われるものと断言出来る。なお、**近世までの注釈書を古注釈書**とくるが、これは西洋的学問が流入する以前と以後では、注釈の方法や内容に大きな差異・変化が見えるためである。

『源氏物語』に対する注釈・注釈書は、数えきれぬほど存在する。これは、それだけ『源氏物語』が広く享受されていたことを意味するものである。紙幅の都合上、各書の詳細は省かざるを得ないが、**各注釈書が登場していった背景には何かしらの目的・意図・要請があった**ことを忘れてはならない。現代の我々にとって、一見すると、注釈の意味するところが明確でなく、必要ないと思われる注釈であっても、古注釈書の編集時点においては、何らかの必要性があったと考えねばならない。

ただし、古注釈書の内部（具体的な注記）からそれを把握することは容易ではない。

古注釈書に見られる注記は、注釈内容の根幹部分のみを提示して終わる場合がほとんどであり、現代の諸注釈書のような、文章を交えた丁寧な説明・解説を行うことは少ない。また、物語に直接関わらない情報であっても、学問的な知識を得るという目的において注釈に示されること、しばしば認められる。さらに、別の典籍に示されていた内容や他人の説であったとしても、断り無しに孫引きすることが当然かつ全く差し支えないものであったことも、踏まえておく必要がある。現代から見れば、非常に不親切であり、研究倫理に問題があるように思われる部分も数多く含んでいるが、当時からすると、これらの注釈方法はごく自然なものなのであった。

以上のような性格を有するため、**古注釈書を扱う際には、現代の勝手な評価・判断や、物事に対する現代的な捉え方は、絶対に持ち込むべきではない**。この点が、『源氏物語』の注釈書研究を行う上で、最も留意すべき点と言える。

各注釈書に関する基礎情報を得る際、まず確認するものとして、**伊井春樹編『源氏物語注釈書・享受史事典』**（東京堂出版、二〇〇一）が挙げられる。右の事典は、注釈書ごとに、編者や成立といった基礎的事項とともに、簡略な内容や性格・問題点などが示され、さらには研究文献も掲出されている。二〇〇一年以降の研究動向については、国文学論文目録データベースや CiNii Research で検索をかける必要はあるものの、ある注釈書の情報を端的に得るためには必須の文献と言える。本書の登場によって、注釈書研究は格段に進んだと指摘出来よう。

著名な注釈書にあっては、**源氏物語古注集成**（**桜楓社・おうふう**）や**源氏物語古註釈叢刊**（**武蔵野書院**）のシリーズで扱われており、これらの解題を参照することも簡便である。この他にも、注釈書の本文はさまざまな媒体によって提供され、整備されている場合も多いため、まずは自身が扱う注釈書の研究状況を CiNii 等を使用しながら押さえていくことが重要となってくる。

また、本文が提供されていない注釈書や、ほとんど取り上げられたことのない注釈書も、まま存在する。そういった資料を参照する必要が出た場合は、**所蔵先へ閲覧調査に赴く**か、**電子公開**もしくは**国文学研究資料館の紙焼・マイクロフィルム資料**が存在しているのであれば、これを利用すると良いであろう。なお、所蔵先への閲覧調査については、典籍調査の基礎的な知識・技能が不可欠となるため、十分に留意する必要がある。

読む——注釈が示す世界を汲み取る

さて、ここまで、注釈書に対する研究が、いかにつまらなそうなものであるかを述べてきてた。たしかに押さえておかなければならない点も多く、簡単に扱える対象ではないが、**注釈が示す世界を汲み取る**ことが出来るようになると、途端に面白くなる。ここでは一例として、紅葉賀巻に施された注釈と、その注釈によって何が見えてくるのか、を示すこととする。

まずは、注釈が施される箇所の本文を掲げ、場面を把握することから始めたい。

夕立して、なごり涼しき宵のまぎれに、温明殿のわたりをたたずみ歩きたまへば、この内侍、琵琶をいとをかしう弾きゐたり。御前などにても、男方の御遊びにまじりなどして、ことにまさる人なき上手なれば、もの恨めしうおぼえけるをりから、いとあはれに聞こゆ。「瓜作りになしやしなまし」と、声はいとをかしうてうたふぞ、すこし心づきなき。鄂州にありけむ昔の人もかくやをかしかりけむと、耳とまりて聞きたまふ。弾きやみて、いといたう思ひ乱れたるけはひなり。（紅葉賀①三三九）

〔訳〕夕立が来て、そのあと涼しくなった宵闇に紛れて、君が温明殿のあたりをぶらぶらしていらっしゃると、この典侍が琵琶をじつにみごとに弾いている。帝の御前などでも、男たちの御遊の中に加わったりして、とくにこれに勝る者もないくらいの名手であるし、かなわぬ恋の恨みを旨に秘める折とて、その音色はまことに身にしみて哀れ深く聞える。「瓜作りになりやしなまし」と、声だけはじつに美しく謡うのが、どうも気にいらない。それでも、あの鄂州にいたという昔の女も、このように美声だったろうかと、君は耳をとめてお聞きになる。弾くのをやめて、ほんとにひどく苦しく思案に乱れている気配である。

右は、光源氏と、好色な老女である源典侍とのやりとりが語られる場面である。光源氏を忘れられない源典侍に対して、光源氏は全く相手にしていなかったが、夏のある宵、たまたま光源氏が温明殿のあたりを通りかかると、楽の名手である源典侍が琵琶を弾きながら、『催馬楽』「山城」の一節を美しく謡う姿を見てしまう。この姿を見た光源氏は、傍線部のように、昔、鄂州にいたという女も、このようであったか、と心惹かれてしまう、といった内容である。

この傍線部に対して施された注釈として、ここでは、南北朝期の貞治年間（一三六二〜六八）頃に成立した、四辻善成『河海抄』を取り上げることとする。(1)

・『河海抄』紅葉賀巻

かくしうにありけんむかしの人もかくやおかしかりけむとみゝとゝまりてきゝ給

此事定家卿本にはかくしうとあり親行本には文君なといひけんむかしの人もとあり両説何も証本なり各可随所好

鄂州事

白氏文集夜聞謌者　宿鄂州

夜泊鸚鵡州　江秋月澄徹　隣船有歌者　発調堪愁絶

歌罷継以泣　泣声通復咽　尋声見其人　有婦顔如雪

独倚帆檣立　娉婷十七八　夜涙似真珠　双々堕明月

借問誰家婦　謌泣何凄切　一問一霑巾　低眉竟不説

文君事

史記曰是時卓王孫有女文君新寡好音故相如繆与令相重而以琴心挑之相如之臨邛従車騎雍容閒雅甚弄琴文君竊従戸窺之心悦恐不得当也既罷相如乃使人重賜文君侍者通慇懃文君夜亡奔相如

案之鄂州猶叶物語意歟源典侍声はいとおかしくて山城哥をうたひたるを鄂州にて楽天の謌を聞しに思よそへたる歟如何

古注釈書に見られる注記は、現代の我々が目慣れている姿とは少々異なり、まず物語の本文が直接引用される形で抜き出され（見出し本文）、その後に、その箇所に対する注釈内容が一～二字程度の字下げによって提示される。右の注記であれば、冒頭にある「かくしうに……きゝ給」が見出し本文、「此事～」が具体的な注釈内容となる。当該の注記は、おおよそ三つの内容によって構成されている。

一つ目は、この場面の本文に異同があることの指摘である。傍線部では「この箇所は、藤原定家の本には「鄂州（がくしう）」となっており、源親行の本では「文君など言ひけん昔の人も」となっている。この二つの説は、いずれも（信頼すべき）証本（に基づく、きちんとしたもの）である」と述べている。この指摘の通り、現存諸本で本文を確認すると、定家本系統（青表紙本系統）は「鄂州にありけん昔の人も」、河内本系統は「文君など言ひけん昔の人も」となっており（いずれも適宜漢字をあてた）、本文系統の特徴が明確に表れた箇所と認められる。

二つ目は、「鄂州」と「文君」に対応する、それぞれの典拠を具体的に提示したものである。「鄂州」とは、『白氏文集』巻十「夜聞歌者　宿鄂州」の漢詩に基づく語彙であり、もう一方の「文君」とは、『史記』等に見える卓文君の故事を指す、とする。両者の訓読・訳は、以下の通りである。(2)

・『白氏文集』巻十・夜聞歌者 宿鄂州（夜、歌ふ者を聞く 鄂州に宿る）

夜泊鸚鵡州　江秋月澄徹　夜に泊す、鸚鵡州《あうむしう》、江は秋にして月は澄徹《ちようてつ》す。
隣船有歌者　発調堪愁絶　隣船に歌ふ者有り、発調《はつてう》、愁絶《しうぜつ》するに堪《た》へたり。
歌罷継以泣　泣声通復咽　歌ひ罷《や》みて継《つ》ぐに泣くを以てし、泣声《きふせい》、通じて復《ま》た咽《むせ》ぶ。
尋声見其人　有婦顔如雪　声を尋ねて其の人を見れば、婦《ふ》有り、顔は雪の如し。
独倚帆檣立　娉婷十七八　独り帆檣《はんしやう》に倚《よ》りて立ち、娉婷《へいてい》、十七八。
夜涙似真珠　双々堕明月　夜涙《やるい》は真珠に似たり、双々として明月に堕《お》つ。
借問誰家婦　歌泣何凄切　借問す、誰《た》が家の婦ぞ、歌泣《かきふ》、何ぞ凄切《せいせつ》なる。
一問一霑巾　低眉竟不説　一たび問へば一たび巾《きん》を霑《うるほ》し、眉を低《た》れて竟《つひ》に説《と》かず。

・『史記』巻十二・司馬相如列伝第五十七

是の時、卓王孫、女《ぢよ》文君といふもの有り。新たに寡《くわ》となり、音を好む。故に相如繆《いつは》りて令《れい》と相重《あひおも》んじ、而《しか》うして琴心《きんしん》を以て之に挑む。相如、臨邛に之《ゆ》くとき、車騎を従へ、雍容閒雅《ようようかんが》にして、甚《はなは》だ雅やかなり。卓氏に飲し、琴を弄《ろう》す。文君、竊《ひそ》かに戸より之を窺ひ、心悦《よろこ》びて之を好《よ》しとし、当《あ》たるを得ざらんことを恐る。既にして罷《や》みて、相如乃《すなは》ち人をして重く文君の侍者に賜《たま》ひ、慇懃《いんぎん》を通《つう》ぜしむ。文君、夜亡《に》げて相如に奔《はし》る。

『白氏文集』「夜聞歌者」は、白居易が鄂州に宿泊した夜、隣船から聞こえる悲しげな女性の歌声に興味をそそられ、その女性に声を掛けるものの、女性は悲しく泣くのみで何も話してくれなかった、といった漢詩である。文君の故事は、臨邛の富豪であった卓王孫の娘である文君が、邸で開かれた酒宴に客人として招かれていた司馬相如の奏でた琴の音によって、心を奪われ、駆け落ちする、といった内容である。注記においては、具体的にどのように踏まえているかの説明は無いが、ここに示された典拠を読めば、自ずと指摘の意図が把握されよう。

定家本系統が見せる「鄂州にありけん昔の人も」という物語世界は、光源氏が、自身を白居易、源典侍を隣船にいた女性に当てはめ、歌声によって女性に興味を抱いた白居易の心情や状況を、追体験するかのように推量する、といった内容となる。これに対して、河内本系統が見せる「文君など言ひけん昔の人も」という物語世界は、光源氏が卓文君、源典侍が司馬相如にあたり、相如の弾いた琴の音色によって文君が恋に落ちたように、自分（光源氏）も源典侍が弾く琵琶の音によって相手（源典侍）に恋をしてしまう、そういったかつての文君が抱いたような心情がよく理解出来る、といったものになる。どちらの本文であろうとも、歌声や楽の音によって相手に惹かれてしまう、という点は共通する。しかし、踏まえる典拠が異なるという意味では、描き出される物語世界は大きく異なったものであると判断される。本文が異なるため当然と言えば当然ではあるが、この差にこそ留意したい。つまり、当該の紅葉賀巻の場面には、全く別の背景を持つ物語世界が存在していることになり、『河海抄』の注記はその両説を併記した形態となっている。言い換えると、似て非なる物語世界が、同じ『源氏物語』という作品の中に存在していることを、如実に示したものと捉えられるのだ。

この提示の後には、『河海抄』編者である四辻善成のものと思しい見解が付されており、これが当該注記で示された注釈内容の三つ目にあたる。末尾の点線部がその部分であり、点線部では「これについて考えをめぐらせてみると、「鄂州」とある方が、物語の意趣に当てはまるだろうか。源典侍の、声の大変素晴らしいままに「山城」を詠じた姿を、鄂州で白楽天が歌を聞いたという故事にことよせて表現したか。どうであろうか」と、疑問を持ちつつも「鄂州」説を支持する姿を打ち出している。

以上が当該注記の注釈内容であったが、この注記（もしくは、施注態度）は、どのようなことを我々に見せるであろうか。先行研究では日向一雅氏が点線部の記述に注目し、定家本が示す「鄂州」の方に軍配を挙げている点を評価し、他の流派の本文を柔軟に取り入れる『河海抄』の姿勢が見られると指摘している。(3)これに対して、稿者は、二重傍線部「各可随所好（おのおの好むところに随《したが》ふべし）」こそが当該注記で最も注目すべき箇所と考える。文言をそのまま理解するならば、各読者がどちらでも好きな方を選択してよい、と述べていることになる。

この「可随所好」という文言は、もともとは歌学において使用される語であったが、(4)時代が下るにつれ、歌学書以外の文献でも使用されたことが確認されている。(5)

ここで注目されるのは、物語注釈で使用された場合には、どちらの本文に依拠すべきか、どちらの説が正しいのか、といった判断は下されてはいない、という特徴が見られる点である。やや優れる方を支持する部分はあるものの、もう一方を完全に否定するものとはなっていない。むしろ、両説を併記することによって、それぞれの持つ差異や特性を浮かび上がらせ、結果的により客観的な判断を下せるように機能していると判断される。つまり、特定の一説への支持や各説への検証が主たる目的ではなく、両説並記することに意味を見出していたのではないかと推量されるのである。複数の解釈を享受者自身に委ねようとする姿勢は、これまでの研究においては指摘されて来なかったが、この観点に立つと、実は今まで見過ごされてきた部分においても、「可随所好」と同様に享受者自身が解釈を選択出来るように配慮されたと思しい注記や文言も見られる。具体的には、「両説なり」「両義あり」といった文言がそれにあたる。

本稿で取り上げた紅葉賀巻の本文異同に立ち帰ると、ある一本のみが正当なる物語を示すといった捉え方はしておらず、複数の物語世界が混合しているものこそが物語世界の姿として把握されていたと捉えるべきである。『源氏物語』古注釈書において、注記に用いられた見出し本文が、特定の一本のみに拠るわけではなく、時に他の注釈書からの孫引きであったと判断される箇所も見られるという現象も、(6)この物語世界への把握と深く関わるものと思われる。複数の物語世界が多層的に存在することが前提として認識されていたからこそ、見出し本文が特定の一本に依拠していなくとも、読解や注釈を行う上では支障が出なかったものと考えられる。注釈を施す側は選択肢を提示するのみであり、実際の選択については注釈を受ける側の裁量に任せる、といった、ある種の自由さがそこにはあったと言える。本文異同や読解が示される箇所の全てに適用される訳ではないが、一部の箇所に関しては、多層的な物語世界が把握されていた可能性がある。また、それらが享受者によって選び取られていくという特徴を持つことも、注釈の性格として見逃してはならない要素である。注釈の享受者との関係の中で、作品の把握が広がり、据え直されていくという現象を、享受実態の一端として認めるべきであろう。

本節冒頭で述べた、注釈が示す世界を把握することとは、このような検証を加えることである。かつて『源氏物語』に関わった人々が、どのようにこの物語に接し、扱い、読み解いていたのか、それを掴み取れることが注釈書研究の醍醐味と言える。本文や全集などの頭注を見ているだけでは、かつての享受の実態は把握しづらいが、注釈書研究からは幾分それを窺い知ることが出来る。それを知ることで、現代の我々も、より豊かに『源氏物語』世界を掴むことが可能になるのではないか。

研究の展望――魅力的な注釈書研究・享受研究を目指して

概要で述べたように、注釈書ごとの詳細な検討については、着実な積み重ねが行われており、これを踏襲するかたちで、各書の注釈方法や施注意識を探ろうとする研究方針・手法が取られることが一般的である。

ただし、**先行研究の抜本的な見直しが求められる部分が、様々に残されている**ことも、また事実である。この点は、個別の注釈書研究に限ったことではなく、『源氏物語』注釈史・享受史研究の、枠組みそのものにまで波及するものもある。たとえば、社会情勢の変化や享受層の広がりを以て、『源氏釈』から『河海抄』までを古注、『花鳥余情』から『湖月抄』までを旧注、それ以後を新注、と区分することが先行研究では自明のこととして扱われてきたが、『河海抄』と『花鳥余情』とに古注と旧注の差を見ても良いのか、大いに疑問である。もう一例を示すと、連歌師の注釈書は多くは師説の継承を目的としているため、説の改変については特段の問題にならない、と捉えられているが、本当に彼らの中に従来説を刷新させようとした注釈活動は無かったのか、再検証すべき時期にあると考えられる。

また、注釈書研究が、『源氏物語』の享受研究の一部であることに、自覚的であって欲しい。注釈書が何のために作成されたか、という問題は先述した通り、作品に触れ、作品を理解し、作品を楽しむ、といった一連の流れと切り離せないものである。この意味において注釈書研究は、享受研究の一部でしかない。たまたま、内容的にも分量的にも、ある程度のまとまりがあり、分かりやすく残っていたものが、注釈書であっただけである。注釈書研究を入口として、**広く、『源氏物語』の享受とは何か、という課題に向き合うべき**であろう。

享受研究の醍醐味の一つは、作品の外部にまで目を向けられる点にある。その当時の文化的背景や動向、文化圏と結びつきつつ、様々な領域との多種多様な影響関係を持ち、日本文化の諸相と深く関わっているものが、文学作品享受のありのままの姿なのである。日本文化の研究であることを意識すれば、今までは見えていなかった一面に気が付くこともろうし、他の学問分野との接触も期待されるのではないか。**作品が受け継がれてきた我が国の文化を伝えるという観点**から研究を進めていくことも、大いに意識してもらいたい。

享受研究の観点から、最後にもう一点だけ触れて終わりたい。享受とは、広い意味では作品に関わるすべての行動を指す。この意味において、作品研究も立派な享受の実態となる。近代から現代までの享受、二十世紀後半の享受が、どのようなものであったか、そろそろ見えてくる時期になったように思われる。これからの研究が、後世の人々にどのような享受として映るのか、またどのような評価が下されるのか。そのことを頭の片隅で意識するだけでも、新たな研究の可能性は開かれよう。

注

（1）『河海抄』の本文は、利便性を考慮し、便宜的に、玉上琢彌編『紫明抄 河海抄』（角川書店、一九六八）によった。

（2）訓読・訳については、新釈漢文大系（明治書院）により、一部私改めた。

（3）日向一雅「紅葉賀巻「鄂州にありけむ昔の人」と「文君などいひけむ昔の人」」（仁平道明編『源氏物語と白氏文集』、新典社、二〇一二）。

（4）浅田徹「定家本とは何か」（『国文学』第40巻、一九九五・八）、同「顕注密勘の識語をめぐって」（「和歌文学研究」第72号、一九九六・六）、金子金治郎「宗祇の連歌論」（『連歌論の研究』、桜楓社、一九八四）、大石真由香「『万葉拾穂抄』における「可随所好」について」（『近世初期『万葉集』の研究』、和泉書院、二〇一七）など。

（5）詳細は、松本大「併存と許容の物語読解――「可随所好」を端緒として――」（岡田貴憲・桜井宏徳・須藤圭編『ひらかれる源氏物語』、勉誠出版、二〇一七）を参照のこと。

（6）この点に関しては、寺本直彦『源氏物語受容史論考 正編』（風間書房、一九七〇）、伊井春樹『源氏物語注釈史の研究室町前期』（桜楓社、一九八〇）、岩坪健『源氏物語古注釈の研究』（和泉書院、一九九九）、松本大『源氏物語古注釈書の研究』（和泉書院、二〇一八）等、各注釈書における指摘の蓄積がある。

9 花宴巻×作者・紫式部

藤原道長家と「源氏」の物語

中西智子

概要――『源氏物語』の集団性

『源氏物語』の高度な文学的達成はいかにしてなされたものか。その答えは、「作者・紫式部」の個人的な才能や内面性に求められることが今なお多い。しかし平安中期の文学作品が、基本的には非常に限られた読者たちを対象に、貴重な紙・墨・筆を惜しみなく用いて、特別に誂えて作られる贅沢品であったことには留意しておきたい。特に『源氏物語』や『枕草子』といった女手（かな）で書かれた散文の読みものは、主として貴顕の女主人と、彼女たちに仕える女房集団のための、肩の凝らない、しかし特権的な娯楽として求められていた。またそうした贅沢の背後には父親やサロンの統括者など、作品の存在を支えるパトロンが必ずいたのであり、その点において、『源氏物語』だけを紫式部の個人的な創作活動の産物として特別視することはできない。**平安中期の時代性に立ち返るとき、我々は「作者・紫式部」論を展開するための前提として、近代的な意味での「個」としての作者の概念とは少なからず距離を取る必要がある。**

そうした中、昨今では『源氏物語』の制作を大規模な文化事業とする見方が支持を得つつある。このこと自体は証明が難しいものではあるが、提起された問題は重い。『更級日記』の記述を参考にすれば、この作品の持つ「五十余巻」というボリュームは、少なくとも当時としては桁外れの規模であると言える。さらにそれらが長篇として揃いの状態で櫃に入れられ、気ままな散逸を防止されている点からも、『源氏物語』が成立の早い段階から、何らかの優遇措置によって守られていた可能性はきわめて高い。**『源氏物語』の作者に関する議論は、一介の女房にすぎない紫式部の「個」としての限界性に留意しつつ、集団的な生成・享受のありよう、また宮廷社会における政治性とのかかわりという視座から再考すべき重要な局面を迎えていると言えよう。**

この「集団的」という事柄は、物語の作中世界の設定が、作品の成立基盤となった「場」の影響を多分に受けるものであった点とも大きくかかわる。物語の持つリアリティには幅があり、たとえば『多武峯少将物語』は藤原高光の周辺で実際に詠み交された和歌によって構成されていることから、比較的現実に近いルポルタージュ的な作品として位置づけられる。一方『うつほ物語』は、秘琴伝授にかかわる虚構の部分を多く含み、「作り物語」に分類されるのが一般的である。しかしそうした虚構性の強い作品であっても、作中に登場するキャラクターの名前や容姿、性格などが、その物語の制作圏・享受圏に実在した人物の特徴を反映していることは少なくないようである。(1)

あるいはまた言語感覚の面から言えば、局地的に注目された、あるいは流行したと思しき和歌的表現が、成立基盤を同じくする複数の作品に組み込まれることは興味深い問題である。たとえば『和泉式部日記』と『源氏物語』との間に認められる歌ことばの共通性はよく言われることであるが、この問題は和泉式部と紫式部という「個」の好尚の範疇を超えて、両者がともに出仕していた彰子サロンの文化的特質の問題として考究されるべきだろう。身近なところで書かれた作品を共に読み味わい、その裏設定や歌ことば表現を分かち合うことは、いずれも読者たちの「共同的な記憶」(2)を喚起し、一体感を強く感じさせるものであったことが想像される。

こうした読みもののありようは、内輪性の強さという点では現代のいわゆる同人誌などに近い部分もある。しかし現代のそれらとは大きく異なる点として、先述の通り、**パトロンの存在、さらに彼らの意向やメリット**といった問題には注意を払う必要がある。たとえば当時一流の風流をうたわれた大斎院選子のサロンでは、『住吉物語』の大々的な改作にあたり、女房集団が手分けをして奮闘したことの記録が『大斎院前の御集』に見えている。当時の女手の散文作品、特に物語は、たしかに和歌や漢詩文に比べれば、決して正統的な「文学」と見なされてはいなかった。しかしだからと言っていいかげんに作られていたというわけではなく、物語の持ち主の「顔」とも言うべきサロンの教養や趣味の程度を体現するものとして、パトロンの威信をかけて、テクストの文学的達成の高み、またときには物体としての芸術性の極みが目指されていたのであった。

さて、『源氏物語』の制作および伝播の背景、また当時の反響の様子は、『紫式部日記』の記述によって断片的に知ることができる。そこで注目されるのは、藤原公任による有名な「あなかしこ、このわたりに、わかむらさきやさぶらふ（失礼ですが、このあたりに若紫はおいででしょうか）」という問いかけの持つ政治性である。この発言がなされたのが、道長家主催の中宮彰子所生敦成親王（のちの後一条天皇）の五十日の祝いという、多分に政治的な「場」であることは看過しがたい。文化人である公任が、満座の公卿たちの前で、道長家で作られている新作の物語にわざわざ言及したという事実は、パトロンである藤原道長にとって良い話題作りの機会となっただろう。

『紫式部日記』にはさらに、道長や彰子・妍子姉妹およびその女房集団が、物語の清書本の編集や書写・流布といった事柄に直接的に関与していることが示される。また上臈女房たちの描写には、『源氏物語』の女君の面影が意図的に重ねられ、独自の表現効果を上げている。(3) すなわち道長家の家族や女房集団は、さまざまなレベルで『源氏物語』が作られた「場」とのかかわりを持ち、かつは熱心な読者でもあったということが知られるのである。

このように考えてくると、『源氏物語』の制作圏・享受圏のすがたは、**ひとまず多数の構成員を抱え込む「藤原道長家」の総体**として大きくイメージすると分かりやすいように思われる。その上で、この作品と道長家の財力および政治性との結びつき、またこの家の内部の人々、特に女性たちの集団にとっての存在意義といった面をそれぞれ探ってゆく作業もまた欠かせないものと考えられる。

読む――なぜ「源氏」の物語なのか

『源氏物語』の制作圏・享受圏を「藤原道長家の総体」と見た場合、**それではこの家の人々は、「源氏」の物語を一体どのようなものと捉えていたのか**という素朴な疑問が抱かれる。摂関政治によって天皇家との結びつきを強めていた当時の道長家にとって、「源氏」とはいかなる存在であったのか。また一世の「源氏」を中心人物とし、それが作中の「藤原氏」をしのぐ卓越性を発揮するという物語の内容をどのように受けとめていたのだろうか。

この問いは、「作者・紫式部」という本稿のトピックにとって重要なものだと思われる。というのも、物語は歴史の中にあって多かれ少なかれ「不満の受け皿」[4]という機能を発揮するものであり、本来的にそうした物語を必要とするのは、その物語のパトロンよりもむしろ、現実社会において「不如意」[5]を生きる者たちだと考えられるからである。『源氏物語』が道長の財力によって作られつつも、その内実が「源氏」の礼賛となっている問題は、**紫式部をはじめ彰子付き女房たちの出身階層や家柄の問題、また道長の正妻である倫子・明子がいずれも他ならぬ「源氏」であるという問題**ともかかわってくる可能性がある。[6]内部に「源氏」を抱え込み、その聖性を利用しながら繁栄への道を切り拓いていったのが、『源氏物語』が現在進行形で書かれていた頃の道長家であったとすれば、そこで「源氏」の物語が作られ、宣伝されるのはむしろ自然な流れであったとも考えられよう。とはいえ道長家の読者の中に、そうした「源氏」優位の価値観に不満を抱く者はいなかったのだろうか。

本節ではこうした疑問を出発点として、『伊勢物語』『源氏物語』『栄花物語』の三作品を比較し、「藤原氏の栄花」の扱われ方に関していささかの検討を試みたい。

周知の通り、『伊勢物語』は『源氏物語』の先蹤として、表現や構想の根幹に大きな影響を与えた作品とされている。恋物語の印象が強いが、藤原良房が高位につき、北家藤原氏が外戚として栄えてゆく中、権力の中枢からはずれた者への同情を湛えた章段も重要な主題性を帯びている。その百一段は次のような内容である。

むかし、左兵衛《さひやうゑ》の督《かみ》なりける在原の行平といふありけり。その人の家によき酒ありと聞きて、上にありける左中弁《さちゆうべん》藤原の良近《まさちか》といふをなむ、まらうどざねにて、その日はあるじまうけしたりける。なさけある人にて、かめに花をさせり。その花のなかに、あやしき藤の花ありけり。花のしなひ、三尺六寸ばかりなむありける。それを題にてよむ。よみはてがたに、あるじのはらからなる、あるじしたまふと聞きて来たりければ、とらへてよませける。もとより歌のことはしらざりければ、すまひけれど、しひてよませければかくなむ、

咲く花の下に**隠るる**人を多みありしにまさる藤の**蔭**かも

「などかくしもよむ」といひければ、「おほきおとどの栄花のさかりにみまそがりて、藤氏の、ことに栄ゆるを思ひてよめる」となむいひける。みな人、そしらずなりにけり。（二〇一〜二〇二）[7]

〔訳〕昔、左兵衛の督であった在原行平という人がいた。その人の家に良い酒があるとの評判がたち客が集ってきたので、殿上の間に出仕していた左中弁藤原良近という人を、主客として、その日はおもてなしの宴をひらいた。行平は情趣を解する人で、花がめに花をさして飾った。その花の中に、奇異な藤の花があった。花房の長さが、三尺六寸ほどもあった。その花を題にして歌を詠む。人々がすっかり詠み終るころに、主人行平の兄弟である男が、饗宴ご開催と聞いてやってきたので、逃さぬようにして歌を詠ませた。元来、歌の作り方は知らなかったので、辞退したけれども、むりに詠ませたので、こう詠んだ。

咲く花の……（咲く花の大きな花房の下にはいり込み、そのおかげをこうむる人が多くいるので、以前にまして、さらに偉大になる藤の花陰ですなあ）

「どうしてこんなふうに詠むのか」と人々が言ったので、男は、「太政大臣良房様が栄華の絶頂にいらっしゃって、藤原氏が、とりわけ栄えるのを心において詠んだのです」と言ったのだった。人々はみな、その歌を非難しなくなってしまった。

一見「藤原氏の栄花」を称えるかに見せて、良房の全盛に対する皮肉を効かせたこの章段の諷刺性は明らかである。そしてこの章段を元に、『源氏物語』花宴巻では、右大臣家の主催する盛大な藤花の宴に招かれた光源氏の韜晦が巧みに描かれている。以下は、東宮へ入内予定であった朧月夜との密通の後、その素姓をたしかめようと光源氏が右大臣邸の女方にしのび込む場面である。

「なやましきに、いといたう強ひられてわびにてはべり。かしこけれど、この御前にこそは、**蔭**にも**隠させたまはめ**」とて、妻戸《つまど》の御簾をひき着たまへば、「あな、わづらはし。よからぬ人こそ、やむごとなきゆかりはかこちはべるなれ」と言ふ気色を見たまふに、重々しうはあらねど、おしなべての若人どもにはあらず、あてにをかしきけはひしるし。（花宴①三六五）

〔訳〕「気分がわるいのに、ひどくお酒を強いられて困っております。おそれいりますが、こちら様なら、私を物陰にでも隠れさせてくださるでしょうね」と言って、妻戸の所で御簾をかぶって半身をお入れになると、「まあ、困りますわ。下ざまの者でしたら、何ぞにかこつけて大事な縁者を頼ってくるものとうかがっておりますけれど」と言う人の様子をうかがうと、重々しくはないにしても並々の若い女房たちではなく、上品で趣味もよいといった感じがはっきり分る。

舞台や人物関係の共通性に加えて、光源氏の発言に織り込まれた「蔭」や「隠す」といった語によって、読者は自然と百一段を想起する仕掛けとなっている。「藤の蔭」の比喩性に注目するならば、光源氏のパフォーマンスは「私に藤原氏の庇護をこうむらせてください」あるいは「私も藤原氏のお仲間に入れてください」と懇願する卑屈な身振りのようにも捉えられる。けれどもそのように戯れつつも、光源氏が本心から右大臣方に追従するつもりなどないことは言うまでもない。百一段の持つある種のシリアスな諷刺性が、光源氏にかかっては、いわばこの場限りの、女方への侵入のための巧言にすり替えられてしまっている点こそが、大変不遜で面白く、かつ「藤原氏」の長者の権威を周到に相対化する手段になり得ていると読むことができよう。

　このように「藤原氏の栄花」をめぐっては、『伊勢物語』から『源氏物語』へと諷刺の糸が引き継がれていったのであるが、その糸が『栄花物語』正篇に至ったとき、突如として価値観の転倒が起きることとなる。『栄花物語』正篇には「栄花」という語の用例が三例見えるが、いずれも道長家の繁栄を単に称えるために用いられている。

されど東宮の生れたまへりしを、殿の御前《おまへ》の御初孫《はつむまご》にて、栄花の初花と聞えたるに、この御事をば、つぼみ花とぞ聞えさすべかめる。（つぼみ花②二四）

〔訳〕しかし、東宮（敦成親王）がお生れになったのを、殿の御前（道長）の御初孫とて栄花の初花と申しあげたのであるから、このたびの御事（引用者注・禎子内親王の誕生）はつぼみ花と申しあげるべきであろう。

よろづあさましくめでたき殿の有様なり。この土御門殿《つちみかどどの》に幾《いく》そたび行幸《ぎやうがう》あり、あまたの后出で入らせたまひぬらんと、世のあえ物に聞えつべき殿なり。これを勝地《しようち》といふなりけり、これを栄花とはいふにこそあめれと、あやしの者どもの下《しも》をかぎれる品どもも、喜び笑み栄えたり。（つぼみ花②三三）

〔訳〕万事驚き入るばかりの慶賀すべき殿の有様である。この土御門殿にこれまで幾度行幸があって大勢の后がお出入りなさったことだろうと、世間のあやかりものにと申しあげたい殿である。これを勝地というものか、これを栄花というものなのだろうと、身分の賤しい者どもの最低の者どもさえも喜んで笑みをたたえている。

ただこの殿の御前の御栄花のみこそ、開けそめにし後、千年の春霞、秋の霧にも立ち隠されず、……。

（うたがひ②二〇一）

〔訳〕ただこの大殿の御栄華だけは開け初めて後、千年の春霞にも秋霧にも立ち隠されることもなく、……。

実は平安中期の物語の中で、「栄花」という語の用例は決して多くはない。前掲の各場面の他は『源氏物語』少女巻・手習巻に二例見え、夕霧の大学入学や浮舟の出家などに際して、俗世間の価値観を否定的に捉える文脈の中で用いられている。また『大鏡』には六例見えるが、やはり道長や忠平といった、藤原氏の筆頭の人物にまつわる表現となっている。すなわち物語における「栄花」という語のイメージは、『伊勢物語』百一段での良房批判を嚆矢としつつも、その風刺性が『源氏物語』を経て『栄花物語』正篇に至ったところで大きく方向転換して、藤原氏の栄耀栄華をストレートに讃美する表現となりおおせたようである。

『栄花物語』正篇は、道長家の子女たちに家の歴史を伝えるため、教育的な目的で編纂された可能性が高いとされる(8)。作中には『源氏物語』をふまえた表現も数多く認められるが、特に「栄花」の語を用いる際に、この語の抱える屈折的な文脈があえて捨象されている点にはやはり注目される。そうした処理の背景には、『源氏物語』の「藤原氏」に対する皮肉な態度になじみ切ることができない人々の存在があるように感じられるが、どうだろうか。

いずれにせよ、**さまざまなレベルで『源氏物語』を必要とした「藤原道長家の総体」は混沌をはらみ、光を当てる角度によって絶えず相貌を変える容易ならざる存在であること**は間違いない。その構成員のそれぞれに固有の事情があり、物語は**多様な「読み」のゆらぎ**を許容しつつも、歴史的に見れば**「藤原道長家」、さらには摂関家の発展に奉仕するもの**として機能してゆくこととなる。

研究の展望――「作者・紫式部」を革命する力を

冒頭で述べたように、近年『源氏物語』制作をめぐっては、集団性に焦点を当てた新たな議論の場において、巻名と物語の成立に関する考察や、ジャンル越境的なテクストとしての斬新さに関する考察など、さまざまに新たな論点が開拓されている。(9)こうした革新的な展開が可能となったのは、紫式部に関する伝記的な探究が行き詰まる中で、なお「紫式部」の名を冠した研究への取り組みが模索され続けたことの賜物と言える。(10)紙幅の都合上、個別の論考には触れ得ないが、以下に研究史の大まかな流れを確認しておきたい。

作家研究と強固に結びついていたかつての作品論において、紫式部個人の伝記的事項が、『源氏物語』『紫式部日記』『紫式部集』の本文の精緻な解釈よりも上位にいともたやすく置かれてしまっていたこと、さらにそもそもその伝記的事項自体が、これらの作品と公卿日記などによって継ぎ接ぎされた推論にすぎず、議論が循環論法に陥っていることなどは、たしかに見直されるべき問題であった。それらの批判を経て、以後は作品を統括する作者や主体という概念が解体・分散化され、代わって読者の立場からつぶさに分析されるべきテクスト世界の沃野が広がった。そこでは多層的な「ことば」の響き合いを前に、引用論・准拠論・王権論・身体論など、普遍的な、あるいは時代の風を受けた清新なテーマが多様に絡み合い、色彩豊かな「読み」の議論が花開いたのであった。(11)

やがて二〇〇〇年代に入った段階で、三つの作品を切り結ぶ新たな研究手法の開拓に向けて、久方ぶりに紫式部をテーマとする論集(12)が編まれたのはまことに意義深い出来事であった。さらにテクスト論的な視座をより強く持つ研究の立場からも、テクストの合間に見え隠れする「〈作者〉」・「〈紫式部〉」のありようを文化史・表現史と切り結ぶ論集、(13)さらに同様の問題意識に基づく試みとして『栄花物語』を捉え返す論集(14)が次々に刊行されたことは、やはり一つの大きな転換点であったように思われる。

こうした流れを顧みるに、今日の「作者・紫式部」に関する議論は、歴史の中に実在した紫式部の存在と、テクスト論的な「読み」の成果とを切り離してしまうのではなく、むしろよりよく連結させる方向に向けての生産的な対話のフェーズに既に入っていると考えられる。すなわち、いま新たに目指されているのは、**平安中期の現実社会を生きた人々による新たな文化の生成行為そのものの解明**であると思われる。その中で、『源氏物語』の作者のすがたは、「個」としての紫式部を包摂しつつもなお余りあるものとしてやはりゆるやかに捉えておきたい。道長家出仕以前の紫式部の交遊圏や、娘の大弐三位が活躍した頼通時代のサロンの活動などをも含めた時間的・空間的な広がりの中で、その結節点となる道長家の繁栄の歴史とかかわるものとして考察を集積してゆくことが有効であろう。

なお歴史学の方面では、「女院の力」が見直される動きの中で、彰子に関する伝記や論集も相次いで刊行された[15]。**女手で書かれた読みものが、いかなる特質を持つ社会の中で、どういったタイプの政治性を発揮**したのかという事柄は、今後一層探られてしかるべきであろう。この点は文学社会学において提唱された「文学場」「戦略」といった概念とも関連づけながら、より開かれた、ジャンル越境的な議論の場で考えてみたい問題である[16]。『源氏物語』に関して言えば、この作品が、当時の道長専横の宮廷社会でどういう存在であったのかを明らかにすること。また特に物語という、いわば「女・子ども向け」のメディアの持つ特性が、天皇の母方のミウチを基盤とする摂関政治の中で、あえてどれほどしたたかに利用されていたのかということ、などである。

一方で、書誌学的な方面からは大島本の優位性や、「紫式部の原本」につながる神話性が解体され[17]、これと関連して個々の写本の成立背景や用途、表現世界を明らかにする試みがさまざまになされている。それらは平安時代のみならず、後の時代の写本の制作者たちをも大きく作者の範疇に含める立場であり、「紫式部の統御する作品世界」の桎梏からはおよそ解き放たれている。このように、いわば「聖典」化された書物の現在のすがたを絶対視せず、その成立・伝播の経緯[18]を「人間の営為」としてフラットに観察する、という研究のありかたは、欧米で近年盛んになった編集文献学の展開とも呼応する点が多いだろう。そうした書誌学的・文献学的な研究の進展に支えられて、かつて一大ブームを巻き起こしながらも否定し去られた、いわゆる「『源氏物語』成立論」もふたたび注目を集めている[19]。

このように「**大長篇『源氏物語』五十四帖の作者**」という**重責を生身の紫式部ひとりに負わせないこと**で、新たに見えてくる世界は広い。我々は『源氏物語』ばかり読んでいてはいけないようである。扉を開けて異なる時代やジャンル、あるいは海外の作品とその研究手法に学び、多くの刺激にさらされてみる覚悟を持ちたい。

注

(1)門澤功成「『うつほ物語』忠こそ巻と『後撰和歌集』の「涙川」―成立基盤としての貞信公流・九条流」(中野幸一編『平安文学の饗宴』勉誠出版、二〇二三)に、両作品の研究史の確認を含めたこまやかな考察がある。
(2)土方洋一・渡部泰明・小嶋菜温子「《座談会》『源氏物語』と和歌―「画賛的和歌」からの展開」(小嶋菜温子・渡部泰明共編『源氏物語と和歌』青簡舍、二〇〇八)。
(3)福家俊幸「物語世界の摂取の方法」(『紫式部日記の表現世界と方法』武蔵野書院、二〇〇六)。
(4)神田龍身「源氏物語の引用」(「國文學解釈と教材の研究　源氏物語を読むための研究事典」學燈社、一九九五・二)。
(5)三田村雅子「源氏物語における〈作者〉の位置」(小町谷照彦編「別冊國文學 [必携] 源氏物語を読むための基礎百科」學燈社、二〇〇三・一一)。
(6)中西智子「「源氏」の物語という〈企て〉―藤原道長と紫式部と「作り手」の人々」(横溝博・クレメンツ＝レベッカ・ノット＝ジェフリー共編『日本古典文学を世界にひらく』勉誠出版、二〇二二)にて考察した。
(7)以下、『伊勢物語』『源氏物語』『栄花物語』本文・訳文の引用はすべて新全集に拠る(一部私に表記を改めた)。
(8)星山健「『栄花物語』正編研究序説―想定読者という視座―」(『王朝物語の表現機構　解釈の自動化への抵抗』文学通信、二〇二一)、桜井宏徳「『栄花物語』と頼通文化世界―続編を中心として―」(和田律子・久下裕利共編『平安後期頼通文化世界を考える―成熟の行方』武蔵野書院、二〇一六)などに詳しい。
(9)助川幸逸郎・立石和弘・土方洋一・松岡智之共編『新時代への源氏学4　制作空間の〈紫式部〉』(竹林舍、二〇一七)

に収められた諸論考など。

(10)久保朝孝「紫式部の伝記」（前掲注（4）書）、久保田孝夫・廣田收・横井孝共編著『紫式部集大成』（笠間書院、二〇〇八）、横井孝・福家俊幸・久下裕利共編『紫式部日記・集の新世界』（武蔵野書院、二〇二〇）などはその重要な軌跡として位置づけられる。

(11)三田村雅子「源氏物語、テクスト論の立場」（前掲注（4）書）。

(12)南波浩編『紫式部の方法　源氏物語・紫式部集・紫式部日記』（笠間書院、二〇〇二）。

(13)高橋亨編『〈紫式部〉と王朝文芸の表現史』（森話社、二〇一二）。

(14)高橋亨・辻和良共編『栄花物語　歴史からの奪還』（森話社、二〇一八）。

(15)朧谷寿『藤原彰子―天下第一の母―』（ミネルヴァ書房、二〇一八）、桜井宏徳・中西智子・福家俊幸共編『藤原彰子の文化圏と文学世界』（武蔵野書院、二〇一八）、服藤早苗『藤原彰子』（吉川弘文館、二〇一九）。

(16)横溝博「テーマコンセプト『源氏物語』のパトロン・藤原道長と紫式部の〈戦略〉」（前掲注（6）書）に、文学社会学におけるブルデューの理論と日本古典文学とを結びつける視座の有効性が的確にまとめられている。

(17)中古文学会関西部会編『大島本源氏物語の再検討』（和泉書院、二〇〇九）。

(18)明星聖子・納富信留共編『テクストとは何か　編集文献学入門』（慶應義塾大学出版会、二〇一五）。

(19)加藤昌嘉・中川照将共編『テーマで読む源氏物語論4　紫上系と玉鬘系―成立論のゆくえ』（勉誠出版、二〇一〇）

附記：本稿はJSPS科研費23K00291による成果の一部である。

「現代」の言葉で古典をどう再現するか

大津直子

概要――注釈を補完する方法

一体、現代語訳とはいかなる営為なのだろうか。古典の現代語訳の草分けは、「古今集の哥どもを、こと〴〵くいまの世の俗語《サトビゴト》に訳《ウツ》」した本居宣長『古今集遠鏡』と言われている。[1] 宣長は「序」において「ちうさく《注釈》はかぎりありて、いかにくはしくときさとしたるも、なほ物へだてたるこゝちのする」と注釈の限界を述べた上で、口語訳（俗語訳）の目的を「いまの世のうつゝの人のかたるをむかひて聞たらむやうに」提示することにあると説明している。**同時代の人間が使う言葉を用いて古典の描く世界を再現すること**、これこそが現代語訳の真髄である。

訳すという行為には訳者の原典への理解が如実に表れることから、文法上の働きを反映させる逐語訳は古典教材の定番である。ただし、一たび教育現場を離れてしまうと――矛盾するようであるが――どんなに良心的で優れた訳者であっても、原典と寸分たがわぬ訳文を作り上げることは不可能である。[2] まず、多くの場合、古語は現代語よりも意味の幅が広い。例えば、古語「あはれ」を現代語に置き換える場合、いとおしいと訳すのか不憫だと訳すのか、訳者は選択を強いられる。結果的に古語の持つニュアンスは狭められてしまうのである。また、文化依存度の高い表現を訳文の中でどこまで説明するかという問題もある。異なる文化を背景とする社会に一つのテクストを移植するという意味においては、外国文学の翻訳と同じ宿命を有しているといえる。

『源氏物語』は、近代以降現在に至るまで数多くの現代語訳が出版される稀有な古典作品である。古くは与謝野晶子、窪田空穂など歌人らが、戦中と戦後とを挟んで谷崎潤一郎が手掛けて以降、円地文子、瀬戸内寂聴、近年は林望、角田光代、翻案に近いものも含めれば吉屋信子、田辺聖子や橋本治など、錚々たる文芸家たちが『源氏物語』を訳し、折々に源氏ブームを巻き起こしてきた。原典のすべてを現代語に置き換えることが不可能である以上、どんな点を生かし、どのように再現するか。文芸家それぞれの手腕が試されることになる。

読む——語り手という存在はどのように訳出されたか

知られるように物語文学は、作中人物や作中世界について見聞したことを伝える語り手を通して紡がれている。語り手は全知全能の神のごとき存在ではなく、時に見聞した内容について自身の感想や批評を差し挟む場合がある。(3) 例えば、「賢木」巻には次のような箇所がある。

【原文①】

命婦の君も御供になりにければ、それも心深うとぶらひたまふ。**詳しう言ひつづけんにことごとしきさまなれば、漏らしてけるなめり。さるは、かうやうのをりこそ、をかしき歌など出でくるやうもあれ、さうざうしや。**参りたまふも、今はつつましさ薄らぎて、…　（賢木②一三四）

藤壺の落飾に落胆する光源氏が、藤壺を慕って出家した王命婦らのために必要な支度を整えてやる場面である。太字で示したのが語り手の評言である。(4) 光源氏がこの時どのような心境で、どのようなものを贈ったのか、さぞ心を打つ和歌が添えられていたのではなかったか。それが伝わっていないとはなんと口惜しいことだろう。光源氏の心境とは全く相いれない、野次馬としての好奇心に満ちた本音が差し挟まれている。いかなる視点から進めてゆくかを定めた上で虚構の世界を叙述する近代小説(5)とは異なる特徴的な箇所を、文芸家たちはどのように訳しているのか。『源氏物語』現代語訳の濫觴と目される与謝野晶子訳、「昭和源氏」と称され約三〇年に亘り改訳、出版が繰り返された谷崎潤一郎訳、そして令和五（二〇二三）年の時点で最新の全訳である角田光代訳を比較してみることとしよう。(6)

一　語り手の不在、「筆者」の登場――二度の与謝野晶子訳

与謝野晶子は生涯に二度『源氏物語』訳を上梓している。一度目は明治四五（一九一二）年二月に刊行が開始、次年一一月にかけて金尾文淵堂から出版された『新訳源氏物語』（以下、「与謝野『新訳』」）である。しばしば抄訳として紹介される与謝野『新訳』は、原典の和歌を訳して地の文に織り込み、別に翻案した和歌が差し挟まれる等の工夫があり、原文に縛られずに歌人としての個性を存分に発揮した自由訳といった趣である。【原文①】に該当する箇所は次のとおりである。

女達の中にはお供に尼になるものもあつた。宮は御殿の大方を仏殿におしになつて御自身は端近い座敷に居られる。（⑦一一八頁）

訳文は原文と比較してわずかに三分の一ほどの長さになっている。ただし注目したいのは分量ではない。与謝野『新訳』には語り手がいないのである。類似の事例は物語を遡った【原文②】桐壺院崩御の場面にもみられる。

【原文②】

その心違へさせたまふな」と、**あはれなる御遺言ども多かりけれど、女のまねぶべきことにしあらねば、この片はしだにかたはらいたし。**帝も、いと悲しと思して、さらに違へきこえさすまじきよしを、かへすがへす聞こえさせたまふ。（賢木②九六）

太字にした部分では、語り手が桐壺院から帝への「あはれなる御遺言」を具体的に語ることを憚っている。所謂省筆の弁が、やはり与謝野『新訳』には存在しない。

> 私のこの遺言を決して変へてはいけない。』
> などとお云ひになつた。陛下は父陛下のお言葉は必らず守るとお誓ひになつて別れをかなしみながら還幸された。
> （⑦一一〇—一一一頁）

右の通り、帝（陛下）が桐壺院（父陛下）に誓いを立てて泣く泣く宮中に戻ったことのみが訳出されている。与謝野『新訳』は、作中人物たちにまつわる出来事が伝聞の形式で描かれる物語文学の特性を裁ち去っている。この点において『源氏物語』の現代語訳というよりも小説化と見ることもできよう。

与謝野『新訳』と並行して執筆された『源氏物語講義』[7]の原稿の大半を関東大震災で失って後、再び与謝野は現代語訳を思い立つ。昭和八（一九三三）年一二月一七日「横濱貿易新報」に掲載された「最近の感想」[8]には、改訳の動機が次のように記されている。

> 私は二十余年前に『新訳源氏物語』を書いたが、その拙訳が恥かしいので、すつかり改訳して、明春から『新々訳源氏物語』と題し、現に発行中の私の全集に加へることにした。之は原作を読まれる人々の手引に書いたのであつて、私が小娘時代から紫式部に受けた大恩に対し感謝の一端を表するものに過ぎない。私は博く源氏物語の原作の読まれる事を祈る者である。

与謝野『新訳』は拙訳であった。その罪滅ぼしとして「紫式部に受けた大恩」に報いるべく改訳を施す。ただし自分の訳はあくまで「原作を読まれる人々の手引」に過ぎないため、最終的には「原作」にたどり着いてほしい、と与謝野はいう。『新新訳源氏物語』（以下、「与謝野『新新訳』」）は、後に取り上げる谷崎の最初の訳とちょうど重なる時期にあたる昭和一三（一九三八）年一〇月から昭和一四（一九三九）年九月にかけて金尾文淵堂から出版された。この度は和歌も翻案ではなく訳文に原文のまま織り込まれ、与謝野訳は全訳化へと向かう。【原文①】該当部分は次のように訳されている。

王命婦もお供をして尼になったのである。この人へも源氏は尼用の品々を贈った。**こんな場合にりっぱな詩歌ができてよいわけであるから、宮の女房の歌などが当時の詳しい記事とともに見いだせないのを筆者は残念に思う。**

源氏が三条の宮邸を御訪問することも気楽にできるようになり、…　（一―四二三頁）

与謝野『新新訳』は厳密には逐語訳ではない。なぜならば、地の文で光源氏に用いられている敬語が反映されていないからである。この度は語り手の評言が太字箇所の通りに訳出され、語り手が「筆者」として登場している。ただし、【原文①】では「をかしき歌」が語り継がれたものなのか、ものに書きつけられたものなのかが判然としなかった。語り手を現存しない「当時の詳しい記事」を探し求める取材記者のように仕立てていることは与謝野『新新訳』の特徴として指摘できる。(9)

二　文体の創造と転換――三度の谷崎潤一郎訳

与謝野訳とは対照的に、原文には存在しない敬語を加えて訳文を作ろうと試みたのが谷崎潤一郎である。谷崎は生涯に三度『源氏物語』訳を上梓した。一度目は、昭和一四（一九三九）年一月から昭和一六（一九四一）年七月にかけて中央公論社から刊行された『潤一郎訳　源氏物語』（以下「谷崎『旧訳』」）である。戦時下という時局に鑑みて光源氏と藤壺の密通場面をはじめとした皇室への不敬にあたる箇所は訳出されていない。

命婦の君も宮のお供に出家をしたので、その方へもねんごろなお見舞を遣されるなど、**あまり委しく書き記すのもことぐ〳〵しいやうなので、漏れてゐることもあるらしいのであるが、本来ならばかう云ふ折にこそ、面白いお歌なども出来るのであるから、それらが落ちたのは物足りないやうでもある。**【削除】年も改まつたので、内裏では…

（巻四―一四二頁）

【原文①】該当部分は右の通りである。本来三行目には、藤壺が自身の出家によって光源氏と以前よりも気楽に対面できるようになった、という描写がある。予てより光源氏を警戒していたことが前提となる文脈にあたることから、谷崎『旧訳』は訳出を避けている。注目したいのは傍線部である。【原文①】で「それも心深うとぶらひたまふ。」と文が終止する箇所が次の文へとつなげられている。このように谷崎『旧訳』は、句点を打つことを避け、あるいは敬語を添加することによって文と文とをつなげ、時に原文よりも長い訳文を作り上げる場合がある。[10] 昭和初期より谷崎は、日本の古典文の持つ流麗さを現代文に移し替える方法を模索していた。谷崎『旧訳』の文体はその苦心の結晶なのである。[11]

二度目は、戦後、昭和二六（一九五一）年五月から昭和二九（一九五四）年一二月にかけて刊行された『潤一郎新訳 源氏物語』（以下、「谷崎『新訳』」）である（ややこしいのだが与謝野のものは初度の訳が『新訳』）。ここで削除された場面、文脈が復活し、谷崎訳も全訳化される。

命婦の君も宮のお供に出家しましたので、その方もねんごろにお見舞になります。**あまり委しく語りつゞけますのもこと〱しいやうなので、書き漏らしたこともあるでせう。本来ならばかう云ふ折にこそ、おもしろい歌なども出来るものですが、それらが落ちたのは物足りないことです。**君が祇候なさいましても、今はお気がねが薄らぎましたので、…

（巻二―一六五頁）

「です」「ます」調が採用されたこと、最初の傍線部の通り谷崎『旧訳』が読点でつなげた箇所を切断したことにより、訳文はまるで様変わりしている。細かな修正としては、二つ目の傍線部「書き記す」とあったところを「語りつゞけ」、三つ目の傍線部「面白いお歌」とあったところを「おもしろい歌」とし、細かな表現もより原文に肉薄するように改訳された。いずれも谷崎『新訳』が原文を重視する方針を採ったことに基づく変更である。

三度目は谷崎の晩年、昭和三九（一九六四）年一一月から昭和四〇（一九六五）年一〇月にかけて刊行された『潤一郎新々訳　源氏物語』（以下、谷崎『新々訳』）である。谷崎『新々訳』では現代仮名遣いが採用され、現在も文庫本として流通している。

命婦の君も宮のお供に出家しましたので、その方もねんごろにお見舞いになります。**あまり詳しく語りつづけますのもことごとしいようなので、書き漏らしたこともあるでしょう。本来ならばこういう折にこそ、おもしろい歌などもできるものですが、それらが落ちたのは物足りないことです。**君が伺候なさいましても、今はお気がねが薄らぎましたので、…

（巻二―一七九頁）

谷崎『新訳』と谷崎『新々訳』との間には、谷崎『旧訳』と谷崎『新訳』との間ほどの大きな変更は見られない。この時は出版元である中央公論社編集部が主体となり、谷崎の死を挟んでも滞りなく刊行が続いた。したがって、谷崎の仕事という意味では谷崎『新訳』を事実上の決定稿と見てよいだろう。

なお、谷崎が『源氏物語』と向き合う態度は与謝野と極めて対照的である。谷崎『旧訳』第一稿を脱稿した折、谷崎は京都大学国文学会が主催した座談会に招かれた。後に谷崎『新訳』に携わることになる玉上琢彌が「訳しおわられて、『源氏物語』はどの程度の傑作とお思いですか」とたずねたところ、谷崎は「それは読んでもらわねば。あ、原作のほうですか。それほどの傑作と思いませんがね」と答えたという。(12) 谷崎は自身の訳を原典への「手引き」とはとらえていない。様々に骨を折り緊張感を強いられた長期に亘る訳業を支えたのは、自身の訳は独立した文章芸術であるという自負であったと思われる。

三　丁寧な物言いへの配慮――角田光代訳

礎を築いた与謝野訳、谷崎訳と、それ以降の現代語訳との間には大きな環境の変化がある。現代語訳を備えた学術書が戦後次々に刊行されたことである。殊に、秋山虔が手掛けた小学館『日本古典文学全集』、『完訳日本の古典』、『新編 日本古典文学全集』という文法的な正確さを具備する現代語訳の影響は大きいと言われている。[13] 角田光代訳は、池澤夏樹が世界文学全集の刊行終了後に手掛けた日本文学全集全三十巻のうちの第四~六巻として、平成二九(二〇一七)年九月から令和二(二〇二〇)年二月にかけて出版された。池澤は「角田光代に拠るこの翻訳は核心を掴んで簡潔」であり、近代小説として成立していると評価している。[14]

王命婦もお供として出家してしまったので、彼女のことも心をこめてお見舞いをする。**でも、くわしく話していくと大げさになっていくからと、伝え漏らしてしまったようですね。じつのところ、こういう折にこそいい歌ができることもあるのに、まったくもったいないこと……**。

出家した後は、三条宮の藤壺の元に光君が参上するのも以前のような世間への気兼ねもいらず、

(上 三四五頁)

角田訳の特徴は与謝野『新新訳』同様に、地の文の敬語を訳さないことにある。ただし、敬語は機械的に削除されているわけではない。というのも、語り手の評言については原文にない丁寧語「です」「ます」が加えられているからである。令和という「現代」、特に若い世代にとって尊敬語、謙譲語は縁遠いものになりつつある。一方で、トーンポリシングという言葉が取りざたされる昨今は、乱暴な物言いが忌避されコミュニケーション上の丁寧さが重視される風潮もある。角田は、こうした「現代」の言語生活をふまえて、読者に語りかける口ぶりに現代にふさわしい礼儀正しさを宿したのではないか。原文に存在しない丁寧語を付与する方針は、作中和歌の訳にも及んでいる。

【原文③】

月のすむ雲居をかけてしたふともこのよの闇になほやまどはむ

おほかたのうきにつけては厭へどもいつかこの世を背きはつべき

(賢木② 一一三)

光源氏が藤壺の寝所に忍び込み、両者の攻防と懊悩とが語られる場面の贈答歌を角田は次のように訳す。

今宵の月のように心の澄んだご決意をお慕いしたくとも、私はやはり東宮のいらっしゃるこの世の煩悩に迷うことになるでしょう

この世の多くのことがつらくなって出家いたしましたが、いつ、東宮のいるこの世の執着から抜け切ることができるでしょうか

（上　三四四頁）

詩歌には敬語がないのが基本であり、平安和歌も例外ではない。角田訳は作中人物の発言や手紙の文言も含めて、受け手に語り掛ける場合には「です」「ます」を添加している。これは、コミュニケーション上の丁寧さを大切にする令和日本に馴染む訳文であることを優先しての工夫であると考えられるのである。

研究の展望——原典の副産物という位置づけを超えて

現代語訳とは、あくまで原典への導き役に過ぎず、原典を超え得ぬ副産物である。こうした認識が定着している事情から、現代語訳そのものを対象とした研究はそれほど多くはない。近世の宣長の試みから近代への連続性を考える上では、**レベッカ・クレメンツ、新美哲彦編『源氏物語の近世　俗語訳・翻案・絵入本でよむ古典』**（勉誠出版、二〇一九）、**川勝麻里『明治から昭和における『源氏物語』の受容―近代日本の文化創造と古典―』**（和泉書院、二〇〇八）、**陣野英則「明治期から昭和前期の『源氏物語』―注釈書・現代語訳・梗概書―」**（「文学・語学」第二三六号、二〇二二・一二）に学ぶところが大きい。広く享受という観点からまとめられたものとしては『源氏物語講座（九）**近代の享受と海外との交流**』（勉誠社、一九九二）、特集としては「リポート笠間」（№五十九、二〇一五・一一）の**特集「古典の現代語訳を考える」**や、「文学・語学」（第二一九号、二〇一七・六）の特集「女性作家と『源氏物語』」がある。特定の訳者に焦点を当てたものとしては、**神野藤昭夫『よみがえる与謝野晶子の源氏物語』**（花鳥社、二〇

二一二）がある。錯雑する出版の経緯を整理し、訳業以外の執筆活動に関しても詳細に論じた『同書』は、現代語訳研究の手本として必読の一書である。

黎明期といってよい研究テーマの展望として、浅学なりに以下の三点を提起したい。第一には、**訳す手法をめぐる問題**である。例えば原典の和歌をどう扱うか。与謝野『新訳』は意訳して散文の中に折り込むという大胆な翻案を施し、谷崎『旧訳』は訳文では和歌原文のままを提示し、別冊『源氏物語和歌講義』で歌意を解説した。前述の文化依存度の高い表現も訳者の頭のひねりどころである。あまりに詳細な解説を織り込むと訳文はくどくどしくなり、文章のリズムも崩れてしまう。注釈を付すという方法もあるが、読者の視線は注釈と訳文とを行き来することになり、感興が削がれてしまうことにもなりかねない。こうした手法上の問題は、児童生徒の学習のため、一般読者が読み物として手に取るためといった、訳文の受容者とその目的を加味して模索すべき課題である。

第二には、**「現代語」の照準をどこに定めるかという問題**である。とりわけ敬語は時代によってまた社会の在り方によって、用法が大きく変容する。与謝野、谷崎、角田の訳文においても個性がよく表れていた。与謝野訳と角田訳は、地の文の尊敬語や謙譲語を省く場合がある。対照的に、谷崎『旧訳』では原文に存在しない敬語を付して原文以上に長い訳文を作り上げたり、谷崎『新訳』ではその一切を裁ち去ったりしている。歴史を遡れば、敬語は、戦時下には「天皇の尊厳」と「臣民の随順」の象徴として使用の基準が厳格化され、戦後には一転して戦前の特権階級の廃止と民主化に伴い平明化したという経緯がある[15]。前掲の日本文学全集に関する特別インタビューにおいて、池澤はインタビュアー市川真人と次のようなやり取りを交わしている[16]。

（池澤）古典には作品一つ一つに固有の問題がある。たとえば『源氏物語』は誰の発言かひと目ではわからないんですよ。代名詞が省いてあるから。

（市川）当時はたとえば敬語の軽重で見分けがつくようになっていたわけですが、それを敬語表現が貧しくなった現代語で再現するのは非常に難しいですね。

（池澤）今読むと、谷崎訳の「源氏物語」は敬語が煩雑に思える。敬語にこそ日本語の神髄があると彼は考えていたんでしょう。彼自身、私信でも敬語を最大限使っている。松子さんへの恋文のあの敬語ですよ。『古事記』ではぼくはほとんど敬語を捨てました。


『源氏物語』では話者が敬語によって判別されることにふれる中で、池澤が谷崎訳に言及している。「今読むと」それは「煩雑」である、だから自分が『古事記』を訳すにあたり敬語を捨てることにした。池澤の判断はやはり逐語訳の理念とは相いれない。しかしながら、それでは「〜し申し上げなさる」という表現が自然な「現代語」と言えるのか。原文と若干乖離することを許容した上で訳文としての自然さ、読みやすさを優先するか、訳文としてこなれているとは言えなくとも原典に忠実に訳すか。[17]「現代語」の範囲をどこに定めるかは訳者の裁量に委ねられることになる。

かつて現代語訳は、文芸家の仕事としては創作活動と比較して低い評価を受けてきた。[18]創造性を孕む仕事であることを証明したのが、与謝野訳、谷崎訳という金字塔に他ならない。長編作品である『源氏物語』を訳す仕事は数年に亘る大業であり、携わる人間には相応の覚悟と忍耐とが求められるはずである。第三に提起したいのは、**なぜ文芸家たちが創作の時間を割いてまで現代語訳を手掛けるのかという問題**である。瀬戸内寂聴は晩年、『源氏物語』訳を終えた円地文子と、同じく『源氏物語』訳に意欲を燃やしていた川端康成の思い出を次のように記している。[19]

円地源氏の刊行前に川端康成氏もそれに取りかかった。円地さんは噂にそれを聞いた時、

「ノーベル賞で甘やかされてる人にあの苦行がつとまるものですか。もし出来たら、私はすっ裸になって、逆立ちで銀座を歩いてやる」

と言われていた。円地さんの呪いがきいたのか、川端さんの源氏訳は未完に終わった。

京都のホテルで、その訳業をされている川端さんを、間近に見ていた私は、川端源氏を読みたかったと惜しまれ

てならなかった。

妄執と言っても良さそうな、円地の一方ならぬ現代語訳への思いが窺える逸話である。他ならぬ瀬戸内自身も、自身の訳業に取り掛かったのは円地と川端双方が鬼籍に入った後のことであった。文芸家同士の間には現代語訳という仕事についての独特の緊張感がある。『源氏物語』という作品が引力のようなものを持っていて、それが文芸家たちの意欲を掻き立てるのであろうか。そもそも、○○源氏という呼称が定着したこと自体が、ほかの古典の訳には見られない『源氏物語』特有の現象である。『源氏物語』とのあわいを通して、彼女等彼等の創作作品が、ひいては「現代」の文芸そのものがどう変容するのか。近現代文学の領域からも現代語訳という仕事の意義はもっと問われてしかるべきであろう。

『源氏物語』を訳してみたいという文芸家たちの熱意こそが、『源氏物語』が忘却されることなく、新たな読者層を開拓し続ける土壌であることは疑いない。読み継がれる古典であるための営みそのものが、学術的問いの沃野なのである。

注

(1)『古今集遠鏡』(平凡社、二〇〇八)。レベッカ・クレメンツによれば「翻訳」という言葉が書名に使用されるようになるのは一九世紀以後であり、江戸時代の俗語訳には「うつす」という用語が定着していたという(「江戸時代における俗語訳の意義」『源氏物語の近世　俗語訳・翻案・絵入本でよむ古典』勉誠出版、二〇一九)。

(2)永井和子はご論「源氏物語の現代語訳」において「現代語訳は可能か」という問いを投げかけている(『源氏物語講座(九)近代の享受と海外との交流』勉誠社、一九九二)。

(3)物語の語り手は時に自身が見聞し語っている話題が真実であるのかどうかに疑いの目を向ける。詳細は大津直子「透視される女たちの再話―物語の淵源としての言語空間―」（『中古文学』第九六号、二〇一五・一二）、大津直子「『源氏物語』の和歌と再話の構造―藤壺の心中詠を起点として―」（『中古文学』第一〇四号、二〇一九・一一）に譲る。

（4）新編日本古典文学全集『源氏物語』頭注に「以下、「さうざうしや」まで語り手の言辞。ある者の語り伝える話を聞いてこの物語を記し伝えているという趣向であるが、ここでは伝え漏したとする。省筆により、かえって読者の想像力をかきたてる」とある。

（5）糸井通浩「現代語の「語り」言説」（『「語り」言説の研究』和泉書院、二〇一八）。

（6）各訳文の引用は次の通りである。旧字は新字に改めた。与謝野『新訳』…『鉄幹晶子全集』第七～八巻（勉誠出版）、与謝野『新新訳』…『全訳源氏物語新装版』全五巻（角川文庫）、谷崎『旧訳』…『潤一郎訳 源氏物語』全二六巻（中央公論社）、谷崎『新訳』…『潤一郎新訳 源氏物語』全一二巻（中央公論社）、谷崎『新々訳』…『潤一郎新訳 源氏物語』全一一巻（中央公論社）、角田訳…池澤夏樹＝個人編集『日本文学全集』第四～六巻（河出書房新社）。

（7）神野藤昭夫『よみがえる与謝野晶子の源氏物語』（花鳥社、二〇二二）に詳しい。

（8）引用は『與謝野晶子評論著作集』第二〇巻（龍渓書舎、二〇〇二）による。

（9）神野藤は原文の意味するところの内容を踏み込んで理解し、それをみずからのことばとしてつむぎだす逐語訳の行き方を超えた訳文と評している（「畢生の訳業『新新訳源氏物語』はどのように生まれ流布したか」注（7）『同書』）。

（10）中村ともえ「谷崎潤一郎と翻訳―『潤一郎訳源氏物語』まで」（『谷崎潤一郎論 近代小説の条件』青簡舎、二〇一九）。

（11）谷崎『旧訳』は少女期の瀬戸内寂聴や円地文子らも手に取った。昭和の女性作家たちの文体へ影響を与えた可能性もある（木村朗子「女たちの『源氏物語』」「ユリイカ 三月臨時増刊号第五四巻第三号 総特集＊瀬戸内寂聴――一九二二―二〇二一」（青土社、二〇二二・二）。

（12）「「谷崎源氏」をめぐる思い出（上）」（「大谷女子大国文」第一六号、一九八六・三）。玉上は「愚問賢答」であったと振り返っている。

(13)高木和子「瀬戸内寂聴訳『源氏物語』の生成」(注(11)と同じ)。
(14)池澤夏樹「解説」(池澤夏樹=個人編集日本文学全集四『源氏物語　上』河出書房新社、二〇二〇)。
(15)詳細は大津直子「国文学者と時局—最高敬語と『源氏物語』の天皇表象をめぐって—」(「総合文化研究所紀要」第三八巻、二〇二一・七)に譲る。
(16)池澤夏樹特別インタビュー「なぜ今、「日本文学全集」なのか?(聞き手・市川真人)」(河出書房新社創業一三〇周年記念企画池澤夏樹=個人編集「日本文学全集」全三〇巻　https://www.kawade.co.jp/nihon_bungaku_zenshu/interview/　閲覧日時　令和五(二〇二三)年四月一一日)。
(17)今後はジェンダー表現という観点から使われなくなってゆくだろうが、かつては不実な美女と貞淑な妻という比喩も存在した。
(18)大津直子「谷崎源氏の誕生」(『平安女流文学論攷』翰林書房、二〇二三)を参照されたい。
(19)瀬戸内寂聴「角田源氏誕生　五年がかりの大役、心から喝采」(「朝日新聞」二〇二〇・三・一二・朝刊)。

訓読という回路を使って漢詩文世界とつながる

長瀬由美

概要――『源氏物語』と漢詩文

『源氏物語』は中世以来、とりわけ歌人たちに尊重されたためだろうか、純然たる和歌的世界がそこにあるのだと考えられがちである。確かに、美しい和語の世界が展開されていることは事実なのだが、実はその中に多くの漢詩文もちりばめられていることは、あまり意識されていない。

漢詩文の中でも圧倒的に多く引用されるのが『白氏文集』、すなわち白居易の詩文である。白居易は唐代に科挙出身官僚として活躍したが、詩人としては諷諭《ふうゆ》詩という社会批判の詩を熱心に作った。『源氏物語』にはこの諷諭詩も多く引かれる。しかも、平安時代の他の作品に引用例のないような硬派でマイナーな諷諭詩も引用されていて、『源氏物語』の世界に広がりと奥行きを与えている。また白居易といえば「長恨歌」が有名だが、『源氏物語』において「長恨歌」は、桐壺巻で桐壺帝が更衣の死を悼《いた》む場面を始めとして、亡くなった紫の上を光源氏が追慕する幻巻など、男性が最愛の女性を失った悲しみを描く場面で繰り返し引用されて、愛の主題を鮮明に照らし出している。

ところで『源氏物語』作者は、どのようにして『白氏文集』を読んでいたのだろうか。それについては、点本（＝

漢詩文本文に小さい文字と記号で訓点を書き加えた本）を通して享受していたと考えられ、『源氏物語』のなかでも漢詩は訓読のかたちで登場人物に口ずさまれたり、地の文に引かれたりする。訓読ゆえに、ときには漢詩の引用だと気付かないほどに仮名文の中に馴染んでいる箇所もある。訓読して漢詩を引用することは現代の我々には当然のようにもみえるが、実に画期的なことであった。たとえば『白氏文集』の場合、日本に伝わったのは平安前期（九世紀前半）で、まずは限られた範囲の、大学寮紀伝道出身の文人らに尊重された。彼らは外国文学としての、生の白居易詩文を享受し得た人々である。やがて、和漢に通じた紀伝道博士家の人々が、漢語の意味を中国字書類に基づいて確定し、国語の語彙のなかにふさわしい語を探して、訓点を施すようになる。白居易詩文が、訓点の施された点本という形で提供され、接しやすくなるのが平安中期であり、これによって貴族社会の広い範囲に浸透したと指摘される(1)。**一般に国風文化の時代といわれ、国語が成熟し仮名文学が開花した時期として知られる平安中期一条朝は、漢籍についていえば、点本の普及によって、女性をはじめ漢籍を愛好する範囲が拡大した時代でもあった。**

読む――『源氏物語』の『白氏文集』引用

『源氏物語』がどのように『白氏文集』を引用しているか、具体的に須磨巻を取り上げてみてみよう。須磨巻は、主人公光源氏の政治的逆境の時代を描く巻である。朱雀帝の母である弘徽殿女御と祖父右大臣専横の世となり、源氏は謀反を企んでいるという、無実の罪によって処罰されようとしている。窮地に陥った源氏は流罪の決定が下る前に、謀反の意志のないことを示すべく自ら須磨の地に退居する決意をしたという事情が暗に語られ、都の人々との別れの場面が続く。そして源氏はわずかな従者とともに、必要最小限の荷物に琴《きん》としかるべき書物、『白氏文集』の入った箱だけを携えて出立したのだった。須磨の地で身を慎《つつし》んで日々を送る源氏の姿が描かれるこの巻では、白居易の詩、なかでも白居易が江州《こうしゅう》に左遷された頃の詩や、菅原道真の詩など、漢詩がとりわけ多く引用される。須磨に隠棲する光源氏のもとを頭中将が訪れる場面を左にあげる。

いとつれづれなるに、大殿の三位中将は、……世の中あはれにあぢきなく、もののをりごとに恋しくおぼえたまへば、事の聞こえありて罪に当たるともいかがはせむと思しなして、にはかに参でたまふ。うち見るより、めづらしううれしきにも、ひとつ涙ぞこぼれける。

住まひたまへるさま、言はむ方なく唐《から》めいたり。所のさま絵に描きたらむやうなるに、①**竹編める垣しわたして、石の階《はし》、松の柱**、おろそかなるものからめづらかにをかし。山がつめきて、聴色《ゆるしいろ》の黄がちなるに、青鈍《あをにび》の狩衣《かりぎぬ》、指貫《さしぬき》、うちやつれて、ことさらに田舎《ゐなか》びもてなしたまへるしもいみじう、見るに笑《ゑ》まれてきよらなり。……飛鳥井《あすかゐ》すこしうたひて、月ごろの御物語、泣きみ笑ひみ、「若君の何とも世を思さでものしたまふ悲しさを、大臣の明け暮れにつけて思し嘆く」など語りたまふに、たへがたく思したり。……夜もすがらまどろまず文《ふみ》作り明かしたまふ。……御土器《かはらけ》まゐりて、②「**酔《ゑ》ひの悲しび涙灑《そそ》く春の盃《さかづき》の裏《うち》**」ともろ声に誦《ず》じたまふ。

（須磨②二一三〜二一五）

〔訳〕まことに所在なくて、左大臣家の三位中将（＝かつての頭中将）は、……世の中がしみじみとつまらなく、何の折につけても友が恋しく思われてならないので、もう（源氏を訪問したと）取り沙汰されて罪を蒙《こうむ》ろうともかまうものかと決意なさって、にわかに須磨に訪ねてまいられる。一目見るや、久しぶりで嬉しくて、ふたりはともに涙がこぼれるのだった。

お住まいのご様子は、言いようもなく唐風の風情である。唐絵に描かれているような景色の場所であるうえに、①竹を編んだ垣をめぐらせて、石の階段、松の柱など、簡単な造りであるものの、新鮮で趣がある。源氏は山里の住人のように、黄色の勝った聴色《ゆるしいろ》の衣の上に青鈍《あおにび》色の狩衣《かりぎぬ》、指貫《さしぬき》と、質素な身なりをして、ことさらに田舎びて我が身を処していらっしゃるのがかえって情趣ふかく、見たなら微笑《ほほえ》まずにいられないくらいに、美しい。

…催馬楽《さいばら》「飛鳥井《あすかい》」を少し謡って、何か月もの積もる話を泣いたり笑ったりしながら語り合い、「若君（夕霧）が世の中の有様をお分かりにならず無邪気に過ごしていらっしゃる悲しさを、父大臣が明け暮れにつけて嘆いていらっしゃいます」など中将がおっしゃるので、源氏はこらえきれないお気持ちになる。…夜通し微睡《まどろ》むこともなく、二人はともに漢詩を作って明かされる。… 盃《さかずき》をお取りになって②「酔いの悲しび涙そそぐ春の盃のうち」と声を合わせて朗詠なさる。

この場面には白居易の詩が二首織り込まれている。ひとつは地の文にさりげなく（傍線①）、今ひとつは登場人物が朗詠するという明確なかたち（傍線②）である。傍線①で踏まえられているのは、白居易が江州に左遷された頃、廬山香鑪峰《ろざんこうろほう》のふもとに築いた草堂を詠った七言律詩（『白氏文集』巻十六「（詩題）香鑪峯下新卜山居草堂初成偶題東壁」）の一句。石を階《きざはし》にし松を柱にし、竹の垣根を編んで、簡素ながらも快適な空間に完成した我が山居を詠う詩である。

五架三間新草堂　**石階松柱竹編墻**　南簷納日冬天暖　北戸迎風夏月涼
灑砌飛泉纔有點　拂窓斜竹不成行　来春更葺東廂屋　紙閤蘆簾著孟光②

そしてもう一方の例。源氏と中将が久々の対面を喜び、夜通し詩作し酒を飲み交わして明かした、その時に朗詠した白居易の詩（傍線②）とは、七言三十四句からなる長詩（『白氏文集』巻十七「（詩題）十年三月卅日別微之於澧上十四年三月十一日夜遇微之於峡中停舟夷陵三宿而別言不盡者以詩終之因賦七言十七韻以贈且欲記所遇之地与相見之時為他年會話張本也」）の中の一句である。白居易の詩題はときに、個人的な詠作事情を説明して日記のように長くなることがあるが、この詩題もその例で、要は白居易が江州司馬から忠州刺史に移って忠州へ向かう途上、都を遠く離れた長江の上流で、親友の元稹《げんしん》（彼も地方官を転任してその赴任の途中だった）と四年ぶりに再会した、その時の尽きせぬ思いを詠んだ詩であることが説明されている。三十四句の詩の一部を挙げる。

灃水店頭春盡日　送君上馬謫通川　夷陵峡口月明夜　此處逢君是偶然……坐従日暮唯長歎　語到天明竟不眠……
往事眇茫都似夢　舊遊零落半帰泉　**酔悲灑涙春盃裏**　吟苦支頤暁燭前……(3)

白居易と元稹はともに科挙を受験して以来、志をともにして精進しあい、困難の折には互いを慰め、深い友情で結ばれていた。執政から憎まれ地方官に左遷された二人はいま、思いがけない再会に手を取り合って喜び、夜明けまで一睡もせず語り合い、また詩作した。傍線部の二句前から大意を示すと「昔の事のいっさいは夢のように思われ、古い友人の半数は死んでしまった。酒に酔い、悲しくて涙はそそぐように春の盃の中に落ちる…」と詠われている。

さて、いま白居易詩二例をあえて白文で挙げたが、概要に述べた通り、またこの場面で二人が「酔ひの悲しび涙灑く春の盃の裏」と朗詠しているように、『源氏物語』の成立した平安時代中期の貴族たちは、漢詩文をおもに訓読によって享受した。該当する詩句の訓読を藤原定家自筆本『奥入』記載訓点に従って訓《よ》み下せば、①「石階松柱竹編墻」は「石の階　松の柱　竹編める墻」、②「酔悲灑涙春盃裏」は「酔の悲しび涙灑く春の盃の裏」となる。(4)「行平《ゆきひら》の中納言の藻塩《もしほ》たれつつわびける家居《いへゐ》」（須磨②一八七）近くに構えられたという源氏の山居は、あらたに白居易詩にことよせて表現されることで、恬淡《てんたん》と自適する空間、簡素ながらも好ましいものとしてあらわれる。また、盃を傾けて涙する二人の姿は、元白の友情に共感して諸声に詠う白居易詩句によって、難しい政治情勢の中での知己《ちき》との語らいとして、印象的に刻まれることになろう。そもそも、輝かしい主人公が敵対勢力に押しやられるという試練、その沈淪の時を支える友情といったテーマは、『源氏物語』以前の仮名物語がほとんど扱わなかったもの、いわば仮名の世界に表現の蓄積がないテーマといえる。須磨巻ではそれを補う文化の構成要素として、訓読漢詩文――とりわけ不当に左遷された白居易や道真の詩――がちりばめられることで、主人公光源氏の正当性を裏付けるかたちで、このテーマが効果的に描き出されることになるわけである。なお、傍線①②の句そのものは『千載佳句』や『和漢朗詠集』に採られていないが、当該二首はそれ以外の部分が(5)『千載佳句』『和漢朗詠集』に採られており、白居易詩のなかでも特に親しまれていたと推察される。
ちなみに、漢文を訓読するという行為自体は、既に奈良時代頃から行われていたと考えられるが、奈良時代には訓点を書き込むことはなされていない。訓読は各自が行うものであって、一定の形に定まり書き込まれて共有されるものではなかったようだ。訓点を書き込むことは平安時代直前の八世紀後半に仏教経典から始まり、やがて漢籍（＝儒教経典・史書・詩文集）へと拡大してゆく。そして『源氏物語』の作られた一条朝には点本が普及し、漢詩は訓読によって味わうことが一般的になるという。『白氏文集』の訓読は、大学寮紀伝道を担った菅原家・大江家・藤原家それぞれに差異があるのだが、紫式部の父藤原為時が菅原文時を師としたゆえであろう、『源氏物語』の訓読は菅家点《かんけてん》（＝菅原家の訓点）に拠っている。(6)

研究の展望――漢詩文が、そして訓読という営為が『源氏物語』にもたらしたもの

点本の登場によって漢籍を享受できる層が拡がり、共有できる言葉とイメージが訓読漢詩句にまで拡大したこと、訓読により仮名の世界に漢詩文世界をなめらかに繋ぎ、和歌と異なる言葉の文化をも取り込んで物語を紡ぎ出すという営みが可能になったことを前節で確認した。須磨巻についていえば、政治的不遇の中で己を保つ心と態度、男同志の友情など、物語世界はより豊かなテーマ・内容を含み持つことが可能となったわけだが、訓読漢詩文が『源氏物語』の世界にもたらしたものは、どうやらそれだけではない。須磨巻、光源氏が須磨へと向かうにあたり、東宮方の女房たちが彼の悲運を嘆く場面をみてみよう。

…一宮《ひとみや》の内《うち》忍びて**泣きあへり**。一目《ひとめ》も見たてまつれる人は、かく**思しくづほれ**ぬる御ありさまを、**嘆き惜しみ**きこえぬ人なし。…おほかたの世の人も、誰《たれ》かはよろしく思ひきこえん。…さしあたりて、いちはやき世を**思ひ憚《はばか》りて参り寄る**もなし。世ゆすりて惜しみきこえ、下《した》には朝廷《おほやけ》を**譏《そし》り恨み**たてまつれど、身を棄《す》てて**とぶらひ**

参らむにも、何のかひかはと思ふにや、かかるをりは、人わろく、恨めしき人多く、世の中はあぢきなきものかなとのみ、よろづにつけて思す。

（須磨②一八四・一八五）

〔訳〕お邸内の人々は声を抑えつつ、ともに泣いている。源氏の君を一目でも拝見したことのある人は、こんなふうに気落ちしていらっしゃる君のご様子を、嘆き惜しみ申し上げない者はない。…世間一般の人々も、いったい誰が当然のことだなどと思い申しげようか。…しかし目下、厳しい時勢に気がねして、おそばに参上する者もない。天下をあげて惜しみ申し上げ、陰では朝廷を非難しお恨み申しあげるが、我が身を投げうってお見舞いに参ったところで何になろうと思うゆえであろうか、こうした際には人目見苦しく、恨めしく思われる人も多くて、世の中はただもうあじけないものよと、源氏は万事につけてお思いになる。

こんにち一般的に、『源氏物語』は日本の古典として、和語の表現力が最大限に発揮された作品とみなされている。はやくは中世の『無名草子《むみょうぞうし》』にも、「わづかに『うつほ』『竹取』『住吉』などばかりを物語とて見けむ心地に、さばかり作り出でけむ、凡夫《ぼんぷ》のしわざともおぼえぬことなり…」と、圧倒的にそれ以前の仮名作品とは異なるという認識が示されており、『源氏物語』は成立以後、物語文の手本、仮名文の規範となっていった。一方で明治期には「（源氏物語ヲ読ムニハ）いつも或《あ》る抗抵《かうてい》に打ち勝つた上《うへ》でなくては、詞《ことば》から意《い》に達することができない…源氏物語の文章は、詞《ことば》の新古は別としても、兎《と》に角《かく》読み易《やす》い文章ではないらしう思はれます」と鴎外が記したように、『源氏物語』は馴染みにくい文章だとみなされた。(7) 後世そのように受けとめられた『源氏物語』の文の、ひとつの顕著な特徴として、複合動詞の使用が非常に多く、しかも他の仮名作品にみられない複合動詞の例も多数あるという点がある。(8) 右の件《くだり》でいえば、謙譲の補助動詞「きこゆ」「たてまつる」の例を除いても太字で示したように多くの複合動詞が用いられており、そのうち傍線を付した「嘆き惜しむ」「譏《そし》り恨む」は同時代仮名作品に用例のない語である。(9)

平安時代の和文に用いられる複合動詞については、「接頭辞的動詞＋実質動詞」や「実質動詞＋補助動詞」の形、つまり前項後項のいずれかが形式語化した複合動詞の数は増えるが、二項とも実質概念を表す複合動詞は本来少ないとされる。[10] 一音節で一語が基本語形である漢語の複合力が強いのに比して、多音節語である和語は複合力が弱く、とくに同義的結合の複合動詞は本来の日本語にない結合形式であるという。前項後項とも実質概念を表す複合動詞は訓点資料に多く現れること、[11] なかでも同義語や類義語に基づく複合動詞は漢文を典拠に書かれた宣命や和漢混淆文に多くみられるものであり、漢文的要素を測る指標になることが指摘されるが、[12]「嘆き惜しむ」「譏《そし》り恨む」の語はまさに、同義的・類義的結合の複合動詞にあたる。そして、仮名作品に例のないこの「嘆き惜しむ」の語は、「歎惜」という漢語に置き換えて調べてみれば、『日本書紀』や『白氏文集』にその用例を拾うことができる。たとえば『日本書紀』巻十四、雄略天皇十三年九月条に「爰有同伴巧者、歎惜真根」とある。巻十四の現存最古写本である平安後期写の前田本は、[13] 当該箇所に「アタラシヒ」「ナケキアタラシヒテ」の訓を載せるが（加点時期は平安後期〜一部十三世紀、江家点と推測）、「惜」の字は他所に「ヲシム」とも訓まれ、また神田本『白氏文集』中でも「アタラシム」とも「ヲシム」とも訓まれている（「痛惜」を「イタミヲシミ」と訓ずるなど）。[14]『源氏物語』に特有の複合動詞には、『日本書紀』や『白氏文集』の和訓——漢字の複合語（複合動詞）を訓《よ》んだ結果生まれる、新たな和語——と重なるものが多いのである。[15]

　こうした事象の前提として、平安時代の訓読の特徴を確認しておこう。訓読史上、平安から鎌倉末頃までの漢文訓読の態度（＝博士家《はかせけ》訓《よ》み）と、室町以降現代まで続く漢文訓読の態度には、その方向性において大きな相違があるとされる。後者がなるべく原文に即し、漢文らしく簡潔に訓むことを志向するのに対して、平安時代博士家によって施された訓点は、むしろ和語との違和感を減らし、和語に近づけるべく工夫を重ねるという方向性をもっている。[16]『源氏物語』玉鬘巻に引用される白居易の新楽府《しんがふ》「傳戎人《でんじゅうじん》」の一節、「胡地妻兒虚棄捐」を例にみると、句中の「棄捐」の語は「棄」も「捐」も捨てるの意で、異音同意でなる同義的結合の複合語である。現代ではこの箇所は、室町以降の訓法に従って「胡地《こち》の妻兒《さいじ》は虚しく棄捐《きえん》せらる[17]」と音読して訓むが、神田本『白氏文集』（十二世紀院政期初頭の加点）の訓点には、「胡の地の妻兒をは（ヲコト点「ヲハ」のほか右訓「モ」左訓「ハ」）虚く棄《す》て（右訓「ステ」左訓「ナケ」）捐《す》てつ」とある。つまり「棄捐」の語を、平安時代には「棄《な》げ捐《す》てつ」ないしは「棄《す》て捐《す》てつ」と訓んでいたことが分かるが、『源氏物語』ではまさに豊後介《ぶんごのすけ》によって「胡《こ》の地の妻児《せいじ》をば虚《むな》しく棄《す》て捐《す》てつ」と詠じられている。この、なるべく和語で訓もうとする平安時代訓読の究極が『日本書紀』訓読であり、『日本書紀』は平安時代、字音語を用いることを避け徹底的に和語化して訓まれた。

多音節語である和語の場合、実質概念を表す語が複合すると語形が冗長になり、特殊な文章語ならともかく日常の話し言葉としては使いにくいといわれるが、『源氏物語』はそうした複合動詞を独自に多くもち、豊富になった動詞語彙を駆使して壮大な言葉の世界を構築している。**点本を通しての漢籍の受容は、仮名文世界が扱わなかったテーマを取り込み『源氏物語』の表現を深めることに与《あずか》っているだけでなく、作者の和語の語彙を豊かにすることにも関わっているのである。**

そして、点本と『源氏物語』の語彙の問題は、おそらく複合動詞だけにとどまらない。従来『源氏物語』の語彙と訓読語彙は対立的に考えられがちだったが[18]、『白氏文集』古訓と『源氏物語』の言葉は複合動詞だけでなく実は重なる例も多い。そもそも平安時代の訓読といっても、仏書と漢籍、変体漢文とでは、それぞれ書物の性格によって訓読語には差異があることが明らかになっている[19]。先行する長編物語である『うつほ物語』が、枠組み語ともいわれる助詞助動詞において訓読文体の特徴が混じる（「ども」「して」「ごとし」の多用など）のに対して、『源氏物語』は枠組み語が和文的であるため訓読語彙との関わりが意識されにくかったが[20]、仏書ならぬ漢籍点本の言葉の世界と『源氏物語』の言葉の世界との関わりは、今後ぜひとも究明されるべき課題であろう[21]。漢籍訓読語は、大学寮紀伝道出身者たちがその学問的蓄積のもと、漢語と対応させつつ編みだし充《あ》てていったものであり、漢詩文制作を担う平安朝文人たちの、和語の方面における知的活動の結晶と捉えられる。それとの交渉の様相を明らかにすることは、『源氏物語』を産み出す基盤となった平安時代の学知という豊かな土壌をも照らし出し、より奥行き深い平安文学史を構築することにもつながるはずである。

注

(1)中田祝夫『(改訂版)古点本の国語学的研究　総論篇』(勉誠社、一九七九)、太田次男「白居易及びその詩文の受容を繞って」(『白居易研究講座』第三巻、勉誠社、一九九三)、同「白氏文集の受容並びにその研究史の概要」(『白居易研究講座』第五巻、勉誠社、一九九四)。

(2)本文は内閣文庫『管見抄』(国立公文書館蔵)による。なお「松柱」の箇所、中国で現存するテクストはすべて「桂柱」。

(3)本文は金澤文庫本『白氏文集』巻十七による(『金澤文庫本白氏文集』勉誠社、一九八三)。

(4)当該二首に関しては、一二三三年頃成立の定家自筆本『奥入』が現存する最も古い加点資料と考えられる。ただし金澤文庫本『白氏文集』巻十七も一二三一～一二五二年頃成立とされ、ほぼ同時期。

(5)「香鑪峯下新たに山居をトし…」詩は頷聯と頸聯が『千載佳句』(下、居宅・水竹)に取られ、「十年三月卅日…」詩については「往事眇茫都似夢　舊遊零落半帰泉」が『千載佳句』(上、感嘆)『和漢朗詠集』(下、懐旧)に、「風凄暝色愁楊柳　月弔宵声哭杜鵑」が『千載佳句』(上、春興)、「万丈赤幢潭底日　一条白練峡中天」が『千載佳句』(上、山水)に取られる。

(6)小林芳規『平安鎌倉時代に於ける漢籍訓読の国語史的研究』(東京大学出版会、一九六七)、同「訓点資料より観た白詩受容」(『白居易研究講座』第五巻、勉誠社、一九九四)。

(7)森林太郎「「新訳源氏物語」序」(『鴎外全集』第三八巻、岩波書店、一九七五)。

(8)竹内美智子「源氏物語を通して見た和語動詞の性格について」(『平安時代和文の研究』明治書院、一九八六)。

(9)宮島達夫他編『日本古典対照分類語彙表』(笠間書院、二〇一四)、藤井俊博「『源氏物語』の翻読語と文体—連文による複合動詞を通して—」(『同志社国文学』第九一号、二〇一九・三)。
(10)前掲竹内論文
(11)前掲竹内論文
(12)前掲藤井論文
(13)石塚晴通編『尊経閣文庫本日本書紀本文訓点総索引』(八木書店、二〇〇七)。
(14)太田次男・小林芳規『神田本白氏文集の研究』(勉誠社、一九八二)。
(15)前掲竹内・藤井論文が既に指摘。
(16)太田次男「漢籍に施された訓点について—主として旧鈔本を中心にして—」(『中国学会報』二〇〇〇・一二)。
(17)新釈漢文大系『白氏文集』㈠(『傳戎人』は竹村則行校注、明治書院、二〇一七)。
(18)築島裕『平安時代の漢文訓読語につきての研究』(東京大学出版会、一九六八)。
(19)前掲小林書
(20)土山玄・村上征勝「源氏物語と宇津保物語における語の使用傾向について」(『じんもんこん2011論文集』二〇一一)。
(21)小島憲之「漢語の中の平安佳人—『源氏物語』へ—」(『文学』一九八二・八)や前掲太田論文(二〇〇〇)が問題提起している。

海辺の鳥から四季の鳥へ

草野勝

概要――動物・鳥への着目の方法

『源氏物語』には、鹿や犬や狐といった獣から、郭公や鶯などの鳥、また鈴虫などの昆虫など、実に多種多様な動物が現れる。**自然が現代よりもはるかに身近で、また生活に欠かせないものであった時代の文学**に、これらが重要な意味を担って登場するのは当然である。

動物たちは、素朴に平安貴族の目や耳で捉えたものが選ばれるのではなく、**ある種の強い言語規制によって、類型的な現れ方をする。**平安のかな文学において登場する動物の大多数は、鹿や馬（駒）、そして郭公・鶯・雁などの鳥である。生活の中で近しいはずの雀や烏、猫や犬などは極めて限定的な場面でしか現れない――ゆえにそうした動物が登場する若紫巻や若菜上下巻などはそれ自体特徴的である。かな文にほとんど現れない烏や雀や鳶などの鳥が、説話や後世の軍記物語において多く見られることを考えると、語彙の偏りは、無意識の所産というよりも、常に意識された選択であったらしい。そのかな文学における素材の選択は、『古今集』以来伝統化された、歌語・歌ことばという規範意識によっている。滝澤貞夫[1]によれば、和歌の言葉は漢語や会話用語などの「異位相語」を排斥する形で作られたとされるが、『源氏物語』がそうした歌ことばの規範に多くを依っているとすれば、まず三代集や同時代までの私家集などの和歌表現に照らして、それと『源氏物語』との遠近を確かめた上で、漢籍など他の出典を確認し、あるいはまた『源氏物語』の独創といいうる表現性を探っていくことが、動物の研究の根幹になるだろう。というのも、**『源氏物語』は、極めて意識的に鹿や郭公などの和歌的な動物と、狐や梟、犬といった〈漢〉的あるいは〈俗〉的な動物を使い分けているから**である。

古典作品中の動物の表象を大まかに捉える手立てとしては、いくつか有益な文献がある。和歌については久保田淳・馬場あき子編『歌ことば歌枕大辞典』（角川書店、一九九九）が情報量で他を圧倒していよう。その他のジャンルをも含む記述では『国文学　解釈と教材の研究　古典文学動物誌』（學燈社、一九九四）が早く、寺山宏『和漢古典動物考』（八坂書房、二〇〇二）は豊富な用例を示す。小林祥次郎『日本古典博物事典　動物篇』（勉誠出版、二〇〇九）は、語源説を始めとして様々な項を立てて詳述しており、情報量も多い。これらを駆使すればおおよそそれぞれの動物のイメージに対する通説を知る事ができる。ただし、それら事典的なものはあくまで通時的な視点からのものであるから、これらを念頭に、『源氏物語』周辺の時代に絞って精査していくのがよいのではないか。

『源氏物語』の動物に特化した論著は、高嶋和子『源氏物語動物考』（国研叢書、一九九九）がおそらく唯一ではないかと思われる。他には鈴木日出男『源氏物語歳時記』（ちくま学芸文庫、一九九五）、高橋亨『源氏物語の詩学』（名古屋大学出版会、二〇〇七）、松井健児『源氏物語に語られた風景』（ぺりかん社、二〇一二）などが、動物も含む自然・風景一般を論じており有益である。

読む――明石の姫君と鶴の表象

さて、本論では特に鳥に着目して論じてみる。右に挙げた書籍のうち、「動物」を冠しているものは、鳥をも一括していることから、一般に**鳥は動物の下位分類だと理解されていよう**。**だが、平安時代の人々の認識も同じだと考えるならそれは適当ではない**。中国の類書（『初学記』や『芸文類聚』）や、『和漢朗詠集』、『古今六帖』などの類纂の詩歌集を見ればそれは明らかで、『和漢朗詠集』では鳥を羽族部とし、獣を表す毛群類よりも前に掲出されているし、『古今六帖』では動物は、第二帖の山や野のみの立項であるのに対して、鳥はそれに加えて第三帖の水といった部類に登場する上に、第六帖に取り立てて鳥部が設定されている。かな文においては、生きとし生ける物を表す言葉が鳥獣《とりけだもの》であったことをも考え合わせると、「動物」では括れないのである。**鳥は、それ単体で多様な種類がおり、それだけで一つの表現体系を作り上げていて、そのことは間違いなく文学テクストにも現れてくる**。以上のような視点で、澪標巻の明石の姫君にまつわる鶴と、その周辺の巻々に見られる鳥たちが織りなす物語世界を考えたい。(2)

御返りには、

「数ならぬみ島がくれに鳴く鶴《たづ》を今日もいかにととふ人ぞなき

よろづに思うたまへむすぼほるるありさまを、かくたまさかの御慰めにかけはべる命のほどもはかなくなむ。げにうしろやすく思うたまへおくわざもがな」と、まめやかに聞こえたり。

（澪標②二九六）

〔訳〕：（源氏の贈歌への）お返事には、

「取るに足らない島に隠れて鳴く鶴を、今日もどうかと訪ねる人はいませんよ。

ものの数にも入らない私のもとで泣く姫君を、今日は五十日の祝いかと訪ねてくれる人もいませんよ。(3)

あれこれと思いわずらっております（私どもの）様子を、こうして時たまお慰めくださるのにすがっております命のある間も心細いことです。本当に後の心配がないように思い定めいたす方法があればよいのに」と、真面目になって申し上げた。

右は、光源氏から明石の姫君の五十日の祝に文が送られてきたことに対する、明石の君の返事を記した場面である。

光源氏に対して卑下のスタンスを取りつつ、丁重に返事をしたことが分かるが、この歌の意義を解釈するためにまずは、光源氏の贈歌を解釈しておきたい。

海松や時ぞともなきかげにゐて何のあやめもいかにわくらむ　（澪標②二九四）

〔訳〕：海松は、時期のけじめもない蔭にいて、何の折の菖蒲だと理解できようか。

姫君は、四季の巡りも分からない明石で、今日が五十日で、菖蒲の節句だという道理を理解できようか。明石の姫君の五十日は、奇しくも五月五日の節句と重なった。光源氏はその折を見過ごさず、右の「海松や」歌を詠みかける。相当力の籠った歌で興味深い点がいくつもあるが、特に第二句の「時ぞともなき」に注目しよう。「時」は極めて抽象度の高い言葉だが、古語においては単に時間を表すのみならず、栄枯盛衰を伴った循環的な変化を意味する言葉だと理解したい。例えば「時めく」という言葉は、代々の帝の御代の転々を意識した、今その御代での栄耀を表すように、時間の分節（折《をり》や節《ふし》）がある中での一区切りが「時」である。それは四季の循環においても同様で、春から冬を循環していく中での、萌芽や豊饒や衰微の一つ一つを意味するのである。この四季の「時」の基準は『古今集』によって確立されたといってよいだろう。

わがごとく物や悲しき郭公時ぞともなくよただなくらむ　（古今集　恋歌二　五七八　藤原敏行）

右は、本来四月五月に鳴く郭公が、時節をわきまえず鳴き続けるのを詠んだ歌であろうと思われる。こうした、分節化されているはずの時間の区切りの不在が、「時ぞともなし」の意味するところであった。

つまり光源氏の歌は、明石という地の四季の不在を言っているのである。それゆえに下の句が響いてくるのだが、そうした時間の循環不在の明石の地では、五十日という通過儀礼的な節目も、菖蒲の節句という歳時的な節目も感得できないことの瑕が突きつけられている。

このことは、明石の地で姫君を養育することの問題に直結しよう。なぜならば、そうした四季の循環に触れる感性は『古今集』以来、平安貴族社会に内面化された必須の教養であるからで、そうした素養の育成のため、明石の姫君は都に召喚されねばならないのである。海辺とは確かに、『古今集』的な四季歌との親和性が極めて低い場であったし、現に明石の人々は、明石の地で決して四季の歌を詠むことがない、時間意識の希薄な人々であった。

このような光源氏の詠歌意識を念頭に明石の君の「数ならぬ」歌の「鶴」を見てみよう。これは単に光源氏が五十日の祝に詠んだ慶賀の「松」――とはいえ、それは既に海辺の印象の濃い「海松」であるが――との対応として、賀的な意味合いでのみ用いられたものではない。

鶴は主に賀歌に用いられたと同時に、冬の季のイメージを持った鳥とされる。(4) 現代生物学において認識される鶴は漂鳥であり、秋冬から春にかけて日本に留まる鳥である。すると、五月五日に詠まれたはずの明石の君詠の鶴は、一見鶴の詠みぶりとしては異様なようにも感じられる。

実はこの夏の鶴について、『紫式部集』二一番歌をめぐる精緻な議論がある。(5) 特に原田敦子は、夏歌の中でもしばしば用いられた鶴が、鵠や鷺と混同されつつ、平安貴族の感覚において「無季性」を持つ鳥として理解されていたことを示した。当該和歌をも例証として挙げつつ論じるのだが、これは澪標巻の解釈において極めて重要な指摘であった。つまり、明石の君の歌の「み島がくれに鳴く鶴」は、海辺にいることとも相まって、まさしく明石の無季性を歌に刻印しているのである。そうした、季から疎外される明石の姫君の劣位を表明する形で、明石の君の歌は光源氏の贈歌に応答しつつ卑下しているのであった。

さて、以上のような光源氏への応答の仕方という表層を捉える一方で、歌にこめられた深層、すなわち明石の君の、姫君に対する祈りを読み取っておいてもよいのではないか。というのも、鶴はこうして海辺と密接に関わりながら無季性を表す一方で、海辺から空へと飛翔する、上昇性をも有する鳥だったからである。そうした空間的な越境性は、身分の上昇への期待の喩ともなり、和歌に形象されている。

申し文に書きたてまつる
沢水に老のかげみゆあしたづの鳴くね雲居にきこえざらめや（兼盛集　八二）
人の子産みたる七夜
雲居にも今はまつらむ葦辺なる声ふりたつるつるの雛鳥（元真集　一八八）

『兼盛集』の例は、卑官を嘆いた述懐の歌であり、沢水の鶴に沈淪する自身を重ね、雲居すなわち宮中に中文を伝えるというのである。水辺と雲居の空間的対照が官位の上昇と類同性を持っているのである。(6)『元真集』の例は、七日の産養の歌のようだが、新生児の将来の栄達が、葦辺から雲居に羽ばたくだろうことによって表されている。かくして、新生児の通過儀礼の中に、しばしば鶴は空間表象を伴って取り込まれた。このように、水辺に沈淪する鶴は、いずれ大空へと羽ばたく可能性を持っている。

光源氏との子を産んだ明石の君は、姫君の未来にそうした可能性を見据えてはいなかっただろうか。結果として明石の姫君は東宮に入内し（＝雲居に渡り）、やがて国母となって国の中心に屹立する。鶴への重ねは、そうした栄華への祈りをもしたたかに忍ばせていたように思われる。

こうして鶴として位置づけられた明石の姫君は、明石の無季的な空間を離れ、時めく都の二条院へと迎えられ、さらに六条院に入るのだが、そこで大きな変容を迫られることになる。初音の巻、新春の折の贈答を引用しよう。

A　年月をまつにひかれて経る人にけふ鶯の初音きかせよ（初音③一四六　明石の君）
B　ひきわかれ年は経れども鶯の巣だちし松の根をわすれめや（同　明石の姫君）
C　めづらしや花のねぐらに木づたひて谷のふる巣をとへる鶯（同　一五〇　明石の君）

ここでは一貫して、空間を移動する鳥として鶯が用いられ、それが明石の姫君に重なっていくようにたくまれている。Aでは鶯の初音が、明石の姫君の音信を表すにとどまるが、B・Cは、明確に姫君自身を「鶯」に喩えて、明石の君のもと（「松の根」「谷のふる巣」）から巣立っていったことを表している。

この鶯をめぐる贈答には、新春の一情景を切り取ったという以上の意味があろう。なぜならば、四季の循環を体現する六条院世界の中で、春の主人である紫の上の養女となりその秩序に組み込まれたことを、まさしく右の和歌が象徴しているからである。明石の君を喩える松――常緑ゆえに季とは切り離された植物である――や谷――これもまた四季と切り離された空間である[7]――から、「花のねぐら」たる紫の上に乗り移っているのである。

これを鳥の問題から考えれば、**海辺の無季の中の「鶴」から、京を中心とする四季の循環の中核たる「鶯」へと、明石の姫君が変容を果したということになろう。鳥という同類の体系の中での変化が、明石の姫君の位置の変化を象徴しているのである。**はたして京の社会の成員としてたしかな位置を得るにはさまざまな要因があったろうが、その一つとして、王朝的な四季のイデオロギーの内面化は極めて重要なことであったに違いない。その規範に基づく和歌の詠作は王朝生活の中で必須のものだったからである。海辺＝無季から都＝四季へという変化は、明石の姫君の物語の基調であり、そこに鳥が極めて象徴的に関わっていたのである。

*

以上が明石の姫君の物語であるが、実は、この鳥をめぐる越境の物語は、養母たる紫の上と奇妙に呼応してもいる。「雀の子を犬君が逃がしつる」（若紫①二〇六）から始まった若紫の物語は、鳥をめぐる物語でもあったと思われる。今井上は、王朝流の美的価値観の体系からははじきだされることの多い雀と、北山におり世から疎外された紫の上との近似性を読み取り、雀の子が紫の上のもとから飛び去ったことの物語的意味を「華やかな都の、大人の世界に組みこまれる時の近いことを読者が予感する[8]」ことに見出した。極めて示唆的であるが、王朝和歌的な規範の問題として捉えるならば、これは明石の姫君の場合の表現論理と重なり合うことになる。すなわち、**和歌から疎外された雀＝紫の上が、和歌的な世界へと向かって行くという構図である。**

実はもう一例、若紫巻には紫の上を鳥になぞらえる箇所がある。

いはけなき鶴《たづ》の一声聞きしより葦間になづむ舟ぞえならぬ

（若紫①二三八）

右は、光源氏が尼君に贈った消息に記された和歌だが、「いはけなき鶴」に紫の上を、舟に源氏を重ねている。この鶴に、「いはけなき」紫の上の「ゆゆしさ」を読み取ったのは小嶋菜温子であったが[9]、光源氏の舟を留めた鶴が「葦」辺の鶴であることに、そのえも言われぬ不安は象徴されていよう。葦間の鶴は、それ自体が鶴の負性でもあり、一方で同時に空に拓けた未来をもかかえこんでいるのであった。北山から（都の按察大納言邸を経つつも）迎えられた紫の上と、明石の浦から迎えられた明石の姫君とは「鶴」の表象を通して交叉する。

それでは紫の上は、都の世界でいかなる鳥として形象されていただろうか。

月いよいよ澄みて、静かにおもしろし。女君、

こほりとぢ石間の水はゆきなやみそらすむ月のかげぞながるる

外を見出だして、すこしかたぶきたまへるほど、似るものなくうつくしげなり。髪ざし、面様の、恋ひきこゆる人の面影にふとおぼえてめでたければ、いささか分くる御心もとりかさねつべし。鴛鴦のうち鳴きたるに、

かきつめてむかし恋しき雪もよにあはれを添ふる鴛鴦のうきねか

（朝顔②四九四）

冬の月が澄む夜、光源氏は紫の上と、かつての藤壺のことやほかの女性たちのことを語り聞かせる。月がいよいよ澄みわたる折、紫の上と源氏のやや贈答らしくはない贈答が交わされる。光源氏の「かきつめて」歌には、藤壺への慕情が強く顕れているという見方が強いものの、同時に藤壺に重ねられている紫の上との夫婦仲が、あやにくな形で「鴛鴦」として顕れていると見るのは間違いではあるまい[10]。鴛鴦はまさしく睦まじい夫婦仲の象徴として三代集に詠まれるが（ただし恋の幸福を詠まない平安和歌では、仲睦まじさの裏返しとしての独り寝や、忍ぶ恋の例が多い）、そうした規範的な恋の象徴としての鴛鴦への変容を、紫の上の物語として見ておいてよいだろう。

胡蝶巻では、鷺とともに、仲睦まじく池に波紋を広げる鴛鴦が語られる。比喩的に言えば、京の外部からやってきた紫の上と明石の姫君は、六条院の春の町で羽を並べたとでも言えようか。

研究の展望

昨今、動物論をめぐる議論が活況を呈している。人間中心主義を相対化する方途として、近現代社会の行き詰まりを云々することがそれを推し進めていると思われる。しかし、**これをまさしく人間中心的に書かれた平安文学においてそのまま適用することは当時の社会的情況を見誤る危険性があろう**。むしろ人間が、自らの社会や生活を考えるための一部と見なしてきた動物たちへの眼差しを、現代社会の価値観とは切り離して考えていくことが重要である。それは人間中心主義的でこそあれ、必ずしも権力・暴力的な営みではなかったと思われる。あるいは、たとえ権力性が認められるのであれ、**ひとまず当時の動物に対する感性を、断罪するのではなしに、ありのまま引き受けることが古典研究の側から現代の動物論に提供できることの一つ**であろう。[11]

例えばフーコーは、一七世紀以降の博物学の成立をめぐって、極めて重要な指摘をしている。[12] 博物学の成立は何よりも、言葉と観察対象である動物・植物を限りなく近づけること、それまで生物に対する記述の一部であった、伝説や物語、食品、それが記された紋章といった、言語や記号を通した見方を排除する思考によって誕生したという。近代と前近代の間の生物に対する見方には根本的な相違があったというのである。裏を返せば、**前近代の生物にとって、それを記述する人間の言葉や記号は、その生物の一部であった**。

これは平安時代の鳥を理解するうえで一層よく理解できる。述べてきたように、この時代の鳥は和歌が培ったイメージによって認識され、加えて掛詞・縁語によるまさしく言語的な連想全てが、鳥についての思考を作り上げている。[13] この、**言葉が動物そのものの生態を作りあげる人々の思考を丹念に押さえていくことが肝要であろう**。

さらに、平安時代の人間の言葉の網の目によって形作られた鳥たちは、それによって鳥同士の密接な関係を形作っており、それらの差異や体系の中で、人事的な意味が物語の中に立ち現れてくる。和歌を基軸にした物語が、和歌以上の意味を持ちうるのはその一点にあるだろう。テクストが量的に拡大していくことは、そのテクスト相互の結び付きによる意味の生成の契機となる。鶴から鶯への飛翔を捉えてきた本稿の議論は、鳥という存在への体系的な認識と、言葉が動物たちを支えていく平安時代の認識によって、長篇物語の一部が形作られたことを示す、一つの試みである。

注

（1）滝澤貞夫「和歌の用語」（『王朝和歌と歌語』笠間書院、二〇〇〇）。

（2）本稿は草野勝「『源氏物語』の海辺における四季と鳥の表象—須磨巻から澪標巻・初音巻における源氏と明石一族—」（『古代中世文学論考』四三集、新典社、二〇二一）をもとに、発表以降の知見を取り込んだものである。詳細は併せてそちらを参照されたい。

（3）久保朝孝「『紫式部集』注釈史の余りもの—小少将の君との「水鶏」の贈答歌をめぐって—」（中野幸一編『平安文学の風貌』武蔵野書院、二〇〇三）を参考に、物象と心象それぞれの文脈を独立させて解した。『源氏物語』の和歌の訳出においても極めて有効な手段であろうと思われる。

（4）ハルオ・シラネ『四季の創造　日本文化と自然観の系譜』（角川選書、二〇二〇）。

（5）竹内美千代「紫式部集補注—いそのはま・たづ考」（「神戸女子大学紀要」二、一九七一・一二）、原田敦子『紫式部日記　紫式部集考』（笠間書院、二〇〇六）など。

（6）田中智子『述懐歌の機能と類型表現—『毛詩』「鶴鳴」篇を踏まえた和歌を中心に—』（「むらさき」五一、二〇一三・一二）は、男性、特に蔵人の述懐における鶴の表現を論じる。

（7）「光なき谷には春もよそなればさきてとくちる物思ひもなし」（古今集　雑歌下　九六七　清原深養父）などを参照。右は幻巻に、出家して四季の移ろいを看取しない女三の宮の発言として引用されている。

(8)今井上『源氏物語』「雀の子を犬君が逃がしつる」—（鈴木健一編『鳥獣虫魚の文学史 日本古典の自然観 二 鳥の巻』三弥井書店、二〇一一）。

(9)小嶋菜温子「八代集・「産ぶ屋」の賀歌と『源氏物語』—若紫巻の「鶴」の歌から」（『国文学 解釈と教材の研究』四九—一二、二〇〇四・一一）。

(10)吉岡廣「鴛鴦のうきね（下）—朝顔巻の光源氏夫妻—」（『中古文学』一四、一九七四・一〇）は、まず「仲のよい水鳥の夫婦に自分たち夫婦の姿をかさねあわせることによって、紫上のこの夜の幸福感を自分も共にしていたことを伝える光源氏の詠歌意図を読み取るべきことを指摘する。紫の上への思いと同時に、藤壺への思いが否応なしに出来してくる光源氏の意識は、その次の次元で考えるべきであろう。

(11)管見の限りで、古典文学への動物研究の応用に有効だと思われる日本の研究をいくつか挙げる。江口真規「アニマル・スタディーズと文学研究—表象と実践のはざまで—」（『物語研究』二三、二〇二三・三）は、文学研究における動物研究の展開が丁寧に整理されている。矢野智司『動物絵本をめぐる冒険—動物—人間学のレッスン—』（勁草書房、二〇〇二）、野田研一・奥野克巳編『鳥と人間をめぐる思考 環境文学と人類学の対話』（勉誠出版、二〇一六）は、人間と動物の関係から動物を考える議論として示唆に富む。

(12)ミシェル・フーコー「分類すること」（『言葉と物』渡辺一民・佐々木明訳 新潮社、一九七四）。

(13)例えば雁は、「仮」の掛詞から仏教的イメージを獲得したし、「常世」に帰るとされた発想から「床」を離れる苦悩を意味するようにもなる。特に後者については、草野勝「平安時代の常世の雁—和歌における雁の行方をめぐる思考とその展開—」（『国語国文』九二—四、二〇二三・四）を参照。

13　蓬生巻×建築・調度・庭園

寝殿造の廃墟の美学

倉田　実

概要――寝殿造とは

寝殿造とは平安貴族邸宅の様式のことで、その基本は、一町（約一二〇メートル四方）の敷地を築地で囲い、東西どちらかに正門を置き、内部は、複数の建物と、庭から成っていた。建物内部には、固定的な室内設備が不在であったので各種の調度類が配置された。

建物は南面する東西棟の寝殿を主屋にして、対《たい》と呼ぶ南北棟の副屋を東西に配置し、それぞれ東の対、西の対と呼んだ。北の対を設ける場合は、東西棟になる。寝殿と対との間は、渡殿《わたどの》と呼ぶ通路で繋いだ。東西の対から南方に中門廊《ちゅうもんろう》と呼ぶ廊下を釣殿まで延ばし、その中間に中門を設けた。中門北側は、玄関のような働きをした。正門と中門廊の間には、家司《けいし》たちの詰める侍廊《さぶらいろう》、随身所《ずいじんどころ》、車庫となる車宿《くるまやどり》、敷地北側には、使用人たちの下《しも》の屋《や》を置いた。寝殿や対の建物の周囲は濡縁となる簀子《すのこ》を廻らし、格子と呼ぶ建具を嵌め、出入口は妻戸と呼び、寝殿の場合は、東西の妻面に設けた。内部は、中心部を母屋《もや》、その周囲に一間《いっけん》幅を付け、それを廂《ひさし》と呼んだ。

寝殿造は、固定的間仕切りのない開放性が特徴であり、室内設備を設けず、用途別に部屋を区画することもなかっ

た。寝室も応接室もなかったのである。そのために発達したのが、様々な調度品であった。屏障具《へいしょうぐ》の障子・簾《すだれ》・屏風・壁代《かべしろ》・几帳《きちょう》・軟障《ぜじょう》などで広い空間を区画し、座臥具《ざがぐ》の帳台《ちょうだい》・衾《ふすま》・筵《むしろ》・畳・褥《しとね》・円座《わろうだ》・脇息《きょうそく》などで寝所や御座《おまし》を整えた。様々な小道具は、収納具の厨子棚・二階棚・唐櫃《からびつ》・和櫃・衣櫃・各種の箱などに収納した。照明具は、任意に灯台・灯籠・脂燭《しそく》などを使用した。暖房具は、囲炉裏となる地火炉《じかろ》は渡殿などに固定されるが、移動できる火桶・炭櫃・火櫃などで暖を取った。整容具の打乱箱《うちみだりのはこ》・唾壺《だこ》・泔坏《ゆするつき》・半挿《はんぞう》・角盥《つのだらい》・貫簀《ぬきす》、整髪具の鏡箱・鏡台・櫛箱（櫛笥《くしげ》とも）・掻上《かかげ》箱、香道具の香壺《こうご》箱・香炉・伏籠《ふせご》、文房具の書櫃・硯箱なども厨子や棚に置かれた。これら**調度類を配置することを室礼《しつらい》といい、それは飾り立てることでもあった**ので、それなりの作法もあった。一例だけ示すと、二階棚は廂の調度、厨子棚は母屋の調度とされ、歴史的にやや異同があるが、置く物も決まっていたのである。**「しつらふ・しつらひ」は、王朝邸宅文化を象徴する語彙**と言えよう。

庭で重要なのは、多様な植栽であり、前栽《せんざい》と呼ぶ植込みには、様々な植物が植えられて、四季折々の風情や四季の移ろいを演出した。南庭には白い砂子を敷き、邸外からの導水路や、邸内の泉の水を遣水《やりみず》として小川のように流し、中島のある南池に注いだ。南池は大海を意味した。遣水や南池のほとりには滝や石組（石立《いしだて》）をして渓谷や海浜の光景を演出し、周囲には築山《つきやま》を設けて山里の風情とした。

以上が、貴族邸宅となる寝殿造の概要である。それぞれの実際については、小町谷照彦・倉田実編『王朝文学文化歴史大事典』（笠間書院、二〇一一）、倉田実編『平安大事典』（朝日新聞出版、二〇一五）、川村裕子『はじめての王朝文化辞典』（角川文庫、二〇二二）などである程度の理解が可能である。専門書については、『王朝文学文化歴史大事典』で紹介しており、専門的知見が得られよう。これ以降の文学の側からの成果としては、相馬知奈『源氏物語と庭園文化』（翰林書房、二〇一三）、倉田実『庭園思想と平安文学―寝殿造から―』（花鳥社、二〇一八）、加藤伸江『源氏物語』庭と邸宅―想定配置図私案―』（新典社、二〇二〇）などがある。

読む——蓬生巻の廃墟

建築・調度・庭、すなわち寝殿造については、『源氏物語』**のどの巻においても問題にすることができる。**これらは、物語の単なる背景に留まらず、**物語展開と密接に連関している**からである。そして、それらの語られかたは、物語内部の問題にとどまらず、**平安貴族社会の建築文化・生活文化の位相を示している。**ここでは、末摘花邸を廃園・廃屋(1)ではなく、廃墟(2)と捉えることで、建築・庭園にかかわる問題を考えていきたい。次の引用は、光源氏の須磨流謫《るたく》中の末摘花邸の荒廃ぶりである。

かかるままに、浅茅《あさぢ》は庭の面《おも》も見えず、しげき蓬は軒をあらそひて生《お》ひのぼる。葎《むぐら》は西東の御門《みかど》を閉ぢ籠めたるぞ頼もしけれど、崩れがちなるめぐりの垣を、馬、牛などの踏みならしたる道にて、春夏になれば、放ち飼ふ総角《あげまき》の心さへぞめざましき。

八月、野分《のわき》荒かりし年、廊どもも倒れ伏し、下《しも》の屋どものはかなき板葺なりしなどは骨のみわづかに残りて、立ちとまる下衆《げす》だになし。煙絶えて、あはれにいみじきこと多かり。盗人《ぬすびと》などいふひたぶる心ある者も、思ひやりのさびしければにや、この宮をば不用のものに踏み過ぎて寄り来ざりければ、かくいみじき野良藪《のらやぶ》なれども、さすがに寝殿《しんでん》の内ばかりはありし御しつらひ変らず、つややかに掻《か》い掃《は》きなどする人もなし、塵は積もれど、紛るることなきうるはしき御住まひにて、明かし暮らしたまふ。

（蓬生③三二九—三三〇）

〔訳〕こうした次第で、浅茅は庭の面《おもて》も見えぬほどに覆い、生い茂る蓬は軒と争うまでに高く生え上《あが》る。葎は西と東の御門を閉じ込めているのが頼もしげだが、崩れがちな囲みの垣を、馬、牛などが踏み馴らした道にして、春夏になると、邸内で放し飼いをする牧童の料簡さえも心外なことだ。

八月、野分（台風）が激しく吹いた年、廊の幾つかは倒れ伏し、雑舎などでも簡単な板葺であった建物などは骨組みだけがわずかに残るだけで、踏みとどまる下仕《しもづかい》さえいない。竈《かまど》の煙も絶えて、いたわしくつらいことが多い。盗人などという情け容赦ない心のある者も、推察しただけでも貧しげなせいなのか、この宮邸を用のない家として踏み込まずに寄りつかなかったので、こんなひどい野良の藪原であるけれど、それでもやはり寝殿の中だけは昔ながらの設備は変わらず、きれいにさっと掃除などをする人もいなく、塵は積もるけれど、ごたごたすることのないきちんとしたお住まいぶりで、明かし暮らしておられる。

末摘花邸は荒廃して廃墟となっている。廃墟は、風化作用や貧窮を前提として、建築・調度・庭において語られている。そして、そこに人事がかかわっている。

末摘花邸は野分によって壊滅的になるが、そもそもこの三年前となる**末摘花巻で、すでに「荒れたる宿」**（末摘花①二八九）とされていた。最初に、右の引用とかかわる「荒れたる宿」について触れておきたい。

「荒れたる宿」は、「離《あ》れたる宿」と掛詞になる歌語であった。「離れ」は主に愛情関係の疎遠さを意味して、その結果、邸宅が「荒れ」てしまうということになる。『後撰集』にも採られた『伊勢集』冒頭歌に詠まれ、引用は割愛するが和泉式部[3]も何首も詠んでいた。『源氏物語』では、この語句の使用は、麗景殿女御と妹の花散里、及び末摘花だけに限られる。麗景殿女御は桐壺院崩御によって退出した里邸を詠み、花散里と末摘花は光源氏の須磨流謫に孤閨をかこち、邸宅の荒廃が意識されていた。ただし、末摘花にこの語句を使用した詠歌はない。

人住まず荒れたる宿を来てみれば今ぞ木の葉は錦織りける　（『後撰集』冬・四五八・藤原仲平）

人目なく荒れたる宿は橘の花こそ軒のつまとなりけれ　（花散里②一五七・麗景殿女御）

水鶏《くひな》だにおどろかさずはいかにして荒れたる宿に月を入れまし　（澪標②二九八・花散里）

三首とも「荒れたる宿」は、「離れたる宿」と掛詞になる。仲平歌の「人」は仲平自身で、「住まず」は男が女の家に通い住まなくなったことを言う。だから「人住まず離《あ》れ」である。そして、掛詞によって「荒《あ》れ」が導かれて、伊勢邸は「人住まず荒れたる宿」とされている。男女関係が解消された「離れたる宿」は、「荒れたる宿」になるのである。麗景殿女御の歌は、この仲平歌を引歌にしたかもしれない。花散里の歌も、事情は同じ。「荒れたる宿」に入れたい「月」は光源氏である。「**荒れたる宿**」**になる所以は、あるべき人事の不在による**のであり、末摘花巻ですでに荒廃は進行していたのである。そして、今はこれから検討するように廃墟になっている。

末摘花邸の廃墟の様子は、まず庭の植物の繁茂で表現されている。[4] 先の引用部に「浅茅は庭の面も見えず、しげき蓬は軒をあらそひて生ひのぼる。葎は西東の御門を閉ぢ籠めたる」とあり、**浅茅・蓬・葎という雑草の語り分けが認められる。**さしずめ、浅茅が原、蓬が杣《そま》、葎の門《かど》といった歌語の翻案のような趣であり、これが廃墟の表現であった。ここの蓬は「生ひのぼる」とする語り方からすると、高さが二《メートル》ほどになる山蓬（大蓬・大艾）かもしれない。[5]「朝日夕日をふせぐ蓬葎の蔭」（蓬生②三四三）とあるのも、人の背丈を超える高さがあると思われる。

こうした草の繁茂が言われ、同じ引用部で「いみじき野良藪」と総括されている。別の箇所では、「かかる浅茅が原」（蓬生②三四七）ともされている。蓬生巻全体が、浅茅・蓬・葎で覆われていると言っても過言ではない。

こうした**末摘花邸の「野良藪」と化した廃墟ぶりが、末摘花その人を指示する**ようになっている。

・「あな憎。ことごとしや。心ひとつに思しあがるとも、さる藪原に年経たまふ人を、大将殿もやむごとなくしも思ひきこえたまはじ」（蓬生②三三四）

〔訳〕「まあ憎らしい。ごたいそうなこと。自分の心だけ気位高く持たれても、そんな藪原に年月を重ねられる人を、大将殿（光源氏）も大事にお世話しようとはとてもお思い申されぬでしょう。

・「…ましてかうものはかなきさまにて、藪原に過ぐしたまへる人をば、心清く我を頼みたまへるありさまと、尋ねきこえたまふこと、いと難くなむあるべき」（蓬生②三四〇）

〔訳〕「…ましてこんな頼りない様子で、藪原に過ごしておられる人を、よこしまな心なく自分を頼りになさっているご様子と、殿がお訪ね申されることは、まったくあり得ないことでしょう」

両者とも叔母の言葉である。筑紫下向に末摘花を同行させようと画策する叔母は、藪原の廃墟に過ごす人を光源氏がお世話したり、訪ねたりすることはないと力説している。しかし、叔母の意に反して、光源氏は「道もなく深き蓬」を分け入って末摘花との再会をはたすことになる。末摘花は廃墟であっても一途に光源氏の訪れを待ち続けたことで、救済されたのであった。

先の引用に戻ろう。廃墟は植物の繁茂で表現され、さらに台風でかなりの打撃を受けた**建物の倒壊**でも示されていた。引用部では、「廊どもも倒れ伏し、下の屋どもの、はかなき板葺なりしなどは骨のみわづかに残り」とされている。「廊ども」と複数なのは、東西の中門廊を言うからであろう。一部は、屋根があるだけの土間のままの透廊《すきろう》もあったと思われる。倒壊しやすいのである。「下の屋ども」は、使用人の居室となる雑舎で、板葺屋根は檜皮葺屋根よりも吹き飛ばされやすく、骨組みだけになったとされている。これで使用人もいなくなり、「煙絶えて」とあるように下の屋にあった竈も使われなくなっている。廃墟の度合いはすすんだのである。

倒壊の様子は、この他の段でも、次のように語られている。

・左右の（門の）戸もみなよろぼひ倒れ（三三八）
・中門など、まして形《かた》もなくなりて（三四九）
・渡殿だつ屋もなく、軒のつまも残りなければ（三五二）

倒壊の様子が語られる建物は、いずれも簡単な構造物ばかりであり、台風の被害状況としては、理にかなっていよう。残された建物は、対についての語りは不在で、寝殿については、「漏り濡れたる廂」なので、「荒れたる軒の雫」（三四五）が垂れるとあるだけである。廂からの雨漏りがするような被害は被っていた。これ以外にも、寝殿の被害はあったことであろう。しかし、寝殿まで倒壊しては末摘花の居場所がなくなってしまう。倒壊はまぬがれて、末摘花は居住できたのである。廃墟の相貌は、寝殿が辛うじて残存することで、より鮮明になったのかもしれない。**「野良藪」の中に荒廃した寝殿が残存することで廃墟の構図が成立することになろう。ここに廃墟の美学が働いている。**

　末摘花邸は、寝殿を除いて、寝殿造を構成する各建物が倒壊して廃墟となっていた。光源氏が訪れた時には、「形もなく荒れたる家」（三四四）と語られている。**物語は、寝殿造の様式に沿って各建物の荒廃ぶりを語り、廃墟となった次第を形象している**のである。

　寝殿造は調度とその室礼も重要な要素であった。調度類は廃墟でどう語られているか、続いてこの点を見ていきたい。**調度も廃墟とかかわっている。**

　室礼に関しては、先の引用部で、「寝殿の内ばかりはありし御しつらひ変らず、つややかに掻い掃きなどする人もなし、塵は積もれど、紛るることなきうるはしき御住まひにて、明かし暮らしたまふ」と語られていた。寝殿の内部だけは「ありし御しつらひ変らず」で、昔とは変わっていなかったとされている。「ありし御しつらひ変らず」は、調度品を所定の位置に置いていたことであろう。「几帳など、いたく損なわれたるものから、年経にける立処変わらず」（末摘花①二八九―二九〇）とあったのは、このことである。几帳などはひどく壊れていても、昔からの置き場所は変えなかったという。したがって、御座にする座臥具やそばに置く収納具、そこに置く箱類も変わることはなかったのである。

　こうして室礼された末摘花邸は、侍女はいないので塵は積もるけれど、「うるはしき御住まひ」ともされている。「うるはし」は、「整った端正さや、儀式ばった本格的なさまなどに対する感情を表す」（『三省堂全訳読解古語辞典』）ので、ここでは、きちんとしている、律儀である、格式ばっている、などのニュアンスになる。まっとうなら、葵上の「し据ゑられて、うちみじろきたまふこともかたく、うるはしうてものしたまへば」（若紫①二二六）、「例のうるはしうよそほしき御さま」（紅葉賀①三二二）とか、まめ人夕霧の「うるはしくものしたまふ君」（野分③二六八）という使用が順当であろう。しかし、廃墟の末摘花に、「うるはしき御住まひ」は、きわめてアイロニカルである。この後、末摘花は「うるはしくものしたまふ人」（玉鬘③一三七）と呼称とされることになる。光源氏から贈られた新年の衣装に末摘花がおかしなお礼の文を出す段である。はたから見て滑稽でも、律儀な振舞をする人と見られるのが末摘花なのであり、その律儀ぶりがおかしいのである。蓬生巻では、廃墟をものとせず、室礼は昔のままで、「うるはしき御住まひ」に住み続けるのである。

しかし、「うるはし」の実態を見てみると、室礼される調度は、まさに廃墟にふさわしかった。語られる調度の様子は、次のようなものであった。

㋐ 御調度どもも、いと古代に馴れたるが昔様にてうるはしき（三二八）
㋑ 古りにたる御厨子（三三二）
㋒ はかなき御調度どもなども取り失はせたまはず（三三六）
㋓ あさましう煤《すす》けたる几帳（三三八）・かの煤けたる御几帳（三四九）
㋔ をかしげなる箱に（鬘を）入れて、昔の薫衣香のいとかうばしき一壺、具してたまふ（三四一）
㋕ 塵がましき御帳（三四三）
㋖ 香の御唐櫃（三四九）
㋗ 昔に変らぬ御しつらひの様（三五二）

以上の他に、盥・簾・帷子も語られているが、特に形容もないのでここには挙げなかった。末摘花邸の調度は、何一つ失ったり無くしたりした物はなく㋒、従って、古風なものばかりであり㋐㋑、室礼に変わりはなかった㋗。また、煤けた几帳㋓があったことからすると、他の調度も煤けていたことであろう。「煤け」は、古くなり汚れて黒ずんだり、色褪せたりすることで、この用例は『源氏物語』で五例しかなく、いずれも末摘花関係で言われている。この㋓に二例、ほかに「いと寒げなる女ばら、白き衣のいひしらず煤けたるに」（末摘花①二九〇）、「衣は雪にあひて煤けまどひ」（末摘花①二九六）、「山吹の袿の、袖口いたく煤けたるを」（玉鬘③一三七）とあり、古びた布物について言われている。㋕の「塵がましき御帳」も、御帳台に塵が積もるだけでなく煤けていたことであろう。塵が積もるのは廃墟にふさわしく、さらに男の不在も暗示している。

君なくて塵積りぬるとこ夏の露うち払ひいく夜寝ぬらむ　（葵巻②六五）

光源氏の葵上追悼歌群の一首で、「君」は葵上を指す。妻が亡くなり、二人で共寝した床は使われなくなったので塵が積もっているとされている。末摘花邸も事情は同じである。**調度の煤けた様子は、廃墟にふさわしく、塵の積もる御帳台は人事の不在が絡んでいた。「荒れたる宿」**(6)**と同じ事情を汲み取ることが出来よう。**

こうした中で異彩を放つのは、唐物となる、㋖「香の御唐櫃」であった。ここからすると侍従に餞別として贈った、㋔「昔の薫衣香のいとかうばしき一壺」も唐物となろう。香料はすべて舶来品であり、それが入れられた壺も同じ可能性がある。そうするときわめて高価な物が贈られたことになる。しかし、末摘花はその真価を理解していなかったかもしれない。

末摘花邸の調度はすべて父親があつらえたものであった。かなり年季の入ったものがほとんどだったであろう。それを売却することなく末摘花は身の回りに置いていた（蓬生②三二八―三二九）。**古びた調度に囲まれた「うるはしき御住まひ」は、廃墟に見合ってアイロニカルに語られる**のである。

以上、**末摘花邸が廃墟と化している実際を、寝殿造の建築・調度・庭を焦点化して見てきた**ことになる。なお、廃墟は、「狐の住み処」になり、「梟の声」が聞こえ、「木霊」などが跋扈するが（蓬生②三二七）この点は指摘だけにとどめたい。また、末摘花邸廃墟の様子が描かれた、徳川美術館本『源氏物語絵巻』に対する言及は、紙数の関係で割愛したい。この絵巻の「蓬生」段については、三省堂ＨＰ「ワード・ワイズ・ウェブ」に連載した、倉田実「絵巻で見る平安時代の暮らし」の第22回を参照されたい。

研究の展望——廃墟の文学史

『源氏物語』には、この他にも廃墟は語られている。夕顔巻の某院は廃院のイメージがあり、明石一族の大堰邸も「あやしき藪」になっていたらしい。何よりも光源氏造営の六条院も廃墟となる危険もあった。光源氏死後、夕霧は「心をとどめて造り占めたる人の家ゐの名残なくうち棄てられて」(匂宮⑤二〇) 行く世の無常の習いから、六条院も廃墟となるのを危惧していたと語られている。**物語は主人公の家造りを語るが、その先の廃墟を見据えていたと言えよう。**

物語で最も早く廃墟を描いたのは『うつほ物語』の蔵開上巻や楼《ろう》の上《うえ》上巻の俊蔭の三条京極邸であろう。

野中のやうにて、人の家も見えず。さる所に、昔の寝殿一つ、巡りはあらはにて、塗籠の限り見ゆ。

(うつほ物語・蔵開上②三二三)

俊蔭の孫となる仲忠が巡見した段である。野中のようで荒廃した寝殿の塗籠だけが残存していたという。末摘花邸もこれと重なるイメージであり、廃墟の美学によった廃墟の表現であることは間違いない。この廃墟は再度、楼の上上巻で実見され、仲忠は新たな邸第として再生させることになる。

現実の世界でも、邸第が廃墟となることが危惧されていた。それを象徴するのが『枕草子』「女一人住む所は」であろう。男女関係のない女一人が住む家は、「いたくあばれて」いくとされている。**あるべき人事の不在が家の荒廃を招く**ということで、「荒れたる宿」の発想と同じであろう。

この発想以外でも、和歌に廃墟は詠まれていた。その嚆矢は、柿本人麿や高市黒人の近江荒都歌 (万葉集・一・二九、三三) であり、旧都となった奈良も、「故里となりにし奈良の都にも色は変らず花は咲きけり」(古今集・春上・九〇・平城天皇) と、荒れた印象の故里として詠まれている。廃墟のようになった旧都・荒都は和歌の題材であった。

『方丈記』の福原遷都を語る段の「古京はすでに荒れて、新都はいまだ成らず」もこの発想によっていよう。ついでに『徒然草』を見れば、「はなやかなりしあたりも人住まぬ野良」となる「常ならぬ世」の例として、廃墟となった藤原道長の法成寺《ほうじょうじ》を採り上げている（二五段）。**無常の世を象徴するのが廃墟**なのであった。

廃墟は『源氏物語』内部でも、文学史でも、その系譜はたどれるのであり、さらなる展望が必要であろう。本稿では、その手始めとして、蓬生巻の廃墟のありようを、寝殿造の観点で見て来たことになる。

注

（1）熊谷義隆「末摘花・蓬生巻の廃園―末摘花と自然描写―」（『山形女子短大紀要』21、一九八九・三）

（2）木造建築では廃墟成立の可能性はほとんどなく、廃屋のかたちをとるとする指摘がある（谷川渥『形象と時間―美的時間論序説―』講談社、一九九八）。廃墟は西洋で古代ギリシャやローマ文明の遺産となる石造建築を言うことからすれば当然の見解であろうが、木造建築にも廃墟を認めていいように思われる。谷川には『廃墟の美学』（集英社、二〇〇三）もある。

（3）倉田実『庭園思想と平安文学―寝殿造から―』（花鳥社、二〇一八）参照。

（4）注（2）の両書にこの指摘がある。

（5）「鳴けや鳴け蓬が杣のきりぎりす暮れ行く秋はげにぞかなしき」（好忠集四二、後拾遺集・秋上・二七三・曽祢好忠）に「蓬が杣」が詠まれ、神作光一・島田良二『曽禰好忠集全釈』（笠間書院、一九七五）では「杣山」のイメージから「ヤマヨモギ」としていた。一方、新大系・岩波文庫、あるいは講談社学術文庫『後拾遺和歌集』では、きりぎりすの視座から蓬を杣と見上げるとされている。しかし、山蓬の投影を認めてもいいかと思われる。

（6）河添房江「末摘花と唐物―唐櫛笥・秘色・黒貂の皮衣―」（『源氏物語時空論』東京大学出版会、二〇〇五）、同『唐物の文化史―舶来品からみた日本―』（岩波書店、二〇一四）。

作中人物と語り手の「話声（narrative voice）」を聴きとる

陣野英則

概要――「語り」をめぐる研究史

物語文学、特に『源氏物語』の研究史において「語り」という術語の使用が始まるのは一九七〇年代である。その最初期に、古典から近現代小説に至るまで、幅広く散文表現の深層構造をとらえた杉山康彦の論文がある。(1) それは、物語および小説の内容と主題などをおもに論じてきた従来の日本文学研究への反措定であった。その杉山論文が真っ先に言及するのは、玉上琢彌の「物語音読論」(2) である。玉上は「三人の作者」と呼ぶが、実質的には『源氏物語』本文から次元を異にする（広義の）「語り手」、すなわち「語り伝える古御達」、「筆記・編集者」、そして「読み聞かせる女房」を析出していた。この、いわば語り手論が、七〇年代以降の「語り」論に与えた影響力は大きい。

他方において、一九七一年設立の物語研究会でも「語り」は重要なテーマとなってゆく。同会が設定する年間テーマに初めて「語り」の語が入るのは一九七六年だが、たとえば中心的メンバーの一人であった藤井貞和の場合、一九六九年にツヴェタン・トドロフが「Narratology」という術語を提案したことを知らぬまま、翌一九七〇年には、はやくも「物語学」なる語を「構造主義以後」の「予感へ貼りつけた」という。(3)

「物語学」よりも「物語論」という訳語が定着したナラトロジーは、ロシアのフォルマリズムと、フェルディナン・ド・ソシュール、ロマーン・ヤーコブソンなどの言語学から展開した構造主義とを源泉とし、特に一九七二年に刊行されたジェラール・ジュネットの『物語のディスクール』[4]では、物語の精緻な構造分析による理論化がなされる。[5]こうしたナラトロジーの対象は、端的にいえば「narration《ナラシオン》」、すなわち「語る行為」＝「語り」であった。このフランス発の新研究が展開してゆく一方で、日本では、藤井が回想するように、物語文学研究が「ほぼ世界に引けを取ることなく」進展してゆく機運があったようだ。[6]

一九七〇～八〇年代、『源氏物語』の「語り」の研究を推し進めた研究者の一人、三谷邦明は、第二次大戦後の『源氏物語』研究を領導した（といいうる）秋山虔の論文[7]を批判している。その一節[8]に注目してみると、秋山論文においては、「物語とは何か」という問いが立てられながら、ポイントが「〈虚構〉→〈描写〉→〈精神〉という姿で、なし崩し的に転換」してゆき、「〈主体〉あるいは〈精神〉に還元」されてしまうこと、さらに「従来の術語（ターム）で言えば、文学の形式が内容にすり替えられてしまう」という点を鋭く批判していた。しかしながら、三谷、また髙橋亨などの物語研究は、むしろ形式よりも物語内容へと向かう傾向を有していただろう。髙橋は、ナラトロジーという「形式論の限界」を指摘した上で、「私たちの物語学は、文学作品としての主題や、語法の意味論と不可分のものとしてある」という。[9]一方で、前掲の三谷による秋山論文批判は、フィクション、描写などの「課題が、全て〈書くこと〉への方向性を内包しており、〈書くこと〉の視点から把握されなおされ（ママ）なければならない」という提言へと続いていた。これは、その後の三谷自身、また神田龍身[10]などの研究を予告するものでもあっただろう。

このように、ナラトロジーのもつ形式論としての性格からも、その体系性からも大きく離れた日本の「物語学」に関しては、紙幅の制約もあるため、筆者の別稿[11]をも参照されたい。[12]ここでさらに確認したいのは、『源氏物語』の「語る行為《ナラシオン》」が留意されはじめたのが、実は一九七〇年代からでも、玉上の「物語音読論」からでもないという点である。はるか遠い室町時代の宗祇、牡丹花肖柏、藤原正存、そして三条西家へと続く当時の「源氏学」において、「語る行為」への探究は確実に認められよう。「草子地」という「源氏学」が生みだした術語も、語り手（あるいは書き手、作り手）の立場を示唆するような特徴ある叙述への注目からあみだされたのであった。また、江戸時代後期では、「うつり詞」をとらえた中島広足《ひろたり》、精緻な本文解析で知られる『源氏物語評釈』の萩原広道の名を逸することはできない。さらに二十世紀では、「主観直叙」をとらえた島津久基[13]、「新批評」を導入した小西甚一[14]、日本語学の根来司[15]などの研究を挙げるべきだろう[16]。

読む――重なりあう「話声」へと分け入ってみる

以下では、「薄雲」巻の中から特徴的な叙述に注目する。『源氏物語』の「語り」の問題は多岐にわたるが、とりわけ語り手と作中人物の関係が問題となるだろう。語り手だけではなく、作中人物をもふくむ語る声＝「話声《わせい》（narrative voice）」を聴きとることに、むずかしさもおもしろさもあると考える立場から、そうした事例を中心にとりあげてみる。「薄雲」巻の前半では、大堰《おおい》に住む明石の君から引き離された姫君が紫の上の養女となったことなどが語られる。また中盤以降では、藤壺女院の死、自らの出生の秘事を知らされた冷泉帝の動揺、斎宮女御（のち秋好中宮）と光源氏とのやりとりなどが語られ、さらに巻末部ではあらためて大堰での光源氏と明石の君のことが語られる。以下では、明石の君の語られ方、および藤壺女院の死を一人で悼む光源氏の語られ方の二点に焦点を絞る。

＊

まずは巻頭近くの一節で、光源氏から明石の姫君を紫の上の養女にするようにと勧められた直後の、明石の君の心が長々と語られる箇所をみてゆこう[17]。

げに、いにしへは、いかばかりのことに定《さだ》まり給ふべきにか、とつてにもほの聞《き》こえし御心の、なごりなくしづまり給へるは、おぼろけの御宿世《すくせ》にもあらず、人の御ありさまもこゝらの御中にすぐれ給へるにこそは、と思ひやられて、数《かず》ならぬ人の並《なら》びきこゆべきおぼえにもあらぬを、さすがに立《た》ち出《い》でて、人も、めざまし、とおぼす事やあらむ、わが身はとてもかくても同《おな》じ事、生《お》ひ先《さき》とほき人の御上《うへ》も、つひにはかの御心にかゝるべきにこそあめれ、さりとならば、げに、かう何《なに》心なきほどにや譲《ゆづ》りきこえまし、と思ふ。又、手《て》を放《はな》ちてうしろめたからむこと、つれ〴〵も慰《なぐさ》む方《かた》なくては、いかゞ明《あ》かし暮《く》らすべからむ、何《なに》につけてか、たまさかの御立《た》ち寄《よ》りもあらむ、などさま〴〵に思ひ乱《みだ》るゝに、身のうき事かぎりなし。

（六〇三〜六〇四頁）

〔訳〕なるほど、過去には、どれほどの（すぐれた）ところに（夫として）収まりなさるのだろうか、と人づてにもほのかに聞こえた（源氏の好色な）お心が、（今や）すっかりしずまっていらっしゃるのは、（紫の上との縁が）並大抵のご宿縁でもなくて、（また紫の上の）人としてのご品格もたくさんの（方々の）中で秀でていらっしゃるからこそなのだ、と想像されて、（自分みたいに）数のうちに入らない人が肩を並べ申し上げられるような（源氏からの）思われ方でもないのに、そうはいっても（源氏のおそばへと）出て行ってみては、人（＝紫の上）も、小癪な、とお思いになることがあろうよ、自分の身はどうなっても同じことだし、生い先の長い人（＝姫君）のお身の上も、最終的にはあの（紫の上の）お心にすがるはずであろう、そうだとなれば、なるほど、（源氏の言うように）こうして（姫君が）何もわからないうちにゆだね申し上げようかしら、と思う。また、（一方では姫君の）手を放しては気がかりになろうことよ、無聊も慰める方法がなくては、どうやって（夜を）明かし（日を）暮らすことができようか、（またそのあとの源氏は）何を理由にして、（こちらへの）時たまのお立ち寄りもあろうか、などとさまざまに思い悩むと、（自分の）身のつらいことはこの上ない。

直訳しても出てこない文言はすべて（ ）で括った。この長々とした明石の君の心内の言葉に対して、傍線部「と思ひやられて」、「と思ふ」、「など……思ひ乱るゝに」は、通常、地の文と解される。受領の娘たる明石の君への待遇表現の揺れ幅が大きいことはよく知られているが、光源氏と対座する右の場面で尊敬語が用いられないことについては、夙に玉上琢彌が、「明石の上に敬語なく、源氏に、また紫の上に敬語がある」ことから、「両者の身分差」が敬語において「あざやかに」「読みとりえた」と指摘している。(18)

右の理解が誤りだとまではいえないが、十全な理解といえるのだろうか。右の引用箇所全体が、実は明石の君自身の心内、もしくは自身のことを「語る」叙述と受けとめられるのではないか。「思ひやられ」、「思ふ」、そして「思ひ乱るゝ」は、自らの「思ふ」行為を自覚しつつ叙述しているとも解せるからである。そのようにみたとき、特に末尾の二重傍線部「身のうき事かぎりなし」も、第三者による客観的な叙述とは対極にある、明石の君当人の自己分析のように受けとめられる。そうした叙述は、たとえばよく知られている「柏木」巻の冒頭部、すなわち柏木の心に長く密着した叙述にも近いだろう。

そうだとすると、これは一人称の叙述といえるのか。ここで、フランス文学者の中山眞彦による警句を想起しよう。すなわち、「人称」という観念を日本語にもちこむことは「いたずらな混乱を招く恐れがある」のであり、さらに和文（仮名文）では、「主観を客観化した主観として記述する」しくみがなかったともいわれているのである。(19)

右に引用した『源氏物語』本文において、客観化（または客体化）された「私」としての明石の君はいない。また、「彼女」に相当する「主体（Subject）」もいない。そもそも主体が明確ではない。それならば、たとえば読者である私たちも、ここに語られている甚だしいつらさ、迷いなどに気もちを寄せてゆくことがよりしやすいのではないか。エトムント・フッサールの現象学に端を発し、今日では少なからぬ学問領域で用いられる術語、「間主観性（Intersubjektivität/intersubjectivity）」に相当するような事象が、『源氏物語』のこうした重なる「話声（narrative voice）」においてあらわれているのだろうと考える。

つづいて、少し先の場面で、姫君を引き取るために光源氏が大堰を訪れたことが語られる箇所から引用してみる。

この雪すこしとけて渡《わた》り給へり。例《れい》は待《ま》ちきこゆるに、さならむ、とおぼゆることにより、胸《むね》うちつぶれて、人《ひと》やりならずおぼゆ。わが心にこそあらめ、いなびきこえむをしひてやは、あぢきな、とおぼゆれど、かるぐ〳〵しきやうなり、とせめて思ひ返《かへ》す。（六〇七頁）

〔訳〕この雪がすこしとけてから（源氏は大堰へ）お渡りになっている。いつもは（その来訪を）お待ち申し上げるのだが、（今回は）それなのだろう、と思えることから、胸も何だかつぶれるようで、（姫君のことは）誰のせいでもなく思われる。自分の心次第であろう、（引き渡しを）拒み申し上げるのに対して（源氏が）強引に（連れ出すこと）はなさらないのではないか、（それなのに引き渡しを了解したとは）何てにがにがしい、と思われるけれど、（ここで断っては）軽率なようだ、と無理に考え直す。

こちらの箇所では、いよいよ傍線部を地の文とはとらえにくいのではないか。明石の君の甚だしく動揺する心が途切れることなく語られているとみえる。

以上の二ヶ所に注目してみた。明石の君に関する叙述が常にこうした特徴をもつわけではない。では、なぜ右の二ヶ所ではこうした語り方になるのだろうか。それはおそらく、姫君を手放さねばならないという悩み、苦しみの甚だしさに連動しているのだろうと考えられる。ちなみに、本文をほんの少し先まで読みすすめると、寄せられた車のところまで姫君を抱いて出てくる明石の君のことが、「母君《はゝ》、みづから抱《いだ》きて出《い》で給へり」（六〇七頁）と、尊敬表現をともなって語られている。后がねの姫君の「母君」であることが語り手によって強く意識された叙述といえよう。ひとつづきの場面であっても、ある人物の語られ方には、これほどの振幅がみられるのである。

＊

つづいて、藤壺女院が亡くなったあと、哀しみにしずむ光源氏が、一人で念誦堂に籠もる場面をとりあげる。

……人の見《み》とがめつべければ、御念誦堂《ねむずだう》に籠《こも》りゐ給ひて、日一日《(ひ)ひとひ》泣《な》き暮《く》らし給ふ。夕日《ゆふ》はなやかにさして、山際《ぎは》の梢《こずゑ》あらはなるに、雲の薄《うす》く渡《わた》れるが鈍《にび》色なるを、何《なに》ごとも御目《め》とゞまらぬころなれど、いとものあはれにおぼさる。

入日《いりひ》さす峰《みね》にたなびく薄雲《うすぐも》はもの思ふ袖に色やまがへる

人聞《き》かぬ所なれば、かひなし。（六一八頁）

〔訳〕……（あまりに悲嘆するさまを）人が見てあやしむことになりそうなので、御念誦堂にお籠りになって、一日中泣き暮らしなさる。夕日がぱっとさして、山の稜線近くの（木々の）梢がはっきりとしているところに、雲が薄い状態で広がっているのが（喪服と同じ）薄墨色であるのを（見て）、何ごとにつけてもお目がとまらないころだけれど、（今は）とても感慨深く思われなさる。

落日（の光）がさす峰にたなびく薄雲は、もの思いにしずむ（私の喪服の）袖に（似せて）色の見分けがつかないようにしているのだろうか。

人が聞かない場所なので、（こうした歌を詠んでも）かいがない。

この末尾の傍線部は、室町期の古注釈『一葉抄』、『細流抄』など以来、今日まで「草子地」あるいは語り手の評などと解されてきた。また、高田祐彦は、「虚構の世界の創造という現実と事実の伝承というたてまえとが矛盾対立する地点を逆手にと」り、「伝承経路への疑問ないしは韜晦ともいうべきことばがほかならぬ語り手自身によって発せられている」ことに着目し、そこに「語られる世界と創造される世界とのせめぎあいが顕在化」していることなどを論じている。(20) 物語の語り手にまつわるアポリアをとらえつつ、物語創造の深奥にまで迫る好論である。一方で、同論文では、誰にも聞かれない「歌が今語られているというパラドックス」の提示によって、「源氏の孤絶を知る者は自分（語り手）とあなた（聞き手）だけ、という共同連帯を指向する」という興味深い指摘もなされている。

こうした高田論文に学びつつ、あらためて傍線部「人聞かぬ所なれば、かひなし」に向きあってみる。これは、はたして語り手（だけ）が発した言葉なのか。ちなみに、河内本系統では、「なとひとりこち給も人しきかぬ所なれは……」というように光源氏への尊敬表現がみられるので、以下のような推察はまったく成り立たないが、定家本系統では耕雲書入本にごくわずかな異同がみられるのみである。[21] 定家本系統の本文によるとき、筆者には、どうも光源氏の話声が混じっていると感じられる。その理由を説明することはなかなか困難だが、逆にこの傍線部から語り手限定の批評的な言辞だと断言しうる論拠も見いだしがたいのではないか。光源氏当人こそ、歌に込めた感慨を誰とも共有しえないことを「かひなし」と感じてよい。そして、高田論文をふまえると、そうした光源氏の孤絶を思うことができるのは、光源氏当人と語り手と読者だけ、という見方も可能ではないだろうか。

研究の展望――本文とのつきあい方、そして対象のひろげ方

十五年前に「語り」論に関する「総括と展望」をまとめているので、[22] 以下では、それと重複しないことがらを記す。この十五年間で、筆者がより徹底するようになったことは、本文をなるべくゆっくりと、何度も声に出して読む、また自分が論じる箇所ぐらいは必ず自分で（校異にも目を配りながら）校訂本文をつくり、さらに一度仕上げた校訂本文をくり返し推敲するということである。馬鹿げた遠回りのようだが、これが合理的な本文とのつきあい方であると実感する。なぜなら、幾度も同じ箇所を読み直し、写し、さらに自分で句読を切ることで、本文の「呼吸」がつかめてくる上、本文上の留意すべき点、あるいは問題のありかなども見つけやすくなるからである。文学理論、ナラトロジー、思想、あるいは日本語学、言語学などの素養を身につけることも重要だが、本文と能うかぎり深く、じっくりとつきあうこともまた大切であろう。

もう一点、『源氏物語』および他の物語文学にとどまらず、さまざまな仮名書きのテクスト、たとえば日記文学、いわゆる歌物語、そして散文（詞書）の充実している歌集なども対象にふくめてゆくことが不可欠であろう。「人称」

という観念を相対化してみれば、物語文学と日記文学の叙述のあり方において、根本的にはどれほどの違いがあろうか。もちろん、『源氏物語』などの語り手の設定の仕方、その周到さなどについてはなお今後も考察をつづけてゆくべきではあるが、重なる「話声」ということは、物語文学に限らずひろく吟味してゆく必要があるだろう。(23)

注

(1)杉山康彦「源氏物語の語りの主体」(『散文表現の機構』三一書房、一九七四←初出は一九七三)。

(2)玉上琢彌「源氏物語の読者―物語音読論―」(『源氏物語音読論』〈岩波現代文庫〉、岩波書店、二〇〇三←初出は一九五五)ほか。

(3)藤井貞和「砂子屋書房版のあとがきにかえて」(『源氏物語の始原と現在』砂子屋書房、一九九〇)。

(4)邦訳は、ジェラール・ジュネット(花輪光・和泉涼一訳)『物語のディスクール―方法論の試み』(書肆風の薔薇、一九八五)。

(5)この十年ほどの間に刊行された比較的新しい書籍の中では、ピーター・バリー(髙橋和久監訳)『文学理論講義 新しいスタンダード』(ミネルヴァ書房、二〇一四)、橋本陽介『ナラトロジー入門 プロップからジュネットまでの物語論』(水声社、二〇一四)などが、ナラトロジーに関する読みやすい案内書といえよう。

(6)前掲、注(3)。なお、石原千秋ほか『読むための理論―文学・思想・批評』(世織書房、一九九一)における、「語り narration」の項で、執筆者の小森陽一は、「物語をモノガタルのは誰だろう」という「やっかいな問題」に関しては「むしろ古典文学の中で、とくに物語文学研究の中で、深められてきた」ということを認めている。

(7)秋山虔「物語文学研究についての二、三の問題―源氏物語を中心に―」(『源氏物語の世界―その方法と達成―』東京大学出版会、一九六四←初出は一九六一)。

(8)三谷邦明「物語と〈書くこと〉―物語文学の意味作用あるいは不在の文学―」(『物語文学の方法Ⅰ』有精堂出版、一九八九↑初出は一九七六）の注（16）。

（9）高橋亨「物語学にむけて―構造と意味の主題的な変換―」（糸井通浩・高橋亨編『物語の方法―語りの意味論―』世界思想社、一九九二）。

（10）神田龍身『平安朝物語文学とは何か『竹取』『源氏』『狭衣』とエクリチュール』（ミネルヴァ書房、二〇二〇）。

（11）陣野英則「総括と展望　〈語り〉論からの離脱」（今西祐一郎・室伏信助監修、上原作和・陣野英則編『テーマで読む源氏物語論3　歴史・文化との交差／語り手・書き手・作者』勉誠出版、二〇〇八）。本稿は、この十五年前の「総括と展望」を補訂する面を有する。

（12）一九七〇年代以降の「語り」に関わる研究史については、松井健児「解説」（松井健児編『源氏物語1　日本文学研究論文集成6』若草書房、一九九八）、東原伸明「『源氏物語』〈語り〉と〈言説〉の研究史展望―草子地論から語り論・言説論へ―」（『高知女子大学文化論叢』一〇、二〇〇八）、松岡智之「「語り」論をいま考える」（物語研究会編『「記憶」の創成〈物語〉1971-2011』翰林書房、二〇一二）などでもとりあげられている。

（13）島津久基「敬語要記」（『日本文学考論』河出書房、一九四七）など。

（14）小西甚一「分析批評の有効性」（『文学』三二―六、一九六四・六）など。

（15）根来司『平安女流文学の文章の研究』（笠間書院、一九六九）など。

（16）より詳しくは、前掲、注（11）の「総括と展望」を参照されたい。

（17）引用本文は、池田亀鑑編著『源氏物語大成　巻一　校異篇』（中央公論社、一九五三）に拠り、筆者が校訂した（底本の大島本本文を改変した箇所はない）。基本的には、柳井滋・室伏信助による校訂をベースとする岩波文庫（『源氏物語　㈢』岩波書店、二〇一八）の方針に近いが、句読点の位置などは私見を反映させている。

（18）玉上琢彌「敬語の文学的考察―源氏物語の本性（その二）―」（前掲、注（2）の『源氏物語音読論』↑初出は一九五二）。

(19)中山眞彦『物語構造論―『源氏物語』とそのフランス語訳について―』(岩波書店、一九九五)、二五頁。なお、陣野英則「ナラトロジーのこれからと『源氏物語』―人称をめぐる課題を中心に―」(助川幸逸郎・立石和弘・土方洋一・松岡智之編『新時代への源氏学9 架橋する〈文学〉理論』竹林舍、二〇一六)も参照されたい。

(20)高田祐彦「語りの虚構性と和歌」(『源氏物語の文学史』東京大学出版会、二〇〇三←初出は一九九七)。

(21)「加藤洋介・校異集成(稿)」(http://www2.kansai-u.ac.jp/ok_matsu/index.html)による。

(22)前掲、注(11)の「総括と展望」。

(23)土方洋一『日記の声域―平安朝の一人称言説』(右文書院、二〇〇七)、さらに最新のナラトロジーをもふまえた成果として、ゼバスティアン・バルメス「『土左日記』の語り手と視点」(『古代中世文学論集 第35集』新典社、二〇一七)などが有益である。

物語に見る「御学問」と儒教的「孝」

趙秀全

概要――物語における「孝」という視座

『源氏物語』は全編を通して男女間の恋をテーマに綿々と語られた物語であるが、その底流には親と子の葛藤も見られ、その関係性に作用する要素の一つが儒教的倫理観としての「孝」である。通史的に見ると、文学に現れる思想や倫理観などはいずれもある程度の意義を有していると考えられるが、**儒教における最も重要な徳目にして行動規範の根本でもある「孝」についても、物語の中に内在しながらその展開に少なからず影響を及ぼしている**ことは否定できない。なお、本稿の標題で儒教的「孝」を掲げてはいるが、中国の文化史において「孝」は道教にも仏教にも深く取り入られてきた経緯があり、単に儒教の一家説でないことは踏まえておく必要があろう。

長編王朝ロマンスである『源氏物語』において、そのロマンスを織り成す主体は言うまでもなく性格の異なる様々な作中人物であり、彼ら彼女らに付与された個々の性格の差異が、壮大な物語世界の展開を左右する大きな要素となっている。そして作中人物のそうした主体性の背後には、言うまでもなく時代的な思想や倫理が枠組みとして存在し、個々の性格をときには拘束し、ときには解放しながら作用していくことになる。『源氏物語』においては、その枠組みの一つとして儒教的「孝」を見逃すことはできないであろう。

筆者はかつて紫式部と『孝経』との関わりを踏まえた上で、光源氏の密通と「孝」「不孝」の意識、父光源氏に対する夕霧の儒教的な孝子像、権力志向のあまり母への「不孝」を犯す内大臣、光源氏と玉鬘という疑似親子に関わる「不孝」など、『源氏物語』における多様な「孝」の様相を考察したが、(1)儒教的「孝」が物語の展開において重要な役割を担っていることは疑いのないところであろう。そうした既論を踏まえながら、本稿では冷泉帝を対象として、その「御学問」と儒教的な「孝」の関わりを検討してみたい。

読む――薄雲巻における冷泉帝の「御学問」

薄雲巻では、藤壺の女院が死去した後、夜居の僧都から出生の秘密を知らされた冷泉帝が、あまりの衝撃にあれこれと思い悩む様子が描かれている。

上は、夢のやうにいみじきことを聞かせたまひて、いろいろに思し乱れさせたまふ。故院の御ためもうしろめく、大臣のかくただ人にて世に仕へたまふもあはれにかたじけなかりけること、かたがた思し悩みて、(薄雲②四五三)

〔訳〕帝は、悪夢のような大事をお聞きあそばして、さまざまにお思い乱れなさる。故桐壺院の御為にもお気がとがめ、源氏の大臣がこのように臣下として朝廷に仕えておられるのも、おいたわしく畏れ多いことではあったと、あれこれお悩みになって、

右のように、冷泉帝は故桐壺院に対して後ろめたさを覚えると同時に、実父の源氏大臣を臣下として子の自分に仕えさせることは畏れ多いことであると思い悩んでいる。その後、式部卿宮が亡くなったことを知った冷泉帝は、「世は尽きぬるにやあらむ。もの心細く例ならぬ心地なむする」という思いを抱き、源氏に相談したりもしているが、出生の件については切り出しかねている。

上は、王命婦にくはしきことは問はまほしう思しめせど、今さらに、しか忍びたまひけむこと知りにけり、とかの人にも思はれじ、ただ大臣にいかでほのめかし問ひきこえて、さきざきのかかることの例はありけりやと聞かむ、とぞ思せど、さらについでもなければ、いよいよ御学問をせさせたまひつつさまざまの書どもを御覧ずるに、唐土には、顕れても忍びても乱りがはしきこといと多かりけり。日本には、さらに御覧じうるところなし。たとひあらむにても、かやうに忍びたらむことをば、いかでか伝へ知るやうのあらむとする。一世の源氏、また納言、大臣になりて後に、さらに親王にもなり、位にも即きたまひつるも、あまたの例ありけり。人柄のかしこきに事よせて、さもや譲りきこえまし、などよろづにぞ思しける。（薄雲②四五五―四五六）

〔訳〕帝は、王命婦に詳しいことは尋ねたいとおぼしめすが、「いまさらに、母宮がああして秘密にしていらしたことを自分が知ってしまった、とあの命婦にも思われたくない。ただ大臣には何とかしてそれとなくお聞きして、以前にもこうした事例があったものかを聞いてみたい」とお思いになるが、まったく機会もないので、いよいよ御学問をあそばしては、さまざまの書物をごらんになると、唐土には、表沙汰になったことも内密のことも帝王の血筋の乱れている例がまことに多いのであった。しかし日本では、まるでそうした前例をお見いだしになれない。仮にあったとしても、このような秘密のことを、どうして後世に伝え知るすべがあろうか。一世の源氏が、納言あるいは大臣になって後に、さらに親王にもなり、帝位にもお即きになったお方も、たくさんの例があるのだった。「大臣がすぐれた人柄であるのを理由に、帝の位をお譲り申すことにしようか」などとあれこれご思案あそばすのであった。

冷泉帝は母藤壺に仕えていた王命婦にその秘事を尋ねることもできず、かつまた源氏大臣に詳細を聞こうにもしかるべき機会がない。やりきれない冷泉帝はいよいよ「御学問」をする中で解決の道を求めようとする。様々な典籍を紐解いてみると、海の向こうの「唐土」には表に出たことにしても裏に秘められたことにしても帝王の血脈が乱れたような例は多いが、日本にはそうした前例はない。たとえあったとしても、こうしたことを後世の人が知るすべはないだろうが、ただ、臣籍に降下された一世の源氏がまた親王に復帰し、即位したケースはある。そこで、すぐれた人柄に事よせて源氏大臣に譲位申し上げるかどうかなどをあれこれと思案するのである。

ここでの冷泉帝の苦悩の根源を考えてみると、それは母藤壺と源氏の秘事を知ってしまったことにもまして、何よりも自らが天皇の身でありながら、実父を臣下として冷遇していることにあると思われる。冷泉帝は王命婦から秘事の詳細を聞くことをためらい、源氏にそれとなく「さきざきのかかることの例はありけりや」と尋ねてみたいと思いながらも、しかるべき機会がないといって曖昧なままにしており、「さきざきのかかることの例」を「御学問」の中に求めている。**自らの出生に関わる個人的な秘事や、それに伴う個人的な呻吟は、源氏が知っているであろう「さきざきのかかることの例」や「御学問」により相対化され、納言、大臣になってから後に帝位についた前例が数多くあることを理由に、源氏に譲位したいとの意向を漏らすことになる**のである。

中西紀子が指摘するように、おそらく「冷泉帝が源氏に帝位を譲りたい真の理由は、子として親に対する〝孝〟の実践」にあると考えられ(2)、それは冷泉帝が譲位の意向を伝えたときに、源氏がそれを固辞するときの論理としても働いている。

故院の御心ざし、あまたの皇子たちの御中にとりわきて思しめしながら、位を譲らせたまはむことを思しめし寄らずなりにけり。何か、その御心あらためて、及ばぬ際には上りはべらむ。（薄雲②四五六）

〔訳〕故院のご意向は、多くの皇子たちの御中で私に格別御心をおかけあそばしながら、御位をお譲りになろうとはお考えにもならなかったのでした。どうして、いまさらその御心にそむいて、及びもつかぬ御位にのぼることができましょうか。

故院は多くの皇子たちの中でもとりわけ源氏に心をかけながらも、譲位しようとはまるで考えていなかった。源氏はそうした「故院の御心ざし」（薄雲②四五六）に背くことはできないという理由から、冷泉帝の申し出を固辞することになる。すなわち、**「子として親に対する“孝”の実践」と、親の遺志の背くことは「不孝」であるという儒教的「孝」の論理が対置されているのであり、そしてこうした展開を遡ったところに、その拠り所として冷泉帝の「御学問」が位置づけられている**のである。

そもそもこの物語の中に「御学問」が最初に登場するのは、源氏が七歳のときに行われた「読書始」の場面であり、源氏のこの上ない聡明さに、桐壺帝は「あまり恐ろしきまで御覧ず」（桐壺①三九）という様子であった。さらに源氏はこうした「わざとの御学問」は言うまでもなく、琴笛の才でも周りを驚嘆させたとある。皇族の「御学問」はいわゆる帝王学であり、帝王学は幼少期から授けられている。例えば天皇、皇太子を始め、皇族の成員が初めて師から漢籍の句読を授かるのが「読書始」（「書始」）であり、この儀式に用いられるテキストとしては、『史記』、『群書治要』、『千字文』、『文選』、『周易』、『古文孝経』、『御注孝経』などがあり、中でも『孝経』を使用することが最も多く、特に玄宗注の『御注孝経』が盛んに用いられていた(3)。中国大陸からもたらされた史籍や儒教の経典の中でも、とりわけ『孝経』は帝王学に欠かせない教養書であったが、加えて日本の史書もその学問の一環として重視されており、このことは『源氏物語』を読んだ一条天皇が紫式部を大いに称賛したという『紫式部日記』の一節からも窺うことができよう。

　内裏のうへの、源氏の物語人に読ませたまひつつ聞こしめしけるに、「この人は日本紀をこそ読みたるべけれ。まことに才あるべし」と、のたまはせけるを(4)、（『紫式部日記』・日本紀の御局・二〇八）

「日本紀」とは『日本書紀』の古称といわれているが、ここは『日本書紀』以下の六国史を指すものと一般的に認識されている。一条天皇は「日本紀」に通じている紫式部の才学に大変感心しているが、これは言うまでもなくその才学を認め得るだけの知識・教養が帝自身にも備わっていることを示している。こうした歴史的事実を踏まえ、物語の中でも先例を「御学問」の中に求める、天子として「和」の才と「漢」の才を兼ね備えた冷泉帝の姿が描かれているのである。

＊

帝王学によって培われた学才を駆使する冷泉帝は、実父源氏への「孝」の実践を物語の中で繰り広げていくが、藤裏葉巻に至り、ついに源氏大臣は準太上天皇の位に上ることになる。年が明けて源氏大臣が四十の歳を迎えると、その四十賀のために朝廷をはじめとして世をあげて祝賀の準備が始まる。この年の秋には源氏は准太上天皇という待遇を受け、封戸のほか年官や年爵などもすべて増えていく。それは「なほめづらしかりける昔の例を改めで」（藤裏葉③四五四）と、世にも稀な先例を踏襲した措置であった。

この一節について、新潮日本古典集成『源氏物語（四）』（新潮社、一九七九）の頭注では、「それでもやはり滅多にないことであった過去の例にもう一度倣って。藤壺を准太上天皇にしたことをさす」と解釈している。また、『完訳日本の古典　源氏物語（五）』（小学館、一九八五）の頭注では「歴史上の嵯峨天皇時代ごろからの太上天皇の例（または物語の藤壺女院の例）を踏襲して」と、新編日本古典文学全集『源氏物語③』（小学館、一九九六）の頭注では、「嵯峨天皇ごろからの太上天皇（…院を号する）に関する例をそのまま踏襲して」と解釈している。つまり、源氏の准太上天皇の位は嵯峨天皇の例を踏まえるか、あるいは『源氏物語』における「入道后の宮、御位をまた改めたまふべきならねば、太上天皇になずらへて御封賜らせたまふ。院司どもなりて、さまことにいつくし」（澪標②三〇〇）という藤壺女院の例を踏襲するかという見解が一般的である。

なお、『国史大辞典』第九巻（吉川弘文館、一九八八）の「太上天皇」の項にも、「太上天皇の称は中国の太上皇または太上皇帝に由来するが、大宝儀制令において「譲位帝所レ称」と規定され、譲位した天皇は自動的に太上天皇と称されることになった。しかるに弘仁十四年（八二三）嵯峨天皇が譲位にあたって太上天皇の尊号を辞退したため、淳和天皇があらためて詔して尊号を上つる例を開き、以後天皇の譲位後新帝から尊号を上つるのが定制となった」とある。『源氏物語』の時代になると、太上天皇は何某の院を称することになり、例えば桐壺帝が譲位して桐壺院となり、朱雀帝は譲位して朱雀院となる。ただし、その尊号の多くは「譲位」によって得られた封号である。

また、この「太上天皇」の尊号について、『河海抄』では日本の例のほかに中国の例、とくに漢の高祖劉邦の例が挙げられている。『漢書』高帝紀下には、劉邦の父太公が「太上皇」になった経緯が詳細に記されている。

> 上帰櫟陽、五日一朝太公。太公家令説太公曰:「天亡二日、土亡二王。皇帝雖子、人主也;太公雖父、人臣也。奈何令人主拝人臣。如此、則威重不行。」後上朝、太公擁彗、迎門卻行。上大驚、下扶太公。太公曰:「帝、人主、奈何以我乱天下法。」於是上心善家令言、賜黄金五百斤。夏五月丙午、詔曰:「人之至親、莫親于父子、故父有天下伝帰於子、子有天下尊帰於父、此人道之極也。前日天下大乱、兵革並起、万民苦殃、朕親被堅執鋭、自帥士卒、犯危難、平暴乱、立諸侯、偃兵息民、天下大安、此皆太公之教訓也。諸王、通侯、将軍、群卿、大夫已尊朕為皇帝、而太公未有号、今上尊太公曰太上皇。」[5]
>
> （『漢書』高帝紀下）
>
> （上櫟陽に帰りて、五日に一ひ太公に朝す。太公の家令太公に説きて曰く。「天に二日亡く、土に二王亡し。皇帝子なりと雖も、人主なり。太公父と雖も、人臣なり。奈何ぞ人主をして人臣を拝せしむ。此のごとくせば、則ち威重行はれず。」後に上朝すに、太公彗を擁して、門に迎えて卻き行く。上大いに驚き、下りて太公を扶く。太公曰く「帝は人主なり、奈何ぞ我を以て天下の法を乱さん。」是に於て上心に家令の言を善とし、黄金五百斤を賜ふ。夏五月丙午、詔して曰く「人の至りて親しきは父子より親しきは莫し。故に父天下を有せば伝えて子に帰し、子天下を有せば尊して父に帰すは、此れ人道の極なり。前日天下大いに乱れ、兵革並び起ち、万民殃に苦しむ。朕親ら堅を被り鋭を執り、自ら士卒を帥い、危難を犯し、暴乱を平げ、諸侯を立て、兵を偃め民を息はせ、天下大いに安らぎ、此れ皆太公の教訓なり。諸王、通侯、将軍、群卿、大夫已に朕を尊みて皇帝と為すも、太公未だ號有らず。今上尊みて太公を太上皇と曰く。）

劉邦は五日ごとに父の太公のもとを訪れて拝礼したが、父といえども人臣であり、拝礼を受けては主上の権威を揺るがすことになるという家令の進言により、太公は門前で劉邦を出迎えて恭敬の意を表すようになる。天下を平らげた劉邦は、すべて太公の教訓のおかげであるとして、太公に「太上皇」という尊号を与えたのである。

司馬遷の『史記』高祖本紀にもほぼ右記のような内容が述べられており[6]、また唐の司馬貞の『史記索隠』に「本紀秦始皇追尊荘襄王為太上皇、已有故事矣。蓋太上者無上也。皇者徳大於帝、欲尊其父、故号曰太上皇也」(本紀に秦の始皇帝、荘襄王に追尊して太上皇と為す、已に故実有り。蓋し太上は無上なり。皇の徳、帝より大なり、其の父を尊ばんと欲し、故に号して太上皇と曰く)とあるように[7]、始皇帝の父である荘襄王が、太上皇に追尊された前例がある。「皇」の徳はもともと「帝」より上にあるため、その父を「太上皇」と称したのである。始皇帝は荘襄王の死後に太上皇の号を追尊したのであるが、劉邦は劉太公の生存中に尊号を贈っており、「孝治」で知られている漢代において行われた高祖劉邦の行為は、言うまでもなく**皇帝自らが親への「孝」の実践を示した事例**である。

『源氏物語』においては、冷泉帝は「御学問」により父の源氏への「孝」を果たしているが、日本の先例を参考にしたのか、唐土の先例を参考にしたのか、あるいはまた前掲した物語内の母藤壺の女院昇進に倣ったのか定かではない。ただ、前例はほぼ譲位を前提とした太上天皇への封号であるため、礼法、規制に従ったものであり、全てが「孝」の実践とは言い切れない。漢の開国皇帝の劉邦は父太公を凌駕することができず、太上皇の号を父に与えた。また、『三国志』、『晋書』、『隋書』などを見ると、魏文帝の曹丕は開国してすぐに父の曹操に魏武帝を追封し、皇帝となった呉の孫権は兄の孫策ではなく父孫堅に武烈皇帝を追尊しており、晋の武帝司馬炎は祖父の司馬懿に宣帝を、叔父の司馬師に景帝を、父の司馬昭に文帝を追尊し、隋の開国皇帝の楊堅は父楊忠に太祖皇帝を追尊するといった史実が綴られている。こうした事例はいずれも「孝」**という理念の為政者による実践**である。

一方で内外の学問を渉猟できる作中の冷泉帝には、どのような前例でも踏襲できる可能性がある。すでに述べたように、澪標巻では藤壺が女院にのぼる経緯が語られているが、これは藤裏葉巻における源氏大臣の準太上天皇に関する描写と対照をなしており、孝子としての冷泉帝の人物像が躍如として現れていると言えよう。

源氏大臣が准太上天皇になったその年の神無月の二十日過ぎ頃に、冷泉帝と朱雀院がともに六条院へ行幸することになり、六条院では人々がその準備に奔走する。主の六条院は今上の冷泉帝と朱雀院のために御座を立派に設けたが、自らの座は一段下げてある。それに気づいた冷泉帝は宣旨によって同列に改めさせたが、それでも帝は「なほ限りあるゐやゐやしさを尽くして見せたてまつりたまはぬことをなん思しける」（藤裏葉③四五九―四六〇）と、父君に対して規定以上の礼ができないことを残念に思っている。ここにも思うように表立って尽くすことのできない、冷泉帝の抑制された孝心が描かれている。

いわゆる「日本紀」の記述には、中国大陸の政治・文化・思想による潤色が多く見られ、とくに天皇にとっての「孝徳」がいかにも重要であるかが記されている。ときには「孝徳」の有無が政治生命に関わることもある。例えば、『源氏物語』における朱雀帝がその一例であろう。朱雀帝は父桐壺院の遺言を反古にすることにより、遺言に込められた父の志を蹂躙する「不孝」を犯すことになったのだが、後の物語の展開にしたがい、その行為は贖罪という形で「孝」へと転換していく。「日本紀」と『源氏物語』はそれぞれ異なる空間を有しており、本質を異にしているが、朱雀帝の「不孝」から「孝」への転換は、「日本紀」に語られる「孝徳」を有する天皇の性格を反映したものであろう。(8)

ようするに、**虚構の物語とはいえ、実態としての天皇の「孝徳」は容赦なくそこへ描き込まれているのであり、そこには儒学的で政治的な意味合いがを色濃く反映している**のである。

研究の展望――『源氏物語』における「御学問」の意味

『源氏物語』において最も儒教の教養を授けられ、正統な学問を修めたのは、ほかでもない源氏の子である夕霧である。夕霧は物語の中で最も儒学者に近い存在として躍如たる姿を見せており、最も正面から「孝」を果たした人物として描かれている。夕霧は厳父・光源氏の厳しい監督のもとで大学寮の文章道に進んでいるが、夕霧の修めた文章道は、正史である『史記』、『漢書』、『後漢書』といういわゆる三史を主として『三国志』、『晋書』等をもその教科書に含み、その他に『文選』及び詩文も加えた学科である。(9) 漢学、儒学といった学問の修養を身に付けた夕霧が理想的な孝子として、父親の源氏そして祖母などに「孝」を尽くしていることが明確に語られている。「御学問」あっての孝子と言えよう。ただし、**物語において「御学問」が崇高な価値として一面的に描かれているわけではなく、そこには作者の冷静な目が働いていることには注意を要すべきであり、それは自らが学問的素養に優れた作者だからこそ持ち得た視点であろう。**おわりに今後の展望として、『源氏物語』における「御学問」の意味について触れておきたい。

すでに述べたように、源氏七歳の折の「読書始」の儀や夕霧と大学寮との関わりなどについては、その背景にある歴史的事実が解明されており、物語における「御学問」が実相を反映したものであることを理解することができる。一方で物語の登場人物それぞれが、「御学問」をどう捉えており、物語の展開の中でどういった位置づけがなされているかについては、十分に明らかにされているとは言い難い。**歴史的に見るならば、「御学問」は権威を保持するための帝王学という崇高な価値を有しているように思われるが、物語の中ではそのように一面的に捉えるわけにはいかないようである。**

例えば絵合巻において、源氏が帥の宮と故桐壺院を忍びながら才芸や絵画について議論している中で、源氏は桐壺院が語ったという教えについて語っている。

院ののたまはせしやう、才学といふもの、世にいと重くするものなればにやあらむ、いたう進みぬる人の、命、幸ひと並びぬるはいと難きものになん。品高く生まれ、さらでも人に劣るまじきほどにて、あながちにこの道な深く習ひそと諫めさせたまひて、本才のかたがたのもの教へさせたまひしに、(絵合②三八八―三八九)

桐壺院は「いはけなきほどより、学問に心を入れ」てきた源氏に対して、世間では学問が重んじられているが、学問を究めても長寿と幸福を合わせ持つことができるとは限らず、高貴な家に生まれた者としては、無理に学問の道に深入りすることはないと諫め、「本才のかたがたのもの」、すなわち正式な学問以外の芸道の重要さを説いているのである。

一方で源氏は、わが子夕霧には大学寮で正統の「学問」に精進することを厳しく求めている。それでも大宮に夕霧への教育方針を語る中で、「高き家の子として、官爵心にかなひ、世の中さかりにおごりならひぬれば、学問などに身を苦しめむことは、いと遠くなむおぼゆべかめる」（少女③二二）と、高貴な家に生まれて官位も思いのままになり、栄華になれてしまうと「学問」で苦労するのを厭うようになると述べており、すなわちそもそも「学問」には苦労を伴うものだという認識を示している。それでも夕霧には正統の「学問」を身に着けさせようと厳しい教育方針を貫いているのである。

さらにまた、源氏の方針のもとで勉学に専念していた夕霧が、久々に内大臣のもとを訪れた場面では、内大臣は、

などかく、この御学問のあながちならん。才のほどよりあまりぬるもあぢきなきわざと、大臣も思し知れることなるを、かくおきてきこえたまふ、やうあらんとは思ひたまへながら、かう籠りおはすることなむ心苦しうはべる。（少女③三七）

と、源氏の「御学問」への思いに触れながら、「御学問」を「あぢきなのわざ」と述べており、「時々は異わざしたまへ」と夕霧に笛を差し上げる。すると夕霧は、かつて「読書始」の際に「わざとの御学問」で桐壺帝に恐ろしいとまで思わせた源氏が、琴笛の才でも周りを驚かせたように、その笛を見事に奏して見せたのである。これを受けて内大臣は、この「あぢきなき世」では「御学問」ばかりではなく、こうした「心のゆくわざ」をして過ごしたいものだと、自らにも言い聞かせるように応じている。

このように物語では、「御学問」を価値のあるものとして一面的に描いているわけではなく、**桐壺院は世の中で重きの置かれている「御学問」に対して「本才のかたがたのもの」を、内大臣は「あぢきなの世」における「御学問」**

に対して**「心のゆくわざ」を優位な価値として対置しているのであり、「御学問」は周縁の諸学によって相対化され、新たな位置づけがなされている**のである。

薄雲巻における冷泉帝の「御学問」にしても、個人的な出生の秘事を知った衝撃から皇統乱脈の先例を求めて典籍を渉猟しているのであり、判例を見つけ出すかのような実利的な側面から描かれているようでありながら、その「御学問」は、結果として父への譲位の意志を喚起し、やがて源氏を準太上天皇へと導く帝王学という権威的な側面をも有している。そしてその**権威を支える思想的背景の一つが、「孝」という儒教的倫理観である。**

このように『源氏物語』における「御学問」とそれぞれの登場人物との関係性は多様であり、物語の展開の中でどういった位置づけがなされているか、詳細に分析してみる必要があろう。また、物語の中に「御学問」(「学問」)という用例は一三例あり、桐壺巻から初音巻という物語の前半部に限られていることも、検討すべき課題であろうと思われる。なお、歴史学者の李卓氏は、古代日本に科挙制度が一時的に存在し、儒教的理念が日本に大きく影響したことを認めた上で、こうした政治理念は単に皇室、貴族の学問にとどまり、文化の深層に浸透しなかったゆえに、皇室、貴族の勢力の衰微に従い一層の発展の基礎を失ったと指摘しているが[10]、そうした**時代的な推移や受容層における相違なども、「御学問」の意味を考える上での重要な視点**となるであろう。

注

(1)趙秀全『日本古典文学における孝文化―『源氏物語』を中心として―』(新典社、二〇二二)を参照。

(2)中西紀子「冷泉帝の「御学問」―罪ある父への〝孝〟のかたち―」(「王朝文学研究誌」第七号、一九九六・三)

(3)尾形鶴吉「皇室御教育史の研究―御書始を中心とせる―」(「古典研究」六―六、一九四一・六)、「御読書始の御儀に就いて」(林秀一『孝経学論集』明治書院、一九七六)を参照。

（4）『紫式部日記』の本文は新編日本古典文学全集『和泉式部日記　紫式部日記　更級日記　讃岐典侍日記』（小学館、一九九四）によった。
（5）本文の引用は『漢書』（中華書局、一九六二）により、私に書き下し文を付した。
（6）点校本二十四史修訂本『史記』高祖本紀、四八一頁（中華書局、二〇一四）
（7）同右
（8）詳細は「公・私的空間にみる天皇の孝徳―六国史と『源氏物語』を中心として―」（注（1）所収）を参照。
（9）桃裕行『桃裕行著作集2　上代学制論攷』（思文閣出版、一九九三）、三八四頁。
（10）李卓『〝儒教国家〟日本の実像―社会史視野的文化考察』（北京大学出版社、二〇一三）を参照。氏は、古代日本の中国大陸文化の吸収の在り方を個々の実例と結び付けながら、積極的に模倣するタイプ、学んでから捨てるタイプ、吸収し自分なり改造するタイプ、拒否し受け入れないタイプという四つに分類している。儒教の徳目である「孝」の日本における受容の在り方についても、氏の結論が参考になるであろう。

16 玉鬘巻×衣装

衣装表現を読むということ

畠山大二郎

概要——平安時代の衣装と有職故実

衣装は、『源氏物語』の登場人物の感情や身分などを象徴的に表現する。このことは広く知られているところである。しかし、象徴するものは何か、内実を知るためには、衣装そのものを的確に把握しなければならない。

平安時代中期・後期にかけて、日本の服飾は大きく変化した。大陸からの強い影響を脱し、和様という日本独自の方向へ進化した、国風化という大きな文化的潮流の中に、平安時代の装束も位置付けられる。

律令国家形成以前から海外様式の衣服様式を受け入れ、唐制に依拠した服制を導入してはいたが、「黄櫨染」の制定（弘仁一一（八二〇）年）などのように、導入と同時に大陸との差異も現れてはいた。そして、『衣服令』に制定された「朝服」が一〇世紀に「束帯」へと発展することになる。「束帯」に準じる装いとして「布袴」や「衣冠」が生み出され、略装として「直衣（雑袍）」、「狩衣」もやはり一〇世紀ごろより着用されるようになる。女性の日常着には「袴」に「単衣」を着用し、その上に「袿」を着重ねた姿がある。「袿」の上に「裳」や「唐衣」をさらに着重ねた姿が、正装としては位置付けられている。女性の場合、いつごろから裾や袖が長大化したのかなど、形状変遷には不明な点が多い。一方、大嘗祭や新嘗祭などの神事に着用する小忌（青摺）、庶民の着用する直垂などは、日本土着の衣装「貫頭衣《かんとうい》」に由来するものである。こうしてみると、平安時代の衣装は、唐文化とそれが和様化した文化、土着文化の三つがない交ぜになっている状態である。**平安時代の衣装には、唐文化への憧憬を持ちつつも、日本の風土や国内における理念を棄てずに保持してきた様子が表れているように思われる。**

　こうした大きな変遷とともに、年代や組織ごとの流行変化も加わり、衣装はいっそう多様化した。その様相が平安文学の膨大な衣装の記述に残されている。しかも、衣装と着用者の内面とが密接に関わって描写される点に特徴がある。

　さらに、平安時代の衣装で特筆すべき点は、かさね色目の存在であろう。平安時代に色名が増大したことはよく知られているが、色の組み合わせにも名前を与え意味付けをしたのである。かさね色目には、表地と裏地の色の組み合わせ・重ね着の色の組み合わせ・縦糸と緯糸《ぬきいと》の織色の組み合わせの三種がある。今日において、かさね色目は季節との関連ばかりが強調されているが、それだけではなく、使用する儀式、年齢、衣服の種類、「打ち」・「張り」などの生地加工など細かい指定を伴う場合が多く複雑である。特に、束帯の構成具である下襲に関しては各かさね色目の実例が、諸故実書に多く記されている。このことから、かさね色目は、男性の公的な衣服から作り出され、次第に狩衣や女性の衣装にも広がっていったと推測される。かさね色目とは、年ごとに巡りくる四季と、その中で実行される公事の場で醸成されていった文化だといえる。

　このように刻々と変化し複雑化する衣装の変遷過程を記し留めようとする動きも生まれ、それが先例・前例として集約され故実化し、有職故実の一部として形成されるにいたった。かくも装束と有職故実の関係は深い。

　ゆえに、平安文学の衣装を理解する際、現行の有職故実による知識を用いることが有効とされてきた。しかし、長年にわたる研究結果の蓄積である有職故実は、膨大な先例・前例の中から主要なものを慣例化したものである。したがって、個々の事例の中には時代変遷を経て淘汰されてしまったものもある。そうなると、当時は一つの流行や流派、文化として存在していたものも、やがて未詳となり、理解できないものとなってゆく。

それでも、平安時代より現代にいたるまでの間、有職故実によって、宮廷装束などの知識が脈々と継承され、宮中儀礼の運営などの実用面に貢献寄与してきた歴史がある。古典文学の理解も、有職故実にとって主要な位置を占めるものであり、[1]学問研究と実践実用とが双方向的に密接な関係を築いてきたのである。『源氏物語』を始めとする古典文学の衣装表現においても、有職故実によってその実態が理解できている部分は多い。しかし、かえって**有職故実が古典理解を阻む場合も存在する**。有職故実の大部分が中世・近世に形成され、時代によって変遷してきた経緯を忘れ、虚実混淆である平安文学の衣装表現を、現実の故実と捉えてしまう姿勢も見受けられるからである。

また、『源氏物語』の記述方法は、平安文学全体にいえることであるが、不規則・不統一な所が多い。当時の常識的なものは省筆するため、衣装の理解に混乱が生じることもしばしばである。

衣装の描写は、当時の文化的背景に深く根ざしているものである。華やかで文学作品に彩りを添えてはいるが、**衣装の持つファッション性ばかりを重視していては理解として不十分である**。着用しているすべての衣服を描いているわけではなく、選び取られて描かれている点にも留意し、その表現意図を探る努力が必要であろう。衣装という表現の下に覆い隠されている意図を読み解くことで、衣装の持つ多面的な機能をみることができるのではないだろうか。

読む――玉鬘巻〈衣配り〉の衣装

『源氏物語』玉鬘巻には、衣装と人物との密接な関わりが描かれている。いわゆる〈衣配り〉と称される場面である。正月に着るべき女君の装束を、光源氏が用意し分配する。その際、各女君の器量にあわせて衣装を選ぼうというのである。人物を衣装で表象しようとする趣向である。

紅梅《こうばい》のいと紋《もん》浮きたる葡萄染《えびぞめ》の御小袿《こうちき》、今様色《いまやういろ》のいとすぐれたるとはかの御料《れう》、桜の細長《ほそなが》に、艶やかなる掻《かい》練《ねり》とり添へては姫君の御料なり。浅縹《あさはなだ》の海賦《かいふ》の織物、織りざまなまめきたれどにほひやかならぬに、いと濃き掻練具して夏の御方に、曇りなく赤きに、山吹の花の細長は、かの西の対に奉れたまふを、上は見ぬやうにて思しあはす。内大臣《うちのおとど》のはなやかにあなきよげとは見えながら、なまめかしう見えたる方のまじらぬに似たるなめりと、げに推しはからるるを、色には出だしたまはねど、殿見やりたまへるに、ただならず。「いで、この容貌《かたち》のよそへは、人腹立ちぬべきことなり。よきとても物の色は限りあり、人の容貌は、後《おく》れたるも、また、なほ底ひあるものを」とて、かの末摘花の御料に、柳の織物の、よしある唐草を乱れ織れるも、いとなまめきたれば、人知れずほほ笑まれたまふ。梅《むめ》の折枝《をりえだ》、蝶、鳥飛びちがひ、唐めいたる白き小袿に濃きが艶やかなる重ねて、明石の御方に、思ひやり気高きを、上はめざましと見たまふ。空蟬の尼君に、青鈍《あをにび》の織物、いと心ばせあるを見つけたまひて、御料にある梔子《くちなし》の御衣《ぞ》、聴色《ゆるしいろ》なる添へたまひて、同じ日着たまふべき御消息《せうそく》聞こえめぐらしたまふ。げに似ついたる見むの御心なりけり。

（玉鬘③一三五～一三六）

〔訳〕紅梅の文様がよく浮いている葡萄染の御小袿と、今様色のとても見事なのはあの方（紫の上）のお召物に、桜襲《がさね》の細長に、つややかな掻練をとりそえたのは、明石の姫君のお召物である。浅縹色の海賦の織物で、織り方は優美であるが色鮮やかではないものに、とても濃い掻練をそえて夏の御方（花散里）に、むら無く赤いものに、山吹の花色の細長は、あの西の対の方（玉鬘）にさしあげなさるのを、上（紫の上）は見ぬ体《てい》でお考え合わせになる。内大臣が華やかでまあ美しい方と見える一方で、優美に見える所がないのに似ているのだろうと、なるほどと想像してしまうのを、顔色にはお出しにならないけれども、殿（光源氏）が目をお向けになると、ただならぬ様子である。（光源氏）「いやもう、人の外見になぞらえるのは、人が腹を立ててしまいそうなことだ。よいものとはいえ物の色には限度があり、人の容貌は、劣っているといっても、また、やはり底のはてがあるのだから」と言って、あの末摘花のお召物に、柳の織物で、由緒ありげな唐草が入り乱れて織ってあるのも、じつに優美なので、人知れず微笑まれる。梅の折枝・蝶・鳥が飛び交う文様で、唐風の白い小袿に濃色で艶のあるものを重ねて、明石の御方に、推察するに気高い様子を、上は癪に障ると御覧になる。空蟬の尼君に、青鈍色の織物で、たいそう気の利いたものをお見付けになって、ご自身のお召物にある梔子色の御衣で、聴色なのをお加えになり、同じ元日にお召しになるようお手紙をお回しになる。なるほど似合っているのを見ようというお心なのであった。

紫の上・明石の姫君・花散里・玉鬘・末摘花・明石の君・空蟬という七人の女性に対してあてがわれた衣装が語られている。衣装によって人物の造型がなされることは、物語において常套表現であった。

着たまへる物どもをさへ言ひたつるも、もの言ひさがなきやうなれど、昔物語にも人の御装束《さうぞく》をこそまづ言ひためれ。　（末摘花巻①二九三）

〔訳〕着ていらっしゃる物などまであれこれ言い立てるのも、口さがないようだが、昔の物語にも、人物のお衣装については最初に述べているようだ。

衣装を描くことは、物語に彩りを添えるだけのものではなく、物語が衣装から語り始めることの意味は大きい。衣装が、登場人物の身分や立場、状況、感情、心理状況を表示する役目を担っているのである。**人物の内面や物語展開の説明を衣装に託すことで、物語は必要以上の説明を不要とし、重層的で深く豊かな表現を持つのである。**

〈衣配り〉の場面では、描かれた衣装が着用者によって選ばれたものではなく、光源氏による一方的な選択であったことに留意しなければならない。「光源氏によって序列化され、差異化された役割・品格の象徴ともいうべき「衣装」を身にまとい、その暗黙の要求に応えて、衣装にふさわしい気品と風格を演じることが六条院の女たちに求められていた」[2]ものであり、その「支配構造」や〈衣配り〉のあり方についても論じられてきた場面である。[3]〈衣配り〉の経緯や全体的な構造にも論ずべき点はあるが、ここでは衣装そのものに視点を絞り、これほど詳細に衣装を描出することに着目したい。

叙述方法があまり一定していないため、それぞれの衣装を、装束の種類→色（襲）・文様・加工（地質も含む）・形容の順にまとめて、以下に示す。なお、衣服の種類が明記されていないものは、女性装束の基本形であり、「衣」・「御衣」とも表現される、「袿」とした。

①紫の上………小袿→色「葡萄染」・文様「紅梅」・加工「いと紋浮きたる」
　　　　　　　袿→色「今様色」・形容「いとすぐれたる」
②明石の姫君……細長→襲《かさね》「桜」
　　　　　　　袿→加工（色）「掻練（赤系統）」「色艶やかなる」
③花散里………袿→色「浅縹」・文様「海賦」・加工「織物」・形容「織りざまなまめきたれどにほひやかならぬ」
　　　　　　　袿→色「いと濃き」・加工（色）「掻練（赤系統）」
④玉鬘…………袿→色「曇りなく赤き」
　　　　　　　細長→色「山吹の花」
⑤末摘花………袿→襲「柳」・文様「よしある唐草」・加工「織物」「乱れ織れる」・形容「いとなまめきたれば」
⑥明石の君……小袿→色「白き」・文様「梅の折枝、蝶、鳥飛びちがひ」・加工「唐めいたる」
　　　　　　　袿→色「濃き」・加工「艶やかなる」
⑦空蝉の尼君……袿→色「青鈍」・加工「織物」・形容「いと心ばせある」
　　　　　　　袿→色「梔子の」「聴色なる」(4)

⑤末摘花だけ一領のみで、他は二領分の衣装について述べている。配られたのはここに記される一、二領分だけであったのか、袴や単衣、中着にあたる衣装も含まれていたのかは描かれていない。ともかく着用姿としては全体の一

部であり、最上衣とその直下に着重ねる衣服を記すのみである。衣装表現の順番も、④玉鬘だけが中に着重ねる衣服と最上衣の順に記しており、他とは逆の順になっている。さらに、各衣装の描写も文様や加工の項目が全て揃っているわけではない。

先行研究では、主に衣装の色について注目し、赤色系統・青色系統の二色対立の構図から論じようとする。絵合巻の絵合や若菜下巻の女楽といった物語内の催事が、天徳内裏歌合に拠った描かれ方をなされていることから、左方の赤色系統を優位、右方の青色系統を劣位とする対比関係や序列関係を読み取ろうとするのである。(5)それによれば、赤色系統の着用する紫の上・明石の姫君・玉鬘が優位に、青色系統の花散里・明石の君・末摘花・空蟬が劣位に位置付けられている。(6)より細かに差異化すれば、赤色系統の紫の上・明石姫君、二色の系統が混ざる玉鬘・明石の君・花散里、青色系統の末摘花・空蟬と三階層に分けるのが妥当ではないだろうか。(7)このように〈衣配り〉の衣装は、本文に「容貌のよそへ」とあるように、光源氏（あるいは物語）による各人への評価であり、実際の身分・序列とは一致するべくもない。対外的な身分構造よりもあくまで光源氏配下における評価によって衣装選択がなされ、「容貌」と語りつつも人柄などの内面まで選択基準に含まれている。ただ、それが紫の上の目前で視覚的に並べられ晒されることで、六条院世界における序列化という構図になるのである。

それぞれの衣装をより細かに観察してみると、①紫の上は、「葡萄染」と「今様色」の色で、赤・紫系統である。これは物語内で一貫して紫の上にあてがわれている色系統である。若菜下巻の女楽でも、「葡萄染」「色濃き」「薄蘇芳」（④一九二）とあり、赤・紫系統であった。④玉鬘も、物語内で一貫して「山吹」によそえられている。このように、特定の人物像と衣装とが物語内で一貫性を持って描かれている。その一方で、特定の衣装に記号性を持たせ、それを利用する場合もある。②明石の姫君の「桜の細長」、⑤末摘花の「柳の織物」がそれである。「桜の細長」は、女楽では女三の宮が着用するなど、物語内において幼さや若さを象徴する衣装として記号化され、「柳の織物」は女楽において明石の君が「卑下」(④一九三頁)して身に纏っていた衣装で、物語内において劣位・下位の装束に定位されている。**特定の衣装が、物語内でのみ通じる形で記号化されるのである。**

②明石の姫君「桜の細長」と⑤末摘花の「柳の織物」は、かさね色目(表地と裏地の色の組み合わせ)である。「桜襲《がさね》」は諸説多いが、古くは表地を白・裏地を紫とする色目と考えられる。[8]「柳襲」は表地を白・裏地を薄青(薄緑)とする色である。ただし、植物名の部分をかさね色目か色名か判断する際には注意が必要である。①紫の上の「紅梅」を「紅梅襲」とする解釈もあるが、「葡萄染」という色の描写と重なってしまうため、かさね色目ではなく文様の種類と解釈するのが妥当である。④玉鬘の「山吹」も、多くの注釈書では「山吹襲」と理解する。しかし、「山吹襲」は中世以降に創出されたかさね色目である。「山吹の花」とあるように、山吹色のことと解釈したほうがよいだろう。**『源氏物語』のみならず平安文学全般に、単純に色名で理解できるところを、かさね色目で理解しようとする傾向がある。**たしかに前述の通り、かさね色目は平安文化を代表するような文化である。しかし、実際には中世や近世に考案された色目の方が多い。安易にかさね色目をあてがって理解することには、室町時代や江戸時代のかさね色目で『源氏物語』を解釈するという危険性が伴う。

生地の描写に目を向けてみると、「織物」が目立つ。「織物」とは、「綾」と区別され高級視される先染めの生地をさす。③花散里、⑤末摘花、⑦空蟬の衣装に「織物」が使われている。当時高級視されていたはずの「織物」が、いわゆる下位・劣位に位置付けられる女君たちにあてがわれているのである。一方で、⑥明石の君は「織物」といった表記がみられないにも関わらず、紫の上から「めざまし」との不快感を向けられている。この不快感は「唐めいたる」という生地によるものだったのではないだろうか。生地を比較することで、色による序列とは別の定位が現れてくる。そして、今や光源氏と関係を持たない女君にまで豪華な衣装を贈る姿には、その財力や文化的権力の強大さが示されているだろう。

〈衣配り〉の衣装を、色系統の対比でみれば女君間の序列化が浮かび上がり、織りという地質からみれば光源氏による六条院世界の様相がみえてくる。衣装表現は、視点を変えることでさまざまな意味を示してくれるのである。

研究の展望――衣装表現理解の可能性

『源氏物語』を始めとする平安文学の衣装表現を理解するためには、その対象の**衣装を確認し直すことが必要だろう**。衣装表現解釈の多くは、既存の有職故実や注釈に依拠し、先行研究の解釈を無批判に踏襲することが多かった。今後はその姿勢を改めることが必要なのではないだろうか。有職故実は時代を経て、事例が集約され、今なお変容している。平安文学の解釈に、室町時代のかさね色目を当てはめることや、作品内での注が統一されていない状況が依然として見受けられるのである。

平安時代中期の衣装の実態を知る手がかりとしては、律令や『延喜式』などの法典、古記録や『西宮記』などの故実書がある。実例を記録しているため、実際の使用例を知ることができる。ただし、一回的な実例にすぎない場合もあり、当時の社会に受け入れられなかった例も含まれている可能性があることには留意したい。

故実書の中で、装束に特化して書かれたものを装束抄と呼んでいる。本格的な装束抄の始まりは、源雅亮著の『満佐須計装束抄』であり、装束の実態を知る上で大きな手がかりとなっている。また、藤原親隆が著したとされる『類聚雑要抄』も装束の実態を知る史料として重要である。ただし、いずれも平安時代末期成立であることには注意しなければならないだろう。

さらに、国宝『源氏物語絵巻』や『紫式部日記絵巻』、『年中行事絵巻』などといった絵画資料によっても、平安文学の衣装を知ることはできよう。ただし、これらの絵巻も平安時代後期以降の成立である。そうした中で、秦致貞筆、国宝『聖徳太子絵伝』（東京国立博物館蔵）は、延久元（一〇六九）年の成立と伝わるものである。現存状態により不明瞭な箇所が多く、個性の強い画風ではあるものの、近年一〇面すべてが高精細で撮影され、公開されている。今後、服飾分野だけでなく各方面での積極的な活用が期待される。

日本は繊維保存に向かない風土である。それでも奇跡的に残された遺品もある。衣服の形態で遺されたものとしては、正倉院御物や鶴岡八幡宮古神宝、熊野速玉大社（阿須賀神社）古神宝、熱田神宮古神宝がその代表例である。それぞれに注意すべき点はあるが、古記録や故実書、絵画資料、遺品など、多角的な視点によって、衣装表現の意図が立体的にみえてくるのではないだろうか。それと同時に、**復元と衣装表現の理解とが相互的に進むことにも期待したい**。場面の復元などは、研究のみならず広く文化理解として社会貢献になり得る。

また、衣装をはじめとする文化的な分野においては、〈衣配り〉や〈寝殿造〉、〈十二単〉といった術語がよく用いられている。これらの用語はいずれも後世に作られた用語であり、平安時代中期には存在していない。例えば〈十二単〉という用語は、「十二」の意味すら不可解である。衣装に関しては専門用語が多く、時に誤用も散見される。同じ用語を使っていても説明が異なる場合もあり、混乱を招いている。もっとも、これらの用語が流布しそのイメージを享受してきた歴史もある。しかし、今一度これらの用語についての検討や整理も行われなければならないだろう。

衣装表現の理解への道は困難も伴うが、**未解決の課題も多い**。**それだけ衣装表現の理解には可能性もあふれている**。より大きな視野や新たな視点での探求によって、衣装表現を軸とした文化的研究が活発化することを期待したい。

注

（1）近藤好和は「有職故実には公家故実・武家故実・古典理解という三つの大きな流れがあった。」（「有職故実とは何か」『装束の日本史平安貴族は何を着ていたのか』平凡社新書、二〇〇七）と定義し、石村貞吉は「平安、鎌倉両時代の文学を理解するに当つては、その背景をなす文化を講究する上には有職故実の学が、最も重要な、且つ適切な説明を与える」(『有職故実の学の意義の歴史的考察」(『日本學士院紀要』第一二巻第一号、一九五四・三)。有職故実と古典理解の具体的な関わりについては、伊井春樹「中世における源氏物語享受史の構築」(『中世文学』第四五号、二〇〇〇・八)、加藤悠希「有職故実家松岡行義の邸宅に関する知識について」(『日本建築学会計画系論文集』第七三巻第六三一号、二〇〇八・九)、渡辺滋「広橋兼秀の有職研究—中世貴族社会における「揚名介」認識の一例として—」(『国立歴史民俗博物館研究報告』第一九〇集、二〇一五・一)、赤澤真理「建築史の中の『源氏物語』—同時代の住宅像と考証学のあいだ—」(『比較日本学教育研究部門研究年報』第一四号、二〇一八・三)などがある。

(2)三田村雅子「浮舟物語の〈衣〉—贈与と放棄—」(『源氏物語　感覚の論理』有精堂出版、一九九六)。

(3)松井健児「贈与と饗宴」(『源氏物語の生活世界』翰林書房、二〇〇〇)。

(4)「梔子の御衣、聴色なる」の箇所には、「梔子」と「聴色なる」に分けて二領の装束を描いたとする説と、「梔子」と「聴色」とを同一のものと解釈して一領の装束を描いたとする説とがある。小林理正「「空蟬の尼衣」考—玉鬘巻・衣配りから初音巻におよぶ—」(『国文学攷』第二三五号、二〇一七・九)、森田直美「『源氏物語』の「聴色」考」(『平安朝文学と色彩・染織・意匠』新典社、二〇二二)から、一領説を採ったが検討の余地もあろう。

(5)山本利達「女楽の創造」(『源氏物語攷』塙書房、一九九五)、注(3)松井論、河添房江「天徳内裏歌合から読み解く『源氏物語』—唐物・楽宴・衣装という文化環境」(『源氏物語時空論』東京大学出版会、二〇〇五)、森田直美「六条院女楽の色彩—赤青対比の身分的倒錯が意味するもの—」(『平安朝文学における色彩表現の研究』風間書房、二〇一一)、ほか。いずれも、物語内の絵合、女楽における服色配置は複雑であり、赤色系統・青色系統の対比的な意識は認められるものの、不統一で交錯した表現になっていることを指摘する。

(6)注(3)、松井論。最上衣による判断かと思われるが、その場合、玉鬘は「山吹の花の細長」であるため、青色系統の劣位に位置付けられる。

(7)注(5)、河添論では、「紫の上・明石姫君/玉鬘・明石君/花散里・末摘花・空蟬の三層の構造」とする。玉鬘は「赤き」（赤色系統）と「山吹」（青色系統）、明石の君は「白き」（青色系統）と「濃き」（赤色系統）、花散里は「浅縹」（青色系統）と「濃き掻練」（赤色系統）となっている。

（8）『満佐須計装束抄』巻二「布袴のこと」、巻三「狩衣の色々様々」。

（9）畠山大二郎「『紫式部日記』の「小袿」―二の宮の御五十日を中心として―」（『平安朝の文学と装束』新典社、二〇一六）。

大原野行幸の贈答歌と『伊勢物語』

吉野誠

概要――『源氏物語』と先行作品、特に『伊勢物語』について

『源氏物語』には、例えば次のように先行作品が言及されている。

① 光る源氏、名のみことごとしう、［……］さるは、いといたく世を憚りまめだちたまひけるほど、なよびかにをかしきことはなくて、交野の少将には、笑はれたまひけむかし。（帚木巻①五三）

② 日もいと長きにつれづれなれば、夕暮のいたう霞みたるにまぎれて、かの小柴垣のもとに立ち出でたまふ。［……］持仏すゑたてまつりて行ふ尼なりけり。［……］中に、十ばかりやあらむと見えて、白き衣、山吹などの萎えたる着て走り来たる女子、あまた見えつる子どもに似るべうもあらず、いみじく生ひ先見えてうつくしげなる容貌なり。（若紫巻①二〇五―二〇六）

③ まづ、物語の出で来はじめの親なる竹取の翁に宇津保の俊蔭を合はせて争ふ。［……］次に、伊勢物語に正三位を合はせて、また定めやらず。（絵合巻②三八〇―三八一）

①の「交野の少将」は、『落窪物語』『枕草子』にも言及がある散逸物語名また主人公名で、光源氏はその風評とは

異なって、色好みとして有名な「交野の少将」にも笑われただろうと語り手に言及される。**語り手が虚構の物語の登場人物「交野の少将」を諧謔的に持ち出している**といえるが、あるいは『**源氏物語**』**内に現実に存在する**（**した**）**人物のように語っているとも解せよう。**

②は有名な、若紫登場の場面である。瘧病《わらはやみ》に罹り、静養のために北山に立ち寄った光源氏は、そこにある僧坊に「女」や「をかしげなる女子ども、若き人、童べ」がいると聞いて垣間見をする。その筋立ては、『伊勢物語』を知る読者にはおよその初段を想起させる（玉上琢弥『源氏物語評釈』角川書店）。『伊勢物語』初段は、平安京の南に位置する平城京・春日の里に元服したての男が垣間見をし、年長の姉妹と関係を持とうとする段であるが、若き光源氏はこの「昔男」よろしく行動し、平安京より北に位置する北山、年長の女でなくて老いた尼と幼い女子（紫の上）を見出すことになる。『伊勢物語』が具体的に引用されるわけではないが、**物語の展開と同伴するように『伊勢物語』が想起されるような表現が張り巡らされている**。このような『源氏物語』における『伊勢物語』の在り方を、〈影響〉や〈源泉〉として説明する向きもあるし、読書行為のなかでの〈引用〉として意義づけることも行われている。

③は絵の優劣を左方・右方で競い合う「絵合」で、物語絵が双方から提出される場面である。光源氏側（左方）が『竹取物語』や『伊勢物語』の絵を、それに対して内大臣側（右方）は『うつほ物語』および散逸物語『正三位』を提出する。藤壺宮の後押しもあり、光源氏側が優勢のうちに行事は進行していくのだが、これを読むかぎり、『**源氏物語**』**内の現実世界の中に、作品**（**物語**）**としての**『**竹取物語**』**や**『**伊勢物語**』**などが存在する**ことになる。

「先行作品」と一口に述べても、①〜③が水準を異にしていることがわかるだろう。こうした**位相差**も含めて、『**源氏物語**』**が先行作品をどのように組み込み、物語世界がどう構築されているか**は、現在においても考究に足るテーマである。もとより先行作品とは王朝のいわゆる作り物語にとどまらず、『古今和歌集』を初めとした和歌や和歌集、歌謡、『白氏文集』や『史記』などの漢詩文、また歴史書なども大きく含むわけで、それぞれ膨大な先行研究がある。

ここではその中でも最も重要なうちの一つ、『伊勢物語』を取り上げて例示したい。『源氏物語』において『伊勢物語』が想起される表現は実に多い。藤壺宮を起点として、紫の上、女三宮、と連なる〈紫のゆかり〉のみならず、朧月夜、六条御息所、源典侍といった光源氏をめぐる女性たちとの恋愛の諸相において、あるいは須磨明石への流離の形象において、さらには夕霧と雲居雁、柏木と女三の宮、果ては宇治十帖の薫・匂宮と女君たちとの関係に至るまで、**『源氏物語』の表現は『伊勢物語』との往還運動を求め、重層的な物語世界を生成する。**

こうした『伊勢物語』との関係については古注釈以来の議論があるけれども、近代に入ってからの基幹的な論文としては、石川徹「伊勢物語の発展としての源氏物語の主想―輝く日の宮と光る君と―」(『古代小説史稿』刀江書院、一九五八)、また三谷邦明「藤壺事件の表現構造―若紫巻の方法あるいは〈前本文《プレテクスト》〉としての伊勢物語」(『物語文学の方法Ⅱ』有精堂出版、一九八九)が必ずといっていいほど挙がる。まずは三谷論文の一節を引用して確認しておこう。

> まず「若紫」という巻名で伊勢物語初段が暗示された上で、その初段をパロディ化した冒頭場面が表出される。しかし、滑稽化したパロディにすぎないと理解していると、小柴垣のもとでの垣間見の場面で実は垣間見の対象が尼君と幼い紫上であったことに気付く。まさに、その発見の瞬間に、伊勢物語四十九段を典拠にした和歌が記され、初段と四十九段が結鎖し兄妹の近親相姦的な〈罪〉が物語を覆い、それは伊勢物語で描かれてきた二条后や斎宮との禁忌の恋を喚起することになる。そうした〈前本文《プレテクスト》〉によって〈罪〉が充満した飽和点で藤壺事件が描出されるのだが、その際にも伊勢物語六十九段の斎宮との密通事件の章段が典拠として用いられていることは既に指摘したとおりである。[…略…]源氏物語では伊勢物語を〈前本文《プレテクスト》〉として用いることで、伊勢物語に描かれていた〈罪〉を谺し合せて、〈罪〉の交響楽を演奏しているのである。

こうした見方を展開・拡張して読みのさらなる更新を図るか、またこれを乗り越えた新たな視角の提起を図るか。『伊勢物語』以外の先行作品について、これを敷衍させたような読みを展開させうるか、はたまた『伊勢物語』とは異なるそれぞれの方法を見出すか。他の作品と比べながら考えを進めることは、より立体的に対象に迫りうるが、恣意的に何でも言えてしまうではないかという誹りも受けかねない。表現そのものに足場を持ちながら、妥当性や蓋然性、再現性を確認しつつ追究することが求められる。二十世紀の終わりに「読み」が一回りしたと思われる今、縮小再生産や蛸壺化に堕するおそれを乗り越えながら物語世界はなお新たに立ち上げられていくべきであろう。

読む──起源への遡及と回避、その冷泉帝と玉鬘の場合

光源氏の秘密の子・冷泉帝は、自身の出生の秘密を知り、罪に慄きながら光源氏への譲位をほのめかす（薄雲巻）。光源氏はその意向をはぐらかし、冷泉帝の治世を飾り立てるために余念が無い。こうした展開と並走して玉鬘十帖が始まる。夕顔の遺児・玉鬘は、実父の内大臣（元の頭中将）との面会を望みつつあやにくな展開の中で光源氏に引き取られている。光源氏は養父として接しつつも玉鬘に恋心を覚え、それを吐露して玉鬘を困惑させる。季節はめぐり冬、行幸巻は冷泉帝が大原野に行幸する場面から始まる。玉鬘はこれに参列する。盛儀のさなか冷泉帝は、参列せずに六条院に在る光源氏に、参加を促す歌を詠む。

かうて野におはしまし着きて、御輿《みこし》とどめ、上達部の平張《ひらばり》に物まゐり、御装束ども、直衣、狩の装ひなどにあらためたまふほどに、六条院より、御酒、御くだものなど奉らせたまへり。今日仕うまつりたまふべく、かねて御気色ありけれど、御物忌のよしを奏せさせたまへりけるなりけり。蔵人の左衛門尉を御使にて、雉一枝奉らせたまふ。仰せ言には何とかや、さやうのをりの事まねぶにわづらはしくなむ。

A　雪ふかきをしほの山にたつ雉のふるき跡をも今日はたづねよ

太政大臣の、かかる野の行幸に仕うまつりたまへる例などやありけむ。大臣、御使をかしこまり、もてなさせたまふ。

B　をしほ山みゆきつもれる松原に今日ばかりなる跡やなからむ　（行幸③二九二―二九三）

〔訳〕こうして（冷泉帝は）大原野にお着きになって、御輿を停め、上達部たちが平張の下で食事を召し上がり、御装束などを、直衣、狩衣などに着替えなさるところに、（光源氏の）六条院から、御酒、御菓子などを差し上げなさった。（光源氏が）今日は供奉しなさるように（帝は）前々からご意向を示しなさっていたけれど、物忌ゆえ供奉できない由を申し上げなさっていたのだった。（帝は光源氏に）蔵人の左衛門尉を勅使として、雉一枝を差し上げさせなさる。仰った言葉は何とあったか、そのような時のことを語り伝えるのも厄介なことで。

雪深い小塩山に、飛び立つ雉の旧《ふる》くからの跡――行幸の先例を、今日は尋ねて下さい――ご参列下さい。

太政大臣がこのような野行幸に供奉なさった先例などはあったろうか。源氏の大臣は勅使に恐縮し、ご饗応させなさる。

小塩山の雪が積もった――帝の行幸《みゆき》がたび重なった松原にも、今日ほど盛んな跡――先例はかつてなかったろう。

A歌は、古注釈以来『後撰和歌集』一〇七五番歌を踏まえたものとされる。だが、歌意の呼応のありようから見れば、既に指摘があるように(1)、『後撰集』に並べて採録されている、同じ詠み手による同じ時に詠まれた一〇七六番歌も、あわせて想起することが期待されているだろう。

仁和のみかど［＝光孝天皇］、嵯峨［天皇］の御時の例にて芹河に行幸したまひける日　在原行平朝臣

一〇七五　嵯峨の山みゆきたえにし芹河の千世のふる道あとはありけり

おなじ日、鷹飼ひにて、狩衣のたもとに鶴の形を縫ひて、書きつけたりける

一〇七六　翁さび人なとがめそ狩衣今日ばかりとぞたづも鳴くなる

行幸の又の日なん致仕の表たてまつりける

これは仁和二年十二月十四日の光孝天皇芹川行幸の折の二首で、巻十五雑一の巻頭を飾る。前者はこの行幸を嵯峨天皇が頻繁に行った野行幸を復活させ継承したものとして讃える。後者は老いを迎えて鷹飼としてここに供奉し狩衣を着ることにまつわる感懐を詠む。

文徳天皇以降に断絶し、今ここに復活した野行幸は、「仁明―陽成系から仁明―光孝系への交替に伴う旧儀の復興機運」に基づくものという。[2] そもそも大原野行幸の表現は、芹川行幸に連なって位置づけられる醍醐天皇の延長六年十二月五日大原野行幸の次第に類似する。物語の大原野行幸は史上の嵯峨―仁明―光孝―宇多から、物語の桐壺帝―（光源氏）―冷泉帝へという直列的系譜意識をことさらに示威する盛儀に見えてくる。[3] 同じ冷泉朝の種々の盛儀―玉鬘十帖の二度の男踏歌や藤裏葉巻での六条院行幸など――もそのようなものであった。

大原野行幸は、系譜や継承という問題と分かちがたく結びついて語られる。だが、ことは一筋縄ではいかないのではないか。A歌で冷泉帝は、光源氏に「ふるき跡」を「たづ」ねることを要請している。盛儀の継承を詠むという点で『後撰』一〇七五番歌は踏まえられていようが、しかし注意すべきは、**冷泉帝は継承がなされたことの確認を詠んだわけではない**ことであろう。冷泉帝は、大原野＝「小塩山」において「ふるき跡」を「今日」「たづねよ」という、**起源への遡及を光源氏に求める歌**を詠んだ。これは、**同様に起源への指向性を持ち、**「大原」「**小塩山**」を詠み、二条**后章段の掉尾に位置づけられもする、『伊勢物語』七十六段までも招き寄せる**ものではないか。

むかし、二条の后の、まだ春宮の御息所と申しける時、氏神にまうでたまひけるに、近衛府にさぶらひけるおきな、人人の禄たまはるついでに、御車よりたまはりて、よみて奉りける。

大原や小塩の山も今日こそは神代のこともおもひいづらめ

とて、心にもかなしとや思ひけむ、いかが思ひけむ、しらずかし。（七十六段）

二条后章段の後日譚にして翁章段の初発とも位置づけられる段である。「翁」は、「氏神」ゆかりの地（大原野神社は藤原氏の氏社である）を詣でる「春宮の御息所」二条后高子の大原野参詣に供奉してその将来の栄達を寿ぐ。しかしその背後に、かつて若き日に（「神代のこと」）関わりを求めた女との現在の位地の懸隔（「よみて奉りける」と敬語がつくのもこれを強調する）への秘めた思いを詠む。『伊勢物語』は行平歌をこう仕立て上げたのである。

もちろん冷泉帝のA歌と「大原や…」歌とでは状況が異なる。しかし、玉鬘十帖においても**胡蝶巻、常夏巻、真木柱巻と『伊勢物語』引用が張り巡らされ**[4]、何よりも、**「昔男」と二条后との関係が重ね合わせられる光源氏と藤壺宮との間に生まれた不義の子・冷泉帝が、起源への指向性を持った歌を詠む**という点において、**七十六段が喚起される必然性**は認めてよいと思われる。

「ふるき跡をも今日はたづねよ」。思えば、光源氏は内大臣との対面を求める玉鬘をはぐらかし続けてきていた。「知らずとも尋ねてしらむ三島江に生ふる三稜のすぢは絶えじを」（玉鬘③一二三）「数ならぬみくりやなにのすぢなればうきにしもかく根をとどめけむ」（玉鬘③一二四）、「ませのうちに根深くうゑし竹の子のおのが世々にや生ひわかるべき」（玉鬘③一八二）「今さらにいかならむ世か若竹の生ひはじめけむ根をばたづねん」（胡蝶③一八三）などとある光源氏と玉鬘の贈答歌とその周辺では「根」「筋」「たづぬ」という語が繰り返し用いられる。光源氏は玉鬘の実父——つまり起源への遡及を求める心を知りながら、玉鬘が真に求める対面と認知についてははぐらかし、それどころか時に自身を親として介在させて起源を改変しようとすらしている。玉鬘は巧みな切り返しで自身の求める起源の問題に引きつけようとするがなかなか果たされない。次の贈答もそのような過去へのベクトルと連続するものとしてある。

（光源氏）思ひあまり昔のあとをたづぬれど親にそむける子ぞたぐひなき

（玉鬘）ふるき跡をたづぬれどげになかりけりこの世にかかる親の心は　（蛍③二一四）

玉鬘の歌は光源氏の関わり方のありえなさを詠んで切り返すものだが、これは過去を改変しようとする光源氏の営為を証し立ててしまう言辞でもあるのではないか。そして、こうした光源氏の玉鬘への対し方は、そのまま光源氏の冷泉帝への対し方を表すものとしてあると言えないだろうか。すなわち、**玉鬘を相手にこれまで真の起源への遡及をはぐらかしてきた光源氏**であったが、思わぬところで**はぐらかしてきた最大の秘事＝冷泉帝の出生の問題への遡及を当の本人からつきつけられる**。それが大原野行幸の贈答歌なのである。冷泉帝は、薄雲巻で出生の秘密を知り、少女巻に至り「木伝ふ花の色やあせたる」（少女③七三）ものと自らの治世を捉え返し、玉鬘十帖を挟んで藤裏葉巻で准太上天皇位を光源氏に与えてようやく彼なりの解消を果たす。そうすると、玉鬘十帖は玉鬘を語る巻々でありながら、**玉鬘への対し方によって並列的に冷泉帝への光源氏の対し方を語る巻々でもある**のではないだろうか。

では光源氏はこれにどう応ずるか。贈歌Aの直後、「太政大臣の、かかる野の行幸に仕うまつりたまへる例などやありけむ」と語り手は語る。光源氏は返歌しつつついに行幸に参加しない。だが従来、光源氏が企図した盛儀はこのようではなかった。「良房の大臣と聞こえける、いにしへの例になずらへて、白馬ひき、節会の日々、内裏の儀式をうつして、昔の例よりもこと添へていつかしき御ありさまなり。」（少女③七〇）という言及に顕著なように、光源氏は継承すべき旧例に準拠しつつ新たな趣向を加えて新例を創出してきた。しかし大原野行幸での光源氏は参加をしない。参加しないことで新例を創出したようにも読めない。不参加の理由は、後文のやりとりから「彼の不参加が帝を玉鬘に鮮明に印象づけ、尚侍としての出仕を促そうとする」（『新編全集』頭注）などと解されるのが一般的だが、光源氏の返歌Bを考え合わせると別の面も見えてくる。光源氏は、冷泉帝の「ふるき跡をも今日はたづねよ」とある懇請を、「今日ばかりなる跡やなからむ」と**今回の行幸の賛辞に詠み換えて、受け流している**のである。七十六段のように「神代のこと」を「思ひ出づ」ことから、すんでのところで**遁走する光源氏の現在**が語られるものと見なしたい。

さて、A歌の『後撰』一〇七五番歌との呼応を考えれば、「狩り」（野行幸）を「今日ばかり」と詠みこむ点においてB歌は『後撰』一〇七六番歌をなぞるように思えるが、一首の核である「翁さび」はなぞらない。それが自覚的か無自覚的かは不明であるが、**「翁」であるという自認を光源氏は回避している**ことになる（常夏巻では社交として内大臣の子息たち相手に自身を老いたものと言って見せてはいるものの)。この一〇七六番歌は『伊勢物語』百十四段として**物語化されている**。七十六段に同じく翁章段の一つとされる段である。

むかし、仁和の帝、芹河に行幸したまひける時、いまはさること、にげなく思ひけれど、もとつきにけることなれば、大鷹の鷹飼にてさぶらはせたまひける。すり狩衣のたもとに書きつけける。

おきなさび人なとがめそかりごろも今日ばかりとぞ鶴も鳴くなる

おほやけの御けしきあしかりけり。おのがよはひを思ひけれど、若からぬ人は聞きおひけりとや。(百十四段)

『伊勢物語』では在原業平の兄・行平の詠も業平の歌々と渾然一体のものとなり、愁嘆や不遇を背後に潜ませる物語の基調に寄与していく(5)。その姿勢は『源氏物語』でも須磨退居の場面をはじめ同様で、物語の表現は「昔男」と行平の流離のイメージを光源氏に与える。**后を犯した罪を背負うかのごとく須磨に流離する光源氏＝業平＝行平という構図と、この行幸巻の答歌Bは照応する**と見るべきではないか。さらに百十四段を一読して気づくのは『伊勢物語』初段との照応である。「「鷹狩」」「もとつきにける」、また和歌を「摺狩衣の袂に書きつけ」たという行為も、すべては、この物語の発端、すなわち「初段」に、逆上ろうという意識の表出に他ならないのではないだろうか」という指摘は首肯される(6)。大原野行幸に供奉する「近衛の鷹狩」は、「狩衣」を「乱れ着つつ」あり、初段の「狩衣」「しのぶの乱れ」を想起させるものとみてよい(『河海抄』)。だが、**昔男—翁と、若き日の光源氏—現在の光源氏との関係とが重なって表出されるべきここで、「翁さび」の部分が持つ指向性を光源氏のB歌は回避する**のである。参列して冷泉帝とうり二つであることが知れることを避けたというのではない、**引用の水準における秘密への抵触からの回避、そして老いの自認への回避という構造が、『伊勢物語』を媒介にすることで見えてくる**と考えられるのである。

玉鬘十帖はこのあと、鬚黒が玉鬘の居所に押し入って(＝「盗」んで)結婚することで突然の終幕を迎える。その真木柱巻でも『伊勢物語』二段や四段の引用が見られるが、光源氏は終始、親としての恋の妨害者(＝親)でなく、老いた側（＝翁）でなく、依然として、盗む主体（＝男）であり続けようとする。今詳述しえないが、そこに玉鬘を喪失した寂寥はあっても、「翁」という自認はなく、光源氏は依然として「昔男」たり続けようとするのだった。

以上、行幸巻の『伊勢物語』引用を中心に、複合的な引用のさま、特に章段間のつながりや呼応によって、引用同士が関係づけられ、物語世界がより複層的に組み挙げられている様態の一部を確認した。玉鬘十帖は玉鬘を語るのと同時に、光源氏その人を語る巻々としてある。大原野行幸での贈答では秘密の子・冷泉帝の存在が焦点化される。『伊勢物語』は光源氏が隠蔽したい起源への遡及を訴求する。物語の表現はそうした回路を開きながら、光源氏のそこから回避するさまを跡づけるのである。この問題系が第二部に引き継がれ、よりのっぴきならない形で光源氏を襲うことは言うまでもない。**『伊勢物語』を引用し、それを乗り越えて獲得し得た栄華だったが、同じ『伊勢物語』によってその内実が問い直されていく。**そうした構造が見出せる表現世界を玉鬘十帖は有しているのだといえよう。蛍巻の物語論を読むと、光源氏は「物語」を知悉し制御しえているかのようだけれど、これらは知悉しえたはずの「物語」からの報復とすらいえるかもしれない(7)。

研究の展望

前節では第一部前半の引用との連関や呼応という観点を組み込んだが、『源氏物語』の進行に沿って引用の在り方の変質ないし展開がある点に着目する論考も多い。特に、柏木の主体的な『伊勢物語』の引用については、今井久代「柏木物語の「女」と男たち―業平幻想の解体と柏木の死」（『源氏物語構造論』風間書房、二〇〇一）や、神田龍身「柏木の先例主義―二番煎じの「むかし男」」（『平安朝物語文学とは何か』ミネルヴァ書房、二〇二〇）などが詳細に述べるところである。また、室田知香「柏木物語の引用的表現とその歪み―「帝の御妻をも過つたぐひ」の像と柏木―」（『日本文学』二〇〇七・一二）は、光源氏世界の相対化の方法と見る見方に疑義を呈し、柏木の歪んだ独自性にむしろ焦点をあてていく。第三部の『伊勢物語』引用についても陸続と論考が積まれている。そもそも、〈影響〉〈源泉〉というには、『伊勢物語』やその他先行作品は本文の中で明示的に言及されすぎている（概要）。引用の在り方や引用の主体といった点における位相差への着目で浮かび上がるものもあるだろう。

それにしても、**『伊勢物語』を静的・固定的に捉えることの難しさ**はつきまとう。『伊勢物語』そのものが持っているゆらぎ、現実と虚構の連続性（梅田径「中世における『源氏物語』の虚構観」（岡田貴憲・桜井宏徳・須藤圭編『ひらかれる源氏物語』勉誠出版、二〇一七）が示唆に富む）、在原業平らの和歌や歌語りなどとの連関、あるいはさまざまな異本の存在に目を向ければ、更に読解によって立ち上げられる物語世界は混沌と深まりを増す。『源氏物語』本文の問題が改めて活況を呈しているが、引用においても本文の問題を考える必要がある。そして「先行作品」というが、その影響は一方的なものなのか。例えば、松本裕喜「『源氏物語』から『伊勢物語』へ――「帚木」巻・指喰いの女のエピソードをめぐって――」（前掲『ひらかれる源氏物語』）は、『伊勢物語』の諸本が『源氏物語』を取り込んだ可能性を指摘している。早く鈴木日出男は「特に『伊勢物語』との関係についていえば、単に影響関係にとどまらず、逆に『源氏物語』↓『伊勢物語』という可逆的な関係をささえもっているように思われる。」という視点を示していた（「源氏物語の文学史上の意義」小町谷照彦編『必携源氏物語を読むための基礎百科』學燈社、二〇〇三）。「先行」作品といいつつも、**『源氏物語』との往還関係に着目する可能性**も依然、開かれているとみるべきであろう。

注

（1）加藤静子「大原野行幸の準拠と物語化」（『源氏物語の鑑賞と基礎知識　行幸・藤袴』至文堂、二〇〇三）

（2）榎村寛之「野行幸の成立―古代の王権儀礼としての狩猟の変質」（「ヒストリア」一四一、一九九三・一二）

（3）行平歌が、冷泉帝に重ねられる村上天皇勅撰『後撰集』雑歌の巻頭に載る点も系譜意識という点から見逃せない（杉谷

寿郎「後撰和歌集」（『鑑賞日本古典文学　古今和歌集・後撰和歌集・拾遺和歌集』角川書店、一九七五））。

（4）西耕生「玉鬘十帖と伊勢物語四十九段―「いもうとむつび」の物語史」（『文学史研究』二九、一九八八・一二）、栗山元子「玉鬘物語の表現構造―再生産される「若紫物語」」（『早稲田大学大学院文学研究科紀要』（第三分冊）四三、一九九八・二）、丹藤夢子「柏木といもうとへの恋―玉鬘・弘徽殿女御を中心に」（『物語研究』一〇、二〇一〇・三）、高木和子「玉鬘十帖論」（『源氏物語の思考』風間書房、二〇〇二）ほか。

（5）福井貞助「在原行平と伊勢物語の構造」（『弘前大学人文社会』二二、一九六〇・一二）ほか。

（6）河地修「『伊勢物語』の実名章段と和歌」『伊勢物語論集』（竹林舎、二〇〇三）

（7）以上は吉野誠「玉鬘十帖の『伊勢物語』引用群―若草と二条后、または光源氏の現在」（河添房江編『古代文学の時空』翰林書房、二〇一三）の一部を再構成したものである。

※『伊勢物語』本文は新編日本古典文学全集（小学館）本、『後撰和歌集』本文は新日本古典文学大系（岩波書店）本による。一部表記を改めた。

唐物から国風文化論へ

河添房江

概要――「唐物《からもの》」とは何か

日本は古来、中国や朝鮮等との交易の中で舶載品を得ていた。奈良時代に中国やシルクロードからもたらされた舶載品は、正倉院宝物として現在に残っている。平安時代、特に承和の遣唐使以降は、舶載品を唐物と呼ぶようになった。**「唐物」は狭義の意味では中国からの品、もしくは中国経由の品に限定されるが、広くはインド・南海・朝鮮・その他の地域からの舶載品を指し、それを総称する言葉として近世まで使われた。**

唐物の具体的な内容については、平安末期に成立した藤原明衡の『新猿楽記』で日宋交易の商人「八郎真人」が扱ったものとして、五十三にもおよぶ品目が挙げられている。その内容は、沈香・麝香等の香料・薬品類、赤木・紫檀等の貴木《きぼく》、銅黄・緑青・蘇芳等の顔料類、豹皮・虎皮等の皮革類、茶碗等の陶磁器、綾錦をはじめとする唐織物類、呉竹・甘竹など笛の材料である。

それ以外にも、唐物として書画・典籍・経典などの需要は全時代をつうじて多く、鸚鵡《おうむ》・孔雀・鴿《はと》・白鵝・羊・水牛・唐犬・唐猫・唐馬などの珍獣、唐紙・唐碩・唐墨の文房具もふくまれるなど、唐物の種類は多岐にわたっている。

まとめて言えば、**書籍、香、薬、陶器、ガラス、錦綾などの衣料、蘇芳などの染料や顔料、紙や文房具、珍獣類な**どが、全時代を通じて需要が多い唐物であった。「唐物」の語の文献上の初出は、承和六（八三九）年の遣唐使の時とされ、「唐物使」（大宰府に唐物を買いつけに行く役人）の開始が貞観五（八六三）年とされる。「唐物」とは、最初は朝廷が舶載品を独占したり、先買権を行使する場で使われた語であった。そのように王権支配や王権優位というイメージをかきたてる「唐物」という言葉が、やがて舶載品の通称となり、外来の贅沢財、ブランド品の象徴に転じたのである。

近世以前の唐物に関わる先行研究については、皆川雅樹が『新装版　唐物と東アジア』（勉誠出版、二〇一六）のなかで、二〇一六年までの参考文献をまとめているので参照されたい。ただし平安時代に限っていえば、単行本では河添房江『唐物の文化史―舶来品からみた日本』（岩波新書、二〇一四）、皆川雅樹『日本古代王権と唐物交易』（吉川弘文館、二〇一四）、シャルロッテ・フォン・ヴェアシュア『モノが語る日本対外交易史　7―16世紀』（藤原書店、二〇一一）、同『モノと権威の東アジア交流史　鑑真から清盛まで』（勉誠出版、二〇二三）など、数多いとはいえない。

また「唐物」は国文学のみならず日本史・美術史にまたがる学際的な研究対象であり、二〇二二年刊行の『「唐物」とは何か―舶載品をめぐる文化形成と交流』（「アジア遊学」二七五、勉誠出版）は、各領域の研究者の論文・コラム26編を収載し、唐物研究の最前線を示している。

読む――梅枝巻の二種類の唐物から

『源氏物語』で「唐物」の語の用例は、「唐の物ども」（梅枝巻）、「唐物」（若菜上巻）があるが、ここでは梅枝巻に注目してみよう。

正月のつごもりなれば、公私のどやかなるころほひに、薫物《たきもの》合はせたまふ。**大弐《だいに》の奉れる香ども御覧ずるに、**

なほいにしへのには劣りてやあらむと思して、二条院の御倉《みくら》開けさせたまひて、**唐の物ども**取り渡させたまひて、御覧じくらぶるに、「錦《にしき》、綾《あや》なども、なほ古き物こそなつかしうこまやかにはありけれ」とて、近き御しつらひのものの覆《おほ》ひ、敷物、褥《しとね》などの端どもに、**故院の御世のはじめつ方、高麗人《こまうど》の奉れりける綾《あや》、緋金錦《ひごんき》どもなど**、今の世の物に似ず、なほさまざま御覧じ当てつつせさせたまひて、このたびの綾、羅《うすもの》などは人々に賜はす。

（梅枝③四〇三―四〇四）

〔訳〕正月の月末なので、公私ともにのんびりした頃に、源氏は薫物を調合なさる。大宰府の大弐が献上したいくつもの香料を御覧になると、やはり昔のには劣っていようかとお思いになって、二条院の御倉を開けさせなさって、舶来の品々を取り寄せなさって、ご比較なさると、源氏は「錦、綾なども、やはり昔の物の方が親しみも持て上質であった」とおっしゃって、身近な調度類の、物の覆いや、敷物、褥などの縁に、故桐壺院のご治世の初めの頃に、高麗人が献上した綾や、緋金錦類など、今の世の物とは比べものにならないので、さらにあれこれとご検分になっては、適当なものを選んでお割り当てになり、今回の大弐献上の綾、羅などは、女房たちに下賜なさる。

太政大臣である光源氏は、明石姫君の裳着（成女式）のために、薫物を調合し調度品を整えるべく、大宰府の次官の大弐から献上された舶載の香料や綾・羅を検分する。薫物の原料となる香料は、沈香・丁子《ちょうじ》・薫陸《くんろく》・白檀・麝香をはじめとして、薫物の原料となる香料は当時、海外からの輸入に頼らねばならなかった。明石姫君は裳着に続いて、すぐに東宮のもとへ入内の予定で、裳着の調度はそのまま入内の調度となるので、光源氏もここぞとばかり力が入るのである。

では、なぜ大宰大弐が唐物である香料を献上できるのか、それは大宰府が当時の唐物交易の舞台であったからである。唐船が博多湾周辺に到着すると、大宰府は朝廷に報告し、日本での滞在を許可するか否かを伺う。朝廷から許可されると交易商人らは、博多にある鴻臚館に迎えられた。朝廷からは唐物使が任命され、大宰府に派遣。唐物使が朝廷の必需品を先に買いつけるという、いわゆる先買権を掌握した形で交易が進められた。しかし延喜九（九〇九）年以降、唐物使を任命せず、必要品のリストを大宰府に送り、買い上げさせるという経費節約の方式がとられるようになる。大宰府の官人たちは、交易に直接かかわり、海外の珍品を入手する利権を享受することになった。香料や衣類をはじめ、貴族生活の優雅さに不可欠であった舶載品は、大宰府と直結し、博多の鴻臚館は、対外交渉の場というより交易所として繁栄をきわめた。大宰府の高官は、朝廷から任された唐物の買い付けを行うばかりでなく、繋がりのある大臣家に極上の唐物をしばしば献上したのである。

梅枝巻に戻れば、「大弐の奉れる香ども御覧ずるに」の条の背景には、そうした大宰府経由の交易の実態があった。しかし物語が浮かび上らせるのは、こうした交易ルートばかりではない。光源氏は大弐の献上した唐物にあきたらず、二条院の蔵を久方ぶりに開いて、古くから蓄えていた唐物をとり寄せる。そして姫君の調度の敷物や褥などの縁には、いまは亡き桐壺院の時代に高麗人から贈られた、綾や緋金錦を使うことにしたのである。この桐壺巻の「高麗人」とは、鴻臚館で七歳の光源氏の人相を観て、あの不思議な予言をした「高麗の相人」であった。

そのころ、**高麗人**《こまうど》の参れる中に、かしこき相人《さうにん》ありけるを聞こしめして、宮の内に召さむことは宇多帝《うだのみかど》の御誡《いましめ》あれば、いみじう忍びてこの皇子を鴻臚館《こうろくわん》に遣はしたり。御後見《うしろみ》だちて仕うまつる右大弁《うだいべん》の子のやうに思はせて率《ゐ》てたてまつるに、相人おどろきて、あまたたび傾《かたぶ》きあやしぶ。「国の親となりて、帝王の上なき位にのぼるべきおはします人の、そなたにて見れば、乱れ憂《うれ》ふることやあらむ。朝廷《おほやけ》のかためとなりて、天《あめ》の下《した》を輔《たす》くる方にて見れば、またその相違ふべし」と言ふ。

弁も、いと才かしこき博士にて、言ひかはしたることどもなむいと興ありける。文など作りかはして、今日明日帰り去りなむとするに、かくありがたき人に対面したるよろこび、かへりては悲しかるべき心ばへをおもしろく作りたるに、皇子もいとあはれなる句を作りたまへるを、限りなうめでたてまつりて、**いみじき贈物どもを捧げたてまつる。**朝廷よりも多くの物賜す。

（桐壺①三九—四〇）

高麗人というと、朝鮮半島にあった高麗《こうらい》国を連想するが、じつは一昔前の渤海国の使節の一員をさしている。高麗国と日本とは正式の国交がなく、迎賓館である鴻臚館に滞在した使節もいなかったからである。高麗人は光源氏の並外れた才質を見抜き、桐壺巻で素晴らしい舶載品を贈ったのであり、それが二条院の倉に蓄えられていたのである。渤海国使の最後の来朝は、醍醐朝の延喜一九（九一九）年のことなので、高麗人からの献上品は一条朝よりかなり昔の舶載品という設定である。

中国の東北部、旧満州国の辺に位置した渤海国は、新羅によって滅ぼされた高句麗の遺民により、六九八年に建国された。渤海国は、日本に対しても、高句麗の後裔として「高麗」を名乗り、国交を求めてきたのである。渤海国の使節の来訪は神亀四（七二九）年、奈良時代の聖武天皇の時代に始まるが、平安時代にも醍醐朝の延喜十九年まで、三十数回にもおよんでいる。渤海使の当初の目的は、共通の敵である新羅を牽制しようとする軍事的なものだったが、平安期に入ると、むしろ文化交流や、交易の利をもとめる経済的な目的が主になってくる。(1)

鴻臚館に到着した使節は、まず国書と、信物とよばれる献上品を朝廷に差し出し、信物は内蔵寮に収められる。その後、使節には官位と朝服があたえられ、引見や賜宴の儀があった。また使節は、天皇や高官に別貢物と称する個人的な献上をしたり、鴻臚館で内蔵寮の官人と「遠物」（積んできた交易品）を交易したり、和市を開いての民間との交易があった。このように平安時代には醍醐朝まで渤海国交易という交易ルートもあったわけである。

梅枝巻の冒頭では短い一節のなかに、**大宰府交易と渤海国交易という二つの交易ルート**や対外関係がすき見えている。そのことは『源氏物語』が鎖国のような閉ざされた環境で成立したわけではないこと、唐物を消費する中で優雅さを演出した貴族生活を垣間見させる文学であることも証している。

梅枝巻のこの条から読み取れることをさらに補足しておこう。まずは新旧の唐物を番わせて、より良い品を選んでいくという『源氏物語』の美学である。光源氏は「錦、綾なども、なほ古き物こそなつかしうこまやかにはありけれ」と語っている。大弐からの献上品より、高麗人からの贈り物の方がすぐれているという判断である。古い唐物の方が品質が確かであるということであり、一種の尚古趣味といってもよい。

唐物でも、特に唐織物については、後の時代でもしばしばこうした認識がみられる。博多に来航する海商から大宰府の役人が買い取った唐物と、渤海国使の献上品のように、いわば外交の一環として贈るべく用意された船載品では、後者の方に質的にすぐれているということもあろう。

ともあれ、新旧の品を番わせるという物語の美学は絵合巻の二つの絵合にも顕著であり、また唐と高麗《こま》という文化的な差異をもつ船載品を番わせるという傾向も梅枝巻や絵合巻を含めて『源氏物語』の特徴といえよう。そのように**新旧や唐・高麗に由来する品を番わせていくバランス感覚こそ『源氏物語』の身上**なのである。

ところで梅枝巻のこの一節でもう一点、注目されるのは、唐物と光源氏との関わりである。『源氏物語』では、「唐物」という異国の〈モノ〉をいかに多く所有しているか、また消費するかが、権力や権威の問題と密接にかかわっている。特に第一部（桐壺～藤裏葉）とよばれる主人公の輝ける青春と壮年の物語では、最も価値のある唐物は、光源氏が財力ではなく、その才能と魅力によって獲得したという語り方がなされることが多い。

桐壺巻で高麗の相人から光源氏が贈り物を受け取るのも、光源氏の帝王相を思わせる人品や七歳にして送別の漢詩を作った才能ゆえであり、その典型といえるだろう。梅枝巻の一節はまさに桐壺巻のそうしたエピソードを反照するものとなっている。

一方、梅枝巻での唐物は、太政大臣という権勢家である光源氏と大宰大弐の関係を浮かび上がらせるものとなっている。ただし物語の展開はそこにとどまるのではなく、大弐や二条院の倉の唐物を朝顔の斎院や六条院の女君に分配して薫物の調合を依頼し、人脈の結びつきを深めている。唐物の香料は薫物となって回収されることで、女君たちとの関係を強化したばかりではない。蛍兵部卿宮を判定者とした薫物合という風雅な交流の具ともなった。**光源氏の唐物の分配は、人と人とをつなぐ贈与財としての効果を最大限に発揮しての、人的なネットワークの再構築**といえる。その意味では、梅枝巻の唐物じたいが**光源氏の文化的な権力装置**の一つにほかならなかったのである。なお歴史学の立場から、光源氏の唐物の贈与を天皇の唐物御覧に擬して考える皆川雅樹の論文(2)もあり、刺激的である。

梅枝巻の冒頭からそのような意味を汲み取る時、光源氏だけでなく女君達と唐物はどのような関係にあるのか、という点が気になってくる。実際、光源氏から唐物を分配されるだけでなく、元々、唐物がまとわりつく女君達がいる。それを仮に唐物派の女君と呼ぶと、末摘花・明石の君・女三の宮が当てはまるのである。

末摘花から簡単に見ておくと、末摘花巻で雪の日に末摘花邸を訪れた光源氏がまず目にしたのは、寒そうな女房たちが貧しい食事をする姿であった。しかし食器だけは光源氏の遠目にも「秘色《ひそく》やうの唐土のもの」（末摘花①二九〇）を使っていると見えた。「秘色」とは大宰府経由の唐物交易でもたらされた越州窯青磁の優品である。その翌朝、光源氏は雪明りで末摘花の姿をみて驚愕する。面長で青白く、普賢菩薩の乗り物の白象を思わせるかのような長い鼻、痛々しいまで痩せた体つき。しかも末摘花が着用していたのは「黒貂《ふるき》の皮衣《かはぎぬ》」（末摘花①二九三）という、渤海国からもたらされた貴重な毛皮であった(3)。秘色青磁も黒貂の毛皮もじつは末摘花の父の故常陸宮が持っていた舶載品で、常陸宮家のかつての富と権威の象徴であった。しかし、零落した今となっては、そうした品々は末摘花の困窮と古風さを浮かび上がらせるばかりである。

他方、同じ唐物派の女君といっても、末摘花とは対照的なのが明石の君である。六条院の新たな年がはじまる初音巻で、光源氏は女君達の部屋を訪れ、最後に足を運んだのが、冬の町の明石の君の部屋であった。そこで明石の君は「唐《から》の東京錦《とうぎようき》のことごとしき端《ふち》さしたる褥《しとね》」「琴《きん》」「侍従（香）」「衣被香《えひ》」など、唐物を使った品や唐風の品をたくみな小道具として、光源氏を魅了する（初音③一四九）。特に「唐の東京錦」の褥は、皇族や摂関家などの晴の儀式でも用いられる最高級の褥である。明石の君にとって分相応ともいうべき東京錦の褥は、父明石入道の財力の背景があったという設定であろう。

もっとも唐物がまつわる女君の中で、最高級の舶載品で飾られた人物といえば、老いた光源氏の正妻となった女三の宮である。早くは中西紀子が注目しているが、(4)その裳着の儀式では、父朱雀院により国産の綾や錦がいっさい排除され、舶載の唐物の綾錦だけで、中国の皇后もかくやと思わせるような最高級の唐風の調度が、輝くばかりに整えられた（若菜上④四二）。また女三の宮が唐猫を飼っていて、その猫が御簾から走り出たことで、柏木に垣間見られ、密通のきっかけになる六条院の蹴鞠の場面（若菜上④一四〇—一四二）はあまりにも有名である。

このように**末摘花・明石の君・女三の宮とそれぞれに特徴のある唐物派の女君をたどってみると、紫の上のような非唐物派の女君との対比や、そうした人物群像を配置することで物語を複雑化している**ことも見えてくるのである。

研究の展望——国風文化論の再検討

そこから発展して、『源氏物語』以外の平安の他作品では唐物がいかに描かれているのか、さらに『源氏物語』との差異はいかなる点に認められるか、という問題の立て方も可能であろう。じっさい『竹取物語』『うつほ物語』、『枕草子』『栄花物語』などから、『源氏物語』とは違った唐物の位相もあぶり出されてくるのである。例えば唐物の「瑠璃《るり》」（ガラス）について末澤明子は『うつほ物語』『栄花物語』と『源氏物語』の相違を論じている。(5)

なお「唐物」は、瑠璃や秘色青磁など、それじたいで完結した舶載品ばかりではなく、材料は直輸入でも日本で唐風に製作されたもの、すなわち薫物や貴木の調度、日本で直輸入の唐物を模倣して製作された品（唐紙・唐綾の一部）なども、視野に収めて分析していく必要もあろう。

こうして**王朝文学に点描される唐物や唐風の品々に注目すると、そもそも国風文化とよばれる時代の輪郭もまた違って見えてくる**のではないか。平安時代については、ともすれば唐風文化から国風文化という純然たる日本文化へ移行したといった通念がいまなお根強く残っている。『源氏物語』もまた、平安の国風文化の極みに花開いた、その時代を代表する文学作品という風に考えられてきたのである。

もとより『源氏物語』を国風文化の枠組みからとらえることが、誤りというわけではない。仮名文字の発達や、洗練された貴族文化が『源氏物語』の土壌であることはいうまでもない。しかし、国風文化という理解の枠組みがなぜ成立したのか、その起源を知ることや、国風文化の達成を東アジアという国際的な視野からとらえ返すことは、文学研究にあっては欠落しがちな視点であった。

最近、歴史学では「国風文化」を見直すシンポジウムが相次いで開かれ、その成果を問うような本も出版されている。しかし平安文学においてはまだまだ通念に沿って研究が続いており、それを唐物や唐物の加工品に注目すると、その威信財としての重要性や文化のモードを形成する点などから異化できると考えている。**国風文化とは、明らかに唐物や唐風の贅沢品を享受する環境のなかで醸成された都市文化だからである。**

ところで「唐物」研究で顧みられるべき課題として、異国の〈モノ〉が日本に招来された時に起きる新たな文化的価値の創造がある。小山順子は「鸚鵡」が日本で『文選』の「鸚鵡賦」などのイメージで受容される一方、『枕草子』「鳥は」の段により新たに「人まねをする鳥」という文化的価値が見いだされたことを明らかにしている。(6)〈モノ〉が国境を超えて移動する時、本国と違った文化的価値が付与されることも少なくなく、時代は下るが、その典型として国宝の「曜変天目」茶碗なども思い浮かぶ。(7)

このように日本に移動した異国の〈モノ〉が、〈漢〉を体現する文化装置として機能し、本国にあった時以上に権威化する例もある一方、〈和〉の文化として再定位、再創造される場合もあった。梅枝巻前半の中心にあった薫物も、元々は唐の時代に流行した練香の製法が日本に輸入され、四季の美学という日本的な美意識と融合し、また他の要素から独特の発達を遂げていく。薫物の原材料はすべて舶載の香料であったが、入手困難なため代用品を使ったり、国産化が試みられたことを、田中圭子が明らかにしている。[8] こうして出来た薫物は、本国からみたら模造品であるが、それが〈和〉の文化として受容されたことも否定できない。

唐物の歴史を追うところから見えてくるのは、日本文化における〈和漢〉の構図と、それに占める唐物の役割のバリエーションである。一見すれば、異国からやって来た唐物は〈和〉の文化ではなく〈漢〉の文化に位置づけられるようにみえるが、ことはそう単純ではない。唐物には、模造品もふくめて異国の品としてありつづけた唐物、すなわち〈漢〉の権威となり所有者のステイタス・シンボルとなるものと、〈和〉の世界にとり込まれ変容したものがあり多様である。そこには、まさに交易品による異文化の受容・交流・変容というべき現象がみられるのである。

つまり、それらに関わる物語叙述に注目してみることで、唐物が「国風文化」の実像にいかに関わっているのかも、詳らかにすることができるのではないか。なお国風文化論を含めて『源氏物語』など平安文学、ひいては平安文化を見直すために、唐物も一つの視点であるが、それに限らず本朝意識や異国意識、それを表す言葉の使われ方など、[9]〈和〉〈漢〉の関係を問い直す契機は様々あるであろうし、その方面での研究の活性化も望まれるのである。

注

(1)上田雄『渤海国』(講談社学術文庫、二〇〇四)。

(2)皆川雅樹「九~十世紀の対外交易と「唐物」贈与」(『日本古代王権と唐物交易』吉川弘文館、二〇一四)。

(3)金孝淑「末摘花における『唐《から》』――「黒貂の皮衣」と「からころも」」(『平安朝文学研究』復刊第九号、二〇〇〇・一二)、河添房江「末摘花と唐物」(『源氏物語時空論』東京大学出版会、二〇〇五、初出二〇〇一)。

(4)中西紀子「女三宮―行動しない姫君」(『源氏物語の姫君―遊ぶ少女期』渓水社、初出一九九三・三)。

(5)末澤明子「平安文学に於ける瑠璃の二面性」(『王朝物語の表現生成―源氏物語と周辺の文学』新典社、二〇一九、初出二〇〇九・三)。最近では『竹取物語』と唐物の関係について、皆川雅樹「ユーラシアと「唐物」との関係からみた「文化」―『竹取物語』を題材として―」(『横浜ユーラシア文化館紀要』七号、二〇一九・三)が論じている。

(6)小山順子「日本文学と鸚鵡―歌論用語「鸚鵡返し」をめぐって」(『「唐物」とは何か―舶載品をめぐる文化形成と交流』「アジア遊学」二七五、勉誠出版、二〇二二)。

(7)彭丹『中国と 茶碗と 日本と』(小学館、二〇一五)。

(8)田中圭子「薫物と唐物」(注(6)前掲書所収)。本書「薫物・香×匂宮巻」の章も参照されたい。

(9)金孝淑『源氏物語の言葉と異国』(早稲田大学出版部、二〇一〇)、丁莉「平安時代の物語に見る「唐土意識」と「日本意識」」(『平安文学新論』風間書房、二〇一〇)。

女三の宮降嫁と密通事件に表れる〈風〉

山際咲清香

概要――〈風〉について

『源氏物語』の〈自然〉は景情一致といわれるように[1]、**登場人物の心情を反映**している。それだけではなく、**人物が置かれた状況や物語の内容とも密接に結びついて**いる。「月」を始めとする様々な〈自然〉の、作品における効果について研究が進められてきた中で、作品中のほとんどの巻に見られ、出てこない巻はわずかな〈風〉の表現に注目したい。

〈風〉の表現とは「風」のみならず、「松風」「山風」「波風」「追風」「夕風」「野分」「嵐」「木枯らし」「深山おろし」などを含むもので、それらが出てこない巻は、行幸と柏木の二巻のみである。天象・気象を表す語彙の中で最も数が多いのは〈風〉であり[2]、須磨の嵐のように**物語の展開と大きく関わっている**例が少なくないのである。

〈風〉についての先行研究としては、上坂信男「秋風の譜」（『源氏物語―その心象序説』笠間書院、一九七四）、清水婦久子「源氏物語の和歌表現―その位置「秋風」「鐘の声」を中心に―」（『源氏物語の風景と和歌』所収、和泉書院、一九九七、初出一九八〇・三）、新間一美「新楽府「陵園妾」と源氏物語―松風の吹く風景」（『源氏物語と白居易の文学』所収、和泉書院、二〇〇三、初出一九九八・一二）、吉海直人「「追風」考―『源氏物語』の特殊表現」（『源氏物語「後朝の別れ」を読む』

所収、笠間書院、二〇一六、初出二〇〇八・一〇）など、特定の〈風〉についての論がある。

また須磨巻についての林田孝和「源氏物語の天変の構造」（『王朝びとの精神史』桜楓社、一九八三）、橋姫巻についての小嶋菜温子「源氏物語「負」の時間―橋姫巻断章―」（『源氏物語批評』所収、有精堂出版、一九九五、初出一九七九・五）、手習巻についての松井健児「小野の風―「手習」巻に見る「風」の象徴」（『物語文学論究』第七号、一九八三・三）など、特定の巻における〈風〉についての分析もある。

さらに中川正美「源氏物語の風―和歌からの飛翔―」（『風の文化誌』和泉書院、二〇〇六）のように作品中における複数の〈風〉に着目した論も見られる。三田村雅子が「「外部」として追放・排除・疎外された異郷から吹き込む「風」の裂け目から、もう一度の物語の空間を捉えなおしてみることも有効ではないだろうか」（「物語空間論―風の圏域―」『源氏物語　感覚の論理』所収、有精堂出版、一九九六、初出一九九〇・一）としたように、〈風〉には検討の余地がある。

読む――吹く風と、吹かない風

本章では若菜上巻を中心とする〈風〉に着目し、人物の心情との関わりや物語展開における働きについて考察していく(3)。**女三の宮降嫁**と、柏木による**女三の宮の垣間見から密通事件**へと続く中で、関連性をもって表れる〈風〉の様相について見ていきたい。

若菜上巻において、初めて〈風〉の表れる場面(4)では、女三の宮降嫁に際して、紫の上の苦悩が語られる。

風うち吹きたる夜のけはひ冷やかにて、ふとも寝入られたまはぬを、近くさぶらふ人々あやしとや聞かむと、うちも身じろきたまはぬも、なほいと苦しげなり。（若菜上、六八）

〔訳〕風が少し吹いている夜の空気が冷やかで、すっと眠りに落ちることができずにいらっしゃるけれども、周りの人達が怪しんではいけないと、少しも身動きしないでいらっしゃるのも、やはり苦しそうなご様子である。

一人寝の紫の上に「夜のけはひ」が「冷やか」に感じられる「風」が吹く。身分の高い女三の宮が妻として迎えられることに衝撃を受けつつも、源氏が自ら望んだことではないと理解を示し、昼間に女三の宮方へ渡る源氏の仕度も整えた。世間体を気にかけ、本心を隠して過ごす[5]紫の上は、こうして眠れない辛さも周囲に気取られないよう身動きしないでいる。「冷やかなり」は夕顔巻で源氏が亡き夕顔を偲ぶ場面や、若紫巻で藤壺とのことを懊悩する場面、賢木巻での六条御息所との最後の逢瀬、そして野分巻で夕霧が紫の上を思慕する場面など、想いを抱く相手に対して焦がれる気持ちを抱きながらも、離ればなれでいること（あるいは今後そうなること）を余儀なくされるという状況において表れる。**紫の上にとって深刻な悩みの始まりに吹く「風」**は、**単なる温度の冷たさをもたらすだけでなく、隔絶された叶わぬ想いを一人で抱え込むという、その孤独と関わっている**と解釈できよう。

続いて密通事件へとつながる柏木の〈風〉に目を転じていきたい。柏木が女三の宮の姿を見た「三月ばかりの空うらかなる日」（若菜上、一三六）は、「**風吹かずかしこき日なり**（風の吹かない、蹴鞠にうってつけの日である）」（若菜上、一三八）とされている。野分巻で夕霧が紫の上を垣間見ることができたのは、強風のために屏風が畳んで寄せられていたからであり、若菜上巻においても蹴鞠以前に、「風」のため姿が顕わになることを危惧する明石の君の言葉があった。**蹴鞠の日には**、そのような**心配を要する「風」は吹いていない**ことが、わざわざ語られている。ところが女三の宮が飼っていた唐猫によって御簾が引き上げられ、端近くにいた女三の宮は、その姿を夕霧と柏木に見られてしまう。夕霧は彼女の軽率さに気づくものの、女三の宮に熱をあげる柏木は、自身の願いが通じたように受け止めた。

「太政大臣の、よろづのことにたち並びて勝負の定めしたまひし中に、鞠なむえ及ばずなりにし。はかなきことは伝へあるまじけれど、ものの筋はなほこよなかりけり。いと目も及ばずかしこうこそ見えつれ」とのたまへば、うちほほ笑みて、「はかばかしき方にはぬるくはべる家の風の、さしも吹き伝へはべらむに、後の世のためことなることなくこそはべりぬべけれ」と申したまへば、「いかでか。何ごとも人にことなるけぢめをば記し伝ふべきなり。家の伝へなどに書きとどめ入れたらむこそ、興はあらめ」など戯れたまふ御さまの、（若菜上、一四四）

〔訳〕「あなたの父上から様々に勝負を挑まれた中で、鞠だけは勝てなかった。伝授するほどのことではないのだろうけれど、やはり父上の血筋を引いているのだね。本当に素晴らしい技だったよ」と源氏がおっしゃるのを、柏木は苦笑いしながら、「政治の面でぱっとしない我が家の家風を、こんなふうに吹き伝えたところで、子孫にとって、どうということはないに決まっています」と申し上げなさるので、「いやいや。何事であっても、人より抜きんでていることは記しておくべきだ。家伝として書き留めておいたらきっと面白いのでは」と冗談めかして続ける源氏のご様子の、

右は垣間見直後の、源氏と柏木とのやりとりである。柏木の言葉「**ぬるくはべる家の風**(6)」は、政治方面での家柄を卑下した表現で、朱雀院が女三の宮降嫁先を検討する際、柏木については**位の低さを理由に候補から外れた**(7)ことと照応している。ここで源氏に向かって謙遜しながらも、柏木は先ほど姿を見た女三の宮へ、どうにかして気持ちを伝えたいと思い詰めており、やがて文を送るという行動に出る。そこには、次のようにあった。

一日、風にさそはれて御垣の原を分け入りてはべしに、いとどいかに見おとしたまひけむ。（若菜上、一四八）

〔訳〕先日、風に誘われて御垣の原へ分け入りました姿を、あなたはさぞつまらない者と御覧になったでしょうね。

蹴鞠の日に吹いていていなかった「風」に誘われた(8)とある上、柏木の方が女三の宮を目にしたのにもかかわらず、女三の宮が柏木を見たかのように問いかけており、この手紙の中には**事実とは逆の組み合わせ**が記されているのである。

そして三月の末日、六条院で行われた競射へ柏木は出向いた。

乱るる夕風に、花の蔭、いとど立つことやすからで、人々いたく酔ひ過ぎたまひて、（中略）衛門督、人よりけにながめをしつつものしたまへば、かの片はし心知れる御目には、見つけつつ、なほいと気色異なり、わづらは

しきこと出で来べき世にやあらん、と我さへ思ひ尽きぬる心地す。（若菜下、一五四）

ここでは普段と異なり、物思いにふける柏木の様子と、それを目にした夕霧の、事態を案ずる心中が語られている。夕霧の不安は的中し、若菜下巻において柏木は女三の宮と密通に及ぶことになる。またこの場面には**「夕風」が吹き乱れ**(9)ている。**蹴鞠の場面に吹いていないと明記された「風」が、垣間見直後、柏木による「ぬるくはべる家の風」という喩として表れ、同じく「風」に誘われたと女三の宮宛の手紙に書かれた後、実際の場面に吹くようになった**のである。〈風〉は、まるで柏木によって呼び起こされたかのようであり、垣間見を経て、**女三の宮に対する柏木の想いが増していく過程**と深く関わっていると考えられる。

ところで女三の宮降嫁の折には、源氏との次のような贈答が見られた。

中道をへだつるほどはなけれども心みだるるけさのあは雪　（若菜上、七一）

〔訳〕あなたへ通う道を隔てるというほど降っているわけではないけれども、心乱される今朝のあわ雪です。

はかなくてうはの空にぞ消えぬべき風にただよふ春のあは雪　（若菜上、七二）

〔訳〕あなたが上の空だからか、はかなさゆえ、きっと空に消えてしまうに違いない、風に漂う春のあわ雪です。

この場面には**地の文、源氏の贈歌ともに〈風〉表現がない**。にもかかわらず、**女三の宮の頼りなげな様子が「風」の語を用いた喩**で表されている点に着目したい。後に若菜下巻の女楽の場面において、女三の宮は「二月の中の十日ばかりの青柳」（若菜下、一九一）に喩えられ、「鶯の羽風にも乱れぬべくあえかに見えたまふ」（同）とされる。この表現について、蹴鞠の場面における柏木の「乱れ」との関わりが指摘されている(10)。加えてそれ以前、女三の宮が六条院へ迎えられた、この場面においても、源氏と女三の宮の関係性を表すはずの贈答歌に、「みだれ」と「風」という、先に見た柏木の〈風〉とリンクする表現があることから、**密通へつながる予徴**が既に表れているといえよう。源氏の贈歌に「心みだるる」とされる、当初、紫の上との関係において源氏の心を「みだ」した女三の宮の存在は、やがて乱れる〈風〉に象徴される柏木の行動によって、別の意味でも心痛の種となっていくのである。

さて若菜下巻、六条院で行われた試楽、すなわち女楽の場面冒頭には、「空もをかしきほどに、風ぬるく吹きて、御前の梅も盛りになりゆく」（若菜下、一八五）とあり、優雅な催しにふさわしい「風」が吹いている。そして、この「風ぬるく」という表現は、やがて盛夏の密通発覚場面にも表れる。**「これは風ぬるくこそありけれ」**（若菜下、二五〇）**という源氏の言葉をきっかけに**、落とした扇を探すうち、柏木からの文を見つけたことで、**密通が発覚する**のである。「風ぬるく」という同じ表現ではあるものの、女楽の場面に吹くのは、春になって寒さがゆるみ、歓迎されるべき「風」であった。ところが密通発覚場面において吹く、生ぬるい「風」には、**望まれる涼しさとは逆の、夏の不快さ**が表れている。源氏が密通に気づいたときの**「ぬるき風」以降、若菜下巻に〈風〉は全く吹かなくなる。事の始まりに〈風〉が表れ、主要人物の心の揺れと関わっている**のである。

以上見てきたように『源氏物語』には**実際に吹く具象としての〈風〉**と、**喩としての〈風〉**があり、**登場人物の心情や置かれた状況などが反映**されている。また若菜上巻における「風吹かず」と「家の風」という表現は、作品中で唯一、蹴鞠場面にのみ表れるものであった。若菜上・下巻では登場人物の人生が転換する。源氏が女三の宮を六条院へ迎え、そのことで紫の上は思い悩み、遂には発病する。女三の宮を諦めきれなかった柏木は密通に及び、女三の宮は懐妊して柏木巻で薫の誕生後、出家する。密通発覚後、柏木は病の床に就き、死に至る。そして源氏は密通の事実を知り、柏木の子を我が子としなければならなくなる。このように**四人の人物が下降へと向かう転換場面に〈風〉表現が**見られた。

女三の宮降嫁、そして女三の宮・柏木密通事件ともに、**人物の起こす出来事**でありながら、**それらが避けられないものであることを示すかのように、〈風〉という、人間の力ではどうにもできない〈自然〉**の力が二つの出来事に関わる場面で吹く。〈風〉は一見、物語の中で背景のように思われる場合もあるが、実は**人事に深く関わっている**といえるのである。

研究の展望――寒暖語について

ところで〈風〉について考察することに加えて、**〈風〉を形容する語**について検討していくことにも意義があるのではないだろうか。たとえば『源氏物語』の〈風〉と関わりの深い言葉として、**寒暖語**[11]がある。寒暖語とは「涼し」「涼しげなり」「冷やかなり」「寒し」「寒げなり」「肌寒し」「そぞろ寒し」「そぞろ寒げなり」「あたたかげなり」「暑し」「暑げなり」「ぬるし」など温度に関わる語を指す。そのうち「涼し」と「ぬるし」には温度と関わりのない例も含まれ、**若菜上・下巻における「ぬるし」**は、これまで見てきた〈風〉**表現と関わる**例の他に、**人物の評価語**ともなっている。

①いと端近なりつるありさまを、かつは軽々しと思ふらむかし、いでや、こなたの御ありさまのさはあるまじかめるものをと思ふに、かかればこそ世のおぼえのほどよりは、内々の御心ざしぬるきやうにはありけれと思ひあはせて、なほ内外の用意多からずいはけなきは、らうたきやうなれどうしろめたきやうなりやと思ひおとさる。

（若菜上、一四三―一四四）

〔訳〕端近くにいた女三の宮のことを、一緒にいた柏木も一方では軽々しいと思っただろう、ああ、憧れの紫の上は、そんな風ではないに違いないと思うと、だからこそ世間で言われる身分の高さに比して、父である源氏の処遇が、はかばかしくなかったのだと合点がいって、やはり色々な面で整わずに拙いご様子は、可愛らしいようでいて、その実、心配が多いものなのだと思い落とされる。

①は蹴鞠の場面で女三の宮を垣間見た後の、夕霧の心中である。紫の上と比較して女三の宮の至らなさに気づき、だからこそ**源氏の女三の宮への待遇が「ぬるし」**という状況なのだと納得している。

②対の上の、見しをりよりも、ねびまさりたまへらむありさまゆかしきに、静心もなし。宮をば、いますこしの宿世及ばましかば、わがものにても見たてまつりてまし、心のいとぬるきぞ悔しきや。院はたびたびさやうにおもむけて、後言にものたまはせけるを、とねたく思へど、すこし心やすき方に見えたまふ御けはひに、侮りきこゆとはなけれど、いとしも心は動かざりけり。（若菜下、一九三―一九四）

③いにしへより本意深き道にも、たどり薄かるべき女方にだにみな思ひ後れつつ、いとぬるきこと多かるを、みづからの心には、何ばかり思しまよふべきにはあらねど、今はと棄てたまひけむ世の後見におきたまへる御心ばへのあはれにうれしかりしを、ひきつづき、争ひきこゆるやうにて、同じさまに見棄てたてまつらんことのあへなく思されむにつつみてなむ。（若菜下、二六九―二七〇）

女楽の場面における②も、同じく夕霧の心中で、ここでは夕霧自身が女三の宮を得られたかもしれなかったのにと、**朱雀院から打診された際の自身の鈍さ**⑫を「ぬるし」として悔やんでいる。とはいえ、夕霧が惹かれているのは実は紫の上であり、ここでも前後には紫の上を思う心情が見られる。

そして③は密通発覚後、女三の宮へ向けた源氏の訓戒であり、出家できずにいることを「いとぬるきこと多かる」としている⑬。しかしながら、ここには、**出家が叶わないというだけではなく**、密通の事実を知り、女三の宮が柏木に靡いたと誤解する一方で、彼女への未練も生じている⑭のに加えて、女三の宮方へ足が遠のいたことを、源氏の落ち度によると朱雀院から思われていると推測して苦々しく思うなど、**誤解に基づき、屈辱的な思いを味わった源氏の、複雑な心情**⑮が込められているのである。

①で夕霧に確認されたように、「ぬるし」という態度で女三の宮に接していたことが、柏木を呼び寄せ、③に引いたように、最終的には源氏自身に「ぬるし」という形で跳ね返ってきたといえる。女三の宮を得られなかったことに対する柏木の「ぬるくはべる家の風」と、夕霧の「心のいとぬるきぞ悔しきや」に続き、女三の宮を得た源氏もまた

「ぬるし」という目に遭うことになった。このように「ぬるし」**は女三の宮をめぐる源氏、柏木、夕霧の味わった負の感情を示す自己評価の語**として機能している。「**ぬるし」は密通事件の語脈**(16)となっており、〈**風**〉**を形容する温度を表す語**と、**人物の評価語**という異なる側面をもちながら、**ともに同語の「ぬるし」で物語の大きな展開に緊密に関わる語**として働いているのである。

この他にも作品中には〈風〉を形容する語や、〈風〉と関わる言葉がある。『源氏物語』の言葉は緊密につながっており、まだまだ**発掘されていない語脈が眠っているはず**である。是非、新たな〈風〉の側面や、新たな語脈を見出していただければと願っている。

注

(1)景情一致に関する先行研究の詳細は、河添房江「『源氏物語』の自然」(小森陽一編『岩波講座文学 7 つくられた自然』、二〇〇三)を参照されたい。

(2)阿部俊子「紫式部の自然描写の特質」(『源氏物語と女流日記 研究と資料―古代文学論叢第五輯―』武蔵野書院、一九七六)では、『蜻蛉日記』、『枕草子』、『紫式部日記』、『源氏物語』が比較されており、天象・気象として、空、日、月、風、雲、霞、霧、露、雪の表から、四作品に共通して「風」及び「月」の多数表れることがわかる。

(3)本稿は山際咲清香「若菜上・下巻の「風」と寒暖語」(「学芸国語国文学」第四七号、二〇一五・三)の内容を元に加筆修正したものである。

(4)『源氏物語』には「いひ知らず吹きたてたる物の音どもにあひたる松風、まことの深山おろしと聞こえて吹きまよひ」(紅葉賀、三一四)、「楽の船ども漕ぎまひて、調子ども奏するほどの、山風の響きおもしろく吹きあはせたる」(少女、七二)のように音楽を伴う場面や行事の際に〈風〉が吹く。若菜上巻では、これ以前に玉鬘主催の源氏四十賀で楽箏の場面があるものの、室内の演奏である故か、〈風〉は出てこない。

(5)女三の宮を迎えることを初めて聞かされた時、紫の上の反応は「はかなき御すさびごとをだに、めざましきものに思して、心やすからぬ御心ざまなれば、いかが思さむと思すに、いとつれなくて」(若菜上、五二)という、源氏が拍子抜けするほど物わかりのよいものであった。その後も「をこがましく思ひむすぼほるるさま世人に漏りきこえじ」(若菜上、五三)、「今はさりともとのみわが身を思ひあがり、うらなくて過ぐしける世の、人笑へならむことを下には思ひつづけたまへど、いとおいらかにのみもてなしたまへり」(若菜上、五四)など、世間体を気にかけて本心を悟られまいとする様子が随所に繰り返されており、心の内と、表に出す表情との乖離が常に存在していることが窺える。

(6)柏木の言葉にある「家の風」という表現は作品中で一例しかない。若菜下巻に続く柏木巻で柏木は亡くなる。この巻には〈風〉が一例もないものの、死後、横笛巻で夕霧の夢枕に立ち、詠んだ「笛竹に吹きよる風のことならば末の世ながき音に伝へなむ」(横笛、三六〇)に再び「風」が表れる。表向きは源氏の子とされながら、実は柏木の子である薫に、笛を伝えてほしいという和歌中の「風」には、若菜上巻における柏木の「家の風」及び、それを受けた源氏の返事「家の伝へ」との関わりが読みとれる。

(7)女三の宮降嫁先を選ぶ際、柏木については、「位などいますこしものめかしきほどになりなば、などかはとも思ひよりぬべきを、まだ年いと若くて、むげに軽びたるほどなり」(若菜上、三六)とされた。

(8)森野正弘「女三の宮の花の履歴―桐壺巻「未央柳」の脱落―」(『源氏物語の音楽と時間』所収、新典社、二〇一四、初出二〇〇二・五)に既に指摘がある。

(9)高橋亨「源氏物語の内なる物語史」(『源氏物語の対位法』所収、東京大学出版会、一九八二、初出一九七七・一一)に「賭弓場面の「霞」「夕風」「花の蔭」「乱るる」などのイメージ群は、明らかに(中略)蹴鞠の情景をふまえて成立する。「花の蔭」がキーワードであり、それが乱れ散ることに、柏木の心の惑いが象徴され、来るべき事件が暗示されている。この日夜、柏木が心に抱き続け自己増殖していた風景なのである。(中略)柏木は蹴った鞠が庭の懸(桜・柳・楓・松を四隅に配するのが鞠庭の基本）の桜に当り、花の散ることを「風」に喩えていったのである。」とある。

（10）倉田実「紫の上の述懐」（『紫の上造型論』所収、新典社、一九八八、初出一九八三・三）に「女三の宮の「青柳」へのよそえにある「乱れ」の語は、当然この蹴鞠の段を呼び起こすはずのものであると思われる。この意味で、女三の宮の「青柳」へのよそえは、主題的な意味を担っているといえるであろう」とある。また注（8）前掲書に「六条院に発生した「乱れ」は、柏木によって「風」が付け加えられ、女三の宮の花の喩にまとわりつくようにして接近してゆき、「柳」の喩において一気に収斂する」とある。

（11）寒暖語については以下に論じたので参照されたい。相原咲清香「『源氏物語』における「ぬるし」が示すもの―若菜巻の密通事件をめぐって―」（「日本文学」第五一巻九号、二〇〇二・九）、山際咲清香「『うつほ物語』から『源氏物語』へ―寒暖語「寒し」の系譜の変遷―」（「物語研究」第十八号、二〇一八・三）、同「『うつほ物語』から『源氏物語』へ―寒暖語「暑し」の系譜の変遷―」（『古代中世文学論考』第三七集、新典社、二〇一八）など。

（12）朱雀院を見舞った夕霧は、女三の宮降嫁をほのめかされた。この時、朱雀院が出家するために女三の宮を誰かに託すつもりだという噂に思い当たりながら、「ふと心得顔にも何かは答へきこえさせむ」（若菜上、二五）というわけで、「はかばかしくもはべらぬ身には、寄るべもさぶらひがたくのみなむ」（同）と返答するにとどまったことをさしている。

（13）『源氏物語』には出家に関わる「涼し」と「ぬるし」とが見られる。ちなみに「ぬるし」に取り巻かれていく源氏達とは別の世界を歩み始めた紫の上が、五戒を受けた後、小康を得た場面に、「池はいと涼しげにて」（若菜下、二四五）とある。池の水は静止しており、もはや彼女の心を揺さぶる〈風〉は吹いていない。この場面における紫の上の詠歌「消えとまるほどやは経べきたまさかに蓮の露のかかるばかりを」（若菜下、二四五）からは、以前に見られたような源氏への執着から離れていることが看取できる。出家できない源氏が自らを「ぬるし」としたのとは反対に、「涼し」「涼しげなり」は五戒を受けた後、紫の上を取り巻く環境として表れるのである。

（14）女三の宮に対して、突き放したい気持ちがある一方で、「あやにくに、うきに紛れぬ恋しさの苦しく思さるれば」（若菜下、二五九）という執着が生じるなど、源氏の屈折は深くなっているといえよう。

（15）実際には朱雀院は「その後なほりがたくものしたまふらむは、そのころほひ便なきことや出で来たりけむ、みづから知りたまふことならねど、よからぬ御後見どもの心にて、いかなることかありけむ」（若菜下、二六七）のように、女三の宮側に落ち度があったのではと、かなり当を得た推測をしている。さらに女三の宮の反応を見ると「あさましくむくつけくなりて」（若菜下、二二四）、「いとめざましく恐ろしくて、つゆ答へもしたまはず」（若菜下、二二五）、「いとあさましく、現ともおぼえたまはぬに、胸ふたがりて思しおぼほるる」（若菜下、二二六）、「よろづに聞こえ悩ますも、うるさくわびしくて」（若菜下、二二七）、「幼くよりさるたぐひなき御ありさまにならひたまへる御心には、めざましくのみ見たまふ」（若菜下、二四三）とある。女三の宮にとって柏木は「めざまし」や「あさまし」が繰り返される、分不相応で不快な者とされており、源氏の思うように靡いているわけではない。

（16）語脈の定義については、鈴木日出男「語脈」（『国文学』第二八巻一六号、一九八三・一二、『源氏物語の文章表現』至文堂、一九九七）を参照されたい。

平安時代の音楽と物語の音楽

西本香子

概要——古代音楽と『源氏物語』研究

近年の『源氏物語』研究において、〈音楽〉はとくに新たな展開を見せているテーマだろう。その背景には、史学分野における音楽研究の進展がある。

かつて、日本古代音楽は主に芸能史の分野で研究され、歴史学的観点からの考察はごく限られていた。そのため古典文学における音楽研究も、(1)古代音楽の実際に関する知識を得がたいまま、音楽や楽器を主に作品内の表現において論究していたのである。しかし近年、音楽史そのものを研究対象とする気運が史学分野で生じたことにより、その豊かな成果が古典研究にも流れ込んだ。(2)その結果、史的状況を踏まえた視点からあらためて音楽を考究することが可能となり、音楽に関わる多くの論稿や著作が発表されるようになってきている。(3)

また、二〇世紀末ごろより提唱された概念「東アジア文化圏」(4)によって「礼楽《れいがく》思想」への関心が高まったことも、古代音楽研究に新たな視角を拓いたといえるだろう。「東アジア文化圏」とは、漢字を共有し、それを媒介にして儒教・律令・漢訳仏教といった、中国起源の文化を受容した地域をさす。古代中国文化の思想的支柱は儒教であり、その**儒教は礼と楽（礼儀と音楽）によって人々を教化しうると考える「礼楽思想」を枢要な統治理念としていた**。そのため日本を含む東アジア文化圏の国々は、他の諸制度とともに早くから音楽制度も整え、礼楽を受容・実践したのである**（したがって古代音楽の受容・発信は国家・皇室主導であり、平安時代の諸楽器相承の多くも皇室を源流としている）**。

大宝律令（大宝元〔七〇一〕年）によって雅楽寮が設置され音楽制度が整備されると、続いて国家が取り組んだのは、儀礼における礼楽の実践だった。たとえば聖武朝の阿倍内親王五節舞においては、「上下《かみしも》を斉《ととの》へ和《やはら》げて動《うごき》無《な》く静かに有らしむるには、礼と楽と二つ並べてし平けく長く有べし」（『続日本紀』天平十五〔七四三〕年五月五日条）と、礼楽思想を重んじ広げるという国家方針を宣言している。

平安時代の宮中儀礼で様々な楽舞が繰り広げられるのも、礼楽思想の実践にほかならない。儀礼における奏楽には「雅正な楽によって世を正す」という意義があり、壮麗な音楽を伴う儀礼は聖代の証と考えられたのだ。平安期の物語に「礼楽」の語は見られないが、たとえば『河海抄』では女楽（若菜下）場面への注に礼楽思想の言説(5)を引いている。女楽を、光源氏を頂点とする六条院秩序の調和の現れと解すのだ。また藤原定家作とされる『松浦宮物語』にも(6)「礼楽の道捨つべきにはあらねば」とあり、音楽の根底には礼楽思想が意識されていたことが分かるのである。

こうした礼楽思想が再認識されたことにより、物語研究においてもあらためて、王権を荘厳する儀礼の場や、儒教で最も尊ばれた楽器「琴《きん》」の研究が深められていった。

なお、平安時代の音楽には大別して、a．雅楽、b．国風歌舞《くにぶりのうたまい》、c．謡物《うたいもの》、d．管絃がある。

「a．雅楽」は、宮中儀礼や仏教法会などで上演された儀礼音楽だ。雅楽寮の伶人(7)によって、唐楽をはじめとする各種外来楽や日本古来の楽舞が奏された。また「b．国風歌舞《くにぶりのうたまい》」は、在来の神楽や東遊《あずまあそび》などの歌舞をいい、「c．謡物《うたいもの》」には古くから伝わる神楽歌などのほか「催馬楽《さいばら》(8)」「朗詠《ろうえい》(9)」「今様《いまよう》(10)」があった。「d．管絃」は舞を伴わない器楽演奏で、その規模や用いた楽器の種類は様々である。

雅楽や国風歌舞が大規模な儀礼で演じられたのに対し、管絃や謡物の主な舞台は宴である。ひとくちに宴といっても、宮中儀礼の後の後宴《ごえん》や天皇が私的に行う御遊《ぎょゆう》など公的性格の強い宴もあれば、貴族たちが個人的に開くものもあった。またもちろん音楽は私生活においても親しまれ、とくに外出の機会がほとんどなかった貴族女性にとってはこの上ない心やりであり、男女が心を通わせる恋の小道具(11)としても、大きな役割を果たしたのである。

読む――六条院の女楽《おんながく》

しかし『源氏物語』に描かれる音楽は、平安貴族の生活描写というにとどまらない。物語は音楽を、登場人物の人柄や立場、また物語の主題を表現する重要な方法として様々に活用している。ここでは絃楽器の例として、〝女楽〟の場面を読んでみよう。

女楽は光源氏が四十七歳のときに催された、家庭内での合奏会である。演奏者は源氏にとって最も大切な四人の女性たちで、源氏の他に男性として唯一同座を許された長男夕霧の耳は、彼女たちの演奏を次のようにとらえている。

御琴《こと》どもの調べどもととのひはてて、掻き合はせたまへるほど、いづれとなき中に、**琵琶**《びは》はすぐれて上手《じやうず》めき、神さびたる手づかひ、澄みはてておもしろく聞こゆ。**和琴**《わごん》に、大将も耳とどめたまへるに、なつかしく愛《あい》敬《ぎやう》づきたる御爪音《つまおと》に、掻き返したる音《ね》のめづらしくいまめきて、さらに、このわざとある上手どもの、おどろおどろしく掻きたてたる調べ調子《てうし》に劣らずにぎははしく、**大和琴**《やまとごと》にもかかる手ありけりと聞き驚かる。深き御労《らう》のほど、あらはに聞こえておもしろきに、大殿《おとど》御心落ちゐて、いとありがたく思ひきこえたまふ。**箏**《さう》の御琴は、物の隙々《ひまひま》に、心もとなく漏り出づる物の音《ね》がらにて、うつくしげになまめかしくのみ聞こゆ。**琴**《きん》は、なほ若き方なれど、習ひたまふ盛りなれば、たどたどしからず、いとよく物に響きあひて、優《いう》になりにける御琴の音《ね》かなと大将聞きたまふ。

（若菜下④一九〇）

〔訳〕お琴類の調絃がすべてととのい、いよいよ合奏をお始めになると、いずれも名手でいらっしゃる中でも、明石の御方の琵琶は際立って優れ、いかにも年功を積んだお手並みで、澄みとおった音色がおみごとと聞こえる。紫の上の和琴に大将（夕霧）も耳をお傾けになると、やさしく魅力的な御爪音で、かき返しの音色もめったに聞かれないような新鮮な印象であり、今の世の専門家たちがものものしく掻き立てる曲や調子に決して劣らないはなやかさで、大和琴にもこのような奏法があったのだと、驚かされる。熱心にお稽古なさったのがはっきりとわかる味わい深さに、大殿（光源氏）はほっとなさって、めったにないすばらしいお方よとお思い申される。明石の女御の箏のお琴は他の楽器の合い間からおぼつかなく響くような音色の楽器なので、いかにもかわいらしくみずみずしく聞こえる。女三の宮の琴《きん》はやはりまだ未熟でいらっしゃるようだが、習っていらっしゃる最中なので、危なげなく他の楽器と響き合い、みごとにお上手になられた音色であることよ、と大将はお聞きになる。

一夫多妻の平安時代においては基本的に、妻たちが顔を合わせることはない。しかし女楽という絃楽器合奏の場を設けたことによって、源氏の栄華に大きな役割を果たした女性たちが一堂に会することになり、彼女たちを並べて比較することが可能となった。物語は装束の違いや花への喩《たと》え(12)などによって女君おのおのの魅力を描き出すばかりでなく、楽器によってもまた、彼女たちの人物像を語り分けている。

平安時代の貴族女性に最も広く親しまれた楽器は、箏である。現代の箏とほぼ同じ構造で、十三本の絃を有する。唐代詩では女性の楽器として詠まれることが多く(13)、その伝統を受けてか『源氏物語』でも「これは、女のなつかしきさまにてしどけなう弾きたるこそをかしけれ」（明石②二四一―二四二）と、女性らしい楽器として語られている。女楽でこの楽器を弾くのが明石の女御なのは、生母の明石の御方が醍醐天皇の箏の手を伝えていることからなのだろう(14)。このとき女御はすでに一皇子一皇女を儲けており、この皇子が皇太子となっている。実母が受領階級出身ではあるものの、醍醐天皇流を継承する箏を「うつくしげになまめかしく」爪弾く様は、いかにも次代の国母に相応しい。

また琴《きん》は、二五〇〇年以上もの歴史をもつ中国の古楽器である。七絃で琴柱《ことじ》がなく、奏法がひじょうに難しい。孔子が愛好し儒教では「楽の統」[15]（第一の楽器）として尊ばれた。礼楽思想においては為政者の徳治の具[16]とされ、また隠逸思想においては「君子左琴」というように、世俗を逃れた隠君子たちが常に身近に置くべき楽器[17]とされた。『源氏物語』では琴《きん》は光源氏の楽器とされる。そのため楽器の中では最も早くから研究が始まり、蓄積も厚い[18]。奈良時代にはすでに伝来していたものの、演奏記録が見られるのはごく限られた期間[19]（醍醐〜村上朝）であり、しかも公的な場における奏者は天皇か親王に限定されている。皇族が独占的に使用したのは、中国で特別視されるこの楽器の尊貴性によって皇室を荘厳しようとの狙いがあったのだろう。こうした史実を踏まえ、『うつほ物語』『源氏物語』をはじめ**物語文学で琴《きん》を爪弾くのは必ず皇統である。**したがって琴《きん》はなによりもまず、**皇統の由緒を表わす楽器**とされているのだが、その上でさらに、**光源氏の君子性の表徴**でもある。須磨流謫の生活には『白氏文集』をはじめとする琴《きん》にまつわる漢文学の世界が底流し、まさに隠君子として志操を養う源氏の心の慰めとして、琴《きん》は常に傍らにあったのだった。

　源氏は父桐壺帝自らによる伝えから始め、譜を渉猟し研鑽を重ねて独自の奏法を生み出すに至る。そうした「光源氏の琴《きん》」を唯一伝授されたのが、「習ひたまふ盛りなれば」とあるように、この女楽で琴《きん》を奏でる女三の宮だ。葵の上の早逝後、源氏は紫の上を正妻代わりとして新たな嫡妻をもたなかった。そんな源氏が四〇歳に至って正妻に迎えた女三の宮はまだ十四歳（女楽では二十一歳）、いかにも幼く頼りない。しかし朱雀院鍾愛の皇女であり、また御代替わりに際しては今上帝異母妹として二品に叙されている。女三の宮は朱雀皇統の中でもとりわけ格式高き内親王として、皇統の楽器たる琴《きん》に相応しいと、ひとまずはいえるのである[20]。

　このように物語はまず、皇統譜につながる奏法の由緒や、もともと楽器が有していた唐文化上でのイメージなどを利用して女君の高貴さや格高さを表現しているのだが、史学分野の音楽研究進展にともない、物語における楽器の印象や解釈も次第に更新されていくことになる。和琴はその好例の一つといえるだろう。

和琴は日本固有の六絃の琴《こと》だ。その祖型である絃楽器が古代の遺跡や古墳から出土しており、上古以前より現代に至るまで祭祀に用いられてきた由緒ある在来楽器である。そのためかつての『源氏物語』研究では、琴《きん》や箏といった外来楽器に比べ、古風でありふれた和琴は品下る楽器だったとも受けとられていた。しかし近年の史学的成果により、和琴はむしろ、平安初期においては最も尊ばれた絃楽器であったことが分かっている。[21]また、和琴を古体な楽器と理解していたことと連動し、そうした楽器の音色を物語がしばしば「いまめかし」と評していることについて、『源氏物語』独自の美意識の提唱とみる向きもあった。だがこれも実は、史実を踏まえた評言と思われる。

和琴は催馬楽の伴奏として弾かれた楽器でもある。藤原茂樹[22]によれば、平安初期の素朴な催馬楽は歌・和琴・拍子で構成されていたが、承和の遣唐使たちが新たな音楽を持ち帰ったのを契機に音楽の国風化が生じ、催馬楽においてはとくに宇多・醍醐朝に、笛をはじめとする諸楽器が加わるなどの改新がなされたのだという。そしてそうした新しい催馬楽は、まず宮中で奏されたのであった。『源氏物語』の楽器例を調査した山田孝雄[23]は、この物語の音楽描写は村上朝以前のものだと指摘する。また、准拠論的な研究からもこの物語が主に延喜・天暦（醍醐・村上朝）に准拠することは動かないだろう。したがって物語が「いまめかし」と評する和琴の音色とは、宇多・醍醐朝に刷新された催馬楽で奏でられるような、宮廷音楽としての和琴を指したものと考えられる。

しかし、承和以降に日本で笛譜や琵琶譜が作成されるようになっても、在来楽器である和琴の奏法は中国の楽理を利用して譜に起こすといったことができない。女楽を開始するにあたって源氏が「跡定まりたることなくて（弾き方に定まった型がないので）、なかなか女のたどりぬべけれ」（若菜下④一八八）と和琴担当の紫の上を心配したのはこのためである。物語内では内大臣（頭中将）も和琴の名手とされているが、彼のごとく「をりにつけてこしらへなびかしたる音など、心にまかせて掻きたてたまへる」（若菜下④一九六）というような即妙な合奏ができるようになるには、実践的に熟達していくしかない。だが宮中での管絃に参加する后妃や女房ならばまだしも、深窓に暮らす貴族女性は、他の管絃楽器や歌謡と合奏するような機会は得にくかったことだろう。六条院の奥深く住まう紫の上もまたそうした経験を積めようはずもない。それなのに、彼女は見事に他の女君たちの演奏に合せたばかりか、「なつかしく愛嬌づきたる」「めづらしくいまめきて」といった音色で、最先端の音楽体験を数多く重ねている源氏や夕霧をして「大和琴にもかかる手ありけり」と驚かせたのだ。いったいどのように鍛錬したものかはかりかねる源氏はただ、またとない素晴らしい女性だと、感嘆するしかないのである。

「ここにはこれを物の親としたるにこそあめれ」（常夏③二三一）と源氏が評しているように、和琴は史実においても『源氏物語』においても尊ばれた、日本古来の由緒ある楽器なのだ。中国の「楽の統」である琴《きん》を弾く正妻女三の宮に対置して、光源氏最愛の妻紫の上にいわば日本の「楽の統」としての和琴を委ね、物語は二人の女性を比肩するものとして描き出しているということが了解されるだろう。

研究の展望――物語の方法としての音楽へ

右に見てきたように、明石の女御の箏、女三の宮の琴《きん》、また紫の上の和琴は、まずは物語が准拠する時代の音楽状況に沿って描きだされている。したがって当然のことではあるが、**『源氏物語』の音楽を考察するにあたっては第一に、平安時代の音楽について正しい認識を獲得しておくことが必要だ。**その基礎に立った上ではじめて、物語に語られている楽器の、表現としての広がりをより正確に捉えることができるし、物語独自の楽器のありようを見分けることも可能となる。

独自性に軸を置いて和琴を辿れば、史実上は源氏の表芸だったはずの和琴を(24)、物語は藤原氏である内大臣家の楽器としている。しかも親子間で実際に伝授されるといった現実的なレベルにとどまらず、実父の顔すら知らない薫の音色が柏木とそっくりだと、物語裡に秘された血縁の表徴として、和琴を完全に方法化していくのである。

物語における今後の音楽研究は、こうした音楽・楽器の方法化を中心に考察が展開されていくことになるだろう。そのさいには、たとえば視点を物語内に限定せず物語外へと広げ、物語史さらには文学史的な俯瞰的視野から『源氏物語』の音楽を把握することで、新しい風景が見えてくることもあるはずだ。

琵琶を例にとってみてみよう。四絃曲頸の絃楽器である琵琶は抱えて演奏する。そのため弾く姿が女性には似つかわしくないとされていた。[25] しかし女楽を聴く夕霧はまず、明石の御方の爪弾く琵琶に惹きつけられる。その音色が「いづれとなき中に、琵琶《びは》はすぐれて上手《じやうず》め」きと、名手が揃う中でも抜きん出ていたからだ。受領階級出身の明石の御方は身分にそぐわぬ様々な麗質を持つ女性であり、とくに比類無き楽才が強調される。登場当初は父入道を介して醍醐天皇の箏を相承しているという触れ込みだったが、この物語での明石の御方は何よりも琵琶の名手として語られている。

いっぽう物語文学でこの楽器の類稀の名手として登場するもう一人の女性に、『夜の寝覚』の中の君がいる。彼女もまた父大臣から箏を習っており、その音色の見事さに感応した天人が夢に現れ琵琶の秘曲を伝授する。そして伝授完了と同時に、中の君が「あたら人の、いたくものを思ひ、心を乱したまふべき宿世」をもつことを予言し、彼女はこの予言通りの人生を生きていくことになるのである。箏の名手として出発しながらも物語展開の中では琵琶の弾き手であるという中の君の人物造型には、明らかに明石の御方が踏まえられているだろう。明石の御方が夫・父・娘との長い別離の時をもの思いに沈みつつ孤独に過ごしたのに対し、中の君もまた、恋人と結ばれ得ない長い年月の中で懊悩を極める女君なのである。[26]

ふりかえれば、『源氏物語』最初の女性琵琶奏者として登場する源典侍も、源氏に逢えないつらさゆえに「いといたう思ひ乱れたるけはひ」（紅葉賀①三四〇）だった。物語史的視点から見渡した場合、明石の御方の琵琶は、〈もの思ひ〉に沈む女の系譜上に位置しているのであり、琵琶が〈もの思ひ〉という主題の象徴として継承されていることが見えてくる。そして、こうした〈もの思ひ〉の主題化の背後には、一夫多妻制下で男の愛の移ろいを嘆く女たちの苦悩がある。〈琵琶を弾く女／ものを思う女〉の文学は、さらなる裾野を持っているはずだ。

高く低く、あるいは内に外にと、さまざまな視点を設定することで、物語の音楽に潜む読みの可能性が拓かれていくだろう。まずはぜひ、平安時代の音楽について楽しみながら学んでみて欲しい。

注

（1）物語の音楽に注目した草分け的な研究に、山田孝雄『源氏物語の音楽』（宝文館出版、一九六九）、中川正美『源氏物語と音楽』（和泉書院、一九九一）がある。
（2）福島和夫編『中世音楽史論叢』（和泉書院、二〇〇一）、荻美津夫『古代音楽の世界』（高志書院、二〇〇五）、豊永聡美『中世の天皇と音楽』（吉川弘文館、二〇〇六）、福島和夫『日本音楽史叢』（和泉書院、二〇〇七）など。
（3）多数に上るため詳細は省くが、『東アジアと音楽文化』（アジア遊学一七〇 勉誠出版、二〇一四）の笹生美貴子のコラム「『うつほ物語』から『源氏物語』へ―音楽研究史概観」は研究史のまとめとして至便である。
（4）西嶋定生が提唱した概念。『中国古代国家と東アジア世界』東京大学出版会、一九八三）など。
（5）「礼記曰く楽は天地の和、又曰く風を移し俗を易ふれば天下皆寧し」。
（6）新編日本古典文学全集『松浦宮物語』一二〇頁。
（7）「神楽」は、日本古来の歌舞で、祭祀の際に神に奉納される。また「東遊」は、東国（現在の関東地方）の風俗歌と舞を中心として作られた歌舞。
（8）もともと各地にあった民謡を、外来音楽である唐楽風に編曲して歌った歌謡。
（9）漢詩に節をつけて謡ったもの。

(10)これまでになかった曲調の歌謡で「現代的」という意味合いをもつ。平安中期ごろまでに成立し、鎌倉初期にかけて流行した。

(11)なお、男性貴族は絃楽器・管楽器ともに教養として習得し、笛は横笛がとくに好まれた。いっぽう女性貴族が笛を吹くことはなく、絃楽器のみを愛好した。

(12)河添房江「源氏・寝覚の花の喩」(『源氏物語の喩と王権』有精堂出版、一九九二)。

(13)箏・琴《きん》・琵琶は奈良時代に唐から伝来した外来楽器である。唐ではそれぞれに特有の楽器イメージがあったという。谷口高志「唐代音楽詩における楽器のイメージ―琴・箏・琵琶・笛」(『待兼山論叢』37号文学篇、二〇〇三・一二)。

(14)明石の女御の箏の音色は「母君の御けはひ加はりて」(若菜下④二〇一)とも評されている。

(15)「雅琴は楽の統なり。八音と並行す。然して君子の常に御する処、琴最も親密なり」(応劭編『風俗通義』)。

(16)「鳴琴而治(琴《きん》を鳴らして治む)」。(『説苑』巻七「政理」の宓子賤《ふくしせん》の話を典故とする故事成語)。

(17)注(15)参照。

(18)『源氏物語』の琴《きん》研究の先駆けは上原作和『光源氏物語の思想史的変貌―「琴」のゆくへ』(有精堂出版、一九九四)。ほか、原豊二・中丸貴史編『日本文学における琴学史の基礎的研究』資料編・論考編(米子高専原豊二研究室、二〇〇八、二〇〇九)、『〈琴《きん》〉の文化史―東アジアの音風景』アジア遊学一二六、勉誠出版、二〇〇九)、上原作和・正道寺康子編著『日本琴學史』(勉誠出版、二〇一六)、西本香子『古代日本の王権と音楽―古代祭祀の琴《こと》から源氏物語の琴《きん》へ』(高志書院、二〇一八)など。

(19)『源氏物語』が書かれた一条朝にはほぼ途絶していたとされる。

(20)ただし、後に柏木との密通が生じたことから、徳高き者の楽器としての琴《きん》伝授は失敗に終わったと理解される。西本香子「『源氏物語』の琴《きん》」(注(18)前掲書)。

(21)荻美津夫によれば、古代日本の宮廷音楽の中心はあくまでも日本古来の音楽であり、宮廷音楽が成立した九世紀頃に天皇みずからがまず演奏したのも、和琴だったという。「平安時代音楽史研究の課題」(『琴《きん》の文化史　東アジアの音風景』アジア遊学一二六、勉誠出版、二〇〇九)。

(22)藤原茂樹「和琴と催馬楽と―御遊における源藤氏流および広井女王―」(「藝文研究」95　慶應義塾大学藝文学会、二〇〇八・一二)。

(23)注(1)前掲書。

(24)藤原茂樹前掲論文。御遊では、和琴の所作人は天皇・親王・源氏もしくは藤原氏で、和琴はむしろ源氏の表芸だったとする。

(25)「琵琶こそ、女のしたるに憎きやうなれど」(少女③三四)。

(26)ものを思い悲嘆に沈む女たちが琵琶を弾く女性として形象される基底には、白居易の詩篇「琵琶行」の女があると思われる。西本香子「琵琶を弾く女君」(小山清文・袴田光康編『源氏物語の新研究―宇治十帖を考える』新典社、二〇〇九)。

「紫の上の述懐」と皇女の生

本橋裕美

概要――皇女論に向けて

皇女研究《こうじょけんきゅう》は、女性研究において重要なトピックであり、女帝《じょてい》や女院《にょいん》、斎宮、斎院など、政治・経済・権力・宗教などさまざまな面で重視された女性として論じられてきた。現代においても、女性天皇をめぐる議論として歴史的な皇女のあり方は検討され続けている。だが一方で、女性一般論とは切り離されて論じられていることが多い。ここでは特に『源氏物語』を中心とした古代の皇女たちについて考える。皇女研究は歴史学的な分析と文学的な分析双方に支えられており、内親王については、当時の女性にしては史料も多く、複数の媒体に記述のある人物についての個別の研究が進んでいる。興味深いのは、それらを網羅的に収集して分析しようという試みが多く行われていることだろう。代表的なものとしては、歴史上の内親王に対するアプローチとして服藤早苗編『歴史のなかの皇女たち』（小学館、二〇〇二）、岩佐美代子『内親王ものがたり』（岩波書店、二〇〇三）、物語文学では勝亦志織『物語の〈皇女〉』（笠間書院、二〇一〇）などがある。義江明子『女帝の古代王権史』（筑摩書房、二〇二一）が古代における女帝を広く見渡しており、また斎宮・斎院については、山中智恵子『斎宮志 伝承の斎王から伊勢物語の斎宮まで』（大和書房、一九八〇）同『続・斎宮志』（砂子屋書房、一九九二）、所京子『斎王の歴史と文学』（国書刊行会、二〇〇〇）同『斎王研究の史的展開』（勉誠出版、二〇一七）、物語を中心とする原槇子『斎王物語の形成』（新典社、二〇一三）、本橋裕美『斎宮の文学史』（翰林書房、二〇一六）などがある。

内親王のなかでも女帝、斎宮・斎院、女院、女一の宮、一品《いっぽん》の宮といった立場にある女性たちの研究が盛んなのはいうまでもない。「皇女」は基本的に天皇の娘あるいは姉妹を指すが、便宜的に皇族女性を広く指す場合もあり(1)、女王も含めた網羅的な調査、分析は途上である。『源氏物語』においても朝顔の姫君や宇治八の宮の娘たちなど宮家の女として描かれる女性たちもいれば、紫の上のように血筋としては女王でも宮家からは外れた女性もいる。『落窪物語』などの女主人公の聖性を支える「わかうどほり腹」(2)のような賜姓された元皇族女性までも対象としながら、広く皇女を見渡していく必要があるだろう。

読む——紫の上が語る女性論と女一の宮が体現する生

本節で大きく扱いたいのは、夕霧巻の皇女論である。夕霧巻のヒロインで、かつて柏木に降嫁した朱雀院の女二の宮（以下、落葉《おちば》の宮）は皇女不婚の原則のなかで葛藤した人物だった。落葉の宮自身の嘆きもさることながら、彼女を慈しみ、理不尽に憤る母・一条御息所の思いこそが落葉の宮の物語を皇女論として立ち上げる。落葉の宮の物語と、それを見つめる紫の上という二つの面から夕霧巻の皇女論を検討したい。

『源氏物語』の皇女論は、第二部の重要なテーマとして女三の宮を中心に展開している。神田龍身の指摘を引いておこう。

皇女独身の原則は、准太上天皇源氏と朱雀院鍾愛の女三の宮との結婚という制度上あり得ない結論を立ち上げるために、『源氏物語』によって初めて対象化・論理化・明文化されたのではなかろうか。（中略）そのルールの何たるかを正面に据えて、しかるべき状況下で、登場人物全員がそれをどう解釈していくかという必然的経緯を明文化したのは『源氏物語』の独創だと思われるのだ。(3)

皇女が独身を貫くことへの肯定的な見方は確かにさまざまな物語に見られるが、『源氏物語』はそれを主題として展開させた。興味深いのは婚姻が成立して終わるのではなく、その先にこそ物語がある点だろう。女三の宮の婚姻も当初はうまく隠されて世間的には平穏に始まったが、紫の上の発病という緊急事態にさまざまな綻びを露呈させていく。皇女の結婚という波紋が、光源氏や朱雀院、柏木といった人々を大きく巻き込んでいくのである。

女三の宮の婚姻の波紋が出家というかたちでひと段落し、夕霧と落葉の宮の物語が展開する夕霧巻。懸想される落葉の宮は、臣下への降嫁と死別を経た皇女である。すでに皇女として論じられるところにない落葉の宮だが、その苦難を重く受け止める人物として紫の上がいる。女三の宮をめぐっては展開されなかった、皇女論は女性論であるという重要な二重性を夕霧巻から読み解く。夕霧巻の「紫の上の述懐」と呼ばれる場面を見てみたい。

夕霧と落葉の宮の噂を聞いた光源氏は、女性の困難さを口にしながら、自分以外の後ろ盾を持たない紫の上の行く末を心配する。大病を患ったあとの紫の上は、光源氏が自分を残して死ぬ未来を想像することに驚きつつ、女性論として思考を深めていくという場面である。

紫の上にも、来し方行く先のことを思し出でつつ、かうやうの例を聞くにつけても、亡からむ後、うしろめたう思ひきこゆるさまをのたまへば、御顔うち赤めて、心憂く、さまで後らかしたまふべきにや、と思したり。女ばかり、身をもてなすさまもところせう、あはれなるべきものはなし、もののあはれ、をりをかしきことをも見知らぬさまにひき入り沈みなどすれば、何につけてか、世に経るはえばえしさも、常なき世のつれづれをも慰むべきぞは、おほかたものの心を知らず、言ふかひなき者にならひたらむも、生ほしたてけむ親も、いと口惜しかるべきものにはあらずや、心にのみ籠めて、無言太子とか、小法師ばらの悲しきことにする昔のたとひのやうに、あしき事よき事を思ひ知りながら埋もれなむも言ふかひなし、わか心ながらも、よきほどにはいかでたもつべきぞ、と思しめぐらすも、今はただ女一の宮の御ためなり。（夕霧④四五六―四五七）

〔訳〕（光源氏は）紫の上に対しても、これまでのことや今後のことなどを思い浮かべながら、落葉の宮のような例を聞くにつけても自分の亡き後、紫の上の身の上が心配でならない様子を仰せになるので、紫の上は顔を赤らめて、「情けないことを（おっしゃるものだ）、そこまで私をこの世に残しなさるつもりだろうか」とお思いになる。「女ほど、我が身の置きどころもなくて、哀しい存在はない。情趣や折々の興味深いこともわからない様子で引きこもり沈み込んでいるとすれば、いったい何をもって、この世に生きる晴れ晴れしさに出会えるのか、また無常の世の所在なさを慰められるというのか。ひととおりの情趣も解さず、取るに足らない存在になってしまうのは、生み育ててくれた親にしてもひどくがっかりすることではないだろうか。何事も心の中にだけ収めて、無言太子とかいう、小法師たちが悲しいものとする昔の例のように、悪いことも良いことも理解していながら黙りこくっているのも情けないことだ。自分としても、我が身をどうやって損なわずに保つべきか」と思いめぐらすのも、今はただ女一の宮のためなのだった。

紫の上が思考をめぐらせるのは、まず女性一般論である。「女」のつらさを言うばかりではない。「女」であることと、どのような「生」を生きるかとの相克を思うのである。そして、この思考が落葉の宮のあり方に始まり、紫の上が愛育する「女一の宮の御ため」へと帰着していくことに本稿では着目していきたい。

本論に至る前に、この「紫の上の述懐」と呼ばれる部分について、重要な疑義が出されていることを取り上げておく。**そもそも、この思考の主体が誰か**という点である。鈴木裕子は、次のように指摘する。

この心内は、女の人生の困難さに思いをめぐらせながら、すぐ傍らにいる紫の上のふと赤らめた顔色からも察知出来たであろうに、傷ついた内面の苦悩の深さに思い至らず、沈黙の重さにも気が付かない光源氏のものだと思う。（中略）源氏の思いは、女の身の処し方の困難さから女一の宮をどう育てるかということへと流れてしまうのだ。そう読み解くとき、紫の上の抱えている苦悩の重さ・絶望的な孤独の深さが際立つのではないだろうか。(4)

鈴木の指摘の根拠は、『弄花抄《ろうかしょう》』『細流抄《さいりゅうしょう》』『孟津抄《もうしんしょう》』等の古注が源氏の心内と解釈していたこと、また本文傍線部の「小法師ばら」の言い回しの不自然さにある。この「小法師ばら」という表現についての「法師の言葉に批判的なまなざしが感じられるこの心内は、（中略）ただ一つの希望として真剣に出家を願い、源氏の許可を庶幾する紫の上のひたすらな心としては不自然な感じがある」という指摘は重要で、玉上琢彌による『源氏物語評釈』でも「作者の心は少し高ぶっている」と評される違和感をあぶり出している。(5) 鈴木も検討しているが、「小法師ばら」という表現は『源氏物語』中に一例しかなく、類似表現としての「法師ばら」が十一例、うち男性の発言三例、女性の発言としては一例しかない。そして、その一例は同じく夕霧巻、落葉の宮の母・一条御息所の発言なのである。

「とてもかくても、さばかりに、何の用意もなく、軽らかに人に見えたまひけむこそいといみじけれ。内々の御心清うおはすとも、かくまで言ひつる法師ばら、よからぬ童べなどはまさに言ひ残してむや。人は、いかに言ひあらがひ、さもあらぬことと言ふべきにかあらむ。すべて心幼きかぎりしもここにさぶらひて」とも、えのたまひやらず、いと苦しげなる御心地に、ものを思しおどろきたれば、いといとほしげなり。（夕霧④四二〇）

夕霧が朝、落葉の宮のもとから出て行ったのを目撃した律師《りっし》が一条御息所にそれを報告し、確かな正妻を持つ夕霧と関係を持つ落葉の宮を批判する。事情を明らかにしようと親しい女房である小少将の君を呼び出し、詰問したのちの発言である。落葉の宮が軽々しく夕霧と会ってしまったことへの批判、たとえ実事がなかろうと、律師をはじめとする周囲の人々の噂は留めることができないことを述べて、女房たちの頼りなさを叱る。ここでの「法師ばら」という軽蔑すら含んだ表現は、一条御息所に夕霧の朝帰りを伝え、落葉の宮と夕霧の関係を口さがなく批判した律師に向けられている。これから噂を広めるであろう人々への憤りが強く込められた口調であり、一条御息所の激情を示していよう。

先掲の引用文を紫の上の心内語として解そうとすると、仏道に帰依し感情的に取り乱すことのない紫の上に、批判的かつ軽んじる調子のある「小法師ばら」という表現があらわれることへの違和は確かにある。それをもって光源氏の心内と理解する道筋もあってよいだろう。しかし、一条御息所の惑乱した発言と重ねて、やはりここを紫の上の心内と解釈し、この「紫の上の述懐」と呼ばれる一節を捉え直すことも可能だろうと思われる。紫の上が女の生き方について考えるとき、それは静かに思いめぐらされるようなものではなく、心内に留めてはいるものの、**激しい感情の発露としてあったのではないか**。それこそ、無言太子が言葉を発しないうらで前世を始め全てのことを理解していたように、発病以来、長く沈黙してきた紫の上が、その思いをだれにも知られないかたちで（それゆえに読み手に向けて）発露しているとすれば、娘の処遇に惑乱する一条御息所と重なるほどの激情を見てもよいのではないか。

女の身を嘆く言説は、物語にも和歌にも溢れている。それらと比してこの述懐が特徴的なのは、我が身の不幸を嘆いているわけではなく、女性一般論として思考しているところであり、特に「世に経るはえばえしさ」に言及しているところだろう。世間に笑われないよう身を処すような消極的な思考ではなく、女ながら生を楽しむことを考えるのである。出家こそ許されないものの、深く仏道に傾倒している紫の上が、現世での女の生き方に強く言及する理由は、この述懐を結ぶ「今はただ女一の宮の御ためなり」に収斂されている。

自分のことであれば、現世よりも来世に思いを馳せる心境に達しているであろう紫の上である。だが実際、苦悩した生を歩んだ女性が、女性一般論を客観的に思考し続けるのは無理なことであって、それは必ず自分を照らし返すものになる。紫の上は自身の生をどのように捉えているだろうか。両親の庇護なく、光源氏に引き取られて内々に結婚した彼女の寄る辺なさは繰り返し語られてきた。一方で、秋好中宮との交流、明石の姫君の母としての栄達など、「はえばえしさ」も無常の世の「慰め」もあったはずである。しかし、彼女の思考を支配するのはすべてを知りながら黙る無言太子の生き方であった。発病以来の沈黙、あるいは遡って女三の宮が六条院に迎えられたときから、紫の上の言葉は制限されてきたのである。「小法師ばら」は悲しげに無言太子の例を語るが、その例は、**語り伝えるだけの「小法師ばら」に皮肉な目を向けるほどの切実さを伴っていた**といえよう。

一条御息所は、自らの死期が近づきながらも、娘・落葉の宮のために奔走する人物として語られていた。夕霧の朝帰りを耳にしながら、せめてその誠意を知ろうと和歌を贈り、夕霧の応対の遅れから死を早めていった。朱雀院や柏木といった男たちの思惑に対して、無力ながら母として寄り添う心情は次のように語られている。

> 「…院よりはじめたてまつりて思しなびき、この父大臣にもゆるいたまふべき御気色ありしに、おのれ一人しも心をたてても いかがはと思ひ弱りはべりしことなれば、末の世までものしき御ありさまを、わが御過ちならぬに、大空をかこちて見たてまつり過ぐすを、いとかう人のためわがための、よろづに聞きにくかりぬべきことの出で来添ひぬべきが、さても、…」
> （夕霧④四三六）

「大空をかこち」て愛娘を一人見守ってきたという表現は重い。一条御息所が抗えない「大空」とは、朱雀院の存在であり、同時に女の行く先を議論する男たちの比喩でもあろう。落葉の宮をめぐる物語は、皇女を育てた一条御息所の戦いと敗北の物語なのである。一条御息所が「法師ばら」の軽口を絶望的な思いで語ったことと、また紫の上が女の苦悩を知らない「小法師ばら」の説法を皮肉に見つめる思いによって、二人は「母」として響きあっているのではないか。二人の母が図らずも表出してしまう法師たちへの批判は、自身の生への諦念と、残された娘により良く生きてほしいという切なる願いに裏打ちされているのである。

高貴な存在である皇女は、本来、独身を保って高貴性を損なわずに生きていくべきだが、それが脅かされるのであればどうするかという議論のもとに、女三の宮の処遇は定められていた。男たちの「皇女論」としては、行く末が定まったところで終わるのである。出家へと至った女三の宮も、夫に先立たれ他の男に言い寄られて浮名を流す落葉の宮も、それは個別の不幸であって、婚姻の先例としては残るが、内情を皇女論として意識することはない。(6)だが、一条御息所は、婚姻ののちも、また柏木亡きあとも、「気高うもてなしきこえむ」（夕霧④四二〇）と、娘を皇女として養育し続けていた。母として娘に向き合うとき、その養育は結婚で終わるものではない。長く女性としての苦悩を生きてきた紫の上もまた、女一の宮の生が自分の庇護なきあとも長く続くことを見据えて、その身の処し方を思うのではないか。

落葉の宮という周囲の思惑に翻弄される皇女とその母一条御息所を契機に、紫の上の述懐が母としての強い思いに裏打ちされていることを論じてきた。皇女の処遇をめぐる男たちの議論は一面的であり、母として寄り添い続ける視点からは降嫁にせよ独身にせよ、一時の属性によって結論づけられるものでないということを体感的に理解しているという点で、紫の上と一条御息所は共鳴するのである。しかし、一条御息所は、皇女としての高貴性に囚われ続けたという意味で、女三の宮をめぐって議論を交わした男たちの「皇女論」に取り込まれている。柏木に降嫁させられることなく、皇女独身の原則どおり静かに生きることこそ、一条御息所の望みであり、あるべき皇女像だった。落葉の宮の悲劇は、実はここまでである。落葉の宮はもちろん、一条御息所、夕霧の正妻・雲居雁など、多くの人を巻き込んだ夕霧の恋は、結局のところ日常に取り込まれていき、それ以上の物語を喚起させることはない。物語が第三部へ至ったのち、宿木巻で落葉の宮が登場する。

右大臣も、「めづらしかりける人の御おぼえ宿世なり。故院だに、朱雀院の御末にならせたまひて、今はとやつしたまひし際にこそ、かの母宮を得たてまつりたまひしか。我は、まして、人もゆるさぬものを、拾ひたりしや」とのたまひ出づれば、宮は、げにと思すに、恥づかしくて御答へもえしたまはず。（宿木⑤四七五）

右大臣となった夕霧が、薫のもとに今上帝女二の宮が降嫁したことを受けて、それを評する場面である。父・光源氏でさえ、女三の宮を迎え入れたのは朱雀院が退位したのち、それも出家に際してのことだったと薫の厚遇に驚く。

まして自分は親に許されたわけでもないのに、あなた（落葉の宮）を拾ったものだと夕霧が語ると、落葉の宮は「確かに」とだけ思って、言葉を発することもない。落葉の宮の行き着いた先は、内実はどうあれ、表面的には言葉を抑圧され夕霧の思想に取り込められた穏やかさだった。

　繰り返すように、皇女をどう処遇していくかという問題は『源氏物語』第二部を貫く大きなものであった。物語は皇女の結婚を語り続ける。だが、婚姻を実行した朱雀院や東宮（今上帝）は結婚した皇女たちがうまく行かないことを憂うことはあっても、もう一度、皇女論として議論を交わそうとはせず、慰めを見出す程度である。女三の宮や落葉の宮の不遇は、皇女独身の思想を強固にしてもよさそうなものだが、右のとおり宿木巻で今上帝女二の宮が薫に降嫁する場面があるように、婚姻という事実のみが先例として受け継がれていくのである。

　女性一般論から女一の宮へと思考することで、皇女の結婚が何を意味し、どのような生へと導いたのかという問いを抱く紫の上は、それまでの皇女論とは一線を画す。本来独身によって保たれる皇女の高貴さを損なわずに身を処すためにどうすればよいかという皇女論に対して、皇女であろうとそうでなかろうと女の寄る辺なさは変わらないとすることころから始まっているのであり、独身という選択は、女として意味ある生を歩むための一つの方法に過ぎないのである。女一の宮は皇女独身の原則どおり、不可侵の存在として第三部に至っても特に憂いなく日々を過ごしている。それは光源氏が望んだことであり、また社会的要請でもあった。だが、薫が女一の宮に心奪われ、また匂宮が懸想めいた口を出すように、彼女の不可侵性というのは一歩間違えば簡単に揺らぐものである。それが揺らがずにいられるのは、**女一の宮が高貴さを保つために独身でいるのではない**からではないか。**紫の上が望んだとおり、「世に経るはえばえしさ」を楽しみ、無常の世のつれづれを慰める生活のなかにあるからこそ、女一の宮はその高貴性を損なうことがない**のである。どのような庇護者を得ようと、女の寄る辺なさは変わらないという紫の上の諦念は、庇護されることに寄りかからない内面の持ち主として女一の宮を養育したことで、一つの救いを得ているのではないだろうか。

ここまで、皇女論という観点から夕霧巻の紫の上の心内を論じてきた。いわゆる「紫の上の述懐」は、心内に留められているにもかかわらず、読み手にだけ届く激しい心情の発露と言ってよいものであり、女一の宮の「母」として思うものであった。そして、同じ「皇女の母」として響きあう一条御息所が囚われ続けた「皇女として高貴さを守る」という意識を、女の生のあり方から問い直している。「高貴さを守る」という意識は、一条御息所が恨んだ朱雀院や柏木などの男たちの仕打ちと結局は同じところにあるものである。だが、紫の上の思考は女の栄達や慰めに基盤を置き、「生ほしたてけむ親」をがっかりさせないような生を目指す。皇女独身の原則は、女たちの充実した生を作るための手段としてである。これば重要なパラダイムシフトといえよう。**物語の外にのみ届く彼女の思いは、皇女論の行き着く先としての女性論を展開させたのである。**

研究の展望――女性論としての皇女研究

『源氏物語』における重要なテーマとしての皇女論と、それを女性論として深化させていく紫の上の述懐を論じた。改めて、研究における皇女を考えていきたい。皇女が着目されるのは、当然のことながら彼らが歴史的に意義のある働きをしているからであり、女性がいかに社会のなかに存在していたかを分析する例として重要だが、彼らの特殊さを女性一般論に拡げることは難しい。紫の上が皇女論と女性論を密接に繋げ得るのは、苦悩を生きる女性であると同時に皇女を育てる母であるからといえよう。史料の少ない女王や女源氏の分析を続けていく一方で、**特権化された女性たちの事績を広く女性論として展開する**には、どのような分析方法があるだろうか。

近年、研究の進展が窺える術語として、「文化圏《ぶんかけん》」がある。平安文学を中心に「河原院文化圏」「彰子文化圏」「頼通文化圏」などいくつかの用語が呈され分析されている[7]。「文化圏」は、本来「漢字文化圏」のような広い範囲を分析する語といえるが、範囲としては史上の一点に過ぎないものの、「後宮」や「サロン」という表現では不足する流動的な貴族社会の集団の構造をよく表す語として受け容れられていよう。従来、和歌研究では「歌壇」という分析対象があるが、「文化圏」は和歌だけでなく物語などの散文受容、あるいは女房などの人材を含めて論じることができ、まさに文化の発信地としての様相をみることができる点で優れた用語である。こうした「文化圏」を構成した内親王は、大斎院・選子内親王や六条斎院・禖子内親王など数多い。史料的な課題は残るものの、「文化圏」を分析対象にする面白さは、多くを語らない内親王を取り巻く人々の声を検討できるところである。本稿で論じた紫の上の女一の宮への思いは、女一の宮文化圏を支える思想として受け止められるべきであり、**皇女研究の展開として、歴史文学問わず彼女たちを取り巻く母・姉妹兄弟・後見・女房などの声を「文化圏」の中のものとして拾い上げていくところに**大きな可能性があるように思う。

女性史を考えるうえで皇女論は欠かせないが、彼女たちを社会の構成要素として捉えるだけでなく、皇女という属性を付与された女性として見つめる意識も重要だろう。彼女たちの周りには皇女でない人々がひしめきあっていた。皇女の生き方に口を出しながらも、決して当事者になり得ない人々からの影響を受けて皇女たちは生きていく。皇女たちが遺した声は多くないが、**皇女論の対象を拓き、皇女たちを取り巻くものを取りこぼさずに分析を加えていくところに皇女研究の展開を期待**しつつ本稿を閉じたい。

注

(1)七〇一(大宝元)年の『大宝令』で天皇の子および兄弟姉妹に与えられた「親王・内親王」号は、天皇になる資格を意味する特権化した呼称である。律令における「親王」「内親王」の差はほぼなく、また淳仁朝までは誕生とともに親王、内親王になるものであった。平安時代に入ると、桓武朝に国家からの支給の少ない無品の親王・内親王が作られ、さらに嵯峨朝には、賜姓源氏の例があらわれる。賜姓源氏は醍醐朝まで行われ、以後は皇女の数が減り、誕生したすべての女子が内親王となっている。天皇を父に持つ皇族女性が「内親王」として確率する一方で、皇太子のまま没した保明親王の娘・煕子女王や小一条院の娘たちなど、天皇になるはずであった親王の子が親王・内親王格として扱われる例もあり、女王の中でも立場によって大きな差があった。浅尾広良は「講演皇女の婚姻から見た『源氏物語』」(「京都語文」一七　二〇一〇・一一)で「二世皇女」という呼び方をしており、「内親王」という身分があるからこそ、皇女の範囲を広く捉える考え方もあってよいと思われる。

(2)冒頭の紹介で「時々通ひたまふわかうどほり腹の君とて、母もなき御女おはす」(『落窪物語』巻一)と語られる。皇族女性と呼ぶべき立場ではないように思われるが、『源氏物語』でも叔母が末摘花を女房にしようと画策したり、蜻蛉巻で式部卿宮の御方が明石中宮のもとに出仕する姿が語られるなど、彼らの身分は不安定で、雨夜の品定めでいうところの、いつでも中の品に転じる女性たちであった。

(3)神田龍身「女三の宮降嫁決定の論理」(『平安朝物語文学とは何か』ミネルヴァ書房、二〇二〇)

(4)鈴木裕子「『源氏物語』夕霧巻の一節の再検討」(「駒澤大學佛教文學研究」九、二〇〇六・三)

(5)玉上琢彌『源氏物語評釈』(角川書店、一九六七)

(6)冷泉院は、八の宮の姫君たちの噂を聞き、興味を抱く。参照されるのは女三の宮と光源氏の婚姻であり、それを不幸な先例と見るような視点はない。「朱雀院の、故六条院にあづけきこえたまひし入道の宮の御例を思ほし出でて、かの君たちをがな、つれづれなる遊びがたきに、などうち思しけり。」(橋姫⑤一二九)

(7)「文化圏」を用いて論考を重ねているのは、高橋由記『平安文学の人物と史的世界』(武蔵野書院、二〇一九)である。共著としては桜井宏徳・中西智子・福家俊幸編『藤原彰子の文化圏と文学世界』(武蔵野書院、二〇一八)があり、「文化圏」を分析対象とする研究は確立しつつあるといえよう。

22 幻巻×和歌

作中歌・引歌・歌ことば

鈴木宏子

概要――物語を織りなす歌

『源氏物語』について考えようとする時に、和歌にまつわる問題を避けて通ることは、今日においてはほとんど不可能であろう。物語の和歌は王朝貴族の言語生活の反映という側面を持つが、同時に物語世界を形成するための優れた方法の一つでもあり、物語の中の和歌的要素、すなわち**作中歌**、**引歌**、**歌ことば**に着目することによって、さまざまな新しい知見が積み重ねられている。

『源氏物語』には七九五首の作中歌がある。通常それらの歌は通達機能の違いによって、二人の人物が詠み交わす贈答歌、一人で歌う独詠歌、三人以上の人物が詠み合う唱和歌（会合の歌とも）に分けて把握されている。「源氏物語作中和歌一覧」（『小学館新編日本古典文学全集 源氏物語⑥』所収）の認定によれば、全歌数のほぼ八割にあたる六二四首が贈答歌であり、独詠歌が一〇六首ほど、残りの六五首が唱和歌である。もっとも人に詠み贈ったのに返歌を得られない歌や、通達の意図はなかったのに他者の目に触れて返歌をされてしまう歌などもあり、すべての歌が三つのタイプに截然と分類できるわけではない。そして、分類しがたい例の中に重要な問題が潜んでいる場合もある。

贈答歌の典型的な例として、桐壺巻の靫負命婦と母北の方の歌を見てみよう。秋の夕暮れに、桐壺更衣の喪に服している母北の方のもとを、帝の使者である靫負命婦が弔問に訪れた。夜半過ぎまで言葉を交わしたのち、命婦は宮中に帰参しようとする。「月は入り方の、空清う澄みわたれるに、風いと涼しくなりて、草むらの虫の声々もよほし顔なるも、いと立ち離れにくき草のもとなり」（①三二）という、しめやかな感情と融合した秋の情景を語る一文に続いて、次のような歌が詠み交わされる。

鈴虫の声のかぎりを尽くしても長き夜あかずふる涙かな（靫負命婦）

いとどしく虫の音しげき浅茅生に露おきそふる雲の上人（母北の方）

命婦の贈歌は「この庭で鳴く鈴虫のように声のかぎりに泣き尽くしても、秋の夜長も足りないほどに涙がこぼれ落ちます」というもの。散文部分に語られた景物に寄せて、母君の悲しみに共感しつつ別れを惜しむ、行き届いた挨拶の歌である。対する母君は、贈歌の「鈴虫」を「虫」、「涙」を「露」として、「虫がしきりに鳴いている草深い宿に、ますます涙の露を置き添える大宮人ですこと」——あなたにお目にかかってますます悲しみが募りました、と癒えることのない悲しみを表明した上で、「かごとも聞こえつべくなむ（＝恨み言も申し上げたくて）」と語調を和らげる言葉を添えている。贈答歌とは、鍵となる「ことば」を共有しつつ、「こころ」においては何らかの反発を示すものであった。このような約束事を踏まえた儀礼的なことばをやりとりすることによって、さまざまな人々のあいだに回路が開かれるのである。命婦の弔問はこの贈答歌によってしめ括られ、場面は桐壺帝の待つ宮中へと切り替わる。

独詠歌というタームから想起されるのは、まずは花宴巻で藤壺宮が詠じた「おほかたに花の姿を見ましかば露も心のおかれましやは」（①三五五）のような、作中人物の秘められた心情をかたどる歌——その心情は歌に託されることによって物語の読者に開示される——であるが、須磨巻で光源氏が口ずさんだ「恋ひわびてなく音にまがふ浦波は思ふかたより風や吹くらん」（②一九九）のように、周囲の人々の耳目に触れて広く共感を呼び起こす働きを持つ歌もある。唱和歌は多くの場合、華やいだ宴席において男性たちによって詠まれるが、御法巻で語られる紫の上の臨終の歌が、光源氏との贈答歌ではなく、明石姫君をも含めた唱和歌の体裁をとることも注目される。紫の上の思念が、男女間の愛執を越えて、人の存在そのものを愛惜する境地に及んでいることを示すものであろう。

作中歌は王朝和歌の表現類型に根ざして詠まれるが、作中人物の個性の造型に寄与することもある。たとえば末摘花や近江君の異質性は、彼女たちが詠む規格外れの歌によっても印象づけられている。『細流抄』が、六条御息所の「袖ぬるるこひぢとかつは知りながら下り立つ田子のみづからぞうき」（葵②三五）を「物語中第一の歌」と評することを参考にすれば、御息所は和歌においてもとりわけ秀でた人とされているのであろう。浮舟巻における薫と匂宮の歌は、二人の貴公子の浮舟への対し方の相違、言い換えれば、恋に没入する姿勢の相違をくっきりと描き出している。葵の上のように「歌を詠まない」ことによって特徴づけられる人物もいる。

見てきたとおり物語の歌は、作中人物の内なる心を開示し、人間関係を形づくり、ときには人物の個性を端的に表わす具ともなる。さらには、一つの場面をしめ括ったり、空蟬巻巻末歌のように一つのエピソード全体を閉じる終止符の役割を果たしたり、後述する幻巻に顕著であるように、物語の進行を推し進めていく力となることもある。

『源氏物語』の散文部分には、数多くの引歌が指摘されている。引歌の定義・認定には、その歌を想起しなければ文意が通じない例に限定するか否か、また、引用形式を持つ例に限定するか否かなど、論者によって揺れや幅が認められるが、ひとまず鈴木日出男『源氏物語引歌綜覧』（風間書房、二〇一三）が提示した、「物語や日記文学などの仮名散文の中に、既成の和歌を、その一句ぐらいを提示して引用する表現技法」という定義を拠り所としてよいであろう。同書によれば、『源氏物語』の引歌は全六六七首、九九一箇所に上る。この数は現代の研究者の取捨選択を経たものであり、古注釈が物語の文脈の背後に感じ取ってきた歌々は、より広範囲に及んでいる。(1)

『源氏物語』において最も頻繁に引かれる歌は「人の親の心は闇にあらねども子を思ふ道にまどひぬるかな」（後撰

集・雑一・一一〇二・藤原兼輔）で、桐壺更衣を死なせてしまった母北の方の問わず語りや、女三の宮への恩愛の情に後ろ髪をひかれる朱雀院の発言など、親の子に対する思いを語る際にくり返し引用されている。特定の歌が特定の人物に随伴して引かれる例もあり、恋人を失い続ける薫の後悔の念は、「とりかへすものにもがなや世の中をありしながらの我が身と思はむ」（『源氏釈』所引）を、テーマソングのように伴って語られる。複数の歌が連なって引用されて、一つのまとまりとして機能することも多い。たとえば初音巻の冒頭部分には、『拾遺集』の春歌が集中的に引かれて、新春を迎えた六条院の祝祭的な気分を醸し出している。また柏木巻冒頭の柏木の心中思惟には、複数の引歌が重畳する特異な文体が認められ、柏木の死へと向かう運命を必然的なものとしている。(2)

『源氏物語』の散文にはまた、特定の一首の歌に還元することのできない——言い換えれば、さまざまな歌々を想起させる——王朝和歌の表現体系の中で洗練され独自の連想作用をもった「歌ことば」がちりばめられている。おそらく「ちりばめられている」という捉え方は、物語の作者の生理とは異なるものなのであろう。**点在する歌ことばは単なる装飾ではない。歌とともに生き、歌の「ことば」によって感じ考える物語の作者・読者にとっては、仮名散文を織りなしていく営みと歌ことばの連想作用は、分かちがたく結びついていたのだと思われる。**土方洋一が、賢木巻において光源氏が野宮に滞在する六条御息所を訪ねる場面を分析しつつ、「書き手は筆を執りつつ、意識・無意識の裡に刻々と無数の歌たちを起動させ、それらの和歌のイメージに導かれながら場面を書き進めているのであるらしい」と述べていることが、首肯される。(3)そして、同時代の読者もまた、歌ことばの連想作用に身を委ねつつ物語を読み進めていたのであろう。

さて冒頭でも述べたとおり、『源氏物語』の和歌については多くの研究がある。早く小町谷照彦『源氏物語の歌ことば表現』（東京大学出版会、一九八四）は、和歌・引歌・歌語などを「歌ことば表現」と総称して、それらが『源氏物語』の中でいかなる機能を果たしているかを巨視的・微視的に分析した。(4)小町谷の研究は、それ以前の物語の和歌についての研究を総括し、のちの模範となるような作品分析を実践し、次代につながる課題を明確化したという点で、今日の「源氏物語の和歌」研究の礎となるものであろう。小町谷と前後するように鈴木日出男、後藤祥子らの研究があり、(5) さらに近年では単行書にまとめられたものだけでも、文学史的なアプローチの中に和歌の問題をも含みこむ高田祐彦『源氏物語の文学史』（東京大学出版会、二〇〇三）、贈答歌の機能に切りこんだ高木和子『女から詠む歌』（青簡舎、二〇〇八）をはじめ、久富木原玲『源氏物語　歌と呪性』（若草書房、一九九七）、清水婦久子『源氏物語の和歌と風景（増補版）』（和泉書院、二〇〇八）、今井上『源氏物語　表現の理路』（笠間書院、二〇〇八）、工藤重矩『源氏物語の婚姻と和歌解釈』（風間書房、二〇〇九）などがある。鈴木宏子『王朝和歌の想像力―古今集と源氏物語』（笠間書院、二〇一二）の後半部も『源氏物語』の和歌についての諸論からなる。「源氏物語の和歌」をタイトルに掲げた論集も多く刊行されている。(6)

読む――幻巻の「春の庭」

『源氏物語』五十四帖の中でも、とりわけ和歌が重要な役割を果たしているのは幻巻であろう。作中歌の歌数が最も多いのは須磨巻（四八首）であり、以下賢木巻（三三首）、総角巻（三一首）、明石巻（三〇首）、手習巻（二八首）、夕霧巻・幻巻（二六首）という順であるが、**散文に対する歌の比率が最も高いのは、紫の上を失った光源氏の最後の一年を語る幻巻であること**が知られている。(*7)

紫の上が亡くなると、光源氏の物語に新たな出来事は何一つ生起しなくなる。幻巻において語られるのは光源氏の感情生活であり、紫の上に対する哀傷と過ぎ去った人生を痛恨とともに回想する述懐とが、渾然一体となって彼の心を満たしている。そして、一月から十二月までの月日の進行が、そのような感情生活の枠組みとなっている。**幻巻の歌は、散文の中から四季折々の景物や行事を汲み上げて詠まれ、メトロノームのように物語の時間を刻み、その時々**

に光源氏の心をよぎる思いに、はっきりとした形を与えている。つまり幻巻の歌は、移り変わる四季の時間と光源氏の「こころ」の結節点であり、物語の進行を示す目盛りともなっているのである。一例として、二月から三月初旬にかけての一節を読んでみよう。光源氏は春の庭――これを二条院と解する説も六条院と解する説もある――を眺めている。

二月《きさらぎ》になれば、花の木どもの盛りになるも、まだしきも、梢《こずゑ》をかしう霞みわたれるに、かの御形見の紅梅に鶯のはなやかに鳴き出でたれば、立ち出でて御覧ず。

　植ゑて見し花のあるじもなき宿に知らず顔にて来ゐる鶯

と、うそぶき歩かせたまふ。春深くなりゆくままに、御前《をまへ》のありさまいにしへに変らぬを、めでたまふ方にはあらねど、静心なく、何ごとにつけても胸いたう思さるれば、おほかたこの世の外《ほか》のやうに鳥の音《ね》も聞こえこざらむ山の末ゆかしうのみいとどなりまさりたまふ。山吹などの心地よげに咲き乱れたるも、うちつけに露けくのみ見なされたまふ。……　（幻④五二八―五二九）

〔訳〕二月になると、梅の木々の満開なのも、まだ蕾のままなのも、梢が風情をたたえて一面に霞んでいる中で、紫の上の御形見の紅梅に鶯が朗らかに鳴き始めたので、源氏君は籠っていた部屋の外に出て御覧になる。

　花を植えて愛でた主人もいないこの宿に、そのことも知らない顔でやって来た鶯よ

と、口ずさみながら歩いていらっしゃる。春が深まっていくにつれて、御庭前の様子は紫の上の生前と何一つ変わらないが、賞美なさるというのではないけれど心が落ち着かず、何事につけても胸が痛くお感じになるので、およそこの世とはかけ離れた、鳥の声も聞こえて来ない山奥に分け入ってしまいたいという思いばかりが、いっそう募っていらっしゃる。山吹などが心地よさそうに咲き乱れているのも、つい涙の露に濡れているように御覧にならずにはいられない。……

二月は御簾の内に籠ったまま、気心の知れた女房たちの間で息を潜めるようにして暮らした光源氏であったが、二月になって庭の樹々に霞がかかり、紫の上の遺愛の紅梅が花開き、鶯も鳴き始めると、少しばかり外気に触れてみる気分になる。王朝和歌において「霞」は春の表徴であり、「梅と鶯の組合せ」は春の時間と空間を切り取る代表的な型の一つである。夏の時鳥、秋の雁や鹿の声は聴く者の心に悲哀の情を呼び起こすが、鶯の声にはそうした湿り気はない。鶯は花に誘われてやってきて、花を愛でて鳴き、散るのを惜しんで鳴く。王朝和歌の鶯は、春の時間を楽しむ人々と思いを共有する、明朗で可憐なパートナーなのである。次のような歌が想起されよう。

花の香を風のたよりにたぐへてぞ鶯さそふしるべにはやる　（古今集・春上・一三・紀友則）

折りつれば袖こそにほへ梅の花ありとやここに鶯の鳴く　（古今集・春上・三二・よみ人知らず）

吹く風を鳴きてうらみよ鶯は我やは花に手だにふれたる　（古今集・春下・一〇六・よみ人知らず）

散文で語られるのは、例年と同じ春であるが、紫の上を失った光源氏の心は変わってしまっている。彼は、この庭は「植ゑて見し花のあるじ」がいない空っぽの庭であり、陽気な鶯はそのことを「知らず顔」であると歌う。かつて紫の上とともにこの庭の主宰者であった光源氏は、今は春爛漫の世界から疎外されているのである。

春が深まっていくにつれて、庭は紫の上の生前そのままに花々で満たされる。その様子を見るにつけても、光源氏の心は揺れ動いて、落ち着きどころを得られない。「静心なく」には、次の引歌が指摘されており、このあたりの文脈から、麗らかな春の日差しの中でしんしんと散る「桜」を思い描いてよいのであろう。

ひさかたの光のどけき春の日にしづ心なく花の散るらむ　（古今集・春下・八四・紀友則）

凄絶な美しさに耐えかねた源氏は、この世界のすべてをふり捨てて「鳥の音も聞こえこざらむ山」の奥に分け入ってしまいたいと思う。「鳥の音も……」は、次の恋歌の物象叙述を引いている。

飛ぶ鳥の声も聞こえぬ奥山の深き心を人は知らなむ　（古今集・恋一・五三五・よみ人知らず）

この場面では、春の庭に小鳥の楽し気な囀りが間断なく聴こえていることを感じ取ってよいのであろう。

桜につづいて「山吹」が咲く。王朝和歌の山吹は、色も香もなつかしく、水辺に咲いて水面に影を映し、「かはづ」とともに歌われる晩春の花である。『源氏物語』の世界では、「南の東は山高く、春の花の木、数を尽くして植ゑ、池のさまおもしろくすぐれて、御前近き前栽、五葉、紅梅、桜、藤、山吹、岩躑躅《いはつつじ》などやうの春のもてあそびをわざとは植ゑで、秋の前栽をばむらむらほのかにまぜたり」（少女③七八）、「他所《ほか》には盛り過ぎたる桜も、今盛りにほほ笑み、廊を繞《めぐ》れる藤の色もこまやかにひらけゆきにけり。まして池の水に影をうつしたる山吹、岸よりこぼれていみじき盛りなり」（胡蝶③一六七）のように、六条院の華やかな春の点景となる花であり、「見るに笑まるる」魅力を湛えた玉鬘の比喩ともなる花でもあった。幻巻の山吹も、本来の持ち味のままに「心地よげに咲き乱れ」ているが、涙に濡れた光源氏の目には、明るい山吹さえも涙の露を宿しているかのように見なされるのであった。(9)

幻巻の春の庭は、紫の上を喪失した光源氏にとって、両義的な場所である。この庭は紫の上が丹精をこめて作り上げたものであり、花々があふれる庭には懐かしい紫の上の気配が満ちている。と同時に、晴れやかな春の空間は、悲しみに沈む源氏には身の置き所のない場所でもあった。光源氏には、この庭を堪能することも、目を逸らすこともできない。先に見た桐壺巻の弔問の場面の景情一致とはまた異なる、哀傷の空間が創出されているのである。もっとも、**庭を見て亡き人をしのぶことは、哀傷歌の型の一つでもあった**。次のような歌が想起されよう。

　あるじ身まかりにける人の家の、梅の花を見てよめる　紀貫之

色も香も昔の濃さににほへども植ゑけむ人の影ぞ恋しき　（古今集・哀傷・八五一）

　河原の左大臣《ひだりのおほいまうちぎみ》の身まかりてののち、かの家にまかりてありけるに、塩釜といふ所のさまをつくれりけるを見てよめる　紀貫之

君まさで煙絶えにし塩釜のうらさびしくも見えわたるかな　（古今集・哀傷・八五二）

こうした場面は、次の歌によってしめ括られている。

今はとてあらしやはてん亡き人の心とどめし春の垣根を　（幻④五三〇）

光源氏は春の庭を眺めながら、それほど遠くない未来に自分が出家してしまったのちの荒れ果てた光景を思って、さらに悲しみを深めずにはいられないのであった。この歌によって一連の文章にピリオドが打たれ、次の場面で光源氏は、女三の宮のもとを訪れることになる。

研究の展望――新たな動向二つ

『源氏物語』の和歌については、今後さらに考察すべきさまざまな課題が残されている。作中歌の再検討もその一つで、注釈書を見比べると、解釈が揺れている歌も、今なお――あるいは「今だからこそ」――少なくないことに気づく。一つの正解を求めるというよりも、作中歌を多角的に吟味するプロセスの中で、物語全体の理解を深めていくことが重要であろう。最新の検索ツールを活用することによって新たな引歌が指摘され、物語の読解が更新されることもあり得よう。「歌ことば」というタームからは、四季の景物や「つらし」「うし」「つれなし」といった恋歌に用いられる形容詞などが思い浮かぶが、従来あまり着目されなかったことばを手がかりとして、物語の中に新たな論理・構造を見いだす試みもなされている(10)。

さらに、近年の動向として、次の二つのことに注目したい。一つは、**『源氏物語』の和歌を起点として同時代や、やや後の時代の創作と享受の様相に切りこむ研究がなされていること**。論文集にまとめられたものとしては、中西智子『源氏物語　引用とゆらぎ』（新典社、二〇一九）、瓦井裕子『王朝和歌史の中の源氏物語』（和泉書院、二〇二〇）などの成果がある。もう一つは、**物語の中に和歌が存在することの意味を、もう一度問い直す考察が深められていること**。土方洋一の「源氏物語における画賛的和歌」（『源氏物語のテクスト生成論』笠間書院、二〇〇〇）から始まる一連の論文[11]や、松井健児『源氏物語に語られた風景―風景和文への招待―』（ぺりかん社、二〇二二）は必読文献となろう。平安文学の研究者や熱心な読者は、『源氏物語』の、仮名散文の中に和歌が融けこんでいる文章を当然のこととして受け入れているが、あらためて考えてみれば、これは稀有な達成なのではないか。私たちは『源氏物語』の原文に初めて接したときの驚きを忘れてはならないのだと思う。作中歌とはいったい誰に属することばなのか。散文と歌とはどのように連接しているのか。物語の中に歌が存在するあり方に、新鮮な感動を保ち続けることが、『源氏物語』について考える際の要諦となるであろう。

注

（1）伊井春樹編『源氏物語引歌索引』（笠間書院、一九七七）は「古注釈から現代の注釈書まで、本文の解釈のために引用した和歌（引歌）、歌謡をできるだけ広い立場から採録」する方針で編まれており、取り上げられる歌は二一〇〇余首を数える。

（2）河添房江「源氏物語の引歌の位相」（『源氏物語表現史―喩と王権の位相』翰林書房、一九九八）。

（3）土方洋一「『源氏物語』と歌ことばの記憶」（「国語と国文学」二〇〇八・三）。

（4）近時刊行された倉田実責任編集『小町谷照彦セレクション3　源氏狭衣の論』（花鳥社、二〇二三）に収められた諸論と合わせ読むことによって、さらに理解を深めることができる。

（5）鈴木日出男『古代和歌史論』（東京大学出版会、一九九〇）、同『源氏物語虚構論』（東京大学出版会、二〇〇三）、後藤祥子「源氏物語の和歌―その史的位相―」（『古代文学論叢　第八輯　源氏物語と和歌　研究と資料Ⅱ』武蔵野書院、一九八二）、同「引歌表現の諸問題―源氏物語を中心に―」（『和歌文学論集3　和歌と物語』風間書房、一九九三）など。

（6）加藤睦・小嶋菜温子編『源氏物語と和歌を学ぶ人のために』（世界思想社、二〇〇七）、小嶋菜温子・渡部泰明編『源氏物語と和歌』（青簡舎、二〇〇八）、池田節子・久富木原玲・小嶋菜温子編『源氏物語の歌と人物』（翰林書房、二〇〇九）。高木和子・鈴木宏子編「日本文学研究ジャーナル17号　特集源氏物語を読む」（二〇二一・三）も物語の和歌に着目した論文を多く含む。

（7）小町谷照彦注（4）書三頁。

（8）幻巻については、鈴木宏子「幻巻の時間と和歌―想起される過去・日々を刻む歌―」（『王朝和歌の想像力―古今集と源氏物語』笠間書院、二〇一二）も参照されたい。

（9）ちなみに平安和歌において「山吹」と「露」あるいは「露けし」が結びつく例は稀であり、『中務集』（書陵部蔵五一〇・一二）の「いはぬ色をおもひけらしな山ぶきのきみがかへりのけさのつゆけさ」（二二七番）など、ごく少数である。右の歌は「山吹＝くちなし（梔子／口無し）」という連想によるものか。

（10）最近の論文では、たとえば高田祐彦「「めぐりあふ」時間の表現と構造」（「むらさき」第五九輯　二〇二一・一二）は、点在する「めぐりあふ」「行きめぐる」という語群に着目して、光源氏の須磨流離から栄華へといたる円環的な構造を読み取る。また平田彩奈恵「『源氏物語』常夏巻における近江の君の文と「垣」―「垣根に植ゑしなでしこ」を手掛かりに―」（「中古文学」第一一一号　二〇二三・五）は、「垣」という歌ことばに着目して、玉鬘十帖の新しい読解を試みる。

（11）最近の論文には「『源氏物語』作中歌論の現在―中間報告的覚書―」（「青山語文」二〇一九・三）がある。

「その道の人」匂宮の前栽へのまなざし

田中圭子

概要

〈源氏物語の薫物・香〉というテーマについて、匂宮巻を主たる考察対象とすることに違和感を覚える読者もあるかもしれない。この物語において、当時の香文化に関する情報が最も頻繁かつ明確に現れるのは、匂宮巻に始まる宇治十帖ではなく、梅枝巻を中心とした光源氏生前の物語だからである。

宇治十帖では、男主人公たちの人物を語る上で、薫物・香が極めて重要な要素となっているが、諸本の現状には、薫物の固有名称が一つとして明記されない。薫物の材料（以下、香具）についても、調度の資材として数回現れるのみである。

近現代の物語研究において、薫物・香に関する伝承や説話は、物語の古注釈書の勘物が引く伝承等の検証ないし補足の為に利用されるのが通例である。しかしながら、物語に現れない種類の薫物や、物語との関連性が明確でない香関係の逸話にも目配りしながら読み返すことで[1]、平安時代の文化的実相に適った解釈が可能になるのでは、と考える。

以下の本稿では、宇治十帖の〈薫物の道の専門家〉たる匂宮の行動と思考について、匂宮巻の物語を中心に、同時代の薫物・香に関する言説と比較しながら再考を試みる。

匂宮巻では、光輝くばかりに美しい男主人公・光源氏に代わり、人並外れて香ばしく良い香りに染みかえる男主人公たちが登場する。女三宮所生の中将（以下、薫）は体から自然に香ばしく良い香りを発しており、世間の人は、薫の香りを最上のものとして賞賛する。

香のかうばしさぞ、此世の匂ひならず、あやしきまで、うちふるまひ給へるあたり、遠く隔たるほどのをい風に、まことに百歩《ぶ》の外《ほか》もかほりぬべき心ちしける。たれも、さばかりになりぬる御有さまの、いとやつればみただありなるやはあるべき、さまざまに、我、人にまさらんとつくろひ用意すべかめるを、かくかたはなるまで、うち忍び寄らむものの隈も、しるきほのめきの隠れ有まじきにうるさがりて、をさをさ取りもつけ給はねど、あまたの御唐櫃に埋もれたる香《かう》の香《か》どもも、此君のはいふよしもなき匂ひを加へ、御前の花の木も、はかなく袖ふれ給ふ梅の香は、春雨の雫にも濡れ、身にしむる人多く、秋の野に主なき藤袴も、もとのかほりは隠れて、なつかしきをひ風ことに、おりなしからなむまさりける。

（匂宮巻④二一八—二一九頁）(2)

〔訳〕薫の香りの香ばしさは、この世のどの匂いとも異なり、不思議なほどに、この君の追い風は、実際に百歩も遠く離れた先にまで香ると思える程である。誰であろうと、それほど高い身分に生まれた人の御様子が、大層みすぼらしく目立たないということがあろうか、様々に、我こそ人に優りたいと思って身づくろいをし気を付けるのだが、（薫は）忍び寄るにも誰のものかはっきりと分かる香りがするために、身を隠すこともできないのが煩わしくて、めったに（薫物を）身に着けたりなさらないけれど、**数々の（高貴な家々の）唐櫃に埋もれて伝わる薫物の香りたちと比べて、この君の香りには何とも言いようの無い匂いが加わり、**お住まいの前栽の花の木も、ほんの少し袖のお触れになった梅の香りは、春雨の雫にも濡れ、身に染みるように感激する人は多く、秋の野に咲いて歌に「主が無い」と詠まれる藤袴も、元の香りは隠れて、この君の慕わしい追い風のほうが優っている。

もう一人の男主人公・兵部卿宮（以下、匂宮）については次のようにある。

かくいとあやしきまで人の咎むる香にしみ給へるを、兵部卿の宮なん他事よりもいどましくおぼして、それはわざとよろづのすぐれたるうつしをしめ給ひ、朝夕のことわざに合はせいとなみ、御前の前栽にも、春は梅の花園をながめ給、秋は世の人のめづる女郎花、小牡鹿の妻にすめる萩の露にもをさをさ御心移し給はず、老を忘るる菊に、おとろへ行藤袴、物げなきわれもかうなどは、いとすさまじき霜枯れのころをひまでおぼし捨てず、などわざとめきて香にめづる思をなん立てて好ましうおはしける。かかる程に、すこしなよびやはらぎて、すいたる方にひかれ給へり、と世の人は思きこえたり。むかしの源氏は、すべて、かく立ててその事と様変はりしみ給へる方ぞなかりしかし。

（匂宮巻④二一九—二二〇頁）

〔訳〕薫が不思議なまでに人々にほめそやされる香りに染みていらっしゃることに、匂宮は他の事よりも挑ましくお思いになり、**当時世の中に伝来していた数多くの優れた薫物の処方を集めては調合なさり、それらの香りを衣裳などに染ませていらっしゃるし、調合は、朝夕の日課のようになさり、**お住まいの前栽も、春は、梅の花園を長い間眺めていらして、秋には、世間の人が誉め称える女郎花や、「小牡鹿が妻にする」と歌に詠まれる萩の露にもめったに御心をお移しにならず、**老いることを忘れたように咲き続ける菊や、衰えゆく藤袴、見栄えのしなくなったわれもこうなどは、ひどく興覚めな霜枯れの時期までお見捨てにならないなど、ことさらに香りをめでる思いを第一に、風流にお過ごしであられる。**昔いらした源氏は、何事にも、特にその事だけはと人並外れて熱中なさるようなところはおありで無かったものだ。

古注や新注は、匂宮が強い関心を示した植物の内、春の梅花については特に勘物の対象として来なかった。秋の菊花、藤袴、われもこうの内、はじめの二種については、特定の和歌や漢詩の表現や情景をふまえて物語られた可能性が指摘され、三種目のわれもこうについては、『花鳥余情』が『狭衣物語』の一首「武蔵野の霜かれに見しわれもかう秋しもをとる匂ひなりけり」を勘物に引用した[3]。ここでの「匂ひ」は見た目の美しさを意味している。近代以降の注釈では、春に紫の上遺愛の梅の花園を眺めるのは、その香り高さに加えて、この亡き祖母を慕う想いからでもあろうなどと評釈されてきた。また、秋の菊花・藤袴・われもこうは、〈本来は芳香の強い草花〉と一括し、それがために、三種の草花が枯れてもなお見捨てず珍重したのだろう、と解釈する向きもあった。

物語の薫物を主題とした評論では、藤袴が唐名を「蘭草」といい、古来香草として分類、利用される植物であったと紹介した。また、われもこうは花に芳香があるとは言えないが、名前の末尾に「かう」とあるため〈香〉を縁語として和歌に詠まれてきたのであり、「木香」という香料とも名称の一部の音が重なるために、香りを何よりも珍重する匂宮の関心を引くに至ったのではないか、と指摘していた[4]。

以上のような議論を経て、近年の注釈では、**菊花と藤袴は香りの強い植物、われもこうは香りのしない植物として区別した上で、われもこうも菊花と藤袴に同じく大事にされたのは、〈香〉を連想させる名称であった為であろう、**との見方に落着している。

光源氏生前の物語では、材料となる香具の品質や処方の由緒、作り手の裁量や技量による目方の増減が、香りの良し悪しに影響すると説かれた。匂宮巻では、薫の体から自然に発する香りが、人智を超えた業とでも云うように、既存のどの薫物にも優る最上の芳香として賞賛される。匂宮は、薫の香りがこの世のどの薫物よりも香ばしく、また、古来のどの薫物にも無い「いふよしもなき匂ひ」、言いようの無い、何か分からないけれど素晴らしく良い匂いが加わっていることに挑ましく思い、薫物の蒐集や調合に力を尽くしていた。具体的には、**薫の香りのように薫物を香ばしくするための秘訣や、既存の薫物に無い何かを、人智を尽くして究明しようとしている**、ということかと考える。

薫の香りに匹敵する芳香を作り出すのは容易なことではなかったはずだが、不測の事態が加わることで、それに近い香ばしさが備わることもあった。浮舟巻に次のようにある。

道のほどに濡れたまへる香《か》のところせう匂ふも、もてわづらひぬべけれど、かの人の御けはひに似せてなむ、もてまぎらはしける。

（浮舟巻⑤二二一―二二二頁）

〔訳〕道中濡れていらした（ために、衣装などに染む）香りが所狭く匂うのも、もてあましてしまうところだが、例の人のご様子に似せて、うまく紛らわすのであった。

匂宮がこの時身に染ませていた薫物の匂い自体は、薫の香りと全く同じというわけではないのだろうが、雨に濡れたことにより、[5]薫の香りが普段からそうであるように、所狭しと匂い立ったようである。

匂宮は、薫の香りと他の匂いとを聞き分ける感性も備えていた。宇治十帖の語り手は、この時の匂宮のことを、次のように称している。

宮は、いとど限りなくあはれと思ほしたるに、かの人の御移り香のいと深くしみ給へるが、世の常の香《かう》の香《か》に入れたきしめたるにも似ず、しるき匂ひなるを、その道の人にしおはすれば、あやしと咎め出で給て

（宿木巻⑤七一―七二頁）

〔訳〕匂宮は、中の君をこの上なく愛おしくお思いでいらっしゃるところに、例の人の御移り香の大層深く染みていらっしゃるのが、世間のふつうの香の香りに入れて薫き染めたのにも似ず、はっきりと分かる匂いなのを、（匂宮は）その道の人でいらっしゃるから、妙だとお咎めになって

語り手は、匂宮の薫物・香への熱中ぶりを批判的に語る一方で、**正確な識別能力を備えた「その道の人」、すなわち〈薫物の道の専門家〉**としても評価しているらしい。

平安時代に実在したと伝わる人々の中には、前時代の貴人にゆかりの品と伝わる薫物の処方を蒐集したり、その時々の貴人に対してこれらの処方を献上したりといった足跡を残す場合がある。また、従来は輸入品に依存していた

香具を国内で探し出したり、手近な材料を用いて模造品を製造したりといった逸話も伝わる。『源氏物語』の薫物や香に関する記述を、同時代の薫物文化の実相に照らして解釈しようとする上で、示唆に富む資料であるかと考える。以下の本稿では、これらの逸話の一部を紹介してみたい。

梅枝巻には、「公忠の朝臣」こと光孝源氏源公忠ゆかりの処方が登場する。物語で明石御方が調合したのは、元は「前の朱雀院」の所有していた薫物「薫衣香」方であり、それを「公忠朝臣」が「百歩」と表現される長い距離の先にも香りが届くほど香ばしく力強い香りのするように工夫し直したと伝わる品であったと云う。「公忠朝臣」は醍醐天皇御従妹で従四位下右大弁を極位極官とした光孝源氏公忠に比定する。「前の朱雀院」は、物語の朱雀院よりも以前に朱雀院を御所とした天皇を意味する。古注釈書以降の研究では、この天皇が薫物を好んだと伝わることを理由として、「前の朱雀院」を実在の朱雀院とみなす説が広く支持されているようである(6)。

従来の研究においても紹介されているが、薫物の書には、源公忠が由緒ある古い処方を何らかの経緯により所持して、高貴な辺りに献上したとの来歴を伴う処方が散見する。そうした処方の一つに、次の「洛陽薫衣香」方がある。

洛陽薫衣香 出淳和院。但公忠朝臣所献也。

沈五両　甲香二両二分　丁子一両　白檀一分 已上大　麝香一分　占唐一分　蘇合一分 已上小　丁枝二両 大

(薫集類抄一五七頁)

右の方は、**元は桓武天皇親王淳和天皇の考案ないし所持したもので**、**後に公忠がこれをいずれかの貴人に献じた**、と云う。なお、公忠の近親者と目される典侍滋野直子朝臣や、公忠と同時代に蔵人所小舎人として朝廷に奉仕した大和常生も、前時代の処方を写し伝えて高貴な人々に献上したと伝わる人物である。

日本の平安時代に国内で調合されたと伝わる薫物の主原料は、大陸や東南アジアなどで産出された香木や香料であった。ただし、**材料の一部には**、**既に国産化されたと考えられる品々もあった**(7)。

『源氏物語』に登場しない薫物の一つに「菊花」がある。平安時代の品として伝来した次の処方によると、「菊花」は、身近なところで育成された植物を利用して調合されたと云う。

菊花　菊香に似たる匂ひにやあらん。

不知誰人

沈四両　丁子二両　甲香一両二分　薫陸一分　麝香二分　甘松一分

清慎公云、菊花方者長生久視之香也。聞之薫之者、却老増壽。枇杷左大臣習伝之。亭子院前栽合左方用菊花方、右方用落葉方、云々、我好此方常用之。但麝香一分可令加進之。菊花盛開、其香芬馥時、折花置傍、和合之。或人云、舊干菊花一両許加之、云々。水邊菊下埋之経二七日許、入瓷瓶、堅封口、取出又経二七日許用之。若有急用者、不用此説而已。

（薫集類抄一四二頁）

処方に付随の言説には、薫物「菊花」の特徴や来歴、調合時の菊花の利用法が記される。菊花の利用については、**盛花の時期に花を折り、側に置いて調合せよ**、との説や、**古くなり乾燥した菊花一両ほどを加えよ**、との説が記される。同じ薫物の書には、菊花の他にも薫物の調合に利用されたと伝わる草花が散見する。例えば「浴湯香」という名前の品には次のようにある。

浴湯香

苜蓿香一両　零陵一両　茅香一両　甘松一両

右以水作湯浴之、任意量多少以上足為限。或本加澤蘭一両。

（薫集類抄一七一頁）

「浴湯香」は湯浴み用の湯に加える香りの素を云うらしい。こうした入浴剤のような品も、広義の「薫物」に含まれていた。右によると、或る本には「**澤蘭一両**」**を加えよとの説も伝わっていた**と云う。

本草書や香字書類において、**澤蘭は、藤袴の唐名である**「**蘭草**」の一名として上げられている(8)。本稿の上文で紹介したように、藤袴こと「蘭草」が古くから香草として利用されてきたことは、先行研究においても紹介されていた(9)。
『今昔物語集』には、平安中期に震旦からわが国に渡来した「長秀」(10)なる僧侶について、次のような逸話が伝わる。

今昔、天暦ノ御時ニ、震旦ヨリ渡タル僧有ケリ。名ヲバ長秀トナム云ケル。本医師ニテナム有ケレバ、鎮西ニ来ケルガ居付テ不返マジカリケレバ、京ニ召上テ、医師ニナム被仕ケル。（中略）五条ト西ノ洞院トニ〈　〉ノ宮ト申ス人御ス。其ノ宮ノ前ニ大キナル桂ノ木有ケレバ、桂ノ宮トゾ人云ケル。長秀其宮ニ参テ物申シ居ル程ニ、此ノ桂ノ木ノ末ヲ見上テ云ク、「桂心ト云フ薬ハ此ノ国ニモ候ケレバ、人ノ否不見知ヌコソ候ケレ。彼レ取リ候ハム」トテ、童子ヲ木ニ登セテ、「然々ノ枝ヲ切下セ」ト云ヘバ、童子登テ、長秀ガ云フニ随テ切下シタルヲ、長秀寄テ、刀ヲ以テ桂心有ル所ヲ切取テ、宮ニ来ケリ。少シヲバ申シ給ハリテ薬ニ仕ケルニ、唐ノ桂心ニハ増テ賢カリケレバ、長秀ガ云ケルハ、「桂心ハ此国ニモ有ケル物ヲ、見知ル医師ノ無カリケレバ事極テ口惜キ事也」トナム。然レバ桂心ハ此国ニモ有ケルヲ、見知レル人ノ無クテ不取ナルベシ。長秀遂ニ人ニ教フル事無クテ止ニケリ。長秀止事無キ医師ニテナム有ケル。然レバ長秀薬ヲ造テ公ニ奉タリケリ。其方于今有、トナム語リ伝ヘタルトヤ。

（今昔物語集④四〇一―四〇二頁）

長秀は、五条西洞院の桂宮に参上した時、邸の前の大きな桂の木を見て〈**「桂心」という薬はこの国にもあったのに、人々は桂心を見たことがないので知らなかったのだろう**〉と話した。また、**この木の枝を切り落とさせ、桂心を薬として使ってみたところ、唐渡りの品よりも優れた効果を得られた**のだと云う。
平安時代の類纂と見られる薫物の書や香字書類には、身近な植物から香具を調合する為の言説等が載録される。

生師口伝

香稲、和名香乃。女菊、和名加牟多知。過三其限、過三午也。熬栗、用佐久栗。淹栗、无出朝。必至三度、作酢必以初酢汁作之。又以其汁重作如此至三度之後用之。青桐木、葉体如例、青桐、但葉辺花形深入耳。

（中略）

又法

楓香木一斤　沈香一両　白檀一両　藿香一両　梨蘆根一両　香稲米酢三升　蓴汁二升一合　鉄醤一升五合

已上用薬升。但大定、汁濃煮加淹之。

（中略）右二方、唐僧長秀所秘蔵也。以方造、進公家之沈香、其香甚好。天暦十一年三月廿五日伝承之耳。

（薫集類抄二一三・二一四頁。同類文は香字書類にも記載あり）

「生師口伝」や「又法」によると、**青桐木や楓香木を、特別な材料や香具を混ぜた汁に漬けて煮詰めると、沈香のような品が出来上がる**と云う。これらの二方はいずれも「唐僧長秀」の秘蔵の品とされる。ここでの長秀は、これら秘蔵の処方による沈香の模造品を「公家」こと朝廷に献上しており、その香りは大層好ましいものであったと云う。末尾には、天暦十一（九五七）年三月二十五日、二方の書き手がこれらを伝承した由が見える。

「震旦僧長秀」と「唐僧長秀」が同一人物か否かについては、なお慎重な検討を要するが、**平安時代の上層社会で医薬、香薬の道に専門的に取り組む人々の間では、**「長秀」**なる渡来僧の動静として、身近なところに貴重な香薬を探索、同定して見せたり、香薬の模造品を開発して献上したりといった逸話が語り継がれていた**のであろう。

まとめとして、「その道の人」匂宮が前栽の草花にどのような関心を向けていたか、稿者なりに再評価してみたい。春に紫の上遺愛の梅の花園を眺めるのは、従来の研究において解釈されてきたように、単に春を代表する香りの良い花であるからというだけでなく、この亡き祖母を追従する想いからであろう。ただし、梅花にはその名を冠した薫物もあり、梅枝巻では紫の上が調合して蛍兵部卿宮に絶賛されるなど、紫の上に関わりの深い薫物として知られていることも、匂宮の関心に叶う要素であるかと考える。

秋以降に立ち枯れてなお菊花や藤袴を賞玩したのは、当時の薫物の伝承に見られたように、これらの草花を薫物の

材料として利用することが匂宮の念頭にあった為ではないか。菊花について、古くなり乾燥した状態のものを処方せよとの言説の見られたことは、右の可能性を検証する上で暗示的である。香草としては分類されないわれもこうについても、枯れてなお前栽を手入れさせずに大事にしていたのは、われもこうが、枯れ果てて香具たり得る芳香を放つか否か、確かめようとしていたからではないだろうか。**こうした試行錯誤は、通常であれば、高位の人が自ら執り行うものではなかっただろう。**匂宮に対する声望を低下させる一因となった可能性は、検討に値するかと考える。

研究の展望

光源氏は、選りすぐりの薫物を明石姫君入内の際の調度品とし、長く後世の手本となることを期待するような人物であったが、匂宮の関心は、薫の香りに加わっているという良い匂いの正体を究明して、薫の香りに優るとも劣らない香りを調合し出すことに向けられていた。

薫物の書を時代横断的に調査研究していると、鎌倉時代までの薫物文化は、平安時代の種類や処方を手本として珍重、継承するものであったとの印象を受ける。一方で、室町時代以降の時代になると、従来は使用されなかった香具を配合した新たな処方が考案されたり、それまでにない名称が付されたりといった変化が生じ始める。そうしたいわゆる新作薫物の中には、「兵部卿」という薫物もあった(11)。

匂宮の試行錯誤は、平安時代の規範にはそぐわぬものであったらしいが、新作薫物の時代の読者の目には、果たしてどのように映ったのであろう。それについては又の機会に考察を試みたい。

注

(1)近年の研究では、田邊留美子「『源氏物語』の薫物に関する考察――『薫集類抄』から――」(「日本文学」第六六巻第九号、二〇一七・九）や吉海直人「『源氏物語』の「薫り」―平安時代の「練香」の基礎知識」（「同志社女子大学大学院文学研究科紀要」第二二号、二〇二二・三）等の論述に、こうした方向性が伺えるかと考える。

（2）以下、物語テキストの掲載巻およびページ数は引用文献（1）による。

（3）『河海抄』は、長く咲く菊花を〈老を忘れる〉と詠んだ和歌や、秋の深まる中で立ち枯れて衰えた「蘭」こと藤袴と菊の様子を詠った漢詩を引用する。『花鳥余情』は、菊花についてはは『河海抄』の勘物を踏襲し、われもこうについては、東国の晩秋、露枯れの中に見たわれもかうの様子について、〈秋には見た目の美しさが一層劣る〉と詠む『狭衣物語』歌を引用する。『湖月抄』は、古注において勘物の無かった「萩」について、「萩は匂ひなき花なれば匂宮の御心とめ給はぬ也」とする。

（4）引用文献（8）による。

（5）梅枝巻の物語や古注釈書の勘物によると、湿り気は薫物の香りを増幅するものと理解されていた。

（6）古注釈書は「前の朱雀院」を醍醐天皇親王の朱雀天皇と勘える。近現代の注釈書の中には宇多天皇との説に可能性を見出そうとしたものもあるが、石田讓二（『源氏物語論集』、桜楓社、一九七一）や藤河家利昭（「梅枝巻の「前の朱雀院」について―史実と物語との関係―」、「広島女学院大学大学院言語文化論叢」第三号、二〇〇〇・二）は古注以来の説を穏当とし、稿者も引用文献（4）でこの説を首肯する。

（7）田中圭子「薫物と唐物」（『「唐物」とは何か：舶載品をめぐる文化形成と交流』、アジア遊学二七五、勉誠出版、二〇二二・一〇）にて考察しており参照されたい。

（8）蘭草

本草云。　蘭草味辛平無毒。主利水道。殺蟲毒。辟不祥。除胸中淡癖。久服益気。軽身不老。通神明。一名水香。（中略）

謹案。此是蘭澤香草也。八月花白。人間多種。以銹庭池。渓澗傍往々亦有。陶云。不識人言煎澤草。或称季云都梁香。近之終非的識。

本草云。第十八。　不見本草。（中略）一名澤蘭。香草。出蘇敬注。
見澤　蘭部
和名。布知波加末。　（香字抄五〇六―五〇七頁）
(9)注（4）に同じ。
(10)「長秀」にまつわる薫物・香関係の言説は引用文献（3）・（4）に記載があり。注（7）の論攷でも紹介している。
(11)田中圭子「〈新作薫物〉と平安文学」（『むらさき』、第五一輯、二〇一四・一二）等に紹介しており、参照されたい。

引用文献（論文からの引用等は注欄に記載）

（1）『源氏物語④・⑤』（新日本古典文学大系、岩波書店、一九九六・一九九七）／（2）『今昔物語集④』（新日本古典文学大系、岩波書店、一九九四）／（3）『香字抄』（続群書類従、巻第八五四、続群書類従完成会、一九二八）／（4）田中圭子『薫集類抄の研究：附・薫物資料集成』（三弥井書店、二〇一二）／（5）玉上琢彌『紫明抄・河海抄』（角川書店、一九七八）／（6）中野幸一『花鳥余情』、源氏物語古註釈叢刊（武蔵野書院、一九七八）／（7）有川武彦『源氏物語　湖月抄』、上・中・下（講談社、一九八二）／（8）尾崎左永子『源氏の薫り』（求龍堂、一九八六初版）ほか。

通過儀礼と皇位継承から竹河巻を読み直す

高橋麻織

概要――平安時代の儀礼研究

平安時代の**儀礼研究**は、文化人類学や民俗学から始発し、それらを受けて歴史資料や文学作品における儀礼の調査が進められた。(1) 近年、ジェンダー史の観点による研究成果が発表され、平安時代の儀礼の実態が明らかになってきている。(2)『源氏物語』の儀礼研究に先鞭を付けたのが、小嶋菜温子である。(3) 小嶋は子ども時代に行われる生育儀礼に着目し、『源氏物語』の新たな読みの地平を提示した。それら先行研究を踏まえて筆者は、御佩刀《みはかし》の儀、産養《うぶやしない》、五十日《いか》の祝、袴着、元服の実態を解明し、『源氏物語』に描かれる儀礼の意義を追究している。(4)

本稿で取り上げるのは、第三部に描かれる**生誕儀礼**である。特に、竹河巻・宿木巻の皇子誕生の描写を再検討し、皇位継承に視点を当てて考察したい。

読む――竹河巻における生育儀礼

『源氏物語』の帝は四代、桐壺院・朱雀院の後、皇位継承した冷泉院に皇子がいなかったことで、冷泉系皇統の断絶と朱雀系皇統の存続が決定した。それは、光源氏の〈罪〉の問題と関連付けて説明される。ところが、竹河巻では、冷泉院の后妃となった玉鬘大君が皇子を出産し、それまでの物語の論理と矛盾するような展開を見せる。また、物語の最後まで東宮や二の宮に皇子が誕生している記述はなく、匂宮の皇位継承の可能性が高いかのような叙述が繰り返される。これについて、近年、議論がさかんである。(5) 助川幸逸郎は、東宮と夕霧大君との間に第一皇子が誕生したことを指摘している。(6) 今上帝が直系継承を望んだという結論は非常に示唆的であるが、東宮に皇子が産まれていることが本文に一切言及されず、匂宮立太子の可能性が繰り返し書かれるのはなぜなのか。

　筆者はかつて、匂宮とその皇子の立太子・即位の可能性について論じた。(7) 匂宮は第三皇子であるにも関わらず、物語本文には、立太子の可能性があるように書かれる。以下、宇治の中の君が匂宮の皇子を出産した際の産養の記述である。

からうじて、その暁に、男にて生まれたまへるを、宮もいとかひありてうれしく思したり。大将殿も、よろこびにそへてうれしく思す。（略）**御産養、三日は、例の、ただ宮の御私事にて、五日の夜は、大将殿より**（略）。**七日の夜は、后の宮の御産養なれば、参りたまふ人々多かり**。（宿木⑤四七二―四七三）

〔訳〕ようやくのこと、その明け方に男の子がお生まれになったのを、匂宮もご心配のかいがあって嬉しくお思いになる。薫大将も、ご自分のご昇進の喜びに加えて嬉しくお思いになる。（略）御産養は、まず三日は慣例で匂宮の御内々のお祝いで、五日の夜は薫大将から（略）。七日の夜は明石中宮からの御産養であるから、参上なさる人々も大勢である。

　三夜の産養は父である匂宮、五夜は薫、七夜は祖母にあたる明石中宮、九夜は夕霧がそれぞれ主催した。産養は、生後三日、五日、七日、九日、十一日目の夜に催される儀礼である。(8) いずれも重要なのは、主催者である。特に七夜は、産婦や新生児を社会的・政治的に支える者が主催した。【表一】は、院政期までの皇子女誕生時の産養主催者である。(9)

【表二】平安時代における皇子女誕生時の産養主催者

	新生児	生年月日	父	母	三夜	五夜	七夜	九夜
1	**寛明親王（朱雀）**	延長一（九二三）七／二四	醍醐天皇	中宮・藤原穏子	不明	不明	醍醐天皇（父） 宇多法皇（祖父）	藤原忠平（外伯父）
2	**成明親王（村上）**	延長四（九二六）六／二	醍醐天皇	中宮・藤原穏子	不明	寛明親王（兄）	醍醐天皇（父）	藤原忠平（外伯父）
3	**憲平親王（冷泉）**	天暦四（九五〇）五／二四	村上天皇	女御・藤原安子	藤原興方・遠規（安子の外伯父と子）	藤原師輔（外祖父）	承子内親王（姉）	不明
4	**守平親王（円融）**	天徳三（九五九）三／二	村上天皇	中宮・藤原安子	不明	不明	村上天皇（父）	不明
5	**敦康親王**	長保一（九九九）一一／七	一条天皇	中宮・藤原定子	不明	不明	一条天皇（父）	不明
6	**敦成親王（後一条）**	寛弘五（一〇〇八）九	一条天皇	中宮・藤原彰子	藤原彰子（母）	藤原道長（外祖父）	一条天皇（父）	藤原頼通（外叔父）
7	**敦良親王（後朱雀）**	寛弘六（一〇〇九）一一	一条天皇	中宮・藤原彰子	藤原彰子（母）	藤原道長（外祖父）	一条天皇（父）	藤原頼通（外叔父）
8	**禎子内親王**	長和二（一〇一三）七／六	三条天皇	中宮・藤原妍子	藤原妍子（母）	藤原道長（外祖父）	三条天皇（父）	藤原彰子（外伯母）
9	**章子内親王**	万寿三（一〇二六）一二／九	後一条天皇	中宮・藤原威子	藤原頼通（外伯父）	藤原威子（母）	後一条天皇（父）	不明
10	**馨子内親王**	長元二（一〇二九）二／二	後一条天皇	中宮・藤原威子	藤原頼通（外伯父）	藤原威子（母）	後一条天皇（父）	不明
11	**尊仁親王（後三条）**	長元七（一〇三四）七／一八	東宮・敦良親王	東宮妃・禎子内親王	禎子内親王（母）	藤原頼通（父の外叔父）	敦良親王（父）	不明
12	**善仁親王（堀河）**	承暦三（一〇七九）七／九	白河天皇	中宮・藤原賢子	不明	不明	白河天皇（父）	禎子内親王（曾祖母）

歴史資料からは、三夜は母親や外戚、五夜は外祖父、七夜は父天皇、九夜は外舅の主催となる傾向がわかる。一方、『源氏物語』に描かれる産養は、その主催者が明らかにされない場合の方が多い。わかっている事例だけを取り上げ

ると、次の【表二】のようになる。

【表二】『源氏物語』に描かれる産養主催者

新生児	**父**	**母**	**三夜**	**五夜**	**七夜**	**九夜**	**備考**
東宮	今上帝（東宮）	明石女御	明石の君（外祖母）か	不明	冷泉帝	不明	※「隠れの方にて」とある
薫	光源氏	女三の宮	光源氏（父）か	秋好中宮	冷泉帝	不明	※五夜「御方々」とある
匂宮第一子	匂宮	宇治中の君	匂宮（父）	薫	明石中宮（祖母）	夕霧	

七夜の主催者は最も社会的地位が高いうえ、本文叙述も詳しい。宿木巻の本文からは、匂宮と宇治中の君の間に生まれた新生児が今上帝と明石中宮の直系の皇子であると認知され、同時に薫と夕霧から後見を受ける存在として社会的に示されたものと理解できる。匂宮立太子の可能性が本文に繰り返されることと合わせて考えると、物語の皇統の行方は、この宇治中の君所生皇子に向かっていくと読めるのである。

次に、もう一人の次世代の皇子である冷泉院の皇子に焦点を当てたい。竹河巻で、冷泉院の后妃となった玉鬘大君は、皇女と皇子とを立て続けに出産する。まずは、皇女である。

四月に女宮生《む》まれたまひぬ。**ことにけざやかなるもののはえもなきやうなれど、院の御気色《けしき》に従ひて、右の大殿よりはじめて、御産養《うぶやしなひ》したまふ所どころ多かり。**（竹河⑤一〇〇）

〔訳〕四月に女宮がお生まれになった。特に際立つ晴れがましさもないようなものであるけれど、冷泉院のご意向に従って、夕霧右大臣をはじめとして、御産養をなさる方々が多い。

冷泉院の皇女誕生時の産養は簡略である。主催者として考え得るのが、新生皇子の父親である冷泉院、叔父にあたる紅梅大納言、義理の叔父である薫、あるいは秋好中宮や弘徽殿女御あたりである。しかし、詳述されない。そのことは逆に、唯一、主催者として明記される夕霧の存在を際立たせることになる。竹河巻における夕霧は、蔵人少将の恋路を手助けする父親としての側面が強いが、大君出産の場面で夕霧が政治的な動きを見せていることは注目に値する。夕霧は、東宮や二の宮、匂宮にも娘を嫁すなど後宮政策は盤石である。皇位継承がどう転んでも良いよう、先回りして動く夕霧の政治家としての手腕が垣間見られよう。反対に、玉鬘の実の弟である紅梅大納言の名が挙がらないことは、致仕大臣家の後継であるはずの紅梅家の存在感の低下を印象付ける。紅梅巻・竹河巻は、藤原氏の大臣家の斜陽を描く巻と捉えられよう。続いて、皇子誕生時の本文を確認したい。

年ごろありて、また男御子《をとこみこ》産みたまひつ。そこらさぶらひたまふ御方々にかかることなくて年ごろになりにけるを、おろかならざりける御宿世《すくせ》など世人《よひと》おどろく。帝は、まして限りなくめづらしと、この今宮をば思ひきこえたまへり。**おりゐたまはぬ世ならましかば、いかにかひあらまし、今は何ごともはえなき世を、いと口惜しとなん思しける。**　（竹河⑤一〇四―一〇五）

〔訳〕幾年か経って、大君はまた男御子をお産みになった。仕えていらっしゃる后妃たちが皇子を産んだことはないまま何年も経っているので、これは並々でないご宿縁だったのだと世間の人は目を見はる。冷泉院はまして、この上もなくめったにないことと、この男御子をおいつくしみあそばす。これがもしご在位中であったのならどんなにかお生まれがいもあっただろうに、今となっては何事も張り合いのないのをまことに残念なことと思し召すのであった。

ここに生誕儀礼の言及はない。かつて小嶋菜温子は、「語られない産養」の事例として光源氏・冷泉帝・明石姫君を取り上げ、正統性の欠如や劣り腹であることからその理由を論述した(10)。竹河巻の冷泉院皇子もまた、このような視点に立って理解できるかもしれない。ただ、気になるのが、竹河巻の冷泉院皇子と桐壺巻の光源氏との共通性である。例えば、玉鬘大君も桐壺更衣も、父親の死後の入内であり、皇子出産後は「御息所」と呼称される。また、誕生した皇子は父からの寵愛を受けるが、立太子は難しいようである。さらに、玉鬘大君と桐壺更衣は、他の后妃からの嫉妬や憎しみを受け、心労がつのる点も重なるし、その嫉妬する后妃が「弘徽殿女御」であることも偶然ではないだろう。[11]皇子女誕生前後の本文には「はえなし」という語が繰り返され、本来慶事であるにも関わらず、そのめでたさを打ち消すほどのネガティブな記述に終始する。そのことは「おりゐたまはぬ世ならましかば」とあるように、冷泉院の退位後であることと理由付けられる。新全集には、「源氏の罪の子である冷泉院に男宮が生れるのは、すでに退位した帝の子で、将来即位の可能性がないことを前提とした設定か」（竹河巻⑤一〇六）とあり、退位後に誕生した皇子は、立太子・即位できないかのように説明されている。また、玉上琢彌も「男宮が生まれても退位後であれば位につくことはない。在位中なら東宮が定まっていても、その次の東宮に予定することもできるのだが、今の立場ではそれは望めない」と同様の見解を示唆している。[12]はたして、父天皇の退位後に誕生した皇子には、皇位継承権がないのであろうか。

実は、三条天皇（居貞親王）は、父冷泉天皇の退位後の誕生であった。その立太子は、寛和二（九八六）年七月のことであり、当然、紫式部や当時の物語読者も知る歴史的事実である。つまり、物語中の冷泉院の皇子に立太子・即位の可能性がないことの説明にはならないのである。三条天皇の誕生前後の記事は、『栄花物語』「花山たづぬる中納言」巻に見られる。藤原兼通・兼家兄弟の政権争いが激化する中、兼通は弟・兼家の政治的失脚を企てていた。兼通は、冷泉院の女御・超子の懐妊中、兼家が皇子誕生を祈願していると円融天皇に告げ口する。「東三条の大将（兼家）は、『院の女御（超子）、男御子生みたまへ。世の中かまへん』とこそ言うなれ」（「花山たづぬる中納言」①九三）とあり、皇子を擁立して政権獲得を狙うものであった。そして、超子が冷泉院の第二皇子（居貞親王）を出産すると、兼通の動きは活発化し、讒奏を繰り返す。「この右大将兼家は、冷泉院の御子（居貞親王）を持ちたてまつりて、ともすればこれをこれをと言ひ思ひ、祈りすること」（「花山たづぬる中納言」①九五）とあるように、居貞親王を次の皇位継承者に擁立する動きを見せているというのである。これが円融天皇にとっても聞き捨てならない事柄であったため、兼家は左降させられることとなる。このように、父親の退位後の誕生であることが皇位継承の妨げになるという言及はないどころか、誕生時から皇位継承に関わる存在として危険視されているのである。もちろん、この居貞親王は実際に立太子・即位することとなるので、『栄花物語』作者はその後の歴史を踏まえて、このように描いたのかもしれない。しかし、父親の退位後に誕生した皇子であっても皇位継承できることは、三条天皇の事実で実証済みである。つまり、「はえなし」と語られることが、皇位継承権を否定するわけではないのである。

竹河巻は、他の巻との整合性が取れない事項が少なからずあるうえ、竹河巻の語り手は「悪御達」という特殊な設定である。しかし、星山健の指摘のように、「紫のゆかり」の語りも「悪御達」の語りも「物語内に仮構された存在」でしかない[13]。そのうえで竹河巻を含め、物語に語られることの意味を考えてゆく必要があるだろう。皇位継承については、物語が結末まで描かれない以上、先のことは読者が想像するしかない。少なくとも、物語本文に存在の明かされる次世代の皇子は、冷泉院の皇子と匂宮の皇子との二人だけである。玉鬘大君は周囲の嫉妬を買うなど、冷泉院の皇子は望まれない誕生であるように語られる一方、匂宮の皇子は華々しい産養が催され、将来性を予期させるものとなっている。本文にそのように語られる意義こそ、重要なのである。

第三部は、今上帝の第三皇子という微妙な立場にある匂宮と、光源氏の末子として世間での評判の高い薫とが主人公に設定されている。順当に行けば、匂宮の同母兄である東宮が即位して、その外戚である夕霧が政権を担うこととなるであろう。表向きには、薫も（光源氏の子だと認識されているので）東宮（新帝）の大君を東宮妃とし、二の宮や匂宮を婿取った夕霧に対して、後宮政策では遅れをとっている。子がない時点で、薫に形勢逆転は難しい。つまり、第三皇子という皇位継承から遠のいた立場にある匂宮と、摂関政治期の政策で徹底的に遅れを取った薫とが、主人公として物語の中心に据えられているのである。一旦臣籍に下った光源氏が、准太上天皇となって「帝王の相」を実現したように、第三部でもまた、権力から遠のいた二人の主人公が中央政界で活躍し王権に絡むのかもしれない。物語の行く末は読者に委ねられている。さまざまな想像の余地を残した可能性ある物語が、第三部の世界なのである。

研究の展望——通過儀礼と竹河巻と

最後に、儀礼研究に関する課題をいくつか提示する。現在、歴史学の研究成果を待つのではなく、文学研究の立場からも歴史資料の読解や史実における儀礼の調査が求められている。また、女性史だけの問題ではなく、政治史や文化史、制度史など広い視野から捉え直す必要性がある。その際、物語読解に都合の良い史実だけを取り上げるのではなく、平安時代の現存する歴史史料を全て対象とし、徹底的に悉皆調査することで、客観性の確保をはからなければならない。さらに、物語叙述の表現や語感を重視しながら、その儀礼が「だれにとって」「どのような」意味があるのか、物語にどのように語られているか、**政治的側面**を明らかにすることも重要であろう。

一方、竹河巻を含む匂宮三帖は、『源氏物語』における位置づけの不安定さから、なかなか本筋に踏み込んだ研究はなされてこなかった。竹河巻は、和歌や文章が稚拙であることや、官位や人物呼称が矛盾すること、巻の冒頭に置かれた異質な草子地など、様々な問題をはらむ[14]。近年、それらを端緒に竹河巻の意義を見出す論[15]や、玉鬘の二人の娘の結婚の結末を正編との関連性から捉える論[16]などが注目される。大君の求婚者として登場し失恋する蔵人少将は柏木との人物造型の類似点が指摘されるが、それがなぜ薫でなく蔵人少将だったのか。薫や冷泉院の人物造型が異なることや、皇位継承者の不在が光源氏の〈罪〉を背負う代償として理解されていたにも関わらず、冷泉院に皇子女の誕生が描かれる矛盾もある。また、竹河巻を玉鬘の二人の娘の求婚譚とその後を描くものと捉え、玉鬘の選択の是非を問うなど、さまざまな角度から論ずることが可能である。

注

（1）中村義雄『王朝の風俗と文学』（塙選書、一九六二）、伊藤慎吾『風俗上よりみえたる源氏物語描写時代の研究』（風間書房、一九六八）。

（2）古瀬奈津子『日本古代王権と儀式』（吉川弘文館、一九九八）、服藤早苗・小嶋菜温子編『生育儀礼の歴史と文化—子どもとジェンダー—』（森話社、二〇〇三）、服藤早苗『平安王朝の子どもたち』（吉川弘文館、二〇〇四）など。

（3）小嶋菜温子『源氏物語の性と生誕—王朝文化史論』（立教大学出版会、二〇〇四）、小嶋菜温子編『王朝文学と通過儀礼』（平安文学と隣接諸学、竹林舎、二〇〇七）、小嶋菜温子・長谷川範彰編『源氏物語と儀礼』武蔵野書院、二〇一二）。

（4）高橋麻織「冷泉帝主催の七夜の産養」、同「明石姫君の袴着—腰結の役をめぐって」、同「冷泉帝の元服—摂政設置と后妃入内から—」（いずれも、高橋麻織『源氏物語の政治学—史実・准拠・歴史物語—』笠間書院、二〇一六）、同「『源氏物語』明石姫君誕生時における「御佩刀の儀」—『うつほ物語』いぬ宮の事例を踏まえて—」（『日本文学研究ジャーナル』第一七号、二〇二一・三）、同「薫の生育儀礼の政治的意義—産養・五十日の祝い・元服をめぐって—」（原岡文子・河添房江編『源氏物語　煌めくことばの世界Ⅱ』翰林書房、二〇一八）。

（5）助川幸逸郎「匂宮の社会的地位と語りの戦略—〈朱雀王統〉と薫・その一—」（『物語研究』第四号、二〇〇四・三）。縄野邦雄「東宮候補としての匂宮」（上原作和編『人物で読む源氏物語　第一八巻　匂宮・八の宮』勉誠社、二〇〇六）。青島麻子「宿木巻における婚姻—「ただ人」をめぐって—」（『国語と国文学』第八五巻第四号、二〇〇八・四）。星山健「宇治十帖における政治性—中君腹御子立太子の可能性と、薫・匂宮に対する中君の役割—」（『王朝物語史論—引用の『源氏物語』—』笠間書院、二〇〇八）など。

（6）助川幸逸郎「今上帝はなぜ、いつまでも譲位しないのか？：〈朱雀王統〉と薫・その二」（久保朝孝編『危機下の中古文学2020』武蔵野書院、二〇二一）には、「続編のどこかの段階で、春宮は立坊させうる男児を得たのである。その皇子の母は、夕霧の大姫だろう（紅梅大君腹皇子への直系継承には、すでに触れたとおり、明石中宮が難色をしめすはずだ）。」とある。

（7）高橋麻織「匂宮の皇位継承の可能性—夕霧大臣家と明石中宮—」（『源氏物語の政治学—史実・准拠・歴史物語—』笠

間書院、二〇一六)。
(8)前掲注(4)高橋麻織論文。
(9)高橋麻織「冷泉帝主催の七夜の産養」(『源氏物語の政治学—史実・准拠・歴史物語—』笠間書院、二〇一六)掲載の一覧表を、一部書きかえ再掲する。
(10)小嶋菜温子「語られない産養(1)—桐壺巻の皇位継承争いと、光源氏の袴着・元服」、同「語られない産養(2)—〈罪〉の子・冷泉帝の立坊争いと童舞—」、同「語られない産養(3)—明石姫君の五十日・袴着・裳着、そして立后」(『源氏物語の性と生誕—王朝文化史論』立教大学出版会、二〇〇四)。
(11)竹河巻では、玉鬘大君が冷泉院に参院する際、玉鬘や夕霧たちが弘徽殿女御の動向を意識するにも関わらず、秋好中宮の名が挙がらないことが疑問視されている。これは、桐壺巻の弘徽殿女御のイメージを重ねる意図があったのではないか。
(12)玉上琢彌『源氏物語評釈』第九巻(角川学芸出版、二〇〇八)。
(13)前掲注(5)星山健論文。
(14)池田亀鑑「源氏物語の構成」(加藤昌嘉・中川照将編『テーマで読む源氏物語論 第四巻 紫上系と玉鬘系—成立論のゆくえ』勉誠出版、二〇一〇、初出は一九五二)。武田宗俊「「竹河の巻」に就いて—その紫式部の作であり得ないことに就いて—」(『源氏物語の研究』岩波書店、一九五四)。
(15)栗本賀世子「〈成立〉からみた続篇の世界—描かれざる過去の実現としての紅梅・竹河巻—」(『新時代への源氏学4 制作空間の〈紫式部〉』竹林舎、二〇一七)。村口進介「竹河巻末の昇進記事をめぐって—『源氏物語』の〈左大臣〉と〈右大臣〉—」(『日本文学研究ジャーナル』第一七号、二〇二一・三)。
(16)丸山薫代「源氏物語竹河巻の大君参院の方法をめぐって」(「むらさき」第五〇輯、二〇一三・一二)、高木和子『源氏物語を読む』岩波書店、二〇二一)。

25 浮舟巻×女性・ジェンダー

「女」の位置をめぐる浮舟という行為体《エージェンシー》

斉藤昭子

概要――ジェンダー・スタディーズと文学研究

ジェンダー（gender）とは、**性別の歴史的・社会的・文化的側面を明示する**ために用いられる概念である、とまずは定義づけておこう。もともとは文法上の性の区別を表す語である（例えばフランス語における男性名詞・女性名詞など）。生物としての性別を二分する発想から、「男らしさ」・「女らしさ」がそれぞれの社会で決定されてきた。その「らしさ」はそれぞれの時代や社会が規定しているに過ぎない。したがって、それは自然でもないし不変のものでもない。「らしさ」の押しつけ、性別による差別や抑圧は解消されるべきである――このように考えられるようになったのが、ジェンダーという概念によってもたらされた転換であった。

ジェンダーの概念は主として女性学の分析方法の発展から来ている。女性学によって、それまで**中立的・普遍的だとされてきた価値評価の軸は実のところ、男性の側にある**という偏りが明るみに出された。性別がどのように認識され、文化として構築されているのか、また性別が社会の中でどのように機能しているのかを考えるべく、ジェンダーの概念が用いられるようになった。ジェンダー・スタディーズは既存の学問を革新する、学際的な研究領域を切り開くものとなっている。

文学研究の分野におけるジェンダー・スタディーズにも、様々な位相がある。埋もれていた女性の書き手を掘り起こし、それまで男性中心の価値づけにより構成されていた文学史の書き換えや、男性作家のテクストを女性の視点で読み直しその批判を行うことなども、取り組みの出発点として重要な仕事であった（し、今もなされている）。また、**男性中心社会に抗う言葉がどのような表現様式を持つか**、といった女性作家のテクストの分析なども目指されている（本章の「読む」実践はこれに関わる）。**性差の記号によるシステムの存在への注視と、その構造化の過程の分析**は今後も大きな課題となるだろう。近藤みゆきは、『古今集』の規範性を性差の観点からN-gram集合演算法を用いて考察を進め、『古今集』の成立が和歌のことばの型におけるジェンダーの確立でもあったことを論じた。この方法を応用した『源氏物語』における和歌の「ことば」のジェンダー分析と物語の読解がある。(1)

近代文学ではもともと女・子どもむけとされていたフィクションの領域が、近代小説として「芸術」に向かっていくときに男性化した、つまり男がする仕事としての価値を得た。(2) 男にとって意味がある物語がその偏りによらず主なものとされ、重要視されてきたのである。近代では文学共同体のホモソーシャリティ（後述）によって女性作家は中心的存在として数えられることはなかった。遡って、平安時代はどうであったか。平安時代は、男性によって独占的に使用されていた真名（漢字）に対して仮名の表記が定着していき、平がなは女手《おんなで》と呼ばれ、女の、かつ私的な領域として広がった。平がなの普及は「やまとうた」としての和歌の復興をもたらし『古今和歌集』の撰進へとつながっている。ただし『古今集』の撰者は男性たちであり、入集した詠者の男女比も、詠み人知らずを除き約7：1と圧倒的に男性が多い。『古今集』が男性中心であることが端的に示すように、女手と言われた平がなの世界がそのまま女の領域であったとは言えない。公的な領域における真名（漢字）はもちろん、かなも男性に領有されていたわけだが、女性として生きた人たちが物語や日記等の書き手となり、より限られた領域でそれぞれの表現を深めたのは確かなことである。それでどのようなことが生じたかと言えば、女性の書き手による、世界の文学史にも稀な爆発的な文学の開花を見た。中でも『源氏物語』は世界文学に数えられようが、こうした**女性の書き手や女性の読み手の厚い層が存在した**[3]**ことで、生じた現象を他の時代の状況との比較で見る**ことも重要な視点であろう。

ジェンダー・スタディーズの学問的貢献には、それまで扱われにくかったセクシュアリティを研究の対象としたことも挙げられる。中世王朝物語を対象として、宮廷社会のセクシュアリティを考察した木村朗子『恋する物語のホモセクシュアリティ―宮廷社会と権力』（青土社、二〇〇八）がある。

本章の読解の実践に関わり、ジェンダーを考える上で重要な概念であるセジウィクのホモソーシャルの概念に触れておこう。ホモソーシャルとは、（ホモセクシュアルとは異なり）異性愛の男同士の非性的な絆によって結ばれている同質性社会をいう。その構成員として男性に性的な欲望を抱いていないことを証明し続けるため、女性に性的な欲望を抱いていることを示し、女性を媒介とすることで、男性同士の連帯を強める。そこでは、同性愛と（対等な存在としての）女性は排除されている。文学研究の伝統的な手法では、男性対女性の関係を分析することから女性抑圧のメカニズムを明らかにすることが目指されてきたが、ホモソーシャリティの概念の導入によって試みられるのは、家父長制の中心にある男同士の関係を分析することから女性抑圧のメカニズムを明らかにすることである。ホモソーシャリティは男性文化を分析する重要な視座ともなる。[5] **男性中心社会における異性愛体制の偏り、虚構性を明るみに出す**ことも文学研究の重要な課題であり、本章でも扱うことになる。

読む――浮舟巻における「女」の位置と逃走線

雪にはかに降り乱れ、風などはげしければ、御遊びとくやみぬ。（中略）大将、人にものたまはむとて、すこし端近く出でたまへるに、雪のやうやう積もるが星の光におぼおぼしきを、「闇はあやなし」とおぼゆる匂ひありさまにて、「衣かたしき今宵もや」とうち誦じたまへるも、はかなきことを口ずさびにのたまへるもあやしくあはれなる気色そへる人ざまにて、いともの深げなり。言しもこそあれ、宮は寝たるやうにて御心騒ぐ。〈おろかには思はぬなめりかし、かたしく袖を我のみ思ひやる心地しつるを、同じ心なるもあはれなり、わびしくもあるかな、かばかりなる本つ人をおきて、わが方にまさる思ひはいかでつくべきぞ〉、とねたう思さる。

（浮舟⑥一四七―一四八）

〔訳〕雪がにわかに降り乱れ、風なども激しいので、御遊びも早く中止になった。（中略）薫大将が人に何か仰せになろうとして少し端近くに出ていらっしゃると、雪のしだいに積ってゆくのが星の光におぼろな中で、「闇はあやなし」と思える御身の薫り・風情で、「衣かたしき今宵もや（我を待つらむ宇治の橋姫）」と吟唱していらっしゃるのも――こうしたなんでもない一ふしをお口ずさみになるのにも不思議にしみじみとした風情のある人柄であるから、なんとなくじつに奥ゆかしい感じである。ほかに言葉もあろうに、宮は寝たふりをしながら、お心が騒ぐ。〈（宇治の女を）いいかげんには思っていないようだな。女が独りで寝ていることに思いを馳せているのは自分だけだろうという気がしていたのに、薫大将が同じ気持ちであるのも心にしみる。なんと切ないことよ。これほどのもとの男をさしおいて、自分のほうに強い思いをどう寄せることがありえようか〉と、ねたましくお思いになる。

匂宮は自邸二条院で出会った浮舟を忘れられずにいた（東屋巻）。浮舟巻で、それが今は宇治に隠し据えられている薫の恋人であることを掴む。密かに宇治へ赴いた彼は、薫のふりをして浮舟と強引に関係を結ぶこととなる。右の引用はその後、宮中で詩宴のあった夜の場面である。匂宮の宿直所に人々が集まった折、薫が「衣かたしき今宵もや」と古歌の一ふしをつぶやくのを耳にする。これは「さむしろに衣片敷き今宵もや我を待つらむ宇治の橋姫」（古今・恋四・六八九）の一部分で、薫が吟唱していない下の句から「宇治の橋姫（→浮舟）が自分を待っているだろう」

の意味を示唆している。この引歌の意味を共有している匂宮は、薫の浮舟への執着を確認し（＝他者の欲望をまなざすことで自分の欲望を確定し）、矢も楯もたまらずといった風情で二回目の逢瀬、宇治へと赴くことになる。

「これなむ橘の小島」と申して、御舟しばしさしとどめたるを見たまへば、（中略）

年経ともかはらむものか橘の小島のさきに契る心は

女も、めづらしからむ道のやうにおぼえて、

橘の小島の色はかはらじをこのうき舟ぞゆくへ知られぬ

①をりから、人のさまに、をかしくのみ、何ごとも思しなす。

②かの岸にさし着きて下りたまふに、人に抱かせたまはむはいと心苦しければ、抱きたまひて、助けられつつ入りたまふを、いと見苦しく、〈何人をかくもて騒ぎたまふらむ〉と見たてまつる。（中略）

日さし出でて軒の垂氷の光りあひたるに、人の御容貌もまさる心地す。宮も、ところせき道のほどに、軽らかなるべきほどの御衣どもなり、③女も、脱ぎすべさせたまひてしかば、細やかなる姿つきいとをかしげなり。

（中略）

人目も絶えて、心やすく語らひ暮らしたまふ。④〈かの人のものしたまへりけむに、かくて見えてむかし〉と思しやりて、いみじく恨みたまふ。（浮舟⑥一五〇―一五二）

〔訳〕「これが橘の小島で」と申しあげて、（船頭が）しばらく棹をさして御舟を止めた、その景色をごらんになると、（中略）

年月が経っても変わることがあろうか。この橘の小島の崎で先々までを約束する私の心は

女の方も、めったにないような道行のように思われ、

橘の小島の緑の色は変わるまいと、この浮かぶ小舟、そのようなつらい私の身はゆくえとて知れないもの

こうした折であるから、この人の様子に、宮はすべてを趣深いとばかり思いこまれる。向こう岸に舟を着けてお降りになるのに、女君を他の者に抱かせなさるのもまことに気掛かりなので、ご自身でお抱きになり、供人に助けられて家にお入りになるのを、（この者たちは、）〈まったく見苦しく、どういう人をこうもてはやしなさるのだろう〉とお見上げ申している。（中略）

朝日が射し出して軒のつららがみな輝いている中、宮のお姿もまた一段とお美しく感じられる。宮も、窮屈なお忍びの道なので身軽におふるまいになれるお召物であるし、女も、着物をお脱がせになっていたので、ほっそりした姿がまことに美しく見える。（中略）

人目もなくなって、気兼ねもなく一日中睦言を交わされる。〈あの大将が来られたようなときにも、この女はきっとこんなふうにあっていたのだろう〉と想像なさって、ひどくお恨みになる。

二度目の逢瀬のため忍んできた匂宮と浮舟が二人して小舟で宇治川を渡る有名な「橘の小島」の場面から始まる引用である。女の答える歌の中に「浮舟」の語があり、後にこの人物の呼び名となった。人目（間遠な通いであるとは言え、浮舟は薫の恋人である）を気にせずともよい対岸の小家に女を連れだし、溺れるかのごとき恋の日を過ごす。ここで「女」と呼ばれる浮舟は、上衣を脱がされて宮と向き合っている③。これほど打ちとけた姿の女は宮も見慣れないものであった。浮舟はその「女」の身体を当時としてはほとんどむき出しのまま、男に対している。

その場面で語られている匂宮の心内語、〈かの人のものしたまへりけむに、かくて見えてむかし〉④に注目してほしい。都から宇治へ赴き、さらに、薫の管理下にあり関係者の目のある宇治の邸を離れ、ようやく二人の空間に来られた。にも関わらず、匂宮は浮舟を前にして薫のことを考えているのである。語り手がその匂宮の内心を語り取っている。この場面は、激しい恋の日を語りながら、家父長制社会における男同士のつながりの質、男同士のつながりの優先、異性愛関係での女の位置を的確に表すものとなっている。こうした関係では、「女」は生き生きとした活動を封じられ、男同士のつながりを媒介する項としてピン留めされ、しばしばモノ化される。むき出しとなっている浮舟の姿はそれをよく表している――人格は問われず、いわばセクシュアリティのみに矮小化されている。

この後のくだりに、「〈姫宮にこれを奉りたらば、いみじきものにしたまひてむかし、いとやむごとなき際の人多かれど、かばかりのさましたるは難くや〉と見たまふ。」（一五五）と匂宮の心内語が語り取られていた。匂宮は、浮舟を見ながら〈姉の女一宮にこの人を差し上げたら…〉と想像しているのである。浮舟の意向などは気にかける様子もなく、あたかも自らの所有するモノのようである。女一宮のところには優れた女房たちが多く仕え、中には匂宮の召人も何人かいる。そうした存在の一人として、浮舟を扱おうという匂宮の考えが心内語の形でわざわざ語られているのである。

匂宮と浮舟の大きな身分差では、このような扱いは当時としては当然のことであり論じ立てることでもないという見方もあるだろう。しかし、物語にはこの関わりを批判的に捉える視座が存在している。この恋の道行きを語る語り手は、浮舟の返歌に込められた不吉さを受け流す匂宮を地の文で、「をりから、人のさまに、をかしくのみ、何ごとも思しなす。（こうした折であるから、この人の様子に、宮はすべてを趣深いとばかり思いこまれる）」と語っていた（①）。「思しなす」の「なす」には、「意識して～・わざと～する」という意味がある。この場面で語り手は、匂宮が浮舟に入れあげている態度に、距離を持って批判的に語っている。続けて岸から浮舟を下ろす場面で、自ら浮舟を抱きながら、人に助けられて小家に運び入れる様子を「いと見苦しく、〈何人をかくもて騒ぎたまふらむ〉」と供人らに焦点化し、その心内語を語っている（②）。熱情を傾けた恋の道行きの物語には、別の視座からの声を響かせており、その関係のありようを問い返している。

『源氏物語』は多声的な物語世界を形成している。[6] **語りのありように注視することも、今後の『源氏物語』研究におけるジェンダー・スタディーズに必要となる要素**である。[7] 語りのありように注視することにより、テクストの中のさまざまな要素の交錯、意味生成の過程を精密に解読していくことが可能となるし、場合によっては物語内容のみからではすくい取れない亀裂を見て取ることも可能となるだろう。

この後物語は、文学史上でも繰り返されてきた三角関係の悲劇（二人の男の板挟みになった女が自死すること）へと展開する。『源氏物語』においては、異性愛体制下に媒介項としてピン留めされた女の場所から、ずれることができるのか否かが問われている。できるとしたらそれはどのように？『源氏物語』が最後に追求する大きな賭けである。[8] 浮舟の入水は、そのような女の場所の拒絶としてまずはあったが、物語はそれで終わらない。手習巻ではこれまでのことが反復されるかのように、人々（妹尼や中将など）それぞれが自らの欲望する型を浮舟に差し向け、浮舟の困難は再演され、出家へといたる。さらに出家しても、薫に居場所を突き止められようとする――ただし出家の後、差異として新しい局面が生成されてくる。浮舟の手習い・独詠における営みにそれは表れる。

そもそも浮舟はその登場時（宿木巻）から、特異な語られ方をしていた。それまで物語に彼女の存在する痕跡はまったくなく、人物の会話中から現れてくる（宿木⑤四四九）。浮舟は存在を無視され、不可視のものとしてあった。そこへ薫と匂宮という二者の媒介項として召喚され、二条院で匂宮に迫られた後初めて焦点化されている。異性愛体制下で、浮舟という人物は恋愛場の力学によって女として立ち上げられていた。そしてこれまで見てきたような物語が展開し、出家へ、薫に再び見いだされるかどうか、という物語の終末へと至る。

浮舟の手習歌は独自（＝下手）で、類型的な発想・定型的な言葉の組み合わせからはみ出ていることが指摘されてきた。[9] 前出の近藤みゆきの調査で、浮舟の手習歌にはすべて「男性語」に属する言葉が入っていることが明らかにされている。「男」「女」の歌の持っている分厚い文脈の中で、語の運用や発想をずらすこと――これは**異性愛規範のずらしへとつながり、匂宮らの呼びかけ、恋愛場の力学によって立ち上げられた自身の書き換えの試み**の表れと位置づけることができる。浮舟の物語は、死や出家による逃走では決して果たされないものが示唆されている。

『源氏物語』の最後に布置する浮舟物語においては以上のように、**ホモソーシャルな体制下における異性愛と「女」**

の位置、そこから逃れ、それを変革する行為体《エージェンシー》としての浮舟のありようを読むことができる。

研究の展望――女とは誰なのか？

90年代半ば、『源氏物語』を中心とした平安文学研究で、ジェンダーの問題が集中的に扱われ、多くの論が積み重ねられた。(10) 一方、この時期の社会状況に目を転じてみると「ジェンダー」関連の問題では、大きなバックラッシュが引き起こされようとしていた（この動きは現在まで継続している）。この社会・時代状況と重なったこともあり、大きな成果とともにさまざまな課題が残されている。

ジェンダー・スタディーズやジェンダーに関する議論には、ひとつの「ジレンマ」がつきまとってきた。女性という一つのまとまりを想定することは、それに対する差別や抑圧を批判するために必要である。しかし、今度は女という一つにまとめて語ることを許さず、女のなかの差異に注目する視点の必要が説かれるようになる（本質主義論争と呼ばれる）。この本質主義への批判と、女たちの間の差異を考える議論は、女たちとは誰なのかという問いに対する答えを深めることになった。この議論の流れの中で、バトラーの「セックスは常に既にジェンダーである」という主張が導かれた。(12) ジェンダーとそれに先立つ「自然」な性差という区別は成立しない（これは「言説的構築は変えられるが、物質・身体は何であるかが決まっている」という、よくある構築主義ではない）。「自然」な性差は歴史的・文化的・政治的に構築されたものである。そしてバトラーの言う「ジェンダーであるセックス」は、「自然」な性差という本質を持たないが故に異なる形へと変容可能なものとして想像される。さらにバトラーは「行為体《エージェンシー》」という概念を中心においた理論を提示した。「行為体《エージェンシー》」とは、既存の社会的、歴史的規範の引用によってパフォーマティブに構築される点で主体とは異なる。引用によってその存在のあり方を決定されず、反復を通じて規範をずらす偶有性に満ちたものとなる。

このような研究の現在を踏まえつつ、さらにこれから『源氏物語』研究が接続できるであろうことや積み残された課題として考えられることを述べておこう。

越境、逸脱等の固定された境界を侵犯できるという水準のみではなく、いかに人間が規範に基礎づけられつつ、それに介入するか（できないか）の様態、その条件や前提を明るみに出すこと。「ジェンダー」の語の持つ積み重ねを踏まえつつ、「文学」以外の諸領域との対話の回路を担保すること。その一方、文学研究ならではの考察をさらに進めること。『源氏物語』研究で蓄積されてきた視点、語り、言説の質的な違いの測定なども含まれる。

最近では、古典文学研究の場にも「インターセクショナリティ」の概念が導入され検討が進むなど、ジェンダー以外のさまざまな差異との関係性をふまえて、**ジェンダーが複合的に機能する様態**を捉えることも進められてきている。交差する権力関係の分析と合わせ、ジェンダー・スタディーズで拓かれる領域は今後も広がっていくだろう。

注

（1）近藤みゆき『古代後期和歌文学の研究』（風間書房、二〇〇五）、同『王朝和歌研究の方法』（笠間書院、二〇一五）等。
（2）飯田祐子『彼らの物語―日本近代文学とジェンダー』（名古屋大学出版会、一九九八）。
（3）平野由紀子「中古文学と女性―層をなす書き手」（『中古文学』第九九号、二〇一七・六）。
（4）イヴ・K・セジウィック『男同士の絆―イギリス文学とホモソーシャルな欲望』（名古屋大学出版会、二〇〇一↑原著一九八五）。
（5）こうした観点から、男性性の強制によって男が「男らしく」、稼ぎ手・夫・父の役割になることを強いられる恐怖の分析もなされている（男性学という分野も展開している）。
（6）『源氏物語』の語りの仕組み、多声性については三谷邦明の一連の論考等を参照。また、本書所収の陣野英則「14薄雲巻×語

り　作中人物と語り手の「話声（narrative voice）」を聴きとる」をはじめ、陣野一連の論考等による語り論とその整理を参照。

（7）ジェンダーの問題と語りの仕組みについては斉藤「源氏物語における「紫の上」の語り方―異性愛の物語と別のしかた」（「物語研究」第二一号、二〇二一・三）等。

（8）この問題については斉藤「最後の形代を取り巻く言説―症候としての〈浮舟〉あるいは関係の此岸――」（「日本文学」第五九巻第五号、二〇一〇・五）に詳細を論じた。

（9）土方洋一「古言としての自己表現」（『源氏物語と和歌』、青簡舎、二〇〇八）。

（10）小嶋菜温子『源氏物語批評』（有精堂出版、一九九五）、小嶋菜温子編『王朝の性と身体―逸脱する物語』（森話社、一九九六）、河添房江『性と文化の源氏物語―書く女の誕生』（筑摩書房、一九九八）、小森潔編『女と男のことばと文学―性差・言説・フィクション』（森話社、一九九九）等。

（11）清水晶子「フェミニズムの思想と「女」をめぐる政治」（伊藤邦武他編『世界哲学史8―現代　グローバル時代の知』筑摩書房、二〇二〇）を参照している。

（12）J・バトラーの議論についてはジュディス　バトラー『ジェンダー・トラブル―フェミニズムとアイデンティティの攪乱』（青土社、一九九九←原著一九九〇）、同『触発する言葉―言語・権力・行為体』（岩波書店、二〇〇四←原著一九九七）等。

参考文献・データベース・サイト一覧

草野勝

＊『源氏物語』について調査・研究を始める際に有益な文献・データベース・Webサイトを一覧した。

＊『源氏物語』関連の単著や論文集は多数刊行されているが、それらは各章に譲り、基礎的な資料やテーマ集などを中心にまとめてある。各サイトについては、URLを読み込めるQRコードも付した。活用されたい。

〈本文異同〉

・池田亀鑑『源氏物語大成　校異篇』（中央公論社、一九五三～一九五四）

・加藤洋介『河内本源氏物語校異集成』（風間書房、二〇〇一）

・加藤洋介「源氏物語校異集成（稿）」
www2.kansai-u.ac.jp/ok_matsu/

＊加藤文献は、『源氏物語大成』の再検討とアップデート。『大成』と併用すれば、本文異同が網羅できる。

・「東京大学総合図書館　デジタル源氏物語」
https://genji.dl.itc.u-tokyo.ac.jp/

＊インターネット上に公開されている『源氏物語』関連の画像やデータを用いて、横断的な「AＩ画像検索」を提供。

〈注釈〉

近代以前の注釈

・伊井春樹（編）『源氏物語　注釈書・享受史事典』（東京堂出版、二〇〇一）

・池田亀鑑（編）『源氏物語事典　下巻』「注釈書解題」（東京堂出版、一九六〇）に各解題あり。詳細は松本論文参照。

近代以降の注釈

・陣野英則「明治期から昭和前期の『源氏物語』――注釈書・現代語訳・梗概書――」（『文学・語学』二三六号、二〇二一・一二）に詳細な一覧あり。

主要現代注釈

・山岸徳平『日本古典文学大系　源氏物語』（岩波書店、一九五八～一九六三）

＊底本に三条西家本を用い、独特の校訂方針を立てる。

・玉上琢彌『源氏物語評釈』（角川書店、一九六四～一九六八）

・石田穣二・清水好子『新潮日本古典集成　源氏物語』（新潮社、一九七六～一九八五）

・阿部秋生・秋山虔・今井源衛・鈴木日出男『新編日本古典文学全集　源氏物語』（小学館、一九九四～一九九八）

＊『日本古典文学全集』の全面改訂版。

・鈴木一雄（監修）『源氏物語の鑑賞と基礎知識』（至文堂、一九九八～二〇〇五）

・山崎良幸・和田明美ほか『源氏物語注釈』（風間書房、一九九九～二〇一八）

・柳井滋・室伏信助・大朝雄二・鈴木日出男・藤井貞和・今西祐一郎『岩波文庫　源氏物語』（岩波書店、二〇一七～二〇二一）

＊『新日本古典文学大系』の全面改訂版。

・渋谷栄一「源氏物語の世界」

http://www.sainet.or.jp/~eshibuya/index.html

＊本文・現代語訳・与謝野訳・ローマ字版などがそれぞれまとめてある。「再編集版」では、本文・現代語訳などが併読できる。

http://www.genji-monogatari.net/

〈現代語訳〉

・与謝野晶子『全訳源氏物語』（角川文庫、一九七一～一九七二）
・与謝野晶子『与謝野晶子の源氏物語』（角川ソフィア文庫、二〇〇八）
・谷崎潤一郎『潤一郎訳　源氏物語』（中公文庫、一九七三（改版一九九一））
・円地文子『源氏物語』（新潮文庫、一九七二）
・田辺聖子『新源氏物語』（新潮文庫、一九八四）
・橋本治『窯変源氏物語』（中公文庫、一九九五～一九九六）
・瀬戸内寂聴『源氏物語』（講談社文庫、二〇〇七）
・大塚ひかり『全訳　源氏物語』（ちくま文庫、二〇〇八～二〇一〇）
・林望『謹訳源氏物語』（祥伝社文庫二〇一七～二〇一九）
・角田光代『日本文学全集　源氏物語』（河出書房新社、二〇一七～二〇二〇）

＊入手しやすい文庫本を中心に挙げたが、佐藤由佳『源氏物語　現代語訳書誌集成』（新典社、二〇二〇）は、上記の主要な現代語訳も含めて、刊行済の現代語訳を網羅的に調査し、書誌を記す。

〈索引・検索ツール〉

・池田亀鑑『源氏物語大成　索引篇』（中央公論社、一九五三～一九五六）
・上田英代『源氏物語語彙用例総索引』（勉誠社、一九九四～一九九六）
・柳井滋・室伏信助・大朝雄二・鈴木日出男・藤井貞和・今西祐一郎『新日本古典文学大系　別巻　源氏物語索引』（岩波書店、一九九九）
・宮島達夫・鈴木泰・石井久雄・安部清哉『日本古典対照分類語彙表』（笠間書院、二〇一四）

＊『源氏物語』だけでなく、主要な古典作品の中での用例数が一覧できる。品詞分類、意味分類など様々に活用できる。

＊　＊　＊

・「Japanknowledge」
https://japanknowledge.com/

＊会員制だが、『新編日本古典文学全集』の本文・頭注等が読め、語彙検索できる。『日本国語大辞典』『角川古語大辞典』など、必須の辞典類も検索可能。所属大学での契約などを確認されたい。

・「日本文学 web 図書館　古典ライブラリー」
https://www.kotenlibrary.com/

＊会員制だが、「平安文学ライブラリー」（全文検索、品詞別検索などの多機能がある）、「和歌・連歌ライブラリー」（『新編国歌大観』『新編私家集大成』などの複合検索が可能）、「辞典ライブラリー」（『和歌文学大辞典』『歌ことば歌枕大辞典』などの検索が可能）などが利用可能。所属大学での契約などを確認されたい。

・「古典総合研究所」
http://genji.co.jp/

＊登録不要で、『源氏物語』ほか平安文学の主要作品の語彙検索ができる。『源氏物語』は『源氏物語大成』『新編日本古典文学全集』『新日本古典文学大系』などの本文に対応。

・伊井春樹（編）『ＣＤ－ＲＯＭ版　角川古典大観「源氏物語」』（ＫＡＤＯＫＡＷＡ、一九九九）

＊高価で入手も難しいが、品詞別検索など多数の機能を備える（一部は「古典ライブラリー」の機能に継承）。

〈辞典・事典〉

・秋山虔・室伏信助（編）『源氏物語大辞典』（角川学芸出版、二〇一一）

・池田亀鑑（編）『源氏物語事典　上下巻』（東京堂出版、一九六〇）

・林田孝和・植田恭代・竹内正彦・原岡文子・針本正行・吉井美弥子（編）『源氏物語事典』（大和書房、二〇〇二）

＊術語や語彙、享受史なども含めた総合的な事典。「主要テキスト対照表」は、現代諸注釈の対照表としてもっとも規模が大きく、諸注比較の際に有益。

〈必携書・入門書〉

・中野幸一（編）『常用　源氏物語要覧』（武蔵野書院、一九九五）

・秋山虔・渡辺保・松岡心平（編）『源氏物語ハンドブック』（新書館、一九九六）

・秋山虔・小町谷照彦（編）『源氏物語図典』（小学館、一九九七）

＊豊富な図解を付し、基礎的な内容をビジュアルから把握できる。

・秋山虔・室伏信助（編）『源氏物語必携事典』（角川書店、一九九八）

・鈴木日出男（編）『源氏物語ハンドブック』（三省堂、一九九八）

＊必携的要素のほか、「読むための重要語句」「考えるための術語」など、辞典・事典的要素も備える。

・「別冊國文學　必携シリーズ」學燈社

①No.1「源氏物語必携」（一九七八・一二）

②No.13「源氏物語必携Ⅱ」（一九八二・二）

＊他の必携とは異なり、「源氏物語作中人物論」「源氏物語表現事典」の二項目。

③No.36「源氏物語事典」（一九八九・五）

＊「源氏物語巻々事典」「年中行事事典」「生活事典」……と、13の項目ごとの解説は詳細かつ分析的。

④No.50「新・源氏物語必携」（一九九七・五）

⑤No.56「源氏物語を読むための基礎百科」（二〇〇三・一一）

・「学ぶ人のためにシリーズ」世界思想社

①伊井春樹『源氏物語を学ぶ人のために』（一九九三）

②高橋亨・久保朝孝（編）『新講　源氏物語を学ぶ人のために』（一九九五）

③加藤睦・小嶋菜温子（編）『源氏物語と和歌を学ぶ人のために』（二〇〇七）

＊　＊　＊

・「別冊國文學　No.32　王朝物語必携」（學燈社、一九八七・九）

・片桐洋一・増田繁夫・森一郎（編）『王朝物語を学ぶ人のために』（世界思想社、一九九二）

・田中登・山本登朗（編）『平安文学研究ハンドブック』

（和泉書院、二〇〇四）

＊以上三書は、『源氏物語』も含めた王朝物語全般の必携書。特に『平安文学研究ハンドブック』は、『源氏物語』について細分化した項目を立て、種々の文献にアクセスできる。

・「国文学　解釈と教材の研究　特集　古典文学　論文・レポート制作マニュアル」三三巻九号（學燈社、一九八八・七）

＊『源氏物語』を含めて、古典文学研究全体の研究方法を示す。論文やレポート執筆の際、一読したい書。

・「国文学　解釈と教材の研究　特集　物語をどう論じるか―進め方と実例」三六巻一〇号（學燈社、一九九一・九）

＊『源氏物語』特集ではないが、物語研究の方法を実例付きで学べる。

〈歴史・文化〉

・古代学協会・古代学研究所（編）『平安時代史事典　本編上・下／資料・索引編』（角川書店、一九九四）

・小町谷照彦・倉田実（編）『王朝文学文化歴史大事典』（笠間書院、二〇一一）

〈引歌〉

・伊井春樹（編）『源氏物語引歌索引』（笠間書院、一九七七）

＊古注から現代注釈（新潮日本古典集成）までの注釈書に引用されている引歌を一覧。

https://kokubunken.repo.nii.ac.jp/search?page=1&size=20&sort=controlnumber&search_type=0&q=%E5%BC%95%E6%AD%8C%E7%B4%A2%E5%BC%95　にて電子化公開。

・鈴木日出男『源氏物語引歌綜覧』（風間書房、二〇一三）

＊所引の引歌の現代語訳がある。出典未詳の歌の解釈も施されており、引歌の解釈の際に有益。

〈絵画〉

・秋山虔・田口榮一（監修）『豪華［源氏絵］の世界 源氏物語』（学習研究社、一九八八（新訂版一九九九））

・佐野みどり『じっくり見たい『源氏物語絵巻』』（小学館、二〇〇〇）

・田口榮一（監修）稲本万里子・木村朗子・瀧澤彩『すぐわかる源氏物語の絵画』（東京美術、二〇〇九）

・『週刊 絵巻で楽しむ源氏物語』全60冊（朝日新聞出版、二〇一一～二〇一三）

・稲本万里子『源氏絵の系譜―平安時代から現代まで』（森話社、二〇一八）

〈文献目録・論文検索ツール〉

・紫式部学会「むらさき」第3輯～（一九六四・一一～）

＊毎号「源氏物語研究文献目録」を掲載しており、一九六〇年以降現在までの年度別研究文献目録あり。

・吉海直人『源氏物語研究ハンドブック』全3冊（翰林書房、一九九九～二〇〇一）

＊巻別、テーマ別（物の怪・仏教など）での文献目録のほか、二巻には『竹取物語』などの作品ごとの「引用関係研究文献目録」、三巻には「動植物関係研究文献目録」「語彙関係研究文献目録」を収録。

・伊藤鉄也「源氏物語電子資料館」
http://genjiito.sakura.ne.jp/t_ito/index.html

＊一九九五年までの、特に本文・享受史についての文献がテーマ別に通覧できる。

・伊藤鉄也「海外へいあんぶんかく情報」
https://genjiito.org/

＊翻訳に関わる論文や、海外の研究論文などの検索ができる。

＊　＊　＊

・「国文学研究資料館　国文学・アーカイブズ学論文データベース」
https://ronbun.nijl.ac.jp/

・「CiNii Research」
https://cir.nii.ac.jp/

＊インターネット上で見られる大学紀要、J-Stage登録雑誌などのリンクがある。なお、編著などに収録されている論文は登録されていない。

・「国立国会図書館サーチ」
https://iss.ndl.go.jp/

＊著作権切れ、入手困難な文献などは、オンライン上で閲覧可能な場合も多い（国立国会図書館デジタルコレクション）。各大学への送信サービスなどもあり、現地に行かなくとも多くの情報が得られる。編著に収録された論文も検索可能。

・「次世代デジタルライブラリー」
https://lab.ndl.go.jp/dl/

＊「国会図書館デジタルコレクション」のうち、著作権保護期間満了となった文献の全文検索、資料の閲覧ができる。

〈講座・研究集成・論文選〉

・山岸徳平・岡一男（監修）『源氏物語講座』（有精堂出版、一九七一〜一九七二）

・秋山虔・木村正中・清水好子（編）『講座源氏物語の世界』（有斐閣、一九八〇〜一九八四）

・今井卓爾・鬼束隆昭・後藤祥子・中野幸一（編）『源氏物語講座』（勉誠社、一九九一〜一九九三）

・伊井春樹（監修）『講座源氏物語研究』（おうふう、二〇〇六〜二〇〇八）

・助川幸逸郎・立石和弘・土方洋一・松岡智之（編）『新時代への源氏学』（竹林舎、二〇一四〜二〇一七）

＊　＊　＊

・王朝物語研究会（編）『源氏物語の視界』（新典社、一九九四〜一九九七）

＊巻ごとにテーマを立て、その巻のテーマに即した「研究の現在と展望」を載せる。「1 准拠と引用」「2 光源氏と宿世論」「3 光源氏と女君たち」「4 六条院の内と外」「5 薫から浮舟へ」。

・増田繁夫・鈴木日出男・伊井春樹（編）『源氏物語研究集成』（風間書房、一九九八〜二〇〇二）

・森一郎・岩佐美代子・坂本共展（編）『源氏物語の展望』（三弥井書店、二〇〇七〜二〇一二）

・秋山虔（監修）島内景二・小林正明・鈴木健一（編）『批評集成・源氏物語』（ゆまに書房、一九九九）
＊「1 近世前期篇」「2 近世後期篇」「3 近代の批評」「4 近代の創見」「5 戦時下篇」の全五冊。いわゆる学術的な研究論文とは異なる、批評・評論・報道などの諸言説を集成した資料集。『源氏物語』享受史の一側面を見せる。

＊　＊　＊

・松井健児・植田恭代（編）『日本文学研究論文集成　源氏物語1・2』（若草書房、一九九八～一九九九）
・室伏信助・西沢正史（監修）上原作和（編）『人物で読む源氏物語』（勉誠出版、二〇〇五～二〇〇六）
＊各巻に作中人物ごとの論文選・研究史整理あり。
・紫式部顕彰会（編）『源氏物語と紫式部　研究の軌跡　研究史編』（角川学芸出版、二〇〇八）
・上原作和・陣野英則（編）『テーマで読む源氏物語　第一巻～第三巻』（勉誠出版、二〇〇八）
・加藤昌嘉・中川照将（編）『テーマで読む源氏物語　第四巻』（勉誠出版、二〇一〇）
＊以上三書は、研究史上重要だとされる研究論文について、研究史的意義などの解説付きで採録する。

〈雑誌・特集号〉

＊一九九〇年以降の商業誌に限って、『源氏物語』を含む特集の中で、特にテーマの探求に有益なものを選りすぐった。

「国文学　解釈と鑑賞」至文堂

・「特集　『源氏物語』危機の彼方に」七三巻五号（二〇〇八・五）
＊現代文学理論や隣接諸学の理論を用いながら、新たな源氏研究のテーマを模索する一特集。

「国文学　解釈と教材の研究」學燈社

・「特集　物語論の新しい「課題」集」三五巻一号（一九九〇・一）
＊『源氏物語』の特集ではないが、物語をめぐる多角的なテーマを置く。
・「特集　源氏物語を読むための研究事典」四〇巻三号（一九九五・二）

＊「源氏物語の本文」「源氏物語の聴覚」といった形で、従来型のテーマから細分化されたテーマまで40の項目を掲げて「概要」「研究の現在」「問題点」の3トピックから解説する。

・「特集　源氏物語の脱領域」四四巻五号　（一九九九・四）

＊「源氏学」「和・漢」「身体」「歴史叙述」「絵画」といった既存の物語の脱領域を目指した研究テーマを特集。

・「特集　テクストツアー　源氏物語ファイル」四五巻九号　（二〇〇〇・七）

＊巻ごとの、ある一節を読む形式で、論者ごとの多様なテーマで『源氏物語』が読み解かれる。

「文学」岩波書店

・「特集　源氏的なるもの」隔月刊四巻四号　（二〇〇三・七）

＊主に享受に関わる諸論を特集する。

・「特集　源氏物語のことばへ」隔月刊七巻五号　（二〇〇六・九）

・「特集　源氏物語―作品の地平・研究の地平」隔月刊一六巻一号　（二〇一五・一）

「源氏研究」翰林書房

＊三田村雅子・河添房江・松井健児の共同編集。当時最新の研究トピックについて年刊（一九九六～二〇〇五）で特集を組む。「1 王朝文化と性」「2 身体と感覚」「3 歴史の想像力」「4 遊びと空間」「5 源氏文化の視界」「6 21世紀を拓く」「7 物・住まい・自然」「8 新たなる入門」「9 歌と伝承の回路」「10 物語の未来へ」。

「アナホリッシュ國文學」響文社

・「特集　源氏物語　絵と文」四号（秋）（二〇一三・九）

「日本文学研究ジャーナル」古典ライブラリー

・土方洋一・陣野英則（編）「特集　源氏物語の和歌と言説分析」三号　（二〇一七・九）

・高木和子・鈴木宏子（編）「特集　源氏物語を読む」一七号　（二〇二一・三）

執筆者紹介（掲載順、＊は本書編者）

今井　上（いまい・たかし）

専修大学教授

主要著書・論文

『はじめて読む　源氏物語』（花鳥社、二〇二〇。編者）、「文学史上の『源氏物語』―万葉集・藤原定家・紫式部―」（『国語と国文学』二〇二一・五）

古屋明子（ふるや・あきこ）

大東文化大学特任教授

主要著書

『有名古典の言語活動「言語文化」「古典探究」における実践例』（明治書院、二〇二二）、『源氏物語』の罪意識の受容』（新典社、二〇一七）

松岡智之（まつおか・ともゆき）

お茶の水女子大学准教授

主要論文

「『土佐日記』の海賊―姿を現さない危機―」（久保朝孝編『危機下の中古文学２０２０』武蔵野書院、二〇二一）、「『観無量寿経』と女三宮―光源氏の出家の問題―」（『国語と国文学』第七三巻第七号、至文堂、一九九六・七）

水野雄太（みずの・ゆうた）

城北中学校・高等学校教諭

主要論文

「方法としての歌語り―『大和物語』の語りから『源氏物語』帚木三帖へ」（東原伸明ほか編『大和物語の達成―「歌物語」の脱構築と散文叙述の再評価』武蔵野書院、二〇二〇）、「伊勢物語―和歌の特性と散文の語りが生み出す物語」（石井正己編『国語教科書の定番教材を検討する！』三弥井書店、二〇二一）、「平家物語とナラトロジー」（高木信編『21世紀日本文学ガイドブック③平家物語』ひつじ書房、二〇二三）

新美哲彦（にいみ・あきひこ）
早稲田大学教授
主要著書・論文
「豊臣秀吉と『源氏物語』」（『日本古典文学を世界にひらく』勉誠出版、二〇二二）、『『源氏物語』の近世—俗語訳・翻案・絵入本でよむ古典—』（勉誠出版、二〇一九）、「新出「若紫」巻の本文と巻末付載「奥入」—定家監督書写四半本『源氏物語』との関係を中心に」（「中古文学」第一〇六号、二〇二〇・一二）

佐々木孝浩（ささき・たかひろ）
慶應義塾大学教授
主要著書
『日本古典書誌学論』（笠間書院、二〇一六）、『芳賀矢一「国文学」の誕生』（岩波書店、二〇二一）

稲本万里子（いなもと・まりこ）
恵泉女学園大学教授
主要著書・論文
『源氏絵の系譜—平安時代から現代まで』（森話社、二〇一八）、「幻の「源氏物語絵巻」の制作背景再考」（「恵泉女学園大学紀要」第二九号、二〇一七・二）

＊松本　大（まつもと・おおき）
関西大学准教授
主要著書・論文
『源氏物語古注釈書の研究』（和泉書院、二〇一八）、「『花鳥余情』における『河海抄』利用の実相」（「中古文学」第一〇四号、二〇一九・一一）

中西智子（なかにし・さとこ）
国文学研究資料館准教授
主要著書・論文
『源氏物語　引用とゆらぎ』（新典社、二〇一九）、『藤原彰子の文化圏と文学世界』（共編、武蔵野書院、二〇一八）、「「源氏」の物語という〈企て〉—藤原道長と紫式部と「作り手」の人々」（横溝博・クレメンツ＝レベッカ・ノット＝ジェフリー共編『日本古典文学を世界にひらく』勉誠出版、二〇二二）

大津直子（おおつ・なおこ）
同志社女子大学准教授
主要著書・論文
『源氏物語の淵源』（おうふう、二〇一三）、「許されざる表象—『潤一郎訳 源氏物語』（旧訳）の削除を再考する—」（「同志社女子大学　総合文化研究所紀要」第三九巻、二〇二二・七）

長瀬由美（ながせ・ゆみ）
都留文科大学教授
主要著書・論文
『源氏物語と平安朝漢文学』（勉誠出版、二〇一九）、「平安時代前期における中唐の文の受容―白居易「策林」を軸に―」（「国語と国文学」、二〇二一・六）

草野　勝（くさの・まさる）
早稲田大学大学院博士後期課程
主要論文
「平安時代の常世の雁―和歌における雁の行方をめぐる思考とその展開―」（「国語国文」九二巻四号、二〇二三・四）、「『枕草子』「鳥は」章段の「鶯」「郭公」「烏」―和歌的規範凝視の姿勢―」（「文学・語学」二二九号、二〇二〇・八）

倉田　実（くらた・みのる）
大妻女子大学名誉教授
主要著書
『我が身をたどる表現論』（武蔵野書院、一九九五）、『王朝摂関期の養女たち』（翰林書房、二〇〇四）、『庭園思想と平安文学』（花鳥社、二〇一八）

陣野英則（じんの・ひでのり）
早稲田大学教授
主要著書
『源氏物語論―女房・書かれた言葉・引用―』（勉誠出版、二〇一六）、『近代「国文学」の肖像 第2巻 藤岡作太郎「文明史」の構想』（岩波書店、二〇二一）、『堤中納言物語論 読者・諧謔・模倣』（新典社、二〇二一）

趙　秀全（ちょう・しゅうぜん）
四川大学専任講師
主要著書・論文
『日本古典文学における孝文化―『源氏物語』を中心として―』（新典社、二〇二二）、「縫子としての落窪の君とその孝心」（「学芸国語国文学」第五五号、二〇二三・三）、「中世文学における「蘇迷盧」と「孝」」（『古代中世文学論考』第三九集、新典社、二〇一九）

畠山大二郎（はたけやま・だいじろう）
愛知文教大学准教授
主要著書・論文
『平安朝の文学と装束』（新典社、二〇一六）、高橋良久・畠山大二郎共著『新しく古文を読む―語と表象からのアプローチ』（右文書院、二〇一九）、「『紫式部日記絵巻』に描かれた装束についての検証―装束描写の文字化と冬の冠直衣姿―」（久保朝孝編『危機下の中古文学２０２０』武蔵野書院、二〇二一）

吉野　誠（よしの・まこと）
城北中学校・高等学校教諭
主要論文
「『源氏物語』「前の朱雀院」考」（倉田実編『王朝人の婚姻と信仰』森話社、二〇一〇）、「近江の君の歌とことば―玉鬘十帖の一対の姫君」（『学芸国語国文学』五一号、二〇一九・三）、「新学習指導要領下の高校国語科と古典文学研究をどう結ぶか―『大鏡』花山天皇の出家、『伊勢物語』『源氏物語』の実践から」（『中古文学』第一〇六号、二〇二〇・一一）

＊河添房江（かわぞえ・ふさえ）
東京学芸大学名誉教授
主要著書
『源氏物語と東アジア世界』（ＮＨＫブックス、二〇〇七）、『唐物の文化史―舶来品からみた日本』（岩波新書、二〇一四）、『源氏物語越境論―唐物表象と物語享受の諸相』（岩波書店、二〇一八）

山際咲清香（やまぎわ・さやか）
都立高校勤務
主要論文
「『源氏物語』における「ぬるし」が示すもの―若菜巻の密通事件をめぐって―」（『日本文学』第五一巻九号、二〇〇二・九）、「『とりかへばや』における寒暖語と〈風〉のメタモルフォーゼ」（乾澄子・萩野敦子編『狭衣物語〈変容〉』翰林書房、二〇二二）。なお二〇二四年に著書『源氏物語』寒暖語の世界（新典社）を出版予定

西本香子（にしもと・きょうこ）
駒澤大学非常勤講師
主要著書・論文
『古代日本の王権と音楽―古代祭祀の琴から源氏物語の琴へ』（高志書院、二〇一八）、「『うつほ物語』「忠こそ」巻、一条北の方と橘千蔭の「年齢の隔たり」」（『文芸研究』第一四七号、明治大学文学部、二〇二二・三）、「〝老い〟と対象喪失―『うつほ物語』三春高基の場合―」（『日本文学』第六八巻第五号、二〇一九・五）

本橋裕美（もとはし・ひろみ）
愛知県立大学准教授
主要著書・論文
『斎宮の文学史』（翰林書房、二〇一六）、「異性装を解いた彼ら／彼女らはどこへ向かうのか」（『異性装―歴史の中の性の越境者たち』集英社、二〇二三）、「『平家物語』の女性像」（『21世紀日本文学ガイドブック』ひつじ書房、二〇二三）

鈴木宏子（すずき・ひろこ）
千葉大学教授
主要著書
『古今和歌集表現論』（笠間書院、二〇〇〇）、『王朝和歌の想像力―古今集と源氏物語』（笠間書院、二〇一二）、『「古今和歌集」の創造力』（NHK出版、二〇一八）

田中圭子（たなか・けいこ）
佐賀大学特命研究員
主要著書・論文
『薫集類抄の研究：附・薫物資料集成』（三弥井書店、二〇一二）、「薫物と唐物」（河添房江・皆川雅樹『「唐物」とは何か：舶載品をめぐる文化形成と交流』、アジア遊学二七五、勉誠出版、二〇二二・一〇）

高橋麻織（たかはし・まおり）
椙山女学園大学准教授
主要著書・論文
『源氏物語の政治学―史実・准拠・歴史物語―』（笠間書院、二〇一六）、「薫の生育儀礼の政治的意義―産養・五十日の祝い・元服をめぐって―」（原岡文子・河添房江編『源氏物語煌めくことばの世界Ⅱ』翰林書房、二〇一八）、「『源氏物語』明石姫君誕生時における「御佩刀の儀」―『うつほ物語』いぬ宮の事例を踏まえて―」（「日本文学研究ジャーナル」第一七号、二〇二一・三）

斉藤昭子（さいとう・あきこ）
東京学芸大学准教授
主要論文
「源氏物語における「紫の上」の語り方―異性愛の物語と別のしかた」（「物語研究」第二一号、二〇二一・三）「物語研究とジェンダー論のあとさき―九〇年代半ばのテーマから・附紫の上の語り方―」（「物語研究」第二二号、二〇二二・三）「樋口一葉『十三夜』の文体の方法―源氏物語研究の視座から―」（「日本文学」、第七一巻第四号、二〇二二・四）

源氏物語を読むための25章

2023年10月1日 初版第1刷発行

編　　者：河添房江
　　　　　松本　大
発 行 者：前田智彦
装　　幀：武蔵野書院装幀室
発 行 所：武蔵野書院
〒101-0054
東京都千代田区神田錦町3-11 電話 03-3291-4859　FAX 03-3291-4839

印刷製本：三美印刷㈱

ISBN 978-4-8386-1009-9 Printed in Japan